O SENHOR DA CHUVA

André Vianco

O SENHOR DA CHUVA

13ª reimpressão – novembro / 2009

novo século®

São Paulo 2009

Direção Geral *Nilda Campos Vasconcelos*
Supervisão Editorial *Silvia Segóvia*
Editoração Eletrônica *Sergio Gzeschnik*
Capa *Christian Pinkovai*
Revisão *Luzia Bonifácio*
Luciana Salgado

Dados Internacionais de Catalogação na Publicação (CIP)
(Câmara Brasileira do Livro, SP, Brasil)

Vianco, André
O senhor da chuva / André Vianco. – Osasco, SP : Novo Século Editora, 2001.

1. Ficção brasileira I. Título

01-4667 CDD-869.935

Índices para catálogo sistemático:

1. Ficção : Século 20 : Literatura Brasileira 869.935
2. Século 20 : Literatura Brasileira 869.935

2009

Novo Século Editora Ltda
Rua Aurora Soares Barbosa, 405 – 2º andar
CEP 06023-010 – Osasco – SP
Fone (11) 3699-7107 – Fax (11) 3699-7323
www.novoseculo.com.br
atendimento@novoseculo.com.br

CAPÍTULO 1

— DROGA DE CHUVA! — praguejou Gregório.

Olhou para o chão. Os sapatos estavam encharcados, deixando os pés próximos a zero grau.

— Detesto chuva. Detesto frio. Quando estiver com dinheiro, vou me mandar pra Moçambique, Irã, sei lá. Algum lugar em que chova a cada ano bissexto.

— Irã?

— É. Sol o ano inteiro, paz e sossego.

Os dois acocoraram-se debaixo de um toldo, tentando se proteger da chuva. Gregório estava vestido de preto, como costumava se vestir sempre. Sapatos pretos de cadarço, calça jeans escura, camiseta preta e um jaquetão de couro preto. Esfregava as mãos a fim de aquecê-las. O rosto estava ressecado pelo frio, mas mantinha uma expressão vivaz, de garotão, bem longe dos seus 32 anos. Seu amigo, Renan, não tinha 20 ainda.

— É coisa grande? — perguntou o garoto.

— Não. Oito "g". Um carinha metido a esperto. Não gosto de trabalhar com ele. Você vai ver; tipo estranho.

— E polícia? Nunca pintou no teu canto?

— Pintou. Pintou, sim.

— E aí? Quanto tempo você catou?

— Eu? Deus me livre, mano. Eu nunca levei cana, mas o policial levou... levou cinco papelotes, bem pesados.

Os dois riram alto. Gregório colocou a mão no bolso interno da jaqueta, verificando o pequeno pacote. Estava seco e a salvo.

Vinte minutos depois, um carro adentrou aquela rua escura. Era um Chevrolet surrado pelo tempo. Mantinha a lanterna acesa, movendo-se lentamente em direção aos dois amigos.

Gregório, percebendo a aproximação do veículo, levantou-se. Puxou Renan pela blusa, fazendo-o ficar de pé.

— Fique calmo, garoto. Esse aí é o cara. Nosso cliente.

Trovões roncaram, parecendo praguejar contra a terra. Renan estremeceu. Além do vento frio que cruzava a rua, estava bastante nervoso. Era a primeira vez que estava na rua para traficar. Sem pai, sem mãe. Sua única família era um irmão mais novo trancafiado na Febem. Procurara emprego, mas sempre lhe ofereciam cargos cujo maior salário chegava a trezentos reais. Muito trabalho para pouco. Queria conseguir dinheiro para alugar uma casa. Para tirar o irmão da cana. Advogado é troço caro. Já passara fome, e ninguém lhe estendera a mão. Quando estenderam ela veio com drogas entre os dedos e uma arma na outra. Traficantes barra-pesada. Ficara com medo. Muito medo. Era um passo e tanto, porém não podia mais com aquela situação. Morar na rua. Nela ouvira falar de Gregório. Traficante, peixe pequeno. Conseguiu entabular conversa com o homem. Expôs sua condição. Prometeu dedicação, empenho e, principalmente, fidelidade. Gregório aceitou. Estava querendo ampliar o esquema. Um braço a mais viria a calhar.

O carro encostou. As gotas da chuva ricocheteavam no capô do Chevrolet, tamborilando com rapidez. Um homem de sobretudo cáqui desceu. Correu desajeitadamente, fazendo a volta pelo veículo. Era um sujeito baixinho, gordo e de face corada. Parecia nervoso, um quê de irritação. Tinha um jeito afetado de movimentar os braços e as mãos. No rosto, mantinha um sorriso estranho, como se tivesse uma gargalhada entalada na garganta, prestes a explodir.

— Fala, Grégui. Cadê meu bagulho?

Gregório tirou o papelote do bolso, deixando-o à vista. O gorducho arregalou os olhos.

— Grégui, Grégui. Você nunca falha mesmo.

O cliente fez menção de agarrar o pacote, mas Gregório esquivou o braço estendido.

— Calma lá, freguês. Primeiro a grana, depois a coca.

— Correto. Correto. Cê tá certo. — repetiu o homem várias vezes, empertigando-se e vasculhando os bolsos até encontrar um modesto maço de notas de dez. Estendeu-as para Gregório.

Renan apanhou a grana e conferiu.

O cliente surpreendeu-se com a intromissão do rapaz. Encarou-o de maneira estranha. Parecia pronto a ter um ataque, a enfiar a mão no bolso e retirar um revólver. — Não gosto deste teu ajudante.

— Só tenho ele, Beiço. Lamento. Vai com calma nas carreiras, *brou*. Essa aí é daquela lá.

O gorducho balançou a cabeça com rapidez.

Gregório contou o dinheiro e voltou a se encostar debaixo do toldo, como se o cliente não existisse mais.

Renan imitou-o.

O gorducho ficou parado debaixo da chuva, olhando para os dois por quase um minuto. O rosto tinha uma expressão de deboche que desaparecia toda vez que uma gota pesada acertava-lhe em cheio um dos olhos, depois voltava à mesma expressão.

Gregório acendeu um cigarro. A primeira tragada foi longa e demorada. Que diabos aquele cara queria?

— Tá tudo certo, chapa. Precisa de mais alguma coisa?

— É. Eu preciso, sim.

— Droga?

— É. Mais coca. Mas é um pedido especial. Muito mais do que isso aqui.

— Consigo. — Gregório deixou algum excitamento escapar. Quanto?

— Muito mais.

O homem voltou a correr na chuva. Entrou no Chevrolet. Abaixou o vidro do lado direito, acionando-o eletricamente, colocando a cara gorda para fora.

— Se você conseguir arrumar mais, tenho um amigo que vai ficar muito contente. Você acertou na loteria, Grégui, acertou, sim. Ah, ah, ah! — gargalhou eufórico o gorducho por três segundos, calando-se de forma repentina. — Tome, este cartão tem o telefone dele. Converse com o cara, diga que eu te indiquei, saberá que o negócio é bom.

O gorducho deu partida no carro, saindo lentamente.

Gregório guardou o cartão no bolso. Deu um tapinha nas costas de Renan.

— Fica frio, garoto. Você está muito tenso. Mais nervoso do que eu na minha primeira transa. — Gregório viu o carro desaparecer no fim da rua. Apagou o cigarro, atirando-o ao chão e pisando em cima.

— Vambora, Renan.

Os dois começaram a caminhar com rapidez, deixando a rua escura para trás.

— Vamos comer alguma coisa. Dessa vez, eu pago.

Entraram num beco sombrio e deserto. A chuva diminuía gradativamente. A cidade, imersa na noite escura, exalava cheiros agradáveis, relaxada e alheia à vida, como recém-saída de um banho refrescante.

Os dois brincavam junto às poças d'água, como puros inocentes, abstraídos da cidade, abstraídos da escuridão.

CAPÍTULO 2

FALTAVAM APENAS DOIS minutos para a meia-noite. Estendendo o magnífico par de asas, a criatura decolou. Observou o quarteirão. Deserto. Pousou no topo de um prédio vermelho. Dali, poderia observá-la perfeitamente. Permaneceu de pé, em cima do parapeito da cobertura, e olhou para baixo. Era uma queda e tanto. Sorriu. Aspirou fundo o ar noturno. Estava plena de felicidade. A chuva fizera bem à cidade. Era como se a redimisse das tensões e insanidades. Estava limpa outra vez, refrescada. Estranhamente quieta, como se a noite conspirasse. Ela sentia-se bem. A chuva lhe dava vigor e energia. Sentia-se em paz. Com a bendita gota vinda do céu, tinha a força redobrada. Concentrou-se nessas sensações. As gotas penetravam em sua pele acobreada. Era um ser divino, abençoado. Possuía asas brancas, de alvura impecável. Sua pele tinha a cor de cobre, envolta num leve luzir vivo. O corpo era robusto, grande, francamente um guerreiro. A face transpirava energia e tranqüilidade, num despertar de confiança. Os olhos eram duas brasas vivas, feitas de fogo amarelo. A túnica era tão branca quanto as asas. Uma espada longa e embainhada descansava na cintura, junto a uma trombeta curta, que parecia feita de chifre retorcido. Sua silhueta no topo do prédio poderia ser facilmente confundida com a sombra de um homem alto não fosse o gritante par de asas, que volta e meia farfalhava, movendo-se impaciente. Há muito os homens haviam perdido aquela pureza feroz, aquela autoridade favorecida por Deus. A figura, lá no topo, não era um homem... era um guerreiro de luz, destinado a lutar pelos seres de alma pura. Empertigava-se com a presença do inimigo, das forças das trevas. Combatia demônios quando aquela espada voava para fora de sua bainha e cortava o ar, partindo feras malditas, salvando as almas ameaçadas. Pelos inimigos era temido. Dos exércitos da luz, era um encorajador. O rosto reto e vincado, a pele cor-de-cobre, os olhos chamejantes e vivazes como os de uma águia lhe conferiam uma imponência impressionante. A criatura era o que os humanos chamam de anjo... um anjo de luz.

✠ ✠ ✠ ✠ ✠ ✠

Ela sempre deixava o emprego por volta da meia-noite. Saiu pela frente do estabelecimento, um bar-lanchonete pequenino, encravado bem no meio de uma das maiores avenidas da cidade. Ela era Eloísa, a protegida. Não era rica nem bonita. Trabalhava de segunda a sábado, folgando aos domingos. Ganhava pouco, mas era o suficiente para se manter com a mínima dignidade. Com seus 59 anos, solitária, cativava por não ser amarga nem rabugenta. Mantinha o apartamento de um quarto, sala e cozinha, sem esperar visitas dos filhos ou dos pequenos netos. Aparentemente, um tipo normal, cumprindo mecânica e biologicamente suas funções no conturbado quadro social da metrópole. Contas para pagar, dinheirinho apertado. Entretanto, essa normalidade cabe somente a nós, seres humanos, que hoje não conseguimos enxergar um palmo adiante do nariz. Não entendemos o que é este universo e espírito. Vemos somente a matéria. Então, sob essa perspectiva, ela era comum. Mas para ele, Eloísa era muito especial. Tinha fé. Fé no que não se vê. Fé nos instintos. Amor pelo Pai Criador e confiança em tudo o que estava escrito. Simplesmente isso.

O anjo a amava. Um amor fraterno e antigo. A seus olhos, aquela velhinha permanecia envolta constantemente em uma chama viva de paz, amor e fé. Eloísa era iluminada! O anjo cor de bronze chama-se Thal. Tem a forma de guerreiro de luz e fé, dura, como a mais dura rocha do universo. Thal é amado e respeitado entre os seus. É um líder bravo.

Com os olhos serenos, ele acompanhava o lento caminhar de Eloísa pelas calçadas. Volta e meia, via um de seus irmãos cruzando os céus, logo montando sentinela no topo dos outros prédios, com as asas cerradas, imóveis, concentrados em manter seus protegidos fora do alcance das feras do mundo inimigo. Se homens comuns pudessem vê-los, poderiam confundi-los com impressionantes estátuas antigas, contrastando com a arquitetura dos prédios daquela cidade. Dali via dois dos seus. Abriu as asas e arremessou-se. Disparou em queda livre, de encontro ao chão. Pousou em cima de um relógio digital da Dimep, que ficava no canteiro central da avenida Paulista. Um de seus irmãos se foi, abrindo as asas, subindo ligeiramente para o céu, transformando-se em uma bola de luz, desaparecendo nas nuvens. Thal via agora apenas um. Eloísa realizava lentamente sua caminhada, em ritmo de passeio, que durava exatos vinte minutos. Thal olhou ao redor. A cidade estava calma. Na esquina do quarteirão, surgiram cinco jovens. Dentre eles, um iluminado também.

Thal olhou para cima e acenou. Taguinel sobrevoava o grupo e desceu ao encontro de Thal. Pousou em cima do relógio também e cumprimentou.

— Como está, guerreiro?

— Bem. Nada de novo até agora? — perguntou Thal. — Eles não tentaram nada hoje. Estão fracos depois da última investida. Perderam muitas criaturas e nos darão alguns dias de sossego por enquanto.

— Lembro-me de poucos anos atrás. O céu permanecia sempre forrado por nossos irmãos. Eram centenas, milhares por vezes. Todos acompanhando, protegendo e auxiliando os iluminados. Hoje, chego a me entristecer. Vê o céu? Onde estão nossos irmãos de luz? A fraqueza da fé humana, hoje em dia, nos deixa enfraquecidos também, tornando nossos corpos penetráveis pelas espadas e dentes inimigos. Eles sabem e se aproveitam. Pensam que estão vencendo; se fortalecem, se multiplicam com velocidade assustadora. Os homens começaram a cultivá-los sem saber. — Thal remexeu as asas, empertigando-se.

— Não se aflija, nobre irmão. Você mesmo nos advertiu. Enquanto houver um iluminado, um escolhido do Homem, seremos fortes, e mais fortes que nossos inimigos. — Taguinel saltou e alçou vôo. — Nossa fé é poderosa. Somos homens do Homem. — gritou, afastando-se no ar.

Thal sorriu, decolando também. Eloísa estava prestes a tomar a nova rua.

Cinco minutos depois, entrava no prédio. Subiu lentamente os sete lances de escada que davam em seu andar. Vasculhou a pequena bolsa de couro à captura das chaves. Thal surgiu ao seu lado, varando o piso. Encontrou. Ela ouviu som de passos na escada. Eram velozes. Parecia duas pessoas que conversavam alto e animadamente. Thal percebeu a apreensão da mulher. Pousou a mão no cabo da espada chamejante. Os dois chegaram ao sétimo andar e entraram no corredor, ainda falando em voz alta. Eloísa respirou com alívio, pois conhecia um dos rapazes. Ambos estavam aparentemente molhados. A chuva. Thal semicerrou os olhos; não gostava daquele homem, ele atraía as criaturas. O anjo aspirou fundo, sentindo o poderoso cheiro da chuva exalar dos dois e inundar sua alma. Gostava daquele cheiro; dava-lhe alegria e vigor. Os dois pararam na porta vizinha ao apartamento de Eloísa. O mais velho apanhou as chaves no jaquetão de couro preto. Eloísa já estava com a porta aberta.

— Olá, Gregório. Como vai, meu filho?

— Tudo maravilha. Senti sua falta esses dias, dona Elô. Principalmente do bolinho da tarde.

A velha sorriu mostrando os dentes amarelos.

— Pois é, filho. Visitei uma irmã mais nova. Ela está muito doente. Tenho bolo aí, pegue uma metade amanhã pela manhã. Qualquer coisa, eu mesma levo.

— Sou sem-vergonha demais para uma mulher tão gentil quanto a senhora ficar se preocupando comigo, me paparicando tanto.

— Imagina, menino. Pra mim, é uma alegria. — disse a velha, já dentro do apartamento. — Agora, deixa eu descansar meu esqueleto. E vocês dois, tratem de tomar um banho quente antes de deitar. Resfriado mata qualquer um, novo, velho, preto, branco... — sua voz foi sumindo atrás da porta que ia se fechando.

Os dois também entraram, deixando o corredor vazio e silencioso. Thal atravessou os andares até o topo do prédio e lá montou guarda.

CAPÍTULO 3

SAMUEL SAIU DA ESTRADA e encostou o jipe na frente da porteira. Estava com calça jeans clara e de botas, camisa xadrez azulada e camiseta branca por baixo. Tinha rosto fino e definido, revelando seus quase trinta anos. Desceu do jipe e abriu a porteira. O Sol estava quente demais, e ainda não eram onze horas. Enxugou o suor da testa com as costas das mãos, colocou um chapéu de palha e voltou para o veículo. Percorreu dois quilômetros numa estradinha de terra, beirando a plantação. O Sol castigava as ervas, comprometendo a colheita. Não chovia há meses. Até o sistema de irrigação estava sendo afetado pela estiagem.

À frente, encontrou os trabalhadores. O grupo adubava a terra, preparando-a para um novo plantio. Avistaram o jipe e acenaram para Samuel. Ele respondeu, chacoalhando a mão no ar. Parou o veículo e desceu.

— Temos água pra mais dois dias de irrigação. Depois disso, acaba. — gritou Samuel, aproximando-se devagar.

— Tem que chover, Samuel. A terra tá seca demais, homem. Não sei se esse milho aí vai pegar. O milharal grande ainda tá verde. Se continuar com essa secura, é melhor nem plantar mais. — reclamou o pequeno Tonico.

— É verdade. Deixa a sementeira preparada; às vezes, o tempo muda, Tonico. Temos que ter fé. Mas, como seguro morreu de velho, se não chover em dois dias, a gente começa a colher.

— Verde?! — espantou-se Ramiro.

— É, verde mesmo. Se eu não colher, a gente perde tudo. — Samuel abaixou-se e apanhou um torrão de terra. Estava seco demais, esturricando nas mãos. Olhou para o céu, sem nuvens, inclemente. Esfregou de novo a testa com as costas das mãos.

— É um dó, mas pelo menos a gente consegue alguma coisa.

Samuel voltou para o jipe. Partiu, deixando uma nuvem de poeira para trás. Havia muita terra plantada no caminho. As espigas estavam começando a engordar, mas, sem chuva, o solo continuaria maltratado, fraco. As espigas cresceriam magricelas, sem valor. Acabaria tendo de colher antes do tempo.

Vinte minutos depois estava em casa. Estacionou o jipe ao lado do velho celeiro. Pulou para fora e caminhou cansado, desanimado. Sentou na escada da varanda, balançando o velho chapéu entre as pernas.

— Calma, fazendeiro. Logo logo chove. — murmurou a esposa ao pé de seu ouvido.

— Oi, Vera. — ele virou, encostando-se no batente. — Deus te ouça, querida. Deus te ouça.

Vera sentou-se ao lado do marido, afagou-lhe a cabeça, como consolo. Era muito bonita. Longos cabelos negros, pele queimada de Sol, algumas sardas no rosto. Corpo esguio e bem feito.

— Sonhei com chuva; é um bom sinal. — disse a mulher, mostrando um sorriso. Levantou-se, ficou admirando a plantação. — São tantos, cresceram tão rápido, você não vai perdê-los agora. Essa estiagem não vai durar.

Samuel concordou, balançando a cabeça.

— Entre, querido. Vamos pôr alguma coisa nessa barriga. A comida está uma delícia.

Os dois entraram abraçados e brincalhões. Vera lembrou o marido sobre o conserto do celeiro. Samuel prometeu começar as reformas na semana seguinte. Caso chovesse, teriam de estocar a colheita em lugar seco... Caso chovesse.

CAPÍTULO 4

GREGÓRIO ENTROU APRESSADO no apartamento. Renan dormia no sofá da sala.

— Acorde, guri. — ordenou, balançando o corpo do rapaz com entusiasmo.

Renan remexeu-se. Puxou o cobertor para cima do corpo e virou para o lado. Gregório já estava na cozinha, falando alto. Havia telefonado para o homem do cartão. Agora contava a história para seu amigo.

— É um cara da alta. Já concorreu pra senador e essas porras todas. Ele é discreto, mas nunca foi do ramo. Falou pouco. Não sei se era ele mesmo no telefone ou um funcionário. Disse onde encontrá-lo quando estivesse com a mercadoria em cima. Pelo que eu percebi, o cara é um baba-ovo. Comprar droga não é pra bocó novato. Pelo que entendi, vai ser a primeira compra. Vou me fazer. — pegou uma xícara de café e virou de uma só vez; preparou outra imediatamente e levou para a sala. — Tome, está sem açúcar. Assim você acorda. O cara tá começando rápido demais. Quer nove quilos. Nove quilos! — gritou Gregório, entusiasmado.

— Dá uma boa grana?

— Se dá uma boa grana?! Você tá tirando com a minha cara? Gregório esfregou o rosto com as duas mãos. — se ele for pato, como penso que é, vendo mais caro e saio de circulação por um bom tempo. Aliás, saio do ramo maldito pra sempre. Cê sabe que esse meio do tráfico é foda. Sacaneio um novato. Saio de cara limpa e vivo... Volto pra minha cidade até a coisa dar uma esfriada, depois viajo por aí.

Renan vestiu-se.

— Onde é essa cidade?

— Fica longe, muito longe. Chama-se Belo Verde. Minha família... meus amigos já moraram lá. — Gregório pareceu reflexivo, aquietando-se por alguns segundos. Voltou a mexer no guarda-roupa, reanimando-se. — Você vai comigo, garoto. Esse negócio não é bom pra você. Lá você vai ver o que é vida boa. Mulher bonita, comida fresca e ar puro. Com essa grana... quem sabe não começo um negócio... comprar terras. Sei lá, preciso descansar a cabeça primeiro.

— Você vai sair de férias só com esse serviço?

— São nove quilos, Renan! Quero pegar essa grana e me ajeitar. Não é papo de traficante que vira bonzinho, não. Acontece que faço esses bicos desde os meus dezessete anos. Cheguei aqui como você, uma mão na frente, outra atrás. Aprendi os macetes com um cara, um cara esperto. Hoje o cara está mofando no Carandiru, há seis anos. Vai ficar lá tempo suficiente pra cabeça encher-se de cabelos brancos. Trabalho com isso ha mais de dez anos, nunca peguei cana, nunca me viciei em merda nenhuma. Vou sair agora, limpo, sem dever nada pra ninguém. — Gregório jogou uma mochila esportiva em cima da cama. Tirou uma pistola da gaveta, carregou com o municiado e enfiou na cintura. — Vou sair vivo também.

— Quê você vai fazer agora? — perguntou o rapaz.

— Agora? Agora vou ligar prum velho amigo. Não tenho nove quilos de coca debaixo do colchão. Vou arrumar a droga com ele, um empréstimo, dos bons.

— Faz a entrega, depois paga?

— Isso. Você vai comigo. Pega uma arma. Velhos amigos neste negócio não costumam ter boa memória.

Os dois conversavam animados quando, de repente, a campainha tocou, assustando-os. Gregório retirou a pistola da cintura. Fez um sinal para Renan.

Thal entrou, atravessando a parede e parando na frente do homem. Viu a arma na mão de Gregório. Cerrou os olhos e passou a mão na empunhadura da espada de fogo. A campainha soou novamente.

Gregório engatilhou a pistola e chegou perto do olho mágico. Espiou pelo apetrecho e viu a vizinha. Soltou um suspiro aliviado, guardando a arma.

O anjo de luz, invisível aos olhos humanos, também guardou a sua.

— É a vizinha.

Renan abriu a porta.

Eloísa entrou, trazendo deliciosos pedaços de bolo num prato, encobertos por papel.

— Aqui está, garotos. O bolo prometido.

— Obrigado, dona Elô. A senhora é campeã.

Eloísa, sem cerimônias, levou o bolo para a cozinha, colocando-o sobre o balcão da pia quase limpa. Voltou apressada, despedindo-se dos rapazes.

— Vou indo. Tenho um mundaréu de coisas pra resolver. Estou levando guarda-chuva, parece que vai cair outro toró daqueles.

— É verdade, dona Eloísa. — concordou Renan.

— Este aqui é meu sobrinho, dona Elô. Não te apresentei ainda, não é?

O rapaz estendeu a mão para a velhota, identificando-se.

— Adorei seu nome, Renan.

Eloísa virou-se, fechando a porta do apartamento. O anjo seguiu-a. Saiu como entrou, atravessando a parede lateral que dava para o corredor.

Gregório desceu e foi até um telefone público. Entrou na caixa de concreto, observando o céu de relance. O dia estava cinza e frio, e mais duas horas estaria caindo uma bruta tempestade. Chuva, muita chuva.

Faltavam dez minutos para a meia-noite. Gregório estava com o rosto colado na janela do apartamento. Gotas de chuva tilintavam do lado de fora. Chovera o dia todo. Agora o tempo parecia acalmar. O noticiário da noite alertava os motoristas para evitar as marginais. O rio Tietê havia transbordado, e também o Pinheiros, alagando a pista expressa e a local. Os engarrafamentos deveriam avançar madrugada adentro.

O encontro com Pablo seria ali mesmo no apartamento. Estava marcado para meia-noite e meia. Se conseguisse a droga, a entrega aconteceria na noite seguinte a três quadras dali, em seu ponto habitual.

Renan assistia à TV. Um *talk-show*, apresentado por um homem gordo e grisalho. Ria muito quando assistia àquele programa. Achava o apresentador inteligentíssimo, um mestre. O obeso entrevistava um sujeito engraçado, que colhia leite de jacaré para tomar, fabricar bebidas e remédios. Muito provavelmente uma fraude.

Gregório mantinha-se à janela esperando o convidado.

Do outro lado do quarteirão, no topo do prédio azul, Thal permanecia pousado. Em pé, robusto e altivo, observava sua protegida aproximar-se de casa. Fechou o gigantesco par de asas. Imóvel e imponente, sentia-se bem demais. Forte e vigoroso. A chuva dava-lhe poder. Chuva do céu.

Gregório avistou Eloísa. Não conseguiu ver o anjo planando acima do prédio até encontrar-se com a senhora. Eloísa entrou no prédio acompanhada por Thal às suas costas. Logo estaria em seu confortável apartamento.

Embaixo, um grande Omega azul-escuro parou em frente ao prédio. Três homens desceram, ajeitaram-se e adentraram o edifício.

Gregório alertou Renan, que checou o revólver Taurus seis tiros, 38, cano curto. Passos no corredor. Gregório espiou pelo olho mágico. Era Eloísa entrando em casa e trancando a porta. Gregório verificou sua pistola, e Renan escondeu o revólver debaixo de uma almofada na poltrona onde permaneceria sentado. Estavam demorando, talvez checassem as armas também. Thal entrou no apartamento de Eloísa. Da pele cor de bronze emanava luz, como se a luz fosse viva, deixando um rastro benéfico, cuja bênção poderia ser captada pelos mais sensíveis. Thal empertigou-se, tenso e atento. O rastro benéfico enfraqueceu. Sentiu um discreto e acre cheiro de enxofre no ar: era a patente do mal. Passos no corredor novamente. Eloísa fazia sua oração noturna e, ao sentir um calafrio percorrer-lhe as costas, benzeu-se. Thal pousou a mão esquerda na espada. Algo estava acontecendo. Tocaram a campainha. Eloísa sobressaltou-se. Quem seria àquela hora? O anjo sabia que o mal rondava o prédio. As narinas estavam cheias do cheiro de um velho inimigo. De um cão malévolo, um guerreiro perigoso.

Gregório observou pelo olho mágico.

— Droga! Estão batendo no apartamento errado! — sussurrou Gregório.

Destrancou a porta antes que a vizinha atendesse. Acenou para os traficantes, convidando-os a entrar. Pablo reconheceu Gregório. Fez com que seus dois homens entrassem primeiro.

Quando Eloísa abriu a porta com o anjo invisível às costas, teve tempo apenas de ver Gregório fechando a dele, mas Thal pôde ver algo mais. Algo assustador, que tornaria o mais esclarecido dos homens um louco histérico.

— Cães!

Sacou a espada de luz e atravessou a parede do apartamento de sua protegida, invadindo a casa de Gregório. Na sala, além dos humanos, havia dois demônios em forma de cães enormes, que exalavam um cheiro de podridão misturado a enxofre incandescente. As peles horrendas eram alaranjadas, quase vermelhas; andavam sobre quatro patas, movendo-se como lobos. Assustados com a presença de Thal, rugiram excitados, ameaçadores. Escancaravam as bocarras, exibindo fileiras horripilantes de presas afiadas. Thal permaneceu firme, impassível, sem alterar a expressão. A espada estava ereta, com a lâmina apontada para a criatura mais próxima. Ao menor descuido, aquele demônio teria a cabeça repartida.

Gregório, finalmente, abriu a boca.

— Vamos fazer negócio.

— Espero que seja coisa boa. — disse Pablo. — Não é fácil sair lá do meu canto para visitar amigos que não têm coisa interessante para falar.

— Khel... — murmurou o anjo.

— Thal! — vociferou a besta avermelhada.

Olharam-se lançando chispas no ar. Velhos inimigos adoravam esses encontros desavisados. Khel passou a língua no lábio inferior, derrubando saliva espectral no chão do traficante.

— É negócio bom. — prosseguiu Gregório, nervoso, pois muita coisa dependia daquela negociação. — Talvez não seja grande coisa para você, mas pra mim é um dos grandes. Sete quilos de coca, cliente bom.

— Quem é ele? — perguntou Pablo.

— Gente boa, posso assegurar. Tudo pago em dinheiro, à vista, nada de trapaça.

— Se está tão fácil, se é cliente seu, onde eu entro na jogada? — perguntou o traficante, acendendo um cigarro.

— Quero a droga. Não tenho dinheiro para bancar esse investimento. Me empreste os sete quilos, te pago em 48 horas.

Pablo sorriu e olhou para os amigos. Passou a mão no cabelo comprido e disse:

— Escute, amigo, sete quilos de coca, entregues assim, sem garantias... Não me leve a mal, Grégui, mas vai contra os meus princípios. Já tive que apagar muitos caras, gente fina, gente que eu gostava pra caralho, por causa dessas merdas... É treta, treta feia.

— Ei! Qual é? Nós já encaramos uma renca de paradas...

— Garantias, Gregório. Preciso de garantias. — insistiu Pablo, demonstrando um princípio de irritação.

Khel aproximou-se, rosnando no ouvido de Pablo. O outro cão permanecia deitado, exalando enxofre pelas narinas.

Gregório levantou-se.

— Escute, Pablo. Se eu te enrolar, você sabe como me pegar. Sabe onde moro. Sei que não posso me esconder. Conheço suas estórias...

— Arrume a garantia. É minha palavra final. — gritou o traficante, dominado por uma cólera súbita.

Khel sussurrou no ouvido de Pablo:

— Ele tem a garantia!

Pablo caminhava em direção à porta quando parou e encarou Renan, sentado na poltrona.

— Quem é esse aí?

Gregório olhou para trás. Renan levantou-se.

— O nome dele é Renan. É meu primo, meu protegido.

Pablo gesticulou para os capangas, que sacaram as armas e avançaram em direção ao garoto.

Thal adiantou-se. Khel rosnou, mostrando as presas. O outro cão levantou-se, rosnando também.

— Não interfira, anjo! São nossos. Não interfira! — bramiu o demônio.

Thal ergueu a espada e permaneceu em silêncio, sereno, remexendo as asas. O segundo demônio assustou-se e se encolheu. O tamanho e a imponência do guerreiro de luz davam medo. Ambos rosnaram ferozmente. O ódio crescia dentro daquelas criaturas.

Assustado, Renan mostrou a arma, tirando-a de debaixo da almofada.

— Deixem o garoto em paz. — protestou Thal, ainda calmo. Ele está confuso... está sendo seduzido... parem a sedução!

— Não interfira! — rugiu Khel, enraivecido.

Os homens continuaram empunhando suas armas. Renan engatilhou o revólver e Gregório sacou a pistola da calça.

— Deixem o garoto em paz. — exigiu Gregório, apontando a pistola para Pablo.

— Ô, ô, ô, o negócio tá ficando bom aqui. Calma aí, amigo. É só uma garantiazinha... ninguém vai sumir com o seu namorado.

Gregório irritou-se. Era um vagabundo, safado, era um traiçoeiro. Fazia jogadas sujas, mas nunca entregaria um moleque para a morte por causa de um punhado de drogas.

— Nada feito.

Thal chegou perto do capanga de colete, que apontava a pistola para Renan, preparado para disparar a qualquer movimento suspeito, e sussurrou-lhe ao ouvido:

— Proteja o garoto.

— Não se intrometa, Thal. — vociferou Khel, irado. — São minhas posses! Vê? São bandidos!

O segundo demônio rugiu, xingou e saltou tentando abocanhar o anjo. Thal revidou, acertando-lhe a espada de chapa e golpeando seu focinho. O cão rolou no chão, grunhindo de dor.

O homem de colete suava frio. Sentia-se mal. Sentia-se perturbado. Sentia um zumbido estranho mordendo-lhe o ouvido, apertando-lhe a vontade. Uma coisa inundando o peito. Aquilo não estava certo. Repentinamente, virou-se, vacilante, apontando a arma para Pablo.

— Ei, cara... isso não tá certo... — murmurou o homem, transtornado, afrouxando a arma, deixando-a quase cair das mãos.

Pablo encarou-o, enfezado. O homem de colete parecia atordoado. Pablo sinalizou para o outro capanga. Este, com a coronha da arma, acertou a cabeça do parceiro, derrubando-o instantaneamente.

Khel estava acuado. O cão ferido permaneceu deitado e imóvel, rosnando ferozmente. Thal manteve a espada desembainhada, observando os dois demônios.

Renan, assustado, ora apontava a arma para um ora para outro.

— Ei, guri, largue esse negócio, você vai acabar machucando alguém. — disse Pablo e virando-se para Gregório:

— Escute, isso é, ou melhor, ele é minha garantia de honestidade. Sei que não vai me roubar; você mesmo garantiu. Então, qual é o problema do moleque vir comigo? Manda ele soltar essa merda.

Gregório abaixou a arma vacilante.

— Vim aqui pra fazer negócio com você. O que eu ganho? Um monte de armas apontadas para minha cabeça? — continuou o traficante. — Cê tá ligado que, se der merda, quem tem que tomar a bronca do Sofia sou eu. Não gosto de levar pito daquele gordo... nem daquele tal de Dimitri.

— Tá bem, eu vou. — disse Renan, jogando a arma no chão.

Pablo sorriu.

Thal retirou-se da sala, atravessando a parede do corredor. Os cães o seguiram, saltando e correndo sobre as quatro patas. Thal viu-os e subiu, varando o teto. Os cães galoparam escada acima, numa velocidade sobrenatural, e estacaram no topo do prédio. Ambos mantinham as cabeças erguidas, farejando. Surpreendentemente, Thal surgiu em um vôo rasante, trazendo a espada chamejante à mão. Khel abaixou-se velozmente. O outro cão não teve a mesma sorte. O anjo traspassou-lhe a espada pelo pescoço, decapitando a besta. Khel urrou, exalando puro ódio no ar, enquanto o parceiro tornava-se uma esfera de fumaça, espalhando odor de enxofre por todo o céu. Thal retornou em seu rasante. O demônio acuou novamente. Khel retomou o galope, saltando para o prédio vizinho e partindo na direção sul. O anjo pousou, apenas observando a debandada da fera. Sorriu.

Khel, bem adiante, espumava em verdadeiro ódio. Reuniria mais demônios. Agora que Thal tinha cruzado outra vez seu caminho, não riria nunca mais às suas custas.

Lá embaixo, na rua, Renan entrava no carro dos traficantes. O homem de colete, cambaleante, parecendo embriagado, foi o último a entrar. Pablo, da janela, pediu que Gregório se aproximasse.

— Estevão, conhece? — apontou para o motorista, que retribuiu com um aceno. — Ele volta daqui a meia hora. Esteja aqui embaixo. Ele lhe entregará seus sete quilos. Daqui a meia hora, será uma hora e sete minutos da manhã. A partir daí, começo a contar as suas quarenta e oito horas para me pagar. Dinheiro vivo, no preço do dia. Renan, diga tchau pro papai. — Pablo e seus homens riram e partiram. — Te vejo na sexta. Não sacaneia.

Gregório olhou para o céu, que permanecia cinza e carregado, dando a impressão de que a chuva tornaria a cair. Acendeu um cigarro e sentou-se na escadaria de frente para o prédio. Apesar do imprevisto, sentia-se calmo, convicto de que tudo daria certo. Amanhã, àquela hora, estaria com todo o dinheiro de que precisava nas mãos. Libertaria Renan e, se o garoto quisesse, poderia segui-lo até Belo Verde.

Infelizmente, Gregório não tinha o dom de prever. Se o possuísse, certamente cancelaria aquela transação, pois jamais voltaria a ver Renan. Jamais voltaria a ser o mesmo.

Thal, lentamente, pousou às costas de Gregório. Ficou ali, a observá-lo, como um passatempo de criança. Havia interferido no destino daquele homem. Ainda não sabia, mas sua interferência naquela noite custaria a vida de muitos de seus irmãos, de muitos humanos. A vida de muitas vidas. Começava a se sentir responsável por aquela criatura ambígua. Estava assumindo um compromisso com aquele homem perdido.

CAPÍTULO 5

SAMUEL ESTAVA DEITADO em sua rede na varanda. Fitava o céu demoradamente. Via a lua cheia, preparada para abocanhar as espigas verdes. Já era madrugada, e ele insistia na vigília. Tinha um olhar com ar esperançoso, em busca do desejado. Estava quente demais para dormir, e a cabeça iniciava a atormentá-lo, povoando seus pensamentos com coisas estranhas e trágicas. Não choveria. Teria de arrendar parte da fazenda, boa parte das terras, isso era verdade. Nenhuma nuvem no céu. Estrelas tremeluzentes, incontáveis, deslumbrantes. Continuou a vigília e então, olhando para aquele céu lindo, mas sem nuvens, adormeceu.

Durante o dia, o céu estava magnífico, de um azul límpido e cheio de vida. Uma bela paisagem e uma triste certeza. Naquele dia, não haveria chuva.

Samuel levantou-se e tomou um rápido café. Calçou a bota de couro surrada e saiu. Berrou um tchau para Vera e subiu no jipe. Em meia hora, chegou à cidade.

No reduzido centro comercial, Samuel estacionou o jipe ao lado do armazém. A pé, atravessou a rua, dirigindo-se à madeireira. Entrou no galpão feito de madeira, com máquinas trabalhando barulhentas, serrando e lixando várias peças de madeira bruta. O pé afundou na serragem, dando uma sensação gostosa. Lembrou as inúmeras vezes que estivera ali quando o pai vinha encomendar pequenos consertos e bancos novos para a capelinha. Aspirou fundo o cheiro da madeira.

— Samuel! Ô Samuel! Vem aqui, garoto! — berrou Genaro, do mezanino.

Genaro era o dono da madeireira. Samuel conhecia o velho desde pequeno e lembrava que ele era velho desde aquele tempo. Subiu as escadarias apressado. Genaro, com os óculos pregados à testa, observava-o com um sorriso no canto da boca, debruçado no corrimão do mezanino.

— E então, seu velho gordo, onde estão minhas madeiras?

— Quase prontas, rapaz. Pare de ser malcriado; se seu pai estivesse vivo, lhe daria umas boas palmadas.

— Não precisa correr, Gê. Preciso das madeiras para a próxima semana. Vou iniciar a reforma do celeiro; vai ficar uma beleza. — Samuel agarrou um toquinho no chão; enquanto conversava com Gê sobre as medidas do material, brincava com o objeto.

Os dois homens continuaram tagarelando um bocado.

— Você vai precisar de homens pra reforma?

— Tem muita coisa que eu faço, Gê. Vou precisar de ajuda no pesado; escolhe uns três homens bons; quando a madeira chegar, combinamos o que fazer. — Samuel desceu as escadas apressado. — já vou indo, tenho um bocado de coisas pra acertar.

Da madeireira, caminhou em direção ao minimercado. Do meio da rua, lançou um olhar para o céu. Nada. Nenhuma nuvenzinha.

A garota do caixa observava Samuel, ainda do lado de fora, olhando para cima. Ele parecia distraído. Ela achou engraçado, mas logo percebeu o que o outro procurava. O calor açoitava a cidade, fazendo com que todos os agricultores parecessem distraídos, como Samuel. O homem entrou na loja tirando o chapéu de abas largas da cabeça.

— Preocupado com a plantação, Samuel? — perguntou a menina do caixa.

— É, posso afirmar que estou muitíssimo preocupado. Sabe se alguém já adiantou a colheita?

— O coronel Américo começa amanhã.

Samuel assentiu, balançando a cabeça. Dirigiu-se às gôndolas do mercadinho, colocando algumas coisas na cestinha. Creme dental, um pente novo, coisas miúdas. Ao terminar a pequena compra, retornou ao caixa. A garota computou os valores.

— Quanto deu, Hélida? — perguntou, sacando a carteira do bolso traseiro da calça jeans.

— Trinta e dois. — respondeu a menina.

Enquanto ela acondicionava os objetos em pequenos pacotes, Samuel a observava. Era muito bonita. Uma garota de uns dezenove anos, no máximo. Lembrava-se dela ainda menininha, de chupeta na boca, brincando com o irmão na frente da igreja. O pai de Hélida também havia sido grande amigo de seu pai. Samuel chegou a encabular-se por estar olhando para ela daquela maneira, com um pouquinho de malícia. Malícia o suficiente para fazê-lo perceber o quanto os seios dela eram grandes, firmes e redondamente deliciosos. Desviou o olhar para fora, deixando um sorrisinho escapar. Apanhou os pacotes e saiu, despedindo-se da guria.

Samuel atravessou a rua e acomodou suas coisas no jipe, preparando-se para partir. Ligou o veículo e, antes de sair do lugar, lançou um olhar para a calçada oposta, ao lado do mercadinho. Em frente da padaria, havia uma atraente máquina de Coca-Cola. Samuel estava com sede, e aquela maldita engenhoca parecia convidá-lo para um programa irrecusável. Fez a volta com o jipe, levantando poeira da rua de terra, estacionou em frente à padaria praguejando. Um calor infernal, sem chuvas, sem ventos, mas com *marketing* perfeito para vender refrigerante. Desligou o jipe e desceu.

Do lado de fora do estabelecimento, ao lado da máquina de Coca-Cola, estava Anderson, o único pedinte querido da cidade, cego e dono de três cães que lhe serviam de guia: três dálmatas grandes e robustos, igualmente queridos por muita gente.

Samuel enfiou a mão no bolso, procurando ficha para a máquina. Depositou-a e selecionou o refrigerante.

— Como é que vai, Anderson?

— Tudo tranqüilo, Samuel. Como está a Vera?

— Muito bem. Ela te mandou um beijo estalado.

— Uh! Muito bom. Mande outro pra ela. Faz tempo que não a vejo, meu amigo. Ver, não vejo... mas vejo, entendeu?

O fazendeiro riu.

— Como vão os meninos? — perguntou Samuel, referindo-se aos cães.

— Charlie está a fim de arrumar uma namorada; não pára de ganir. Os outros dois, Lowi e Joe, estão mais tranqüilos. Não deixam ninguém tomar minhas moedas. respondeu o cego, afagando o corpo dos companheiros.

Samuel apanhou e abriu a Coca-Cola. A latinha deixou vazar aquele característico ruído, despertando a atenção do cego. Samuel percebeu.

— Ei, Anderson, que tal um refrigerante?

— É aquele xarope viscoso, cheio de gás, que faz eu ficar arrotando depois?

— É. — Samuel parecia encabulado.

— Seria ótimo! Não é, rapazes? — animou o cego, atiçando os cães.

Samuel tirou o chapéu, coçou a cabeça e estendeu a latinha para Anderson. O cego apanhou e bebeu de uma vez, devolvendo a lata para Samuel, que virou-a de ponta-cabeça, fazendo algumas mirradas gotas do líquido cair no chão. Balançou a cabeça negativamente, sorrindo.

Anderson soltou um sonoro arroto, e os três cães começaram a uivar, fazendo-o cair na gargalhada.

Samuel consultou o bolso: não tinha nenhuma ficha, mas continuava com sede. Entrou na padaria e dirigiu-se ao balcão, onde estavam três homens embriagados. Um deles era Jeff Adinsk, alcoólatra, que, há muito tempo, havia sido amigo de Samuel e de seu irmão. Jeff, descendente de uma família do leste europeu, também havia tido um irmão quando garoto. Roland morrera num acidente. A partir de então, Jeff mudara de comportamento, tornando-se introvertido e amargo, e, alguns anos depois, ainda adolescente, entregara-se à bebida e à embriaguez.

Jeff, com ar de desânimo, levantou o rosto do balcão ao ver Samuel adentrar o estabelecimento. Samuel pediu ao balconista algumas fichas para a máquina de Coca-Cola, sacou a carteira e pagou. Virou-se. Jeff estava de pé em sua frente, bloqueando a saída. Samuel estacou, indignado. Jeff era bem maior que ele, gordo e corpulento. Mantinha-se de pé apoiando-se com uma das mãos no balcão, oscilando para frente e para trás, tamanha sua embriaguez patética, exalando um bafo ardido e enjoativo. Jeff parecia irritado, o que fez Samuel permanecer atento. Beberrões irados não precisam de muito para causar confusão.

— Já falei pra você não vir mais aqui! — vociferou o grandalhão.

Samuel olhou para os demais presentes. Os homens que bebiam no bar observavam a cena sem muita vontade de interromper a ação do encrenqueiro. O dono do estabelecimento enxugava um copo, olhando pacificamente para Jeff.

— Não amole, Jeff. Tenho muitas coisas para me preocupar além de suas recomendações. — respondeu Samuel.

Jeff moveu-se para a frente, devido à típica agilidade e equilíbrio adquiridos pelos bêbados, mas precisou escorar-se no balcão para não cair.

— Não gosto do seu jeito de falar comigo. — Jeff passou a mão em uma garrafa de cerveja *long-neck*. — Você não me respeita, então vou lhe ensinar!

— Não quero confusão, Jeff. Deixe-me ir em paz. Não brigo com pinguços. — Samuel permanecia calmo, pois sabia que Jeff não o agrediria. Falava muito e agia pouco. Desviou-se do grandalhão e caminhou em direção à porta.

Jeff abaixou a garrafa e olhou para Samuel.

Os homens do bar começaram a gargalhar às custas do encrenqueiro, fazendo-o irritar-se novamente. Samuel passou por ele sem se voltar. Jeff enfureceu-se repentinamente. Odiava aquela sensação. Parecia que todo mundo tinha o dom de fazê-lo sentir-se um monte de bosta. Não permitiria mais! Pegou a garrafa e acertou violentamente a cabeça de Samuel, que tombou próximo à porta.

— Vou te ensinar a respeitar um homem! — gritou enraivecido.

Jeff quebrou a garrafa no balcão, passando a empunhar um caco de vidro pontiagudo.

Os homens cessaram as gargalhadas, permanecendo tensos. Samuel moveu-se, tentando se levantar. Estava atordoado, desequilibrando-se. Jeff avançou, acertando um chute forte em seu peito. Os homens aglomeraram-se sem impedir o grandalhão. Samuel caiu, gemendo de dor, apoiou-se na porta e levantou-se cambaleando.

— Você e teu irmão não passam de uns bananas, aquele marginal assassino. Uns frouxos. Meu irmão... se meu irmão estivesse vivo, seria como eu, forte e respeitado! — Jeff, descontrolado, passou o vidro na testa de Samuel, que, ainda atordoado pelos golpes anteriores, não oferecia resistência às investidas do agressor. O grandalhão fechou o punho, desferindo um potente soco no rosto de Samuel, jogando-o para o lado de fora da padaria, tombando ao lado da máquina de Coca-Cola.

— Já avisei! — berrou o bêbado. — Não volte mais aqui! Estou lhe dando esta surra para que aprenda a respeitar os mais fortes! Não volte mais aqui!

Samuel, com o rosto coberto de sangue, mantinha-se acordado por um fio de consciência. Tentou novamente levantar-se. Ficou semicurvado, apoiado nos joelhos e em uma das mãos. Os cães do cego latiam enraivecidos, querendo avançar em direção a Jeff.

O bêbado foi até o meio da rua desferindo chutes no estômago de Samuel, descarregando sua frustração e ódio retidos no corpo indefeso do fazendeiro. Preparava-se para ferir o rapaz com o caco de vidro, entretanto, antes que o fizesse, foi detido surpreendentemente. Um dos dálmatas escapou das mãos do dono, atacando o embriagado. Jeff foi ferido por uma mordida no braço esquerdo. O cão recuou e então armou uma nova investida. Jeff tentou acertá-lo com os pés, porém falhou. Para sorte de Samuel, o cão foi certeiro. Cravou os caninos no punho esquerdo de Jeff, que, já desesperado, enfiou o vidro nas costas do animal, que largou-o ganindo de dor.

— Segure teus cães, Anderson, ou eu mato um a um! — gritou. Irado, virou-se na direção de Samuel, que permanecia desacordado. — Agora você vai ver!

Cambaleante, avançou.

Um estampido tonitruante fez todos pararem. Era o dono da padaria, empunhando uma espingarda e apontando-a para o beberrão. Uma nuvem de pólvora queimada praticamente encobria sua cabeça, subindo vagarosamente.

— Agora já chega, Jeff. Deixe o homem em paz. Vá para casa curar essa bebedeira.

Ele resmungou, mas acabou se rendendo à arma. Fugiu pela rua, segurando o braço ferido. Só então os homens interferiram, ajudando Samuel a se recompor. Levaram-no a uma farmácia próxima e o deixaram tratando dos ferimentos.

Começava a entardecer e Vera continuava na varanda da casa. Estava preocupada com o marido, que não aparecera para o almoço. Os funcionários saíram da lida e se despediram da patroa. Samuel não deveria demorar, tinha poucos compromissos.

Àquela hora a fazenda permanecia muda, deserta. Há vinte minutos, o trator não mais roncava. Vera estava sozinha. Preocupada. Sentou-se e se recostou nas escadas da varanda, olhando para a estradinha de chão, que, depois da curvinha, dava na porteira das terras. O silêncio foi quebrado pelo chiado do vento no milharal. Vera aspirou o ar. Sorriu. Sentia cheiro de chuva.

As estrelas começavam a assinalar o céu quando ela ouviu o som do jipe na estrada. Logo as luzes dos faróis despontaram na curvinha, iluminando as mirradas espigas de milho. Primeiro, a sensação de alívio; depois, a raiva.

Samuel estacionou em frente da casa. Desceu lentamente, andando com cuidado.

— Onde é que você se meteu? — atropelou Vera, irritada.

Ele não respondeu.

A mulher desceu a escada enraivecida, dando umas bordoadas no corpo do marido.

— Seu moleque! Me deixou preo...

— Ai! Não bata aí. Estou machucado. — gemeu.

Vera retirou o chapéu da cabeça do marido, puxando-o para a luz.

— Oh, meu Deus! O que fizeram com você? O que foi isso? Algum assalto?

— Não, Vera, não. Se acalme, estou bem. — tranqüilizou.

— Bem!? Bem uma ova! Você tá um trapo. Vamos pra dentro comer alguma coisa. Vou cuidar de você... me conte a história.

Subiu as escadas com dificuldade, auxiliado pela mulher.

— Hum! Este vento tá com um cheiro de chuva, não é?

— Deus te ouça, Vera. Deus te ouça. — disse, fechando a porta da casa.

CAPÍTULO 6

A CHUVA DESCIA FORTE do céu, trazendo trovões e ventania àquele mundo sombrio e triste. Os prédios pareciam chorar e estremecer a cada novo relâmpago que abalroava as torres vizinhas. A noite toda seria assim, selvagem e molhada.

Eram dez horas da noite. Gregório, no apartamento, preparava o carregamento. Pablo lhe fornecera os sete quilos de coca. Venderia nove. Preparou dois pacotes, um quilo cada um, recheados com maisena. O cliente era bom, mas era novato. Dificilmente Gregório seria pego. Permanecia sentado em volta da mesa redonda no centro da sala iluminada por um lustre, preparando os pacotes da droga verdadeira. Ganharia muito dinheiro nessa jogada, por isso realizava tudo com cuidado absoluto.

Faltavam duas horas para o encontro com o cliente e pouco mais de vinte e quatro para libertar o garoto. Ainda tinha muito tempo para resgatar Renan. O garoto deveria estar apavorado. Gregório riu sozinho. Terminou de embalar o último quilo da droga. Acomodou os tijolos na mochila, deixando tudo pronto para o trabalho. Acendeu um cigarro e ficou parado na janela.

Tempos depois, dirigiu-se para o quarto. Lá, as gavetas e os armários estavam todos abertos e vazios. Em cima da cama permaneciam duas grandes malas fechadas. Apanhou um porta-retratos de cima da penteadeira com uma fotografia dele e do irmão gêmeo, ambos brincando em cima de uma árvore. Acondicionou o objeto em um dos compartimentos da mala e voltou para a sala. Já estava quase na hora.

Sua idéia era a seguinte. Pela inexperiência do comprador, convenceu-o a fechar o negócio na rua, assim não teria tempo para fazer muitas perguntas, nem verificar todos os nove pacotes. Precisaria de um pouquinho de sorte para que o idiota verificasse apenas um, e o correto. Depois de pegar o dinheiro, voltaria rápido ao apartamento para retirar a bagagem e as passagens para Belo Verde. Sairia do prédio, entregaria a parte de Pablo e libertaria Renan, levando-o consigo. Simples e rápido; precisava só de um pouquinho de sorte. Um pouquinho de sorte.

Cinco minutos para a meia-noite. Gregório vestiu a jaqueta de couro e apanhou a bolsa de lona. Guardou a pistola nas costas, presa à calça. Trancou o apartamento e desceu as escadas lepidamente. Abriu uma das folhas da porta dupla, deixando o frio da noite invadir o corredor do prédio. A chuva havia parado, caía apenas uma fina e fria garoa paulista. Andava rápido, soltando nuvenzinhas de vapor pela boca e esfregando as mãos velozmente. Frio. Um quarteirão à frente, cruzou com a vizinha do prédio. A velha não o viu. Eloísa caminhava tranqüila e lenta, carregando com leveza poética a sombrinha azul-marinho, como se tivesse toda a noite para chegar em casa. Gregório apressou o passo. Mais dois quarteirões, viraria o beco à direita, cruzaria e chegaria ao ponto. Em cinco minutos, teria dinheiro suficiente para parar de vender drogas, tomar garoa de madrugada e tirar o amigo da forca. Cinco minutos para mudar toda sua vida. Cinco minutos para parar de se vestir de preto, cinco minutos...

Thal, que acompanhava Eloísa de volta ao lar, avistou Gregório lá embaixo, chegando ao beco. Olhou para a mulher a um quarteirão de seu prédio. Estava segura. O anjo pousou em cima do edifício. Um relâmpago bombardeou a torre ao lado, faiscando junto ao pára-raios, iluminando a face cor de bronze da criatura celeste. Thal acompanhou Gregório com os olhos e, vendo-o caminhar velozmente, condoeu-se. Então era a hora do negócio acontecer. Buscou novamente Eloísa, que estava entrando no prédio. Olhou para baixo e saltou. Iria com Gregório.

Entrou no beco. O chão enlameado estava escorregadio. Já se acostumara com aquele caminho sujo e aquela escuridão. Sessenta segundos para não se preocupar nunca mais em cair na lama do beco imundo e pútrido. Chegou à esquina, parou e esperou. Sua última espera.

Thal sobrevoou o beco. Parecia cobrir de paz e de luz cada centímetro sujo pelo qual passava, permitindo, no entanto, que, poucos segundos após, a paz fosse engolida pelas trevas. Saiu do beco, sobrevoando Gregório. Iria protegê-lo naquela noite para que libertasse Renan. Para que saísse limpo de tudo aquilo. Para que fosse feliz. Todo ser humano tinha o direito de sair das trevas... Se aquele fosse o meio eleito por Gregório, iria iluminá-lo, pois sentia no coração do homem pulsar o desejo de melhora, de limpeza. Assim sendo, ainda teria uma chance de engrandecimento espiritual, pois, ali, atuando no mundo das trevas, como um agente que espalhava dor e fraqueza, jamais permitira a si próprio e a seu espírito desenvolverem-se.

Após a passagem do anjo de luz, o beco voltou para a escuridão e podridão. Estava tudo silencioso, excluindo um leve e quase imperceptível grunhido de cão. Estaria um breu completo não fosse o leve tom amarelado e maldito emanado por dezenas de olhos acuados nas trevas, dezenas de olhos satânicos prontos para abocanhar o bem, abocanhar na hora certa, na hora do mal. Cães do inferno.

Na rua de trás do beco, surgiu um par de faróis. O carro aproximou-se vagaroso, receoso, como que com medo de estar ali, no escuro, sozinho.

Gregório agitou-se. Mostrando-se desperto, encostou-se na parede, sentindo o reconfortante cano da pistola pressionando suas costas. Gotas de garoa ajuntavam-se nas extremidades do prédio e caíam em poças largas. Mais uma nuvem espessa de vapor escapou da boca do traficante.

Thal farfalhou as magníficas asas. Pousou ao lado de Gregório e, quando o carro encostou, desembainhou a espada flamante, fazendo uma luz inundar aquele lugar triste e bizarro.

Um rapaz cabeludo e de óculos escuros desceu do carro e caminhou até Gregório, que, sem saber a razão, sentiu o peito encher-se de uma calma sobrenatural. Era como se alguém estivesse lhe dizendo: Vai com calma, tudo vai se arranjar.

— Olá, menino. — cumprimentou Gregório, descontraindo a negociação. — Cê que vai levar o produto?

O rapaz mediu-o de cima a baixo, com desdém juvenil.

— É claro, vovô. Cê acha que eu ia sair lá de casa pra me enfiar nesse buraco à toa? Passa a droga pra cá.

— Cadê seu chefe?

— Tá no carro; não quer se queimar aqui fora.

— Tá com medo? — brincou Gregório.

— Olha, vovô, eu num tô com saco nem com tempo pra ficar ouvindo piadinha de drogado ancião no meio da rua. Passa a droga. — exigiu o cabeludo.

— O dinheiro, quero ver. Também tenho pressa. — tornou mais ríspido desta vez.

O rapaz ergueu a mão esquerda. Do veículo, estacionado logo atrás dele, desceu outro garoto, dezenove anos talvez. Ele carregava uma maleta.

Thal empertigou-se. Alçou vôo e pousou em cima do carro, observando o novo rapaz. Enfiou a cabeça dentro do veículo e contou mais três: o motorista e dois senhores. Um era o comprador, provavelmente, e outro, sentado à sua frente, com jeito de guarda-costas. Talvez por isso estivesse com a arma à mão. Thal preocupou-se.

O rapazinho carregando a valise abriu-a na frente de Gregório.

— Está aqui. O combinado. — falou o cabeludo.

— Oh, estou trabalhando com cavalheiros honestos então. — estendeu a mochila com a droga. — Está aqui o combinado, nove quilos de branca pura.

O rapaz entregou-lhe a valise ao mesmo tempo que Gregório entregava a mochila.

— Está feito, meninos. Cuidem-se e vejam, nada de exageros, hein. Deixem um pouquinho para o papai também. — brincou Gregório, dirigindo-se ao beco.

— Calma aí, vovô! — gritou o cabeludo. — Não vá tão depressa. Meus amigos podem pensar que você está trapaceando. Você não quer que pensem isso, quer? Eles costumam ficar muito chateados com quem os engana. — O rapaz retirou um dos tijolos da mochila, rasgando a ponta.

Thal aproximou-se.

Gregório rezou para que fosse um dos pacotes certos.

O rapaz enfiou o dedo mindinho no pacote, experimentou o pó branco passando-o na gengiva. Sentiu-a formigar e logo um rápido amortecimento. Era coca.

— Grande, vovô. Um traficante honesto. — brincou o rapaz.

— E isso aí, meninos. Divirtam-se — disse Gregório, retomando o caminho do beco, logo sumindo na escuridão.

Thal ficou. Acompanhou os garotos até o carro.

Os rapazes retornaram, eufóricos. Entraram no veículo e expuseram os pacotes de coca.

— Nove quilos, nove quilos! É droga boa, — festejou o cabeludo.

— Experimentou? — perguntou o comprador.

— Este, veja. É coisa boa. — mostrou.

— Abre outro. — ordenou o velho.

O rapaz da valise experimentou outro pacote. Era droga.

Thal permaneceu observando, acompanhando o nervosismo dos ocupantes do veículo.

Agora, o com jeito de guarda-costas experimentou outro pacote. Fez uma careta terrível.

Gregório andava apressado, junto à saída do beco. Thal o alcançou, voando velozmente. Aproximou-se e gritou:

— Corre!

Gregório sentiu um imenso e repentino desconforto cobrindo seu corpo de medo e receio. Olhou para trás; o carro estava dentro do beco e avançava rápido, lançando latas e papelões para cima. Sem hesitar, saiu correndo à toda. Alcançou a rua. Estava desesperado. Não vacilou e partiu em direção ao prédio. Fora pego. Pego. Seria morto. Precisava chegar em casa. Precisava. Precisava da mala, das passagens. Não poderia ser pego agora! Renan dependia de sua vida. Correu ainda mais. Num relance, viu o carro sendo cuspido para a avenida, derrapando na pista molhada. Bateu em um Civic e logo endireitou-se. Estavam atrás dele, sem dúvida. Sessenta segundos para sumir e continuar vivo. Cortou caminho por uma viela que cruzava a avenida. O carro não passaria por ali.

Thal perseguia o homem freneticamente. Observou o carro, semidesgovernado, atravessar a avenida. Se não tivessem visto Gregório entrar no beco, logo se perderiam, e ele estaria a salvo. Sessenta segundos para estar a salvo.

No beco, as bestas se levantaram à passagem do carro. Khel, o cão-demônio, liderava um grupo de feras. Quatro cães e sete demônios alados. Logo alcançaram a avenida. Fora ele quem imbuíra o homem guarda-costas de desconfiança quando o anjo ainda não o vigiava. Tinham uma missão. Caçar e destroçar o anjo Thal.

Dentro do carro, os homens consumiam-se em ódio.

— Seu idiota! Como pôde ser enganado? — gritava o senhor.

— Como se chama o fodido? — perguntou o guarda-costas.

— Sei lá! — gritou o cabeludo. — Não conheço traficantes pelo nome.

— Gregório. — falou o velho — O nome dele é Gregório.

— Vire à esquerda no farol. Ele mora dois quarteirões para cima. Sei onde aquele fodido mora. Já fui lá cobrar dívidas de um outro sem-vergonha. — O guarda-costas engatilhou a pistola. — Detesto gente safada. Esse aí vai implorar antes de morrer.

O carro cantou pneus ao fazer a curva.

Gregório chegou à esquina de seu quarteirão. Apavorado. Era assim que estava se sentindo. Já havia passado por situações piores, mas nunca ficara apavorado. Tétrico. Algo estava dando errado. Primeiro, a sensação de que tudo sairia bem... Depois, o negócio no beco... como se soprassem ao seu ouvido. Um pressentimento que sabia não ser seu. Algo estava dando errado. Por que estava correndo para casa? Porque os homens não o conheciam. Não o encontrariam em seu refúgio. As malas... precisava das malas.

Thal estava em cima do prédio azul. Avistou o carro entrando na rua em alta velocidade. Gregório acabara de subir. Talvez o carro passasse direto pelo prédio. É, eles não deveriam saber onde ele morava. Recuperara sua calma aparente. Sobrevoou a avenida parando em cima do prédio. Se os homens parassem, iria socorrer Gregório. Expectativa. Param numa freada brusca. Tinha que socorrer. O homem não podia morrer, pois dele dependia a vida de outro rapaz... outra alma que seria perdida sem chance de iluminação. Thal virou-se decidido para o prédio, porém, inesperadamente, foi golpeado no rosto. Um demônio alado o acertara com força concentrada, ferindo sua face. O anjo caiu alguns metros, mas logo recuperou o equilíbrio, restabelecendo-se da surpresa, abordado por novas criaturas. No topo do prédio avistou Khel, de cujas ventas emanava enxofre, exalando ódio no ar. Entendeu a razão do ataque. O líder maligno queria reparação. Sentia-se afrontado com o ocorrido no apartamento do traficante. Thal retesou os músculos e bufou. Que viessem as feras!

Gregório entrou no apartamento às pressas. Era meia-noite e meia. Tinha o dinheiro, mas tinha medo. Precisava fugir. Estava tomado por uma sensação mista de aflição sufocante e de urgência. Aflição. Aflição! Precisava pensar. Porra! Era um homem, não um moleque. Por que estava tão perturbado? Estar perto de morrer faz isso com a gente. Correu ao quarto. Apanhou duas malas. Levou-as para a sala. Pegou a valise e esvaziou-a na cama. Encheu os bolsos da jaqueta com algum dinheiro. Derramou o restante dentro de uma das malas. Dirigiu-se para a sala. Estava com pressa; procurava as passagens compradas há pouco para Belo Verde. Colocara ali, na sala, mas estava nervoso demais para lembrar-se onde.

Thal desembainhou a espada ardente, lutando sem medo contra as feras. Um demônio atacou-o por cima, mas foi logo partido pela espada do anjo. Thal atravessou a nuvem de enxofre formada pela morte da fera, deparando-se com outro oponente. Eles o impeliam para o topo do prédio. Golpes fortes, bem medidos, vinham de todos os lados. Precisou evocar sua habilidade de guerreiro, sintonizando-se com a contenda. A espada era seu escudo e sua lança. Os inimigos estavam com medo, mas obedeciam à estratégia; com golpes certeiros, estavam empurrando o guerreiro de luz para o alcance de Khel, o cão. O novo inimigo alado também possuía uma espada, sabia manejá-la bem, retardando Thal. As espadas retiniram no ar, lançando chamas no céu negro, roubando momentaneamente a escuridão. Um outro demônio veio e abocanhou seu calcanhar, puxando-o para baixo, ferindo-o dolorosamente. Thal arrancou-lhe a mandíbula, rechaçando o oponente num golpe só. Na primeira distração do rival armado, feriu-o e partiu-o em metades mortas. Sobravam ainda quatro demônios alados, lutando com ódio e maldição, levando-o cada vez mais para perto do topo do prédio. Cada vez mais para perto de Khel. As bestas aladas arranhavam sua pele sagrada, provocando cortes ardidos. Thal não percebia a dor agora, no calor da batalha. O anjo queria apenas se ver livre das feras e sabia que teria de esmagá-las, uma a uma. Sofria apenas por saber que o tempo precioso se esvaía entre os dedos. Cada golpe, cada defesa, cada ataque, por mais bem sucedido que fosse, era um instante perdido... um instante que poderia custar a vida de dois humanos... duas almas pedindo socorro, Thal fechou o rosto numa expressão raivosa. Descreveu um arco no céu em vaivém. Mais um monstro alado dissolveu-se diante de seus olhos. Um relâmpago explodiu na escuridão. Thal sorriu. Vinha a chuva!

Estavam em cima da mesa central. Eram duas passagens, dois bilhetes cor-de-rosa. Gregório enfiou-os no bolso da jaqueta. Estava apressado. Apanhou as malas e abriu a porta do apartamento. Ouviu passos na escada. Pelo barulho, estavam correndo. Estavam com pressa. Estavam com raiva. Vinham na direção de seu andar. Gregório desesperou-se. O que fazer? Fechou a porta, trancando-a por dentro. Apanhou as malas novamente, dirigiu-se para a janela, tentando abri-la. Nervoso, precisou fazer mais esforço do que o comum, gastando mais tempo do que o comum... gastando vida. Finalmente abriu. Passou as malas para o lado de fora. Fugiria pela escada de emergência. Aquilo era, de fato, uma senhora emergência.

Thal estava ao alcance dos demônios que não podiam voar, lutando contra cães e contra alados. Embora ferido, continuava bravo. O primeiro cão que se aventurou no novo ataque foi morto com um único golpe. Agora estava sendo mordido no tórax, com presas pontudas e afiadas cortando as costelas. Mais um demônio alado o atacava por cima. Khel permanecia à espreita, esperando a hora certa, a hora fatal, a hora de matar o anjo. Thal livrou-se do cão, acertando-lhe um potente murro na cabeça, ferindo-o com o gume de sua espada de luz. Restavam três cães e dois demônios alados.

— É aqui. — disse o guarda-costas. — É neste apartamento que o filho da mãe se esconde.

O garoto da valise chutou a porta, tentando arrombá-la. Quando se preparava para a segunda tentativa, foi atingido pelo guarda-costas com um soco na cabeça.

— Tá louco, moleque? Quer que todo mundo acorde! — O guarda-costas sacou uma gazua do bolso e enfiou-a na fechadura. — Se ele estiver aqui escondido em algum buraco, vai ter o que merece; se ainda não voltou, voltará.

Logo a porta foi aberta. Os homens entraram atrapalhadamente. O rapazinho correu os cômodos, mas voltou desapontado. O guarda-costas olhava pela janela. Gotas que a garoa depositara no prédio desprendiam do batente e caíam-lhe sobre a cabeça.

— O fodido tá escapando por aqui! — gritou, pondo-se para fora do apartamento.

Gregório descia correndo, as malas dificultando a escapada. Arremessou a menos importante para baixo, no beco junto ao prédio. Olhou para cima e viu os perseguidores descendo, e o que era pior, mais rápido do que ele! Arremessou a segunda mala. Apanhou a pistola e engatilhou-a, sem parar de correr. Faltava pouco para chegar ao chão. Tinha uma vantagem razoável. Talvez não tivesse que matar ninguém. Sairia limpo. Talvez não tivesse de morrer. Sairia vivo.

Thal perdera a espada. O que estava havendo? A preocupação demasiada em livrar-se das feras e salvar o humano estava atrapalhando sua concentração. Era um dos guerreiros mais capazes; no entanto, apesar do habilidoso e perverso Khel, vacilara diante de tão reles horda.

Um demônio alado dançava em seu peito, e precisava detê-lo. Agarrou-o pela cauda, arremessando-o longe. Khel saltou em sua direção. O cão arfava, praguejando, ansioso por vingança. Thal desviou-se, mas foi agarrado por outra criatura. Tinha uma das asas ferida demais para voar. Precisava de tempo para se autocurar. Talvez, se alcançasse sua trombeta, pudesse chamar ajuda. Arregimentar uma tropa salvadora. Todo irmão ao alcance do som da trombeta atenderia. No entanto, as mãos estavam ocupadas demais para usar a ferramenta. Ocupadas em salvar-lhe a vida. Uma nova mordida do cão seria suficiente para arrancar-lhe o braço. O anjo segurava as mandíbulas de Khel, repelindo seu hálito pútrido. Restavam poucas forças. Estava bastante ferido. O último demônio alado aproximou-se com sua espada. Pairou por trás de Thal, trespassando a lâmina em seu tórax. O anjo gritou de dor ao ver a ponta da própria arma saltar em seu peito, enquanto seu atacante gargalhava como um louco. A vista turvou, e os joelhos se dobraram. A luta estava acabando. Sem a chuva, o anjo esmaecia. O prognóstico era sombrio para a criatura de luz.

Gregório chegou ao final da escada. Teria de saltar. Uma altura de três metros o separava do chão do beco. Não hesitou um segundo. Saltou. Caiu no chão sujo e molhado. Estava bem. Engatinhou até a mala onde estava o dinheiro, agarrou-a e olhou para cima. Os perseguidores teriam de descer mais três andares. Lama no chão. Iniciou uma corrida em direção à rua, daria tempo. Ouviu um disparo, sentiu a bala passar próxima à orelha direita, indo faiscar contra o contêiner de lixo. Ave Maria, cheia de graça... Outro disparo. Gregório correu encurvado, junto à parede. Faltava pouco para alcançar a calçada. Mais disparos, mais faíscas.

Thal estava caído no piso, no topo do prédio. O demônio arrancou a espada do corpo do anjo, preparando para desferir o golpe final. Sentia o corpo todo doer, uma dor infinita, nunca dantes experimentada. O ar cheirava a chuva. Precisava de forças, precisava de tempo. Rastejou aos pés do demônio com a espada, alcançando a borda do prédio. O demônio mirou seu pescoço: iria decapitá-lo, entretanto, foi detido pelo cão-demônio, Khel.

— Eu sou o cão deste anjo. Ele é meu! — urrou Khel.

Andando sobre quatro patas, aproximou-se do anjo. O corpo da fera era cheio de músculos, e o rosto tinha traços selvagens. Não se assemelhava a criatura nenhuma do mundo físico; era grotesca e horrenda. Forte e assustadora. Um cão do inferno.

— Encare seu algoz, criatura. — ordenou para Thal. — Olhe para mim, veja meu ódio. Logo estará morto, estará entre nós. Será forjado em sua alma perdida um novo cão guerreiro.

O anjo perdera as chamas dos olhos. O brilho e o viço abandonaram a pele de bronze. A túnica de brancura impecável tornara-se escarlate, maculada por seu sangue espectral. Sentia um peso tremendo sobre a cabeça. Orou. Tinha certeza de que seu fim não seria nas garras da besta em forma de cão. Seu fim seria entre os seus. Levantou-se uma última vez, o que exigiu do soldado do bem um esforço sobrenatural, apoiando-se na beira do prédio.

Gregório acelerou, porém a lama dificultava a corrida. Quando chegava à calçada pública, uma dupla de homens adentrou o beco, bloqueando a saída. Um era o cabeludo, o outro era o comprador da droga. Gregório brecou, deslizando no barro e quase caindo no chão.

— Ei, vovô. Que coisa feia! Quer dizer que queria nos dar um chapéu? — zombou o cabeludo, empunhando um revólver calibre 38.

O velho também sacou a arma, uma pistola.

— Odeio bandido desonesto. — disse o comprador. — Minha raiva é tanta que até me arrisco aqui fora... Você sacaneou gente errada, filho.

Gregório empunhava a arma nervosamente.

— Ei, vovô, largue este brinquedinho, pode machucar alguém. pediu o cabeludo.

— Olhe, facilitem as coisas pra mim, está bem? Não quero matar vocês dois. — advertiu Gregório.

— Ora, ora, ora! Quer dizer que não quer nos matar. — disse o velho, chegando mais para dentro do beco, a fim de não chamar a atenção de possíveis transeuntes. — Olhe, não queremos matar você também, queremos o dinheiro de volta. Só isso.

Gregório dava passos para trás evitando aproximar-se dos homens.

— Largue a arma! — gritou o cabeludo, perdendo o ar engraçado.

Os outros dois homens chegavam ao fim da escada e ajudavam-se para descer ao beco, evitando o salto de três metros.

Gregório viu-os aproximar. Não queria largar a arma, pois sabia que iria morrer. Não tinha para onde correr. Não poderia fugir. Pressão. O coração estava disparado. Precisava de calma... mas como?! Iria morrer!

— Vamos, vovô...

— Cale a boca! — gritou Gregório. — Escute, guri, você não deve ter vinte anos ainda, tem muito o que viver. Cale a boca ou eu te mato.

— Uuu! Nossa! Que medo! — brincou o cabeludo.

Os outros dois estavam próximos: seria morto. Estava nervoso demais para pensar. Tudo se embaralhava. Diziam que quando a gente morre, um *flash-back* passa diante de nossos olhos... mas isso estava acontecendo agora. Estava confuso. Via seu irmão. Lembrava-se de sua terra. Um beijo na boca. O leite morno é bom quando tomado de manhã, na hora, saído da vaca. Sabia que morreria. O ferrado do Renan. Estavam os quatro próximos demais, fechando o cerco, como hienas carniceiras. Como um alicate inexorável. Sessenta segundos para morrer. Sessenta segundos com todo o dinheiro que queria. O guri da valise engatilhou a pistola Magnum. Sessenta segundos para morrer. Virou-se nervosamente. Estavam falando, convencendo-o a largar a arma. Morrer. Largar a arma e morrer. Deus! Me ajuda! Cristo. Como queria ter um anjo da guarda!

Mas nunca acreditara naquelas baboseiras! Escola Dominical... os homens falando. Estavam zangados. Iriam matá-lo. Ia morrer de todo jeito. Soltando a arma ou não. Aproximavam-se mais e mais. Um passo além e o cabeludo poderia acertar-lhe um murro ou tomar-lhe a arma. Iam atirar. Lágrimas. Gregório estendeu o braço e disparou. Morrer. Disparou novamente. Morrer. O cabeludo sabia o que era morrer. Em seguida, soltou a arma. Explosões demais à sua volta. O cabeludo estava morto, com um buraco na testa. Gregório estava sendo atingido. Sentia o corpo acertado. Um zumbido que aumentava. Mais explosões. Eram disparos. Dor na cabeça. Um tiro na cabeça! Todo o dinheiro caindo de sua mão. A pistola estava no barro. Estava caindo. O mundo girando. Frio... girando, frio... girando frio.

Khel saltou em direção a Thal. Tinha ódio demais para matá-lo de outro jeito. Comeria sua cabeça. Gargalharia a noite toda. Thal sentia a dor consumindo-o, como nunca fora antes. Khel acertou a boca no parapeito do prédio. O anjo não estava mais lá. Não estava voando. Estava caindo. Saltara em direção ao chão. Em direção ao beco. Caindo... caindo. Khel bramiu puro ódio.

— Não será tão fácil assim, anjo, não será, não!

O demônio alado mergulhou atrás de Thal, mas não o alcançaria. Dirigiu-se às escadas metálicas de emergência. Galopava escadaria abaixo velozmente.

— Ele é meu, não o toque! — vociferava Khel.

Thal caiu, chocando-se violentamente contra o chão do beco, cobrindo-se de lama. Relampejava. Sentia dor, sentia o fim chegando. Não nas mãos de Khel. Não nas mãos do cão. Apanhou a trombeta, assoprou-a com força, fazendo seu toque tonitroar nos ares, invadindo o céu. O demônio que se aproximava fugiu imediatamente. Khel estacou.

— Maldito seja, anjo, maldito seja!

Khel retomou a corrida, mas agora galopando para cima, fugindo.

— Seus amigos o levarão, anjo, mas eu o encontrarei, surrarei você até a morte e então te levarei para o inferno, anjo maldito!

Embaixo, no beco, os assassinos de Gregório fugiam.

Jaziam no chão três corpos: o cabeludo idiota, morto com um balaço na testa; Gregório, agonizante, e, ao seu lado, agonizava também o anjo.

Thal transpirava, sabia que logo estaria morto. Não resistiria. Sabia que os seus estavam a caminho. Viriam ajudá-lo. Porém, o anjo sabia que não lhe restava mais tempo. Sua pele não mais resplandecia paz, seus olhos não eram chamas. Oh, chuva! Por que demoras? Sem a força mágica da água do céu o anjo não resistiria. Sentia dor.

Thal olhou para o lado. Viu Gregório agonizante. O sangue misturava-se ao barro. A vida agarrava-se ferrenha àquele corpo humano, mas esvaía-se ligeira pelas perfurações abertas a bala, pelos órgãos que se recusavam a continuar funcionando, pelo coração que resfolegava, mostrando ser impossível sobreviver.

— Lamento, homem Gregório. Vejo que cheguei tarde. — sussurrou Thal.

O anjo juntou as forças remanescentes e moveu-se alguns centímetros, estendeu a mão, tentando alcançar a mão de Gregório.

As gotas de chuva bateram no peito do anjo. Não adiantaria mais soprar a trombeta. Quando os irmãos chegassem, o encontrariam morto. O anjo tocou a mão de Gregório e baixou o rosto. Sentindo a última lufada de ânimo escapar, Thal cerrou os olhos.

O céu gritou. Gritou imensamente. Em forma de trovão. O céu chorou. Chorou imensamente. Em forma de tempestade.

CAPÍTULO 7

SAMUEL ABRIU OS OLHOS e olhou perplexo para seu corpo. Estava coberto de sangue! A cama estava ensopada, empapada em líquido escarlate. Vera dormia pacificamente ao lado, com o rosto sujo no sangue de Samuel. Sentou-se abruptamente, soltando um grito sonoro vindo das entranhas. Então acordou...

Assustado respirava descompassadamente, rápido. Tudo normal. Tudo calmo. Lençóis brancos. Nenhum sangue. As costelas doíam à beça. Jeff havia partido duas delas, também havia aberto o supercílio direito. Incomodava, só isso. A esposa dormia calma. Tudo normal. Exceto aquele som pungente em seu ouvido. Era um trovão. O quarto iluminou-se. Duas, três vezes fragmentadas. Era relâmpago. O som sinistro tornou-se agradável. Era chuva!

Samuel levantou-se e abriu a janela. Acordou Vera aos gritos. A mulher demorou para despertar. Era madrugada. Duas horas talvez. Chuva! Vera gritou! Abriu um sorriso, beijou o marido.

— Se continuar assim nos próximos dias, ainda salvamos a colheita! — exclamou o homem alegremente.

— Teremos grandes milhos. Espigas enormes, gordas. Vamos ter um bom preço no mercado. E talvez, se tivermos tempo, não arrendaremos a fazenda! — Vera também estava excitada. — Como acordou, Samu? Só com o barulho da chuva?

Somente então Samuel parou de gargalhar. Lembrou-se. Não foi por causa da chuva que acordou, foi por causa do pesadelo. Daquele estranho pesadelo. Era como se estivesse morrendo, transbordando em sangue. Muito estranho.

— Tive um pesadelo, mas já passou. É que me assustei... tô com dor de cabeça. — comentou encabulado, como um guri.

Vera afagou-lhe os cabelos, como uma mamãe compreensiva.

Embalados pelo agradável tilintar da chuva, voltaram a dormir, sem pesadelos, sem tormenta.

Apenas chuva...

— Alguma coisa a gente tem de colher já. Existem contas pra pagar ainda nesta semana. — justificou Samuel aos homens.

Ele e os funcionários estavam reunidos em frente da casa, próximos ao celeiro. O céu cinza, encoberto por pesadas nuvens negras, deixava o dia imerso em agradável escuridão. Sentado em cima do trator, com um lado do rosto levemente inchado, com o chapéu sentado na cabeça, Samuel explicava sobre a necessidade de colher algum milho.

— Celeste, você pega os homens e começa a colher lá pra depois da curvinha, próximo do cercado. Aquele milho dá pra vender. Deixa tudo na caçamba da colheitadeira, depois a gente separa. Pode guardar no celeiro, mas não esquece de cobrir o colhido, graças a Deus parece que vai chover novamente, e o celeiro tá uma goteira só. — Samuel pulou de cima da máquina. No chão, arqueou-se um pouquinho; os ferimentos ainda estavam doloridos. Apertou o tórax, soltando um gemido.

Voltou para casa e ligou para o hospital. Marcou uma hora com o dr. Jessup. O velho médico da família insistiu e acabou convencendo o fazendeiro a esperá-lo em suas terras. Estaria na fazenda em menos de meia hora. Samuel aceitou.

Deitou-se na cama, olhando para cima. Vera logo chegou com uma xícara de café. Enquanto conversavam, revezavam a xícara.

— Conta direito essa história, Samuel. Como é que foi essa confusão de *kickboxer*?

Samuel riu.

— Não é pra dar risada, seu bobo. Você me aparece todo estourado! Quero saber o motivo, pô!

Samuel sentou-se.

— Já te falei. Aquele grandalhão nunca foi com a minha cara. Nunca briguei com ele. Não sou de sair dando porrada em ninguém, muito menos em beberrão. Imagine, o cara estava fora de si, praticamente indefeso. É a mesma coisa que bater num cego ou num tetraplégico...

— Aí então o coitadinho e indefeso do Jeff quebrou suas costelas e sua cara? — Vera estava indignada.

— Teve chance de fazer pior não fosse o cão do Anderson. Coitado. — resmungou o fazendeiro, lembrando que o cachorro também saíra ferido.

— O que aconteceu com o Anderson? — perguntou Vera apreensiva.

— Com ele, nada, mas com um dos cachorros dele. Enquanto o gordão me espancava, um dos cães o atacou e acabou machucado.

— Que horror! Foi grave?

— Sei lá, não vi mais nada. Aquele alcoólatra é um frustrado. Não posso bater. Não tenho o direito.

— Fala como se tivesse pena daquele beberrão.

— Não é pena, sei lá, parece pior. Pior, como se eu tivesse culpa...

— Oras, por quê?

— Ah! Sei lá! Depois que o irmão gêmeo dele morreu... sei lá, foi algum tempo depois que ele começou a beber.

Vera, quieta, acompanhou o marido até a porta. Samuel pôs o chapéu na cabeça e continuou a narrativa.

— Eu e meu irmão, lembra? — como Vera aquiesceu, Samuel prosseguiu. — Bem, nós dois costumávamos brincar com o Jeff e o irmão, dois pares de gêmeos; Jeff e Eric, eu e meu irmão Gregório. — completou Samuel.

O fazendeiro tomou mais um gole de café e foi sentar-se na varanda. Os homens há muito tinham sumido na curvinha e logo estariam com o milho colhido. Nuvens pesadas passavam baixas, tornando o dia escuro e frio, como aquele do qual se lembrava agora. O homem sentiu um aperto no peito. Aflição. As lembranças trouxeram outra espécie de fantasma... o rosto do irmão Gregório.

— Era um dia frio. Como não poderíamos nos divertir no lago, fomos a um pomar, na divisa de Belo Verde. Éramos garotos, adorávamos essas coisas. Lá, a gente encontrava goiabas deliciosas. Sempre roubávamos frutas ali. Havia um cão pastor que fazia a gente fugir. Era divertido. Estávamos lá pela terceira dúzia de goiabas roubadas quando ouvimos o cão vindo e o velho Elias gritando e xingando. Era hora de correr. — Samuel esboçou um largo sorriso, típico de lembranças com cheiro de infância. — Gregório foi o primeiro a descer e em dois segundos estava no pé da árvore. A cento e cinqüenta metros, ficava a cerca de arame farpado; passando, estaríamos a salvo. Saltei, seguido de Jeff. Moleques dos diabos! — praguejava o velho. O cachorro, enorme, já estava bem perto, dava pra ver os caninos brancos prontos para estraçalhar intrusos. Gregório já tinha começado a correr em direção a cerca. Eric. O Eric ainda estava lá em cima. Petrificado. Era a primeira vez que eu o via com medo. Costumava ser o primeiro a chegar ao pé da árvore. O cão vinha, e nós gritávamos para Eric descer. Senti o estômago embrulhar, com medo, nervoso. Jeff começou a correr. Eu fiquei lá, ia esperar mais alguns segundos.

Aí veio o estalo. Um galho partido. Um garoto caindo de cima da goiabeira. O cão chegando. Eu parado. Jeff gritando: Ajuda! Ajuda! Lá do outro lado da cerca, Gregório, imóvel, parado como eu. Eric tentou se levantar. Os médicos disseram que ele tinha quebrado um osso da perna. Não iria conseguir correr mesmo. Tentou novamente e começou a chorar. Gregório pulou para dentro do pomar novamente. O cão mordeu Eric no braço direito. O menininho gritava apavorado. Jeff gritava lá do outro lado da cerca. O velho gritava: — Larga, Thor! Larga! O cão mordia, mordia, mordia, selvagem. Nunca mais roubei nada. Foi uma lição muito dura para nós. Uma lição muito cara. Eric nunca mais se levantou. Nunca mais correu. Nunca mais roubou frutas do pomar. Quando conseguiram chegar ao hospital, o garotinho já estava muito mal. Morreu dois dias depois. Estava horrível... deformado, talvez tivesse sido melhor a morte. Samuel ficou uns instantes calado.

— É. É uma história e tanto. — balbuciou Vera.

— Na semana seguinte ao funeral, o pai de Jeff surrou-o todos os dias. Culpou Jeff pelo que aconteceu. O velho morreu três anos mais tarde, de tanto que se embebedava. Na adolescência, Jeff também começou a beber e a culpar a mim e a meu irmão pelo que havia acontecido. Tremenda besteira. Ninguém teve culpa naquilo.

— Então, meu amor, se você já sabe disso, já aceitou, por que se sente culpado?

— Sei lá. Sei que não sou culpado, mas sei que não posso bater naquele idiota... éramos amigos.

— E seu irmão? O que houve com ele?

Samuel tirou o chapéu e ficou brincando com ele, puxando as costuras. Balançou a cabeça, resignado.

— Meu irmão... Gregório. — suspirou. — Eu sempre fui o santinho, ele sempre foi o capeta. Quando eu aprontava, estava tudo bem, mas quando ele aprontava, oh, Deus! Aposto que ele realmente acreditava ser ruim, tão estigmatizado era. Hoje, analisando, acredito que o pastor, papai, era um grande e bom implicante. Gregório era apenas um moleque, infernal, mas um moleque. Adorava traquinagens. Foi sua escolha, só isso. Eu era quieto, mais responsável, mas um garoto também. Quando papai morreu, Gregório sentiu-se sem fronteiras, sem uma cinta de couro no traseiro. Dois anos depois, fugiu de casa, ainda moleque. Não escreveu nunca, não telefonou nunca. Sumiu. Era um garoto e tanto. Despreparado. — Samuel recolocou o chapéu na cabeça. Lá na frente, na curvinha, surgiu um carro. Era o doutor.

— Imagina onde seu irmão está hoje? — perguntou Vera interessada.

— Está longe. Talvez vivo, talvez morto. Quem sabe? Olhe, o doutor está chegando. — O carro vinha na estradinha, levantando um poeirão danado. — Gregório era do tipo imprevisível. Se estiver vivo, está muito bem. Se não, já morreu faz tempo.

O carro do médico Jessup parou diante da varanda. O velho doutor desceu, abanando-se.

— Olá, rapazes e moças. Espero que chova novamente, está ficando muito abafado. — O médico olhou para Samuel de cima a baixo. Até que não está tão mal, né, meu filho? Já vi o sinhozinho bem pior. Ainda dói muito?

— Coisa pouca, doutor. Coisa pouca. — disse Samuel, dando um tapinha nas costas e acompanhando o médico para dentro. — Vera, pega uma limonada para este velho aqui; vamos refrescar um pouquinho nosso visitante.

Os dois entraram rindo um bocado.

Lá pra depois da curvinha, os homens manejavam a máquina de colher, enchendo as esteiras com sabugos de milho. Celeste dirigia a máquina, atento ao caminho. Mais dois homens o ajudavam no que precisava. Conversavam animados a respeito da chuva. Se o aguaceiro continuasse, o resto do milho engordaria rápido, dando boas espigas e muito dinheiro. Estavam todos entretidos em boa conversa quando, de repente, Celeste desligou a máquina. Havia alguma coisa na plantação, talvez um animal ferido se contorcendo. Como ambos não entenderam o motivo da parada, Celeste apontou. Era algo grande...

Na casa, o médico examinava Samuel. Depois de certa expectativa, terminou os reparos nos curativos.

— Foi uma bela surra, garoto, mas não se preocupe, logo estará tudo novinho. Você é um homem forte e jovem, se restabelece em dois segundos. E só cuidar das costelas. Nada de peso e um pouco de repouso vão te fazer bem.

Um relâmpago iluminou o céu cinzento. Os homens se levantaram e foram para a sala, onde os esperava a jarra de suco gelado. Vera uniu-se aos dois e ficaram ali, jogando um pouco de conversa fora. Logo começaram a ouvir o tilintar das gotas de chuva tamborilando no telhado da casa. No minuto seguinte, era uma tempestade.

— Uau! — exclamou Samuel. — Que temporal!

— Diacho! Espero não ficar nesse atoleiro. — resmungou o médico.

Vera servia o suco quando, surpreendentemente, foram interrompidos. Um garoto entrou correndo na sala, encharcado pela chuva e tremendo muito. Era Antônio, ou melhor, Tonico, filho do agricultor Celeste, com cerca de quinze anos. Logo perceberam que não era frio que o fazia tremer, era medo, um medo paralisante, mas medo de quê?

— O que foi, Tonico? — perguntou Vera, assustada.

Samuel segurou-o pelos braços, tentando acalmá-lo. O rapaz precisou de alguns segundos para se refazer, então começou a falar, a falar sobre a plantação.

— Lá no milharal. Estávamos colhendo pra depois da curva. Uma hora, meu pai parou a máquina, desceu, dizendo que viu algum bicho ferido no mato, parecia um cachorro, um cachorro grande. Eu e o Ramiro ficamos em cima da máquina como ele mandou, então começou a chover, primeiro devagar, depois um aguaceiro danado. Não conseguia mais ver meu pai. Gritei e ele não respondeu. — o garoto estava chorando. — Então eu desci, vi um rastro de sangue no meio do milho. Tinha bastante sangue, que nem quando mata porco. Não achei o pai, só ouvi ele gritando alto, dizendo pra nós voltá e pedi ajuda pro senhor.

Samuel correu até o quarto. O pesadelo. Lembrou-se dele. Muito sangue era mau agouro. Seria um presságio? Um dos maus presságios? Agarrou a espingarda e benzeu-se. Voltou à sala, passando direto e saindo para a varanda, gritando ordens para todo mundo.

— Doutor, o senhor vem comigo. O menino disse que viu sangue lá. Talvez precisemos do senhor. Tonico, você leva a gente até o lugar. Vera, fique aqui, tranque as portas, logo estaremos de volta.

O trio pulou para dentro do jipe, inundado pelo aguaceiro. A chuva caía forte, dificultando a visão na estrada. Ainda era manhã, mas o dia havia submergido num breu ferrenho, em trevas assombradas. Samuel acendeu os faróis, forçando o jipe para alcançar logo a curvinha e evitar atolar no barro. O milharal balançava, bailando com a ventania. Tonico, no banco de trás, parecia orar. Estava assustado demais. O médico ia em silêncio, mas certamente muito nervoso. O jipe dançou na curva, jogando a traseira para fora. Samuel segurou o veículo na raça. Não tinha tempo para atolar ou apanhar da chuva. Jessup se agarrou ao banco, parecendo rezar com Tonico. Estavam saindo da curvinha, bem próximos à cerca. As roupas já estavam encharcadas, coladas ao corpo.

— Lá! — gritou o menino.

Samuel jogou o jipe para dentro do milharal. Avançaria até onde o chão permitisse. Logo viu a máquina parada, o outro caboclo sentado em cima da danada com os olhos esbugalhados.

Os homens saltaram para o chão, agitados.

Samuel correu, equilibrando-se sobre a lama escorregadia.

— O que foi, homem?

— Parece coisa de onça, patrão. Tem um rastro de sangue danado de esquisito dali pra frente. Achei melhor esperar o senhor, vai que é bicho mesmo. O maluco do Celeste se enfiou no milharal.

— E cadê ele agora?

— Tá lá.

Samuel coçou a cabeça. Afundou o chapéu na testa, que serviria para cortar a chuva, e engatilhou a espingarda. Avançou para dentro do milharal. Será que era onça mesmo? Há quanto tempo não ouvia falar de onça? A última estória que ouviu foi da boca de seu pai. Podia ser um cachorro grande, perdido. Estava muito escuro. O barulho da tempestade furiosa atrapalhava demais. Não ouvia coisa alguma. Os trovões reverberavam por segundos infinitos, dissolvendo-se lentamente no céu, chegando a empurrar o ar espesso. A natureza era assustadoramente poderosa nessas horas. Resolveu arriscar.

— Celeste! Celeste! Cadê você, criatura?

Samuel berrava com toda a força que conseguia extrair dos pulmões. Celeste era um de seus melhores ajudantes, e um amigo querido também. Tinha família ali na fazenda. Não estava na sua hora ainda. Gritou mais duas vezes. Uma pancada forte d'água veio trazendo muito vento. A ventania cortava entre as folhas, criando uma melodia sinistra, transtornando Samuel. O coração acelerou. Lá atrás ficara a luz do jipe. O farol não alcançava mais a parte do milharal onde estava, tornando o cenário absolutamente escuro. Toda a luz que conseguia agora vinha dos relâmpagos relutantes. Mais um trovão, longo e retumbante, encheu o céu de som. Apressou o passo pesado que teimava em afundar na terra molhada. Não era onça coisa nenhuma. Fazia mais de dez anos que não aparecia uma sequer. Com aquela escuridão, qualquer bichinho poderia ter assustado o pobre do Celeste. Mas o sangue? Naquela escuridão, tudo impressionava, somando-se o barulho da chuva... Onde estava o diacho do homem? Celeste não se perderia dentro do milharal! Lidara com ele todos os dias nos últimos sete anos. Talvez estivesse com medo. Medo suficiente para ficar em silêncio. Samuel parou de andar. Era com se estivesse sendo seguido. Olhou para trás. Nada ali. Certamente, iria ficar bastante nervoso, era questão de segundos. O milharal balançou. Uma folha de um pé próximo bateu em seu rosto. Voltou a caminhar, berrando o nome de Celeste. Um rosnado quase inaudível foi captado por seus tímpanos. Era um rosnado leve e pavoroso. Estacou. Girou os olhos junto com a cabeça, tentando encontrar a ameaça. Só enxergava o milharal escuro... assombrado, grandes lanças verdes apontando para cima, recebendo a chuva com gratidão, deixando aquele homem experiente bastante assustado. Diacho! Não podia ter nada naquele milharal! Era só o medo alucinado crescendo, confundindo-se com o recente pesadelo. Olhou para trás. Também não conseguiu enxergar nada. Lembrou-se do rastro de sangue. Que burrice! Deveria ter procurado pelo tal rastro; uma hora dessas, certamente já estaria com Celeste. Olhou para trás e apurou a visão, forçando a objetiva ocular a funcionar. Distinguiu uma minguada luz que deveria vir dos faróis do jipe e da colheitadeira. Andou apressado naquela direção. O rosnado invadiu sua cabeça mais uma vez. Havia alguma coisa no seu encalço. Alguma coisa assustadora e grande. Ouvia um galopar abafado pela lama. Patas afundando no barro molhado. Não era onça! Não podia ser uma. Era algo que transpirava terror. Um adocicado odor de enxofre instalou-se em suas narinas. Enxofre? Não pôde olhar para trás, mas já sabia. Era uma fera que o perseguia, uma fera que esmagava a plantação, tentando alcançá-lo. Samuel correu o mais rápido possível. Ouvia o rosnado cada vez mais nítido. Estava apavorado agora. O bicho o perseguia velozmente, as patas afundavam na lama bem mais próximas. Os calcanhares pressentiam a presença da fera. Era algo mau, fedendo a enxofre. Os faróis apareciam nítidos; a luz já o alcançava. Logo estaria junto do jipe e, então, arriscaria uma olhada para trás, arriscaria um tiro. Samuel apertou a corrida. A luz já tomava boa parte do milharal à frente. Percebeu que a fera diminuía a fúria à medida que se aproximavam da luz. Quanto mais iluminado ele ficava, mais seguro se sentia. O odor de enxofre não era mais captado. O rosnado diabólico tampouco. Aproximou-se do jipe, diminuindo o passo. Voltou-se lentamente, arriscando uma olhada. Sabia o que encontraria. Nada, somente o milharal e a chuva. As espigas balançavam frenéticas, acariciadas pela bendita água da chuva. Só isso. Um vaivém monótono, sem monstros cheirando a enxofre. Sem rosnados de onças fantasmas. Ainda assustado, conseguiu soltar um sorriso de alívio, acompanhado de um resmungo descontraído. Porém, logo perdeu a expressão calma. Sabia que aquilo lá não era onça coisa nenhuma. Algo o advertia, algo mais perigoso, muito mais que uma onça, que um tigre.

Samuel virou-se novamente na direção do jipe e da colheitadeira. Estivera tão excitado que não havia dado por falta dos homens. Onde diabos estavam todos? Andou até o jipe e ouviu um zunzunzum. Correu para adiante e viu-os do outro lado da colheitadeira, acocorados em semicírculo juntamente com Celeste. O dr. Jessup tinha o semblante preocupado, socorrendo um homem caído, estirado na lama e coberto... coberto de sangue. Samuel aproximou-se lentamente, surpreso. Tirou o chapéu, respeitosamente, e abaixou-se junto à turma, largando a arma. O homem ferido estava vestido de jeans e camiseta preta; por cima, uma jaqueta de couro, também preta, envolto em sangue abundante. O doutor aplicava respiração boca-a-boca e massagem cardíaca. Samuel chegou bem perto a fim de identificar o ferido. Seus olhos se arregalaram. Empalideceu e sentiu a cabeça tomar um choque.

— Meu Deus do céu... — murmurou, quase sem voz. — Não pode ser verdade...

— Vamos, Samuel. Temos de levá-lo ao Municipal. Já! — ordenou o médico.

CAPÍTULO 8

O OLHO ESQUERDO DOÍA à beça. Os dois homens o surraram por mais de hora e meia, sem intervalo para comerciais. Por sorte, já estavam cansados. Renan cuspiu sangue e mais um dente. Já devia ter anoitecido. Não vinha muito barulho da rua. O lábio superior e o nariz estavam tão inchados que pareciam massa de carne defeituosa. Estava classicamente amarrado a uma cadeira, mais desconfortável do que o comum. Sua cara permanecia colada ao chão para diminuir o mal-estar que a posição causava. Estava preso no galpão há dois dias. Na noite anterior, acreditava que o parceiro havia tido algum contratempo. Mas naquela noite, pensava diferente. Sabia que nunca mais veria seu mentor. Sabia que fora trocado por um bom punhado de coca. Cuspiu novamente. Um incisivo rolou para fora da boca destruída. Não, Gregório não voltaria mais, Renan sabia. Agora sabia que Gregório era só mais um filho da puta, e seu rosto camarada misturava-se e diluía-se na legião de outros camaradas que conhecera. Na verdade, não era com Gregório que se preocupava naquele instante. Seu problema tinha outro nome e sotaque hispânico: Pablo. Renan não pôde olhar para o relógio de pulso (ainda teria um relógio de pulso?), mas sabia que não tinha mais tempo. Pablo viria a qualquer momento. Como seria morto? Só não queria ser afogado nem queimado. Não tinha mais lágrimas nem preocupação. Um chute com o bico de uma bota o fez desmaiar.

O homem de colete colocou a cadeira de pé e olhou para o relógio. Sabia que estava na hora do chefe chegar. A cabeça do guri pendia pro lado esquerdo, e o olho estava afundado na órbita, gotejando sangue. A fisionomia deformada do garoto estava repugnantemente perfeita.

A porta da frente abriu, iluminando debilmente o pátio do galpão. Era Pablo. Vestia um sobretudo escuro, encharcado pela chuva, e luvas de couro preto. Avançou em passos lentos, parando a uns três metros do guri. Olhou para o rapaz com ar de repulsa. Consultou o relógio, Gregório ainda tinha um minuto e meio. Pablo irritou-se.

— Quem fez isso com o garoto?

— Fui eu. — respondeu o homem de colete.

— Claro! — vociferou Pablo. — Você anda esquisito esses dias, Jorge, Gregório poderia ter chegado agora, agorinha mesmo. E o que ia encontrar? Hein? Seu palerma! — O traficante moveu-se irritado, encarando o comparsa. — Eu cumpro meus tratos! O menino deveria estar intacto. Cê tá me entendendo? Tá entendendo, mula?! — Pablo continuou gritando; o de colete ficou desconcertado, pois não esperava aquela reação por parte do chefe.

— Você vai matá-lo mesmo. — retrucou o capanga.

Pablo sacou a pistola. Conferiu o relógio. Tempo acabado. Sapecou a cabeça de Renan com um disparo certeiro. O garoto nem percebera o que tinha lhe acontecido, se estivesse sonhando...

Pablo apontou a arma para Jorge, o homem de colete, e descarregou o restante das balas enquanto gritava, intercalando a locução com cada disparo:

— Detesto - que - me - deixem - nervoso!

O de colete tombou morto como todo bom defunto. O outro capanga permaneceu calado.

— Gosto de cumprir meus tratos e promessas. Cumpri o trato, agora só me resta a promessa. — Pablo guardou a pistola no coldre, fez sinal para o outro homem e ambos saíram do galpão. — Vamos pegar aquele monte de merda do Gregório.

Quinze minutos depois, Pablo estacionava o sedã em frente do prédio de Gregório. Sabia que não encontraria o fodido em casa, mas em algum segundo de azar, em algum descuido, poderia ter deixado qualquer vestígio ou rastro de onde fora esconder o rabo.

— Sei que o cara não seria tão burro de ainda estar aqui. — disse Pablo para o auxiliar. — Por via das dúvidas, espere em baixo, Ney. Se o safado aparecer, é só passar fogo. Não precisa perguntar nada, nem dar bom-dia.

O homem assentiu com a cabeça.

Pablo adentrou o prédio, subindo as escadas rapidamente. Examinou a porta. Estava encostada, e parecia ter sido forçada. Talvez Gregório tivesse outras dívidas e cobradores muito irritados. Pablo sacou a pistola e entrou lentamente, sem produzir ruído. A sala estava vazia. Os móveis pareciam adormecidos, inertes no tempo. A janela aberta permitia à luz da lua inundar o recinto. O chão junto à janela estava molhado, com uma pequena poça dágua, pois tinha chovido muito pela madrugada. Quer dizer que ninguém voltara para abaixar os vidros. Pablo entrou no quarto. As portas do guarda-roupa estavam escancaradas, e o móvel, vazio. Em cima da cômoda, um copo de café frio. Ouviu sirenes. Colocou a arma no bolso do sobretudo, segurando-a pelo gatilho. As sirenes pararam. O som não era de viatura militar, talvez ambulância. Vasculhou algumas gavetas, quase todas vazias ou com objetos inúteis e contas a pagar. Voltou para a sala. No cantinho, perto da janela, havia um papel cor-de-rosa, quase escondido pela cortina. Abaixou-se para apanhá-lo. No corredor, formou-se uma algazarra terrível. Pablo correu para a cozinha, recostando-se à parede, e aguardou um momento. Se quisessem entrar, já o teriam feito. Alguma coisa estava acontecendo no apartamento vizinho, mas não no de Gregório. Muita gente subindo as escadas. Isso não era bom. Pablo desdobrou o papel cor-de-rosa. Era uma passagem rodoviária para Belo Verde. Sorriu nervosamente.

— Peguei você, seu safado.

Retornou à sala e espiou pelo olho mágico. Viu um entra-e-sai frenético no apartamento ao lado, o mesmo com que ele havia se confundido dias atrás. Abriu a porta lentamente, saindo para o corredor, alcançou a escada e desceu sem ser percebido. Logo em seguida alguns paramédicos saíram do apartamento vizinho puxando uma maca. Eloísa falecera naquela madrugada, vítima de um ataque cardíaco fulminante. Naturalmente, não foi para o trabalho, ficando o dia inteiro ausente. Pela tarde, uma de suas colegas, preocupada com a ausência da amiga, decidiu fazer-lhe uma visita. Seria natural alguém faltar ao emprego, mas não Eloísa... ela ao menos teria ligado. Doralice, a colega, insistiu na campainha e, não obtendo resposta, chamou o zelador, que também estranhou a história. Cinco minutos depois estavam dentro do apartamento da falecida, entristecidos e resignados com o fim da velha senhora. Chamaram o serviço de emergência, mas não adiantaria correr. Ao entrar no apartamento, lembrava Doralice, sentiram um mal-estar danado. Caso se concentrassem um pouquinho, só um pouquinho, conseguiriam enxergar os três demônios cacarejando e rindo no canto do quarto; se reparassem mais um pouco, poderiam até ouvi-los e sentir o cortante odor de enxofre que banhava o recinto. Talvez...

Khel desceu galopante assim que viu Pablo. Juntou-se ao bandido lá em baixo, na rua. Pablo preparava-se para entrar no carro.

— Sei para onde o safado foi. — sentenciou.

— Aonde? — perguntou Khel.

— Aonde? -indagou Ney.

— Foi para Belo Verde. Foi esconder seu rabo sujo naquela cidadezinha. — os olhos de Pablo chispavam em verdadeira cólera. — Se ele pensa que vai ficar numa boa, que pode deixar barato, está enganado. Ninguém brinca comigo se não for esperto o suficiente para manter-se escondido.

— Como descobriu? — Ney perguntou, enquanto manobrava o carro, tentando alcançar a avenida.

Pablo atirou o papel em seu colo.

— Uma passagem de ônibus.

Ney, pelo retrovisor, viu os paramédicos colocarem o corpo de Eloísa dentro da ambulância.

— Ei! Morreu alguém naquele prédio! — exclamou para Pablo, já saindo com o carro.

Khel olhou para o veículo e gargalhou animalescamente, saltando para fora do carro.

— É, eu sei. — respondeu Pablo, que gargalhou semelhante à fera, assustando Ney.

Khel juntou-se aos outros dois demônios e relatou o que descobrira.

— Thal está vivo! Eu posso sentir! O anjo está lá, junto do mortal, o tal Gregório. Vamos a Belo Verde agora! Vamos matar o anjo agora! — Khel rugiu e xingou. Os três demônios partiram galopantes, seguindo para o norte, seguindo para Belo Verde.

CAPÍTULO 9

VERA ENTROU NO QUARTO trazendo uma jarra com água e colocou-a em cima do criado-mudo. Gregório estava deitado na cama de solteiro, envolto em lençóis brancos. Thal estava de pé no quarto, observando a mulher, com sua costumeira expressão serena. Parecia cansado. O anjo ainda carregava consigo as cicatrizes da última batalha. O demônio praticamente o liquidara. Suas forças extinguiram-se antes que o socorro chegasse. Nem lembrava dele próprio ter efetuado a manobra. Era uma violação apossar-se de um humano. Fora seu instinto de sobrevivência que fizera aquilo. Só podia ser.

Vera tomou a temperatura de Gregório. Estava febril desde a chegada, dois dias atrás. Chegada? Deus, o que fora aquilo? Chegada certamente não seria a palavra mais apropriada. Aparição, esta sim, parecia muito mais adequada.

O anjo caminhou pelo quarto, cruzando a cama, trespassando a matéria, que para a criatura não consistia em obstáculo. Aproximou-se da janela e trespassou a parede. Thal ficou do lado de fora observando a plantação de milho. Lembrava-se dela. Era noite, era frio, era como se estivesse morto, mas lembrava-se do milharal, lembrava-se da dor e do sangue, sangue de um homem, o sangue sagrado de um mortal.

Lá dentro, Vera embebia as ataduras em água morna, passando-as sobre o peito de Gregório, sobre os ferimentos. Esses machucados pareciam bem estranhos. No hospital, examinaram-no declarando ser ferimentos apenas superficiais, e, de fato, não havia nenhum dano interno, nenhuma hemorragia. Gregório ficara um dia inteiro em observação. Apesar de não ter acordado, embora todos os exames dessem resultado normal e condição hemodinâmica estável, o dr. Jessup responsabilizara-se pela remoção do homem para a casa da família. Os ferimentos, na manhã seguinte, já estariam cicatrizados, apesar de inchados. Pareciam machucados à-toa, mas então por que tanto sangue? Tonico ficara muito nervoso naquela noite, após o ocorrido. Contara a Vera que os homens da fazenda tinham levado um cara parecido com o patrão para o hospital. Estava inquieto porque acreditava que o homem estava morto, sangrando demais. Sim, os ferimentos eram bem estranhos. Vera lembrava-se vagamente de Gregório, ainda um rapazola adolescente. Desde aquela época estava interessada no outro irmão, Samuel. Lembrava-se que Gregório vivia metido em encrencas, confusões. Por muito pouco não havia sido encaminhado para um internato para rapazes. Samuel sempre fora o mais comportado. Não estava metido em brigas e muito menos com bebida e cigarros. Não era um bolha, isso não era. Sempre fora espirituoso, corajoso, empreendedor. Era o preferido de seu pai. Desde cedo, fora um homem de verdade, e como Vera se lembrava disso! A mulher sorriu, descontraída, mas logo retomou a fisionomia sóbria. Gregório havia movido ligeiramente as pálpebras e, devagar, a expressão branda começou a alterar-se, tornando o rosto agitado.

Do lado de fora o anjo sentiu-se fraquejar. Estendeu as mãos, observando que estavam sem o brilho natural, e o que era pior, desintegrando-se. Thal caiu de joelhos sem forças... Talvez se houvesse chuva, talvez com a chuva se sentisse melhor. O anjo, horrorizado, desapareceu.

— Ahhhh! — gritou Gregório, despertando sobressaltado. Quando deu por si, estava sentado na cama, observado por uma desconhecida, uma estranha mulher, estranhamente familiar.

— Está tudo bem? — perguntou Vera, assustada de verdade.

Era óbvio que nada estava bem, ela sabia disso, mas fez a pergunta para quebrar o gelo.

— Não. — respondeu Gregório, com os olhos arregalados. Quem é você? Te conheço? Eu... eu te conheço, não conheço?

— Conhece. Faz tempo, mas conhece. — Vera soltou a compressa e levantou-se agitada. — Espere aqui! Vou chamar uma pessoa que está louca para falar com você. Espere aí. Não levanta! — Ela saiu do quarto às pressas, quase correndo.

Gregório olhou à sua volta, explorando o quarto com a visão. Não conhecia o lugar. Vasculhando a memória, de fato, não fazia a mínima idéia de onde estava. Em meio a pensamentos confusos, tentando lembrar-se de alguma coisa recente, resolveu levantar-se da cama. Não conseguiu. Foi tomado por uma dor tremenda, como se tivesse sido espancado, com vários músculos machucados. Tombou na cama contorcendo-se de dor. Fechou os olhos e uma visão surgiu como um *flash*: o homem apontava-lhe uma arma. Um calafrio percorreu-lhe o corpo. O que estava acontecendo?

Samuel manobrava o trator para fora da plantação. Estava contente com as chuvas recentes. Colheria uma pequena parte do milho, o restante da plantação ficaria no pé, engordando. Olhando em direção à casa, avistou Vera correndo ao seu encontro, acenando com energia, no suave declive gramado. Sorriu de volta para a mulher, abanando o chapéu de palha. Saiu do milharal e foi encontrar-se com a esposa. Logo alcançou-a. Como a amava!

— Que é essa correria toda, mulher?

— É o teu irmão, ele acordou!

— É!? — espantou-se Samuel.

— Vamos para lá. Ele parece bem, acho que vai poder nos explicar o que aconteceu com ele.

Samuel dirigiu o trator no sentido da casa.

Gregório levantou-se da cama, caminhando envergado, lentamente. O peito e o abdome estavam cheios de caroços. Caroços duros, esquisitos e, aparentemente, responsáveis pela dor. Abriu a porta do quarto, caminhou até o corredor, indo sentar-se numa cadeira na sala. Sentia uma harmonia pairando no ar. Sentia-se bem ali. Olhando pela janela, percebeu estar no que parecia ser uma fazenda. Ao lado da cadeira havia uma pequena cômoda, em cima da qual encontrou um retrato. Era ele, abraçado com a mulher que vira há pouco. Ficou com o porta-retratos na mão, observando-o demoradamente, perdido. O que significava aquilo? Ouviu o som de um veículo aproximando-se, e, pela barulheira do motor, parecia um trator. Aquela garota... lembrava-se vagamente de sua fisionomia. Parecia com algo de criança; a sensação de traquinagem e coisas de moleque pareciam bem vivas. Não, não era ele naquela fotografia. Era seu irmão, seu irmão gêmeo, Samuel!

A porta da sala abriu-se. Samuel entrou, encarando Gregório de maneira vacilante, mas com um sorriso estampado no rosto. Vera entrou em seguida. Gregório estava de pé, perplexo. Fazia muito tempo que não via o irmão, muito tempo mesmo. Quinze anos, talvez mais.

Samuel deixou os olhos marejar. Queria dizer tantas coisas! Estava tão emocionado que nada saía. Há quanto tempo não olhava naqueles olhos, há quanto tempo não encarava aquele rosto tão seu, aquele espelho vivo! Apesar disso, a sensação era a mesma... era como se olhasse para dentro dele próprio, mas com muito medo daquela porta. Uma porta íntima de seu irmão, prestes a aprontar uma daquelas. Entretanto, como aquela sensação era boa! Ah, se era!

— Gr-Gregório... — foi o que Samuel conseguiu balbuciar. O peito cheio, a boca vazia.

Ele avançou, abraçando fortemente o irmão. Gregório repetiu o gesto, porém logo os dois se largaram, cada qual reclamando e gemendo suas dores. Gregório com os estranhos caroços, e Samuel com as costelas doloridas. Riram.

Vera também entrou na gargalhada.

Gregório e Samuel sentaram-se frente a frente, ensaiando uma conversa emocionada. Cinco minutos mais tarde, sentaram-se à mesa da cozinha para o café da tarde. Gregório vestia roupas emprestadas por Samuel. Calça *blue jeans*, botas de fazendeiro e camisa xadrez vermelha.

— Como você veio pra cá? — perguntou Samuel.

— Não sei... estou mais confuso do que vocês, podem crer. — respondeu, mexendo a xícara cheia de café com leite; leite tirado na hora. — De verdade, estou confuso. Acho que me preparava para vir visitá-lo, mas não desta maneira, certamente. Eu estava vindo pra cá... acho que pra descansar. Eu comprei... eu ia... — Gregório enfiou a mão no cabelo, como se pudesse extrair alguma coisa da cachola. — Estranho... nem me lembro de ter tomado o ônibus.

— Você estava bastante ferido; lembra como aconteceu? Quem fez isso? — perguntou Vera.

— É, são machucados bem estranhos; você sangrou demais. — emendou Samuel.

Gregório balançou a cabeça negativamente. Não se lembrava de nada. Não se lembrava de ter sido atacado ou assaltado, o que seria uma suposição normal. Também não se lembrava daquela noite terrível. De que não era um homem de hábitos normais, de ter matado o cabeludo, de ter sido atingido e morto por vários disparos, do anjo Thal despencando a seu lado. Não lembrava. Não se lembrava daquela noite.

— Como não sabe?! — perguntou Samuel espantado.

— Não sei. Sei lá... É tudo tão nebuloso. Não me lembro nem da minha última refeição, pra você ter uma idéia.

— Na verdade, isso é bem estranho. Um dos meus homens te encontrou no meio do milharal. Pensou que você estivesse morto, mortinho da silva. Isso por causa do sangue. — Samuel apanhou mais café no bule. — Tonico, o filho do Celeste, o homem que te achou, o moleque chegou aqui branco que nem um osso fresco. Disse que o pai sumira no milharal no rastro de um bicho. Eu e o dr. Jessup partimos pra lá. Tava um temporal danado, muita chuva. Cheguei de espingarda e parti atrás do Celeste, achei até que era bicho, onça. No final das contas, o homem tinha é te encontrado quase morto. Escapou de uma, mano, se não fosse o Jessup estar ali... — Samuel entornou o café, uma golada só.

— Eu lavei suas roupas e achei coisa esquisita. Tinha um maço de dinheiro na jaqueta. Tá tudo guardadinho. A calça estava cheia de barro, e não era barro da fazenda, não. Ah! A jaqueta tá bem estranha, quer ver? — perguntou Vera entusiasmada em resolver aquele mistério.

— Claro. Pode ser que elucide alguma coisa. — respondeu Gregório, igualmente empolgado.

Samuel foi para a sala, ligou para o dr. Jessup pedindo que viesse fazer uma visita para o irmão gêmeo recém-desperto, Gregório.

✠ ✠ ✠ ✠ ✠ ✠

A garota do caixa levantou a cabeça e espiou para fora. Anderson aproximava-se do minimercado. Vinha tateando o caminho com a bengala, segurando pela coleira os cães dálmatas. Porém, tinha apenas dois dos cachorros. Charlie havia sumido desde que fora ferido por Jeff, dias atrás. O pobre cego estava ficando louco sem o seu terceiro cão, revirando as ruas, assobiando a todo momento. Alguns homens da borracharia prontificaram-se a ajudá-lo, mas parecia inútil: o danado tinha desaparecido feito assombração. O cego entrou, deixando os animais fora, fazendo a campainha da porta tilintar.

— Nada ainda, Anderson? — perguntou a garota, num tom solidário.

O cego meneou a cabeça negativamente.

— Não sei onde aquele cachorro foi se meter. Disseram que estava bastante ferido. Maldito Jeff. Ele vai pagar por isso. — prometeu.

Hélida estendeu uma sacola.

— Toma aqui, Anderson. Tem pães e um refrigerante. Ande logo, o velho rabugento pode voltar a qualquer minuto.

O cego apanhou a sacola com o lanche, agradeceu à garota e saiu do estabelecimento rapidamente.

— Boa sorte! — gritou Hélida para o cego.

Anderson desceu a rua e serviu-se do banquete sentado numa mureta, usando um toco de árvore como mesa. Recebera quatro pães doces dentro da sacola. Atirou dois para os cães, ficando com a diferença. Certamente, comeria apenas um se Charlie não tivesse sumido. Pobre Charlie!

O final da tarde se aproximava. Se os homens da borracharia não o encontrassem, provavelmente dormiria mais uma noite no frio escuro se já não estivesse morto, vitimado pelo ferimento a vidro provocado pelo pinguço imprestável. Na realidade, Anderson não estava feliz. Pensando no fim de seu mais querido dálmata, continuou deleitando-se com os pães e o refrigerante Sukita.

✠ ✠ ✠ ✠ ✠ ✠

De trás da curvinha, surgia o carro. Era o doutor. Depois que os pneus largaram o cascalho, o velho carro começou a levantar aquele poeirão danado.

Vera viu o médico se aproximando. Saiu do alpendre, entrando na casa para avisar sobre o visitante.

Os dois irmãos ainda conversavam. Gregório examinava o jaquetão de couro, estranhamente perfurado em vários pontos, lançando algumas suposições. Após sugestões diversas, chegaram à conclusão de que nenhuma tinha fundamento. Em resumo, continuavam sem saber nada.

— Ei, meninos, o doutor está chegando. — avisou a mulher.

Samuel levantou-se e auxiliou Gregório a caminhar até o quarto, onde seriam examinados.

— Vai chover! — exclamou Gregório, alegremente.

— Seria muito bom se chovesse de novo.

— Vai chover, com certeza. Daqui a uns quarenta minutos, eu acho.

Samuel soltou o irmão na cama. Coçou a cabeça, olhando pela janela. Não que a idéia não o agradasse, mas acontece que o céu estava limpinho, sem uma nuvenzinha sequer bordando o poente. Seria difícil.

O dr. Jessup entrou no quarto, brincalhão nos cumprimentos. Segurou firme a mão de Gregório, demorando-se, encarando o rapaz.

— Você foi muito forte naquela noite, garoto. Sabíamos que não iria morrer. Foi uma grande luta. — disse o médico.

Gregório apertou-lhe a mão, como um carinho.

— Bem, tire a camisa. Vamos ver esse tórax como está.

A consulta começou.

✠ ✠ ✠ ✠ ✠ ✠

O vento batia forte no topo da colina. Lá de cima via-se a cidade, que não era grande coisa. A avenida principal cruzava toda a vila, sendo possível distinguir até algumas casas de comércio, como a madeireira do velho Genaro.

O cachorro não agüentava mais caminhar. Estava perdido, faminto, ferido e quase morto. Parecia decidido a ficar ali, esparramado na relva, esperando seu fim chegar com a noitinha. Esperando. Esperando o menininho Cage vir para enterrá-lo no sinistro cemitério de animais, onde descansaria eternamente. Ou então dormir algumas horas no túmulo indígena maldito e retornar ao seu dono amaldiçoado ao som de Ramones, ao bom estilo de King em *Pet Cemetery*. O vento varreu o morro e fez o mato farfalhar. O cão tombou, vencido pela hemorragia e pela fraqueza. Ganiu solitário. Fome e sede. Não... certamente, o pequeno Cage não viria. O dálmata respirava vagarosamente. O ferimento nas costas não sangrava mais, porém tornara-se uma ferida podre, onde moscas e vermes se divertiam. Uma infecção espalhara-se por todo o corpo do animal, deixando-o inchado e febril.

À espreita, empoleirados num tronco caído ali próximo, três demônios em forma de cães zombavam. Khel encontrara a cidade e, agora, uma nova identidade. Naquela noitinha seria Charlie, o dálmata. Teria um corpo material para vagar entre os homens.

O cão lançou um último rosnar, terminando com um longo suspiro. Estava morto.

Khel arreganhou a boca, gargalhando demoradamente. Mataria o anjo. Thal logo estaria morto. Morto dentro do corpo do mortal.

O céu se cobriu de nuvens negras. Trovejava e relampejava.

Era a hora da chuva!

✠ ✠ ✠ ✠ ✠ ✠

— Bem, os ferimentos ainda estão inchados — Jessup retirou o termômetro da boca de Gregório. — mas não há sinal de infecção... nem febre... Ao que parece, o pior já passou. Vou levar esta amostra de sangue para novas análises. Particularmente, acredito que você tomou uma surra. Essa amnésia... vamos observar mais uns dias. Acho que terá de ir até Barraquinha fazer uma tomografia. Entendo esses caroços como decorrentes de alguma arma ou objeto contundente utilizado no espancamento.

Não acredito que seja alguma doença, nunca vi sintomas como estes. A dor dos ferimentos deve desaparecer em uma semana, aproximadamente.

Gregório assentiu com a cabeça.

— Quanto a você, Samuel, continue tomando a medicação que passei. Logo estará bem. Um pouquinho de descanso não mata ninguém. — Jessup apanhou a maleta. — Por enquanto, é isso, rapazes. Deixem-me ir andando; parece que o tempo virou de vez. Não quero ficar preso em nenhum atoleiro por aí.

Vera acompanhou o médico até o carro. Já estava escuro e frio, a noite havia sido tomada por uma ventania furiosa. Relâmpagos percorriam o horizonte, como tentáculos elétricos e efêmeros, arrastando-se pela terra, anunciando a chuva.

Gregório abriu parcialmente a janela do quarto, deixando a ventania invadir o cômodo.

— Você sabia, seu bruxo! — brincou Samuel. — Como sabia que ia chover hoje?

— Sabia. Só isso. — Gregório aspirava demoradamente aquele cheiro bom de chuva. — Eu adoro chuva! Faz-me forte. Vai ser uma chuva longa. Boa pra tua plantação. Boa pra mim. Para as energias.

Gregório ficou parado de frente para a janela, vestindo apenas uma calça jeans. Os calombos ainda estavam bem altos, marcando as costas e o peito.

Samuel ficou junto do irmão. Jogaram alguma conversa fora, lembrando amigos e situações. Depois, começou a contar a Gregório quão duros estavam sendo aqueles dias secos e quão feliz foi a chegada da chuva. Antes, desesperado, pensara até em arrendar parte da fazenda, mas agora, com as chuvas agindo na plantação, isso definitivamente não seria preciso.

— Já colhemos bastante milho, o suficiente para segurar as pontas. Como a safra estava comprometida, vai ser fácil vender o que tem aí. Amanhã chega a madeira encomendada para o conserto do celeiro. Vai ser uma trabalheira danada.

— Oba! Uma boa agitação deverá me fazer muito bem. — empolgou-se Gregório. — Quero ajudar.

— Será bem-vindo, mano. Amanhã te apresento pra turma da lida.

— Ei, meninos, estão com fominha? — perguntou Vera. — Vamos preparar um jantar caprichado!

— Boa idéia. — Samuel levantou-se e acompanhou a mulher.

— Se não se importam, eu vou tomar um bom banho. — avisou o gêmeo.

Samuel apanhou uma toalha e arremessou-a ao irmão. Não demorou muito e Gregório estava debaixo do chuveiro.

✠ ✠ ✠ ✠ ✠ ✠

Saindo do beco escuro, o dálmata cruzou a rua. O cão respirava descompassadamente, entre um rosnar nervoso e outro. A ferida pútrida adquirira um forte odor de enxofre, e o sangue parara de escorrer completamente. Não havia mais infecção, não havia mais dor, não havia mais vida no velho cão. Havia apenas ódio e danação.

O cão farejou o ar. Precisava encontrá-los, seus antigos irmãos, para tornarem-se novos. Ouviu um assobiar próximo. Um som conhecido do velho ouvido, um som que despertou o velho instinto. O antigo dono chamava. E ele iria atendê-lo, não como Charlie, mas como Khel, o demônio das trevas. Seria uma grande surpresa. Como seria!

Anderson já estava pondo fim à esperança de encontrar o pobre Charlie. Preparava para recolher-se ao barraco próximo à estrada de ferro. Os primeiros pingos de chuva começavam a despencar, e ele não queria uma pneumonia como a do ano anterior. Apesar do vento e dos trovões, conseguiu distinguir um ruído, quase imperceptível. Aguçou os sentidos. Havia alguém se aproximando. Não. Não era uma pessoa. O odor de enxofre inundou seu nariz. Era algo movendo-se maldosamente sobre quatro patas. Os dálmatas se agitaram, começando a ladrar ferozmente.

— Quem está aí? — perguntou o cego, dando passos para trás em busca de defesa.

Nenhuma resposta.

Anderson pressentiu um animal. É claro que ele não responderia.

Os cães escaparam descontrolados e latiam enraivecidos em direção à fera, atacando-a. Sabiam que não era o velho irmão, mas algo mal, demoníaco. Lowi foi mordido na garganta, enquanto Joe cravava os caninos nas costas do cão maligno. Porém, o velho corpo de Charlie não sentia dor e agora parecia muito maior que o de seus irmãos. Duas vezes maior e mais poderoso! Khel se instalara, e aquela peleja, para ele, era brincadeira. Sua fúria verdadeira estava reservada para outro adversário. Em um segundo, rasgou a garganta do outro cachorro. Um pouco de treino para se adaptar ao corpo físico não faria mal.

Anderson se afastava dali quão rápido podia. Era algo muito grande e feroz, não era Charlie, o seu predileto. Por um instante, ouviu a briga dos cães, logo seguida de ganidos. Rápido demais. A besta levou quase um minuto para derrotá-los. Amava os cães, mas alguma coisa parecia gritar em seu ouvido para correr. Sua vida estava em perigo. Então ouviu os ganidos de dor. Primeiro um. A chuva apertara, impiedosa. Depois outro. Então, o silêncio... o pavor. Estaria a fera satisfeita? Seria ele o próximo? Pavor. Anderson corria livre. Como se enxergasse cada metro que avançava. Correu velozmente. Para frente. Para frente. A chuva preenchia sua audição, infiltrando mais a cada trovão. Era como se a fera gritasse. Era como se ele gritasse. Era o mundo gritando. CORRE! Corre, cego maldito! Ele está atrás de você, pronto pra te comer vivo, fazer você sofrer! Sem ver. Sem ouvir. Sem falar. Para frente. Foge. Um ar quente no rosto. Um dente afiado no pescoço. Para frente. Com poesia. Para frente. O cego caiu no chão. Sem ver. Dentes selvagens percorrendo todo o corpo. Para frente! Não era um cão. Sem ouvir. Ele sabia. Sem falar. Ele sabia. Desesperado, sabia. Eram dois. Para frente, cego idiota. Era dor. Ou eram mais...

✠ ✠ ✠ ✠ ✠ ✠

A chuva descia forte, encharcando o milharal. Samuel olhava para a plantação, repleto de contentamento.

Gregório saiu do banho. Passou suavemente a toalha pelo corpo, secando as feridas. Como doíam aqueles calombos! Chegou ao quarto de hóspedes onde a janela permanecia aberta. A chuva caía para o lado de dentro, formando uma poça enorme no assoalho. Gregório aspirou aquele odor. A chuva! Desde quando se sentia assim? Atraído pela chuva, como uma namorada nova. Estranhava, mas era bom! Ah, era fascinante! Andou em direção à janela. Pisou na poça d'água. Seu corpo arrepiou-se dos pés até a cabeça. Não era frio! Era algo. Sim! Simplesmente algo! Algo estava mudando em seu corpo. Em todo o corpo. Sentia-se forte! Sentia-se bravo. Sentia-se cheio de todas as coisas boas que podia sentir. Entusiasmo! Queria ajudar o irmão. A chuva era benéfica. Seus passos pareciam querer sugar aquela poça inteira. Sentia a chuva! Parecia em transe. Outros sentidos estavam sendo despertos. Podia ouvir! Sim! Ele podia ouvir! Ouvir cada gota do céu cortando o ar, criando um enorme silêncio um décimo de segundo antes de tocar o solo. Então, ouvia cada uma delas espatifando-se no chão. Quando na terra. Quando nos vegetais. Podia ouvi-los sussurrando agradecimentos ao Pai. Ao Pai de tudo. Podia-se imaginar uma confusão danada, mas não. Era tudo harmonioso demais para confundir-se. Ele podia ver! Ver cada gota da chuva despregar-se da nuvem e precipitar-se ao solo. Alguém já tinha visto isso? Ele podia ver. A nuvem virava lágrima. A gota viajava. A chuva querida descia cantando, bendita. Seus olhos, em forma de chamas, estavam cheios. Seus ouvidos, como de um super-homem, estavam cheios. O olfato, que distinguia cada espiga daquele milharal, estava cheio. Só faltava se entregar ao seu meio. Um impulso inevitável.

Gregório podia sentir a presença de cada elemento. Ele podia sentir! Uma gota da chuva bateu em seu peito. Era como se ela penetrasse os poros de seu corpo inteiro. Era como se irrigasse sua alma. Como se o fizesse ferver. Não conseguia entender. Sentia-se com a força de dez, vinte homens. Sentia-se ungido de pura energia. Uma droga poderosa. Enfiou a cabeça para fora da janela, recebendo a chuva no rosto. A água inundou sua boca, escorrendo para dentro do corpo. Era como se algo ligasse seu interior. Sentia o gosto de mil coisas em uma gota. Mais mil coisas diferentes em outra. Sabia onde cada gota d'água transformara-se em vapor. Água da nascente da montanha. Água do oceano mais próximo. Água das costas do leopardo. Água dos quatro cantos da Terra. Ele sentia o poder. O poder de todos os seus sentidos. Era um novo homem, um novo ser. Benigno. Gregório não entendia sobretudo essa sensação. O peito refletia paz. Não tinha medo. Harmonia. Força. Poder. Gregório largou a toalha no chão e saltou a janela.

Samuel e Vera aguardavam o rapaz para o jantar, sentados no balanço do alpendre, admirando a chuva. Inesperadamente, um homem nu cruzou por detrás da casa, correndo em direção ao milharal.

— Greg... Gregório? — balbuciou Samuel, surpreso.

Vera caiu numa gargalhada divertida.

— Acho que seu irmão tá pinel.

Ele coçou a cabeça, segurando o chapéu com a outra mão.

O céu iluminou-se com um relâmpago. Samuel ouviu Gregório gritando no meio do milharal. Então, um outro relâmpago despencou, bombardeando as plantas, fazendo chispas incandescentes subir como fogos de artifício. Vera segurou a respiração por um segundo. Os olhos ardiam. Lentamente, voltou a escurecer. Samuel levantou-se.

— Ô meu De...

BABUMMMMMMMMM!!! Outro relâmpago caiu sobre a plantação.

Vera agarrou-se em Samuel.

Desta vez, as chispas levaram uma eternidade para se dissipar por completo. Pouco a pouco, o negrume foi voltando à plantação. Depois, tudo virou silêncio. Samuel cerrou os olhos tentando enxergar o irmão. Silêncio. Vera permaneceu imóvel, à escuta de algum ruído. Por um instante, o som da chuva reinou absoluto. Calmo, sereno.

Gregório saiu do meio do milharal, andando tranqüilamente, com os cabelos arrepiados, como se tivesse tomado um choque potente. Subiu em direção à parte traseira da casa. Passou pela frente do alpendre e, sem desviar o olhar, avisou que logo estaria pronto para o jantar. Vera e Samuel limitaram-se a observá-lo embasbacados. A situação era tão surreal que o fato dele estar nu em pêlo era o de menos.

Vinte minutos depois Gregório apareceu vestido, com os cabelos ainda em pé. Sentou-se à mesa e começou a servir-se.

— Que foi aquilo? — perguntou Samuel olhando para o irmão enquanto espetava uma batata.

— Sei lá! Estava no quarto me enxugando, de repente me deu uma vontade de sair correndo na chuva. Uma coisa instintiva. Um chamado. Não sei o que me deu. — explicou-se.

Vera trouxe uma jarra de suco de laranja para a mesa, serviu-se da bebida e sentou para conversar.

— Gregório, você conseguiu se lembrar de alguma coisa anterior à sua chegada? — indagou a mulher.

— Nada, nada. Logo que me sentir cem por cento recuperado, volto para a capital. Talvez eu consiga descobrir algo lá. — puxou a jarra de suco para junto de si e encheu o copo.

Gregório assumiu uma expressão pensativa. Lembrava-se do apartamento... mas o endereço exato...

A noite prosseguiu calma. Todos se reuniram no alpendre da casa para prosear. Os homens mais íntimos do casal também vieram conversar. Celeste e o filho ocuparam um dos cantos do alpendre, sentando-se em tamboretes. Era muito comum aquele tipo de encontro descontraído. Samuel orgulhava-se de manter boa e estreita relação com os funcionários. Realmente, era muito querido entre eles. Todos conversavam animados, tomando cerveja e petiscando torradas. A conversa se desenrolava calma, entrecortada por risadas altas. Tonico era o mais quieto. Ficava sempre espiando Gregório, como que ressabiado. O rapaz percebeu a cisma do garoto, mas não se deu por incomodado. A chuva, monótona e revigorante, proporcionava aquele sonzinho cadenciado e calmante, mantendo os agricultores felizes e esperançosos. Mais alguns dias de tempo chuvoso seria o suficiente para recuperar a lavoura. Samuel preocupava-se somente com uma coisa: o conserto do celeiro. Se as madeiras realmente chegassem na manhã seguinte, adiantaria bastante a reforma.

Quando se aproximavam das vinte e duas horas, os homens despediram-se, pois muitos levantavam antes das cinco da manhã. Tinham aberto uma exceção naquele dia, ficando até tarde para conhecer e fazer sala para o irmão do patrão. Vera, Samuel e Gregório também se colocaram de pé a fim de se recolher.

Gregório tirou a roupa, permanecendo somente de cuecas, e apanhou um cobertor no armário. Antes de deitar, aproximou-se da janela. Ergueu a vidraça, deixando entrar o vento da chuva. Aspirou pela enésima vez aquele ar, que lhe fazia tão bem. Sentia-se forte como um touro. Era uma sensação que queimava seu espírito. Não lembrava desde quando se sentia tão atraído pela chuva. Deixou-se entregue àqueles sentidos. Afinal, aquele bem-estar era novo para ele. Era bom.

Gregório fixou o olhar no milharal, que ululava ao sabor da garoa. Volta e meia a plantação expelia um assobio ao tomar suaves pancadas de vento. Olhou para o céu e achou interessante que, apesar do tempo fechado, pudesse observar algumas estrelas, aquelas mais brilhantes. Percebeu duas delas bem vivas ao norte do milharal. Cintilavam com vigor, locomovendo-se lentas para a direita. Estavam praticamente alinhadas com a torre da caixa d'água. Gregório inspirou fundo novamente e sentiu uma nova "carga" fluir em seu corpo. A oeste da casa principiava uma floresta que emendava com um grande morro coberto por árvores. A mata parecia espessa, fechada. Ficou admirado com a beleza do lugar. Apesar da escuridão, a região demonstrava-se muito bonita e dona de diversos atrativos.

Voltou a olhar para a torre. Sentiu um arrepio percorrer o corpo, deixando os pêlos da nuca eriçados. O par de estrelas não aparecia mais acima da torre; tinham sumido. Vasculhou o céu com o olhar. Elas poderiam estar encobertas por nuvens, o que seria natural. Forçou a vista. A garoa insistente prejudicava a visão. Enxergou algumas estrelas, mas não aquelas. Percebeu um brilho intenso atrás da torre, algo luminoso movendo-se no céu. Gregório permaneceu alerta, tentando distinguir as formas. A torre eclipsou a luz, que gradativamente foi desaparecendo.

Gregório aguardou, estático, por alguns segundos, sem pensar em nada, tentando localizar a estrela. Não viu mais nada incomum. O som da garoa voltou a ser absoluto nos tímpanos do rapaz. A luz não produzia ruído algum, mas aquela aparição havia confundido todos os seus sentidos, focalizando sua energia em sua visão. Gregório retrocedeu alguns passos, pensativo. Tentava chegar a alguma conclusão. Poderia ter confundido um avião distante com um objeto, julgando-o próximo. Deitou e aqueceu-se debaixo do cobertor pesado. Fechou os olhos, até que adormeceu. Nem reparou que o corpo não doía mais.

Devia passar das duas da madrugada. Todos dormiam profundamente na casa de Samuel. Gregório estava coberto, deitado de bruços, e não percebeu o intenso brilho que aumentava em seu quarto. Uma esfera de luz passou velozmente pela janela, iluminando o recinto com potência espetacular. O objeto sobrevoou a casa e partiu em direção ao milharal, unindo-se a uma segunda esfera. As duas movimentaram-se nas proximidades da torre d'água e desapareceram, subindo verticalmente em velocidade incrível.

Gregório continuava dormindo, mergulhado no mais profundo sono, mas o espírito despertava. Um espectro na forma fiel do rapaz destacou-se da matéria adormecida, da qual emanava uma pequena quantidade de luz em tom azulado. O corpo físico permaneceu deitado, dormindo, imóvel. A luz que envolvia sua alma tornou-se mais forte, e as formas modificaramse, agigantando-se. As feições de Gregório foram desaparecendo, dando lugar às formas imponentes do anjo general, o anjo Thal.

O anjo observou meticulosamente à sua volta. Aproximou-se de Gregório e passou a mão sobre a cabeça do humano, envolvendo-o com energia e paz. Thal caminhou até o centro do quarto, farfalhou lentamente as asas, que pareciam recuperadas da peleja contra os malditos cães. Abriu-as magnificamente por alguns segundos. A envergadura cobria todo o quarto, mergulhando nas paredes de alvenaria, alcançando mais de cinco metros. Thal semicerrou os olhos cintilantes, olhou para cima e zarpou, trespassando o forro e o telhado da casa. Atravessava os corpos materiais como se eles não existissem. A pele cor de bronze voltara à vivacidade luminosa de antes. O anjo realmente parecia refeito dos maus pedaços protagonizados por Khel e sua matilha satânica. Sobrevoou o milharal, dando um rasante nas espigas. Acelerou de maneira impressionante, tentando descobrir onde estava e o que teria acontecido com os prédios familiares. Em meio minuto, chegou ao centro da cidadezinha e pousou no cume de um armazém de madeira. Para fazer aquele percurso, os homens levariam pelo menos trinta e cinco minutos em um bom veículo. Àquela hora da madrugada, todos dormiam. Aspirou fundo o ar da noite, deixando a leve chuva penetrar em seus poros. O peito iluminou-se com suavidade. Thal expeliu o ar vagarosamente. Sentia-se bem. Percebeu um irmão acima da cabeça, quase escondido pelas nuvens. O outro anjo desceu, com velocidade moderada, as asas semiflexionadas. Thal reverenciou-o com um movimento leve de cabeça. O outro respondeu da mesma maneira.

— Sou Alanca, o guardião desta cidade.

— Conheço-o, nobre irmão. Seu nome é honrado. Felicito-o pela paz que reina em sua terra.

Alanca sorriu levemente e disse:

— O amor do Pai é respeitado nesta terra. Isto faz a paz, não eu. Sou simples ferramenta do Pai.

— Simples, mas uma ferramenta eficaz, pelo que vejo.

Alanca sorriu. O anjo-irmão fazia questão de elogiá-lo.

— E você, honrado irmão, qual é seu nome?

— Thal. General de nosso Senhor.

Alanca arregalou os olhos, perdendo sua expressão serena, permanecendo em silêncio. Curvou-se, cumprimentando Thal, veemente.

— Sinto-me honrado por me encontrar aqui com tão distinto guerreiro, fiel servidor do Pai Celestial. Admiro seu nome e respeito sua força com o Compromisso. Conheço suas histórias. — Alanca encarou o general e só muito depois de abrir a boca conseguiu ordenar o que pretendia dizer. — Desculpe o espanto, mas realmente estou surpreso. Sabe que seus feitos voam como suas asas, percorrem cada campo celeste em curto período. Encontrá-lo aqui é extraordinário. Digo isso, valoroso irmão, porque, com muito pesar, recebi a notícia de seu fim entre a luz. Comunicaram a todos do Pai sua morte sofrida...

A mente de Thal foi de imediato invadida por um turbilhão de *flashes*, reavivando momentos horríveis, de incomum dilaceração patrocinada por garras demoníacas. Alanca continuava desfilando um mar de palavras. Lembrava-se do barro. Da morte espreitando. De seu desejo em salvar o humano. A luta feroz. Sem dúvida, era para estar morto. Não queria ter a alma levada pelas feras malditas. Correria o risco de se transformar em cão do inferno. Sabia que era tido como um troféu de caça entre os servidores do mal. Era um anjo poderoso que fora pego de surpresa. Um ato desesperado. Calmamente, Thal o interrompeu.

— Salvei-me do fim certo por pouco, meu irmão Alanca. Usei um humano para tanto...

Os olhos de Alanca, novamente, perderam a placidez, arregalando-se ao máximo.

— Não!

— ...sim, irmão. Violei uma das Regras. Agora, pagarei um preço alto para reparar meu erro com o Destino. Eles virão reclamar seus direitos, eu sei. Espero encontrar tempo para preparar meu espírito e também meu exército.

— Sei o que isto implicará, irmão. Quero que desde já conte comigo. Não temo a batalha.

— Essa batalha é diferente, deve saber.

— Eu sei que batalha é essa, Thal. E afirmo que estou pronto para defendê-lo quando eles vierem reclamar o direito.

— Um mortal alimentou meu espírito para minha alma reflorescer. Devo-lhe minha Vida Celeste. Quando vôo, eu o carrego dentro de mim e, para que ele sobreviva, entrego-lhe minha Vida Celeste durante sua consciência.

— Diz que está preso dentro dele?

— Estou.

Os dois seres celestiais continuaram em cima do armazém, conversando demoradamente. Ficavam em pé, vez ou outra, farfalhando as longas asas. Se alguém pudesse vê-los, com certeza estaria maravilhado com o cenário. Uma luz envolvia e percorria os contornos de cada um dos anjos, tornando as silhuetas, além de magnéticas, realmente divinas. A luz que emanava de cada um parecia uma camada protetora. A de Thal era puxada para tons azuis, enquanto a de Alanca, para tonalidades esverdeadas. Quando os dois se aproximavam, as camadas fundiam-se, mesclando as cores, unindo as forças.

Algum tempo depois, Thal decolou rapidamente, perdendo-se na imensidão celeste. Estava decidido a consultar a Casa Celestial.

Samuel levantou-se; estava com o sono agitado. Vestiu uma calça de moletom e caminhou em direção à sala. Observou que o Sol não havia nascido ainda. Foi até a cozinha e conferiu o relógio: eram quatro e sete. Calçou um par de havaianas e saiu para a varanda. Inspirou o ar, ainda gelado, expirou, lançando a característica fumacinha de vapor, e desceu ao pátio frontal da residência. Tudo estava silencioso. Sentiu frio ao ser chicoteado por uma rajada de vento. Os braços ficaram arrepiados. Estava entretido em pensamentos, caminhando rente ao milharal, em direção ao celeiro. Samuel e seus homens animaram-se com as chuvas. Precisaria consertar o celeiro mais que depressa. As madeiras, segundo o combinado, chegariam naquela manhã. O chão molhado produzia um som pesado a cada passada. Samuel empurrou a grande porta frontal do armazém, fazendo-a ranger. Silêncio. A escuridão predominava no interior do cômodo. Não lembrava que impulso o levara até ali, nem por quê. Parou bem no meio do velho galpão. As paredes de madeira encontravam-se cheias de falhas, e o silêncio absoluto só era quebrado pelo som sibilante produzido pelo vento ao encontrar as fissuras. O teto também estava repleto de buracos.

Absorto com os seus botões, engendrando a melhor maneira de iniciar as reformas do velho celeiro, ouviu aquela rosnadura.

Imediatamente, Samuel lembrou-se do milharal. Era o mesmo som, o mesmo grunhido amaldiçoado. Virou rapidamente, assustado. Fixou o olhar no canto de onde acreditava vir o rosnar. Estava submerso na mais negra escuridão, numa das extremidades do fundo do celeiro. Convencia-se, aos poucos, de que havia tido aquela impressão. Virou em direção à porta, a uns quinze metros da saída. Andou naquela direção até ouvir o ruído de novo, muito mais sinistro desta vez. Alto, feroz, maldoso. Samuel impregnou-se de receio. O que seria? Voltou para investigar. O episódio do milharal refrescou-se em sua mente. Não havia visto nada, apenas pressentido... uma presença ruim. Porém, agora, lá no fundo do galpão, no canto mais escuro, via um par de brasas vermelhas arder, semelhante a olhos satânicos. Um medo crescente o desorientou, e um calor subiu pela garganta. Medo. Aguçou os ouvidos. Apesar das brasas não se movimentarem, ouvia pisadas no feno seco que cobria todo o cômodo. Pisadas de animal. O corpo esquentou rapidamente. As pulsações dispararam. O que se escondia no celeiro? Decidiu não descobrir naquele momento, apenas escapar dali. Do contrário, seria congelado pelo pânico. Ele já experimentava a respiração prolongada e pesada, resultado do medo que lhe consumia a mente. Ouviu um som diferente. Não era mais uma rosnadela, mas um furioso rugido, um leão ferido. O teto parecia prestes a vir abaixo, pois nuvens de poeira desprenderam-se com o grito da fera. Fosse o que fosse que estivesse escondido no galpão, não havia gostado de Samuel. O homem teve a nítida impressão de que a coisa partia em seu encalço. Ele corria, dando o máximo que podia. Logo atingiu a parte exterior da construção, correndo rente ao milharal. Suas passadas eram engolidas pelo som do galopar da fera perseguidora. Aquele cheiro maldito entrando pelas narinas... aquele cheiro era enxofre! O mesmo odor fétido da noite no milharal. O mesmo monstro o perseguia! Samuel sentia o peito sufocado. A casa. Estava a uns duzentos metros da casa. Uma distância infinita para quem tem um demônio colado aos pés. Samuel não acreditava que conseguiria. Estava perdendo as forças. Havia alguma coisa maligna em seu encalço. Não era um cachorro qualquer, pois transpirava algo satânico, implacável. Medo. Medo absoluto. Era isso que Samuel respirava. Sentiu uma fisgada horrenda no músculo da coxa direita. Provavelmente uma distensão. A dor era acutíssima, todavia o medo superava. A casa. Estava bem mais próxima. Tangível. Samuel arriscou uma olhada para trás. Nada. Nada o perseguia. Continuou coxeando. Olhou mais uma vez. Nada. Ninguém. Nem cão, nem gato, nem mesmo um mísero coelhinho ou rato. Nada.

Samuel desacelerou. Foi parando. Virou para o celeiro. Estaria enlouquecendo? Não tinha nada, nem rastro de nada. A respiração continuava entrecortada. Ofegante. A dor na panturrilha. Era câimbra. Deu alguns passos na direção do galpão. Ouvia apenas o sibilar do vento frio cortando o milharal. A porta do celeiro balançava com a passagem brusca de ar, escancarada, como a havia deixado. O vento castigou também seu corpo, fazendo-o lembrar-se do frio. A madrugada começava a ganhar os primeiros indícios de luminosidade. O céu ia perdendo aos poucos o manto negro da noite. Samuel balançou a cabeça de um lado para o outro. Ia tomar a direção da casa quando percebeu. O par de olhos em brasas estava no milharal e vinha velozmente em sua direção. Tentou gritar, mas não houve tempo. Um cão disforme pulou, fazendo-o ir ao chão. A coisa rosnava enfurecida. Samuel tentou livrar-se, em vão. A fera era muito maior que um cão comum, e o hálito era pútrido, mal-cheiroso. Sentiu ânsias. Lutava para levantar-se. A fera retrocedeu a cabeça, preparando um bote. Samuel protegeu o rosto com o braço, pressentindo o ataque inevitável. O cão de pele laranja-avermelhada desferiu sua primeira bocada, arrancando parte dos músculos do antebraço de Samuel. A dor foi indescritível, e o homem estourou em grito sofrido. As presas do demônio cravaram na parte baixa e externa das costelas, arrancando parte da pele do tórax. Virou-se de costas para o cão e, com a dor lancinante consumindo-o, rastejou, tentando escapar. O cão desferiu uma patada, rasgando suas costas. A claridade começava a intensificar-se. O Sol estava para raiar. Samuel ouviu um buzinaço. Parecia um caminhão conhecido. Não sabia se estava delirando ou se realmente era o som da buzina de um caminhão chegando. O som era insistente. O rosto estava tomado por sangue e sujo de barro. Tentou gritar por ajuda, mas a fera... crivou mais uma vez as presas em sua carne. Ele tinha certeza de que, mesmo morrendo, nunca esqueceria aquela situação. A buzina tornou. A fera encaixou o pescoço de Samuel na gigante mandíbula, entre as presas. Ele chorava, pressentindo o horrendo fim. O cão rosnou e mordeu. A última coisa que ele lembrava daquele amargo pesadelo era a dor gritante e aguda que os dentes do mal lhe causaram.

Samuel levantou sobressaltado. Respiração entrecortada. O lençol estava empapado em suor. Ouviu a buzina. Era de um caminhão mesmo. Levantou-se e espiou pela janela através das cortinas. Vera acabava de sair e acenava para o pessoal. Eram da madeireira. Genaro descia da cabina para cumprimentar Vera. Samuel coçou a cabeça. Seu corpo, lentamente, voltava a relaxar. Sem dúvida, havia acabado de despertar de um de seus piores pesadelos. Os músculos outrora mordidos pareciam doer de verdade. Estavam rijos, doloridos.

Rapidamente, vestiu-se para ter com o pessoal da madeireira. O carregamento estava sendo colocado próximo ao celeiro. Logo as reformas seriam iniciadas. Jogou água no rosto e saiu do quarto. O irmão tomava café na cozinha. Cumprimentou-o com um bom-dia, enquanto enchia um copo com um bocado de café. Gregório sorriu-lhe, erguendo a xícara, num brinde a nada. Samuel virou o conteúdo do copo num gole só. Estalou os lábios e saiu, fazendo as botas ranger na madeira do alpendre. Estava mergulhado numa maré de pensamentos estranhos. O pesadelo fora horrível demais, valorizado por sensações extremamente reais. Qual a razão daquela tormenta? Algum significado tinha de ter. Parecia um cão, um lobo, algo assim. O fedor era insuportável.

— Samuel! Samuel, vem cá! — chamava o velho Genaro.

— Fala, Gê.

— Samuel, você não vai acreditar...

No mesmo instante em que Genaro começou a falar, a cabeça de Samuel mergulhou num turbilhão de imagens. O hálito putrefato da fera de seu pesadelo cobria-lhe o faro e, num estalo, tudo desapareceu.

— Cê tá legal? — perguntou o velho.

Samuel acenou afirmativamente.

— Desculpe, Gê, mas não ouvi bosta nenhuma do que você disse.

— O cego... foi morto.

— Que cego?

— O...o ... ô diacho! Esqueci o nome... ah, o Anderson, porra.

O cão rugiu na mente atordoada do fazendeiro.

— Como ele morreu?

Genaro enxugou o suor que escorria da testa, murmurando:

— A coisa mais esquisita que já vi até hoje.

Samuel seguiu Genaro até a traseira do caminhão. O homem puxou uma tábua de uns três metros de comprimento, equilibrou-a no ombro e carregou em direção ao celeiro. Apesar do tamanho, o senhor habilidoso não demonstrava dificuldade alguma. Samuel imitou-o enquanto ouvia a bizarra narrativa. Soltaram as tábuas junto ao monte que os homens organizavam.

Genaro explicava a morte do cego com uma riqueza de detalhes arrepiante. Encontraram pedaços do homem no raio de trezentos metros. Voltaram até o caminhão. Genaro subiu na boléia, deu partida, engatou ré e aproximou-se ainda mais do monte de madeiras, facilitando o trabalho dos empregados.

— E você, Gê? Acredita que foi cachorro mesmo?

O velho tirou o chapéu e coçou a cabeça.

— Sinceramente? A única coisa que não matou o Anderson foi um cachorro. Tá certo que o bicho dele era grande, mas um dálmata não teria conseguido picar o homem todinho daquele jeito. Quebrar ossos... E você conhecia os cães. Gostavam daquele porra pra caramba, e bicho respeita isso mais que o homem. Barbaridade!

Apanhou mais uma tábua.

— Uma onça, talvez; não um cachorro. — prosseguiu o velho. Mesmo todos eles juntos, seja lá como tenha sido, não conseguiriam fazer aquilo. Ah, sei lá, rapaz. Esse mundo é estranho mesmo...

Samuel era invadido pelo ir-e-vir daquele odor de enxofre, provocando náuseas terríveis. Seria um cão dálmata que o atacara no pesadelo? Uma premonição? Não, a fera era muito maior... uma aberração, um monstro. Pobre do Anderson.

O vento matinal batia no pátio da fazenda, levantando poeira vermelha, mergulhando as botas dos homens numa nuvem de pó.

Gregório sentia-se disposto, sem dor alguma. Caminhou de um lado para outro no alpendre. Pôs uma das mãos sobre os olhos, em forma de concha, protegendo-os da claridade, estudando a torre da caixa d'água. Era alta e larga. Lembrou-se, de repente, da estranha e passageira confusão visual. Uma pegadinha da mãe natureza. Desceu ao pátio de terra batida calçando botas emprestadas. Sapatos e vestes não seriam problema. O dia, tudo indicava, seria bem quente. Gregório atravessou o pátio chutando a poeira, tingindo a bota de vermelho. Juntou-se ao grupo de trabalhadores, carregando e aninhando a madeira no monte.

Samuel e o velho Genaro conversavam encostados na boléia. Genaro deu uma olhadela por sobre os ombros de Samuel, observando o último homem que se ajuntara aos demais, e ficou boquiaberto por uns segundos.

— Aquele ali é... é teu irmão, não é? — balbuciou o velho, como se vislumbrasse um fantasma.

— Claro que é, Gê. Pra ser cuspido e escarrado igual a mim, só poderia ser...

— Gregório. É esse o nome, não é?

— Você não sabia que ele estava aqui?

— Sabia. Ouvi comentários lá no centro, mas eu ainda não o tinha visto... está forte, bonito, graças a Deus. E tem mais uma coisa...

— O que é?

— Nada... besteira de velho.

Genaro continuou avançando. Gregório não se deu conta de que era observado. Puxou outra peça do caminhão, sustentou-a no ombro e rumou ao monte. O velho perseguia-o. Gregório apoiou uma das extremidades da tábua no chão e preparava para deitá-la. Arqueou o corpo a fim de facilitar o deslize quando ouviu alguém chamá-lo de uma maneira especial, como não ouvia há anos:

— Ei, rabo de gato!

Em segundos, Gregório sentiu-se submerso num compartimento de seu cérebro que não visitava há muito. Apertou as pálpebras, forçando o pensamento. Seu ser foi subtraído dali e transportado para décadas atrás. Aquela mesma voz, ouvia-a berrando no meio da rua, no centro intocado da cidade. Um dia quente, como aquele. Nuvens esparsas vagando, quase estáticas, no céu azul. O homem da cena, com seu vozeirão, gritou, chamando a atenção de Gregório. — Ei, rabo de gato! — Depois, arremessou uma moeda para o alto, rodopiante, fazendo o reflexo do Sol chicotear o rosto apequenado do guri. Estendeu a mão para cima, agarrando a moedinha. — Vai tomar um sorvete. Está um calorão danado. Vai! — insistiu o homem.

— Gê?! — murmurou Gregório, dando três passos na direção do homem.

O velho apertou os lábios e repuxou a boca, esboçando um sorriso engraçado. Pousou a mão direita no ombro do rapaz e deu um apertão. — É bom te ver novamente, guri.

— Digo o mesmo.

Os dois se abraçaram fortemente por alguns segundos.

Gregório sentia-se envolto em lembranças. Estar de novo na cidade natal fazia muito bem. Quantas pessoas queridas ainda encontraria? Quantos rostos?

Os dois conversaram por um momento e combinaram almoçar juntos no final de semana que chegava. Abraçaram-se mais uma vez e continuaram o trabalho de descarregar a madeira, enquanto os homens discutiam assuntos locais. Queriam esmiuçar o que sucedera ao cego. Difícil era não notar que repentinamente aquela pacata cidade via-se envolvida em mistérios por demais bizarros.

A maioria apostava que outro bicho poderia tê-lo atacado. Nunca os cães. Não fazia sentido. Mas onde estariam os outros bichos? Teriam fugido? Teriam morrido também? Seus corpos não estavam lá. Se Anderson não havia sido vitimado pelos cães, quem ou o quê teria feito aquela maldade? O assunto predominou durante toda a laboriosa tarefa de descarregar o caminhão. Providenciaram algumas escoras para que o monte ficasse seguro. Em duas horas, terminaram a tarefa. Genaro e seus homens se despediram, recusando convite para o almoço, pois ainda tinham dois carregamentos. A demora na chegada da madeira acumulara o serviço, e o dia seria cheio para os trabalhadores.

O caminhão partiu. Samuel e Gregório acenaram para o velho. Alguns minutos depois, o veículo sumia pra lá da curvinha.

— Estranha essa história do cego. — comentou Gregório, acompanhando o irmão, que se dirigia para o armazém.

— Bastante estranha. Ainda mais para mim.

— Por quê?

— Esta noite, eu tive um pesadelo muito esquisito. — revelou Samuel, enquanto empurrava uma das grandes portas do celeiro. Sonhei que era atacado por uma fera, sabe? Um monstro, parecia uma onça, sei lá.

Gregório ouvia calado a narrativa do irmão gêmeo, limitando-se a chutar vez ou outra os torrões de barro úmidos que encontrava entre as palhas secas, recobrindo o chão. Samuel continuou:

— Tinha um bafo fedorento, podre. No pesadelo, ela estava escondida aqui, me perseguindo enquanto eu corria tentando voltar pra casa. Tive uma sensação de pânico igual outro dia, dentro do milharal.

— No dia em que me encontraram?

— É. Naquele dia, também tive a impressão de estar sendo perseguido por um bicho. O que mais me incomoda é a certeza de que a criatura é maligna, demoníaca. — os pêlos da nuca de Samuel instantaneamente se arrepiaram ao lembrar do fato.

Gregório olhou para o local onde Samuel havia pressentido a fera durante o pesadelo e sentiu alguma coisa estalar dentro dele, como se alguém disparasse um *flash* bem na sua cara. Uma leve tontura, e uma imagem formou-se. Um cão. Um monstro deformado e furioso, com a boca arreganhada, prestes a atacar. Um demônio perigoso. O mal fluindo. Gregório arqueou o corpo, sentindo-se momentaneamente desequilibrado.

Samuel percebeu o mal-estar do irmão e correu para ampará-lo.

— Ei, cara, o que foi?

— Só uma tontura. — balbuciou, com as pernas flexionadas e as mãos apoiadas nos joelhos. — Já estou me sentindo bem melhor. Foi só um mal-estar. — sentiu a boca secar e o estômago embrulhar. Seria aquele o demônio que perseguia o irmão? — perguntou-se. Torceu para que não fosse. O monstro evocara nele um pânico interno que não podia compreender. Uma visão horrenda.

— Está bem mesmo?

— Já estou melhor. Vou pra fora, tomar um vento no rosto.

Samuel concordou. Também não se sentia bem ali... troço esquisito.

Os dois saíram. O fazendeiro instruiu seus homens para que adiantassem a lida o máximo possível, pois, após o almoço, só cuidariam do galpão. Tinham que começar as reformas. Não poderiam colher mais milho antes do conserto porque os encerados já tinham acabado. O pessoal compreendeu, concordou e partiu para a lida. Samuel tratou de cuidar do irmão estranhamente abatido. Era como se algo dentro dele houvesse minado suas forças. Algo estranho e aflitivo.

CAPÍTULO 10

O CARRO PRETO TOMOU a rua principal da cidadezinha, arrastando um bocado de poeira vermelha atrás de si. Dois homens estavam dentro. Vestiam sobretudos escuros e, realmente, não eram conhecidos no local. Rodaram as ruas por alguns instantes, tentando encontrar um motel, uma pousada ou coisa parecida. Sem sucesso, pararam em frente à padaria da rua central. Ao lado, o mercadinho. Desceram do carro, deram uma olhada para dentro do estabelecimento, cruzando os olhares com o da garota-caixa, que também os observava. Atravessaram a frente do mercadinho e entraram na padaria. Havia alguns homens bebendo cachaça no balcão, outros comendo sanduíches numa mesinha no canto do salão. Parte deles lançou olhares para a dupla de estranhos, porém não demoraram na tarefa. Os dois tomaram um café rápido e pediram informações sobre uma pousada para descansar. Meia hora depois, chegaram ao lugar indicado, um motel de beira de estrada, comum naquela região, cerca de sete minutos da entrada da cidade indo pelo asfalto da rodovia. Registraram-se na portaria e, sem demora, foram conduzidos ao quarto pelo proprietário.

— Este é o nosso melhor quarto disponível, senhor Pablo. — disse o dono do motel.

Pablo andou pelo lugar. Deu uma espiada pela janela, afastando a cortina de cor creme.

— Parece confortável. — disse enquanto recostava numa velha poltrona num dos cantos do cômodo.

Ney, seu comparsa, foi até a janela, também querendo dar uma olhada para fora.

— Vamos ficar. — afirmou Pablo ao homem.

— Por mim, tudo bem.

Nelson, o proprietário, apenas assentiu com a cabeça.

— Pagamento? — interrogou Pablo.

— Adiantado.

— Hum, naturalmente. — murmurou. — Meu amigo aqui é quem cuida dessa parte, não é Ney?

O outro assentiu e levou a mão para trás do corpo, na altura da cintura, fazendo-a esconder-se sob o casaco marrom-escuro.

O velho assustou-se, pensando que o homem sacava uma arma, mas logo acalmou-se ao ver a carteira. Ney perguntou quanto custava a diária e pagou dois dias adiantados. Não sabia quanto tempo permaneceriam naquele buraco de cidade. Afinal, conhecia as intenções de Pablo; o chefe vingativo queria apenas a cabeça de Gregório embalada para presente. Com ele, era jogo rápido, sem muita conversa, sem muito rodeio. Era sacar e disparar. Pronto, estava feito.

O velho retirou-se.

Pablo tirou o sobretudo e deitou-se em uma das camas, deu uma espreguiçada e ajeitou o travesseiro. Aparentava um ar relaxado.

— O que a gente faz agora, chefe?

— Vamos observar, pesquisar, descobrir se aquele filho da puta escondeu mesmo o rabo aqui. Temos que fazer isso rápido; se ele não estiver aqui neste cu de mundo, estamos fodidos; não tenho idéia de onde achar aquele puto. Não podemos perder tempo, mesmo que ele esteja na cidade. Tempo é dinheiro. Já que viemos tão longe, vamos agir com cautela, na miúda. — Pablo puxou um charuto do bolso, mordeu a ponta e estendeu para Ney, que já tinha o isqueiro aceso. — Se aquele fodido estiver aqui, vai se arrepender de ter me passado para trás, de deixar o amigo Renan morrer em troca de droga. Um homem que age assim não é um homem, é um bosta. Não estou sendo sensível, apenas coerente. Fazendo o que ele fez, sei que quando eu puxar o gatilho, vai ser sem remorso, vai ser gostoso, ah! — grunhiu Pablo, lançando uma baforada para o ar.

Ney acendeu um cigarro comum. Sentado na poltrona, limitava-se a olhar para fora do quarto pela janela e concordar com o parceiro.

— Hoje a gente não volta para a cidade, assim a gente não chama a atenção desse povo. Não podemos nos expor. Temos que descobrir onde ele está sem ele saber.

— Tá querendo pegar o safado de surpresa, é?

— Claro, meu amigo, claro. — Pablo deu uma tragada. — A vantagem da surpresa é uma arma fatal. Se descobrirmos onde ele tá escondido sem ele desconfiar que estamos aqui, podemos revistar a casa dele. O dinheiro é sujo, não pôs em banco nenhum; só pode estar escondido. Primeiro a gente acha a grana pra valer o tempo de tocaia; depois, a gente apaga o canalha.

— O cara tá morto, chefe. Gregório já tá morto.

Os dois riram às gargalhadas sem saber o quanto aquela sentença estava correta.

Duas horas mais tarde, o almoço estava servido. Comeram sozinhos no pequeno quarto e passaram o resto do dia entre cochilar e ver TV. O plano estava armado.

CAPÍTULO 11

DEPOIS DE SERVIDA a bóia, o pessoal se reuniu no alpendre da casa para jogar conversa fora. Uns tagarelavam com Samuel, Vera e Gregório. Outros preferiam puxar um cochilo antes de prosseguir o trabalho. Em geral, os dias eram tranqüilos na fazenda. Samuel contava com a ajuda de sete homens para as tarefas agrícolas. Celeste e Tonico, tinha também o Ramiro e o Teodoro, que morava na fazenda com a esposa e dois filhos pequenos. Além desses quatro, moravam três irmãos: Jonas, André e Paulo, com vinte e quatro, vinte e um e dezoito anos respectivamente. Os sete eram suficientes para os serviços rotineiros. Eventualmente, quando o trabalho aumentava, Samuel ia até a praça contratar gente extra, paga por dia. Normalmente, acontecia quando a época da colheita chegava. Samuel ainda não sabia se a intenção do irmão era ficar na fazenda por muito tempo. Seria excelente. Além de feliz com seu retorno, poderiam adiantar bastante trabalho com um par de braços a mais. Ficaram uma hora e meia papeando até voltar ao batente. Apanharam as ferramentas e colocaram na traseira do trator, pondo-se a caminho do celeiro. Paulo levou o trator, chegando pouco antes do grupo. Os homens se juntaram, e Samuel proferiu as ordens iniciais para a tão necessária reforma do galpão de madeira.

— No mês passado, eu e o Genaro verificamos que as colunas e as vigas estão em boas condições de conservação; por conta disso, não serão substituídas. Vamos nos preocupar com as tábuas do revestimento. Procurem as madeiras danificadas e troquem pelas tábuas novas. É bom trabalhar em dupla para facilitar a tarefa. Parou de falar para dar uma cuspida, estalou os dedos das mãos e concluiu: — É isso aí, rapaziada, mãos à obra.

Assim que os homens iniciaram o trabalho, Samuel e Gregório dirigiram-se para o fundo do celeiro; subiram a escada de madeira até alcançar o mezanino, ao fundo. A plataforma, também feita de pau, cobria um quarto do lugar, que serviu anteriormente para acomodar sementes e alguns utensílios agrícolas. Agora, Samuel preferia deixá-la vazia, pois ali concentrava-se a maior parte das falhas no teto, facilitando a entrada da chuva com freqüência. Por outro lado, o mezanino mantinha um quarto do celeiro salvo da água no piso inferior. O pouco milho colhido estava acondicionado ali em baixo, mas logo o espaço estaria todo ocupado. Os dois não precisaram procurar muito para encontrar a primeira tábua defeituosa. Conversavam animadamente sobre o passado, as brincadeiras de infância, os amigos, a escola. Pouco a pouco, os sons de gente trabalhando foram envolvendo o ambiente. Se fossem rápidos, talvez conseguissem retirar todas as madeiras irregulares antes do anoitecer.

No final do dia, Gregório estava bastante cansado. Os músculos do braço foram demasiadamente exigidos naquele árduo trabalho. Teve vergonha de expressar sua fadiga aos companheiros, pois eles, acostumados com o serviço braçal, nunca se queixavam. Embora não estivesse habituado àqueles afazeres, sentia-se bem ao executá-los. Apanhou uma toalha no guarda-roupa da cunhada e dirigiu-se ao banheiro. Arremessou uma olhada pela janela: a noite caía. Dali, podia ver parte do celeiro, o esqueleto de uma criatura sinistra, um achado arqueológico. Retiraram tanta madeira do cômodo que pouco mais de um décimo do madeirame original remanescia. O velho celeiro parecia mesmo um esqueleto fossilizado submergindo na penumbra da noite com ar fantasmagórico. Olhou para o céu límpido: não choveria uma gota.

Durante o banho, sentiu os músculos relaxarem em contato com a água quente. A sensação do líquido correndo do topo da cabeça para o resto do corpo era extremamente revigorante. Levou poucos segundos para sentir-se muito bem, quase sem dor alguma. O cansaço ia embora; estava reenergizando-se. Permaneceu curvado, apoiado à parede com as mãos espalmadas, enquanto a água corria por vários minutos. Fechou os olhos, apertou-os. Aquele som, aquele barulho de água despencando lembrava aquela noite. O velho, o cabeludo... o cabeludo com um tiro na testa. O que tinha acontecido? Quem era Renan? Esse nome não lhe saía da cabeça. Por quê? Disparos, tiros ecoavam nas lembranças. Teriam acertado o rapaz? Não duvidava. Tudo estava tão brumoso, tão esquisito naqueles dias. A água do chuveiro continuava a despencar enquanto Gregório divagava.

— Devo ter trapaceado nos negócios. Tinha muito dinheiro naquele maço que Vera encontrou. Ela não tocou na grana, nem sabe que tinha muito mais. Preciso voltar. Vinte e cinco mil é muito dinheiro no meu bolso. Mas tinha mais, em algum lugar. — a imagem de uma pequena mala caindo numa poça de lama passou-lhe à mente. — preciso saber de onde veio essa grana. Por que deixei aqueles caras tão irritados?

Gregório dirigiu-se para o quarto e vestiu-se. Pouco depois, estava à mesa, jantando com o estimado irmão e a linda cunhada.

— Gostou da peleja?

— É, você está certa, foi uma peleja brava pra mim.

— Ih, irmãozinho. Tá tão fraquinho assim?

— Não! Já estou pronto pra outra.

— Amanhã tem muito mais, Gregório.

— Já que o sinhozinho está tão disposto, quero um favor seu. Vera falava enquanto empurrava folhas de alface para dentro da boca. — Quero que trepe comigo...

Samuel engasgou, cuspindo um pedaço de carne. Gregório enrubesceu, não sabendo o que responder.

— Calma lá, pessoal. Deixa eu terminar! Quero que você trepe comigo em cima da casa e me ajude a consertar a calha que não está funcionando. Você me ajuda?

— Claro. — respondeu o cunhado, mais aliviado.

Os três se entreolharam, deixando escapar sonoras risadas.

Depois de mais de uma hora de prosa na varanda, recolheram-se.

Gregório encostou-se na janela, observando a paisagem. A torre d'água, cilíndrica, semelhante a um farol, apontada para o céu, já era companheira habitual do cenário de sua janela. Uma novidade na paisagem era o esqueleto do velho celeiro. Ficou parado um tempo, tentando adivinhar as formas na escuridão. Fazia uns cinco minutos que estava na brincadeira quando uma outra coisa lhe chamou a atenção. Estava escuro demais para definir. Um vulto sobrenatural vagava entre as ripas baixas. Instantes após, avistou outra sombra juntando-se à primeira. Pareciam dois porcos chafurdando no chão. Eram quadrúpedes, com certeza, mas grandes demais para serem porcos. Arrepiou-se. Seriam onças, então? Pensou em chamar o irmão. Os dois fantasmas continuaram perto do celeiro. Cerrou os olhos, tentando desvendar o mistério. Estava entretido com os vultos quando, repentinamente, avistou uma esfera luminosa cruzando o céu. Gregório ficou boquiaberto. A estranha bola de luz pairou próxima da caixa d'água. Não enxergava formas no interior do objeto nem precisava seu tamanho real. Feixes de luz provenientes da bola distante alcançavam a janela. O deslumbramento deu lugar ao medo. Seria uma nave? Estrela cadente não era. Estrelas não estacionam no céu!

O objeto era dono de uma luz fenomenal. Gregório vasculhou o esqueleto do celeiro a procura das sombrias criaturas. Não viu nada. Teriam elas presenciado o estranho fenômeno também? Se viram, já tinham fugido assustadas. O terreno estava vazio à exceção do objeto voador. Saltou pela janela no intuito de investigar o estranho fenômeno mais de perto. Era lindo. Tinha uma luz prateada, por vezes azulada. Aproximou-se mansamente, evitando qualquer ruído. A coisa poderia escutá-lo. Estava a uns quinze metros da caixa d'água; o celeiro aparecia à esquerda, sem nenhum movimento estranho. Decidiu avançar mais.

Se Gregório fizesse idéia do que sua curiosidade implicaria, certamente desistiria da funesta expedição. Desafortunadamente, o homem estava excitado demais para raciocinar ou perceber as sombras malévolas que voltavam a rondar o celeiro.

Estava agora a cinco metros da caixa d'água. Aparentemente, o objeto ainda não havia detectado sua presença, já que permanecia flutuando, oscilando para cima e para baixo. A cada passo, a luz tornava-se mais intensa. Dentro da esfera luminosa parecia haver algo se movendo, algo com formato humano... não fosse o magnífico... par de asas!

De súbito, começou a voar verticalmente, com suave inclinação, subindo numa velocidade indescritível. Em menos de um segundo, o lugar perdeu a vida, sucumbindo à escuridão. Gregório sentiu-se só, desprotegido. Como era linda a esfera! Olhou perdido para frente. Estava próximo da armação do celeiro. Um calafrio percorreu seu corpo ao lembrar-se das estranhas silhuetas. Olhou para a casa. Estava longe. Virou-se e iniciou o retorno, evitando propagar qualquer barulho. Um rosnar fez-se escutar às suas costas. Gregório chegou a sentir um repuxão no estômago, tamanho o desconforto que o som causou, evocando uma sensação incrível de pânico e de alerta. Apertou o passo. Atrás dele, gravetos estalavam, acompanhados de um abafado galope animal. Não perdeu tempo e, instintivamente, começou a correr em direção à casa. Algo grande saltou, atingindo-o pesadamente. Passou por cima de seu ombro, como um fantasma, pousou logo à frente, bloqueando o caminho. Gregório soltou um grito apavorado. Seria uma onça? Ergueu a cabeça e não viu onça alguma. O coração, disparado, começou a fazer um suor frio brotar na testa e nas mãos. Onças não têm os olhos feito brasas, e aquelas feições não eram felinas... eram demoníacas, um animal que nunca havia visto em toda sua vida. Vazava da criatura um odor repugnante, e a boca expelia uma baba ainda mais fedorenta. O rapaz começou a tremer, pressentindo a ferocidade do monstro mal-intencionado que bloqueava seu caminho.

Estava prestes a vomitar, menos pelo odor do monstro do que pelo pavor dilacerante que consumia seus nervos. O monstro rosnava como o cão mais selvagem e insano. A pele era grossa e alaranjada, recoberta por feridas purulentas. Tinha a aparência de enorme cão, maior que um são-bernardo adulto, legítimo. Os músculos destacavam-se nas patas e ao longo do dorso. Era um animal selvagem, transpirava ameaça; um predador. Gregório colocou-se de pé, os sentidos alertas, porque cada segundo, cada movimento era pesado naquele instante. O monstro deu um passo à frente com os dentes à mostra, aterrorizando ainda mais Gregório. O homem olhou para trás, certo de estar em apuro mais do que imaginava. Outras duas feras aproximavam-se, cercando-o em definitivo. Os novos animais tinham a mesma aparência do primeiro, apenas um pouco menores, mas não menos intimidantes e horrorosos. Os olhos amarelados e injetados dos cães causariam pavor no mais duro dos homens. Demônios... Gregório caiu em si: eles eram demônios!

O rapaz voltou a fitar o maior. Seria dilacerado, porém, estava disposto a lutar até o último instante. Porque estava rodeado por demônios! Deus! O homem, instintivamente, bateu a mão na cintura. O que pretendia encontrar? Não tinha arma. Não tinha espada. Não tinha nada. O cão maior bramiu, lançando no ar o odor fétido, misturado a enxofre. Então a coisa mais sinistra aconteceu. A fera começou a gargalhar e, qual fenômeno macabro, se pôs a proferir palavras, fazendo Gregório arrepiar até o último fio de cabelo. Ele tentou tapar os ouvidos em vão, pois a voz satânica fazia seus tímpanos quase explodir, tamanha a dor que causavam.

— Nós queremos você, anjo esquivo e covarde! Se for preciso engolir a cabeça deste pedaço de excremento e carne para pô-lo fora, faremos agora.

Gregório sentiu um repentino embrulho no estômago, como se fosse expelir as tripas. Caiu com uma das mãos no chão; sentia vertigens, como se estivesse perdendo os sentidos, mas não era medo. Subitamente, levantou-se. Os demônios recuaram um passo. Os olhos de Gregório cintilavam em tom de fogo, com se uma chama devorasse o interior da cabeça.

— Basta, cão! — vociferou o anjo. — Vocês já causaram sofrimento demais para todos.

— Você se meteu com o que era meu! Você quebrou a lei. — grunhiu Khel. — Você escondeu-se onde não podia, de maneira covarde, para não me enfrentar. Agora estamos os dois envoltos e cobertos por carne, e é a carne que eu vou ferir. Essa carne suja vai apodrecer e morrer, e eu estarei livre novamente para pegá-lo quando abandonar o humano, anjo maldito. Seu espírito estará livre daqui a pouco... eu vou dilacerar o mortal, vou engolir cada pedaço, fazer você livre desse fardo material. Aí, então, você poderá enfrentar a Batalha. Você ainda lembra o significado, não é? Sabe que não pode fugir, sabe que...

As palavras do demônio foram cortadas por um estampido súbito. Gregório caiu no chão. Os cães viraram-se em direção ao disparo.

Samuel empunhava uma espingarda e preparava-se para disparar novamente. Para sorte de Gregório, o irmão estava com sono leve naquela noite e ouvira seu grito desesperado. Sem vacilar, apanhou a espingarda e saiu. Temia não ter tempo... se fossem onças. Mas não, não eram onças. Apesar da escuridão, ele podia ver claramente. Sim, com certeza, eram os dálmatas desaparecidos. Só não lembrava que eram grandes daquele jeito.

Os cães permaneceram estáticos por um momento, analisando o intruso. Demoraram um minuto para perceber que ele era somente carne. A carne que os cobria tornava a percepção lenta, menos poderosa.

Gregório recuperara a consciência total, livre das náuseas. Os demônios não estavam concentrados nele, pois permaneciam com as cabeças voltadas na direção da casa.

Samuel apoiou a espingarda no ombro, aproximando-se passo a passo, preparando a mira. Escolheu Khel, o maior e mais próximo do irmão. O dálmata rosnou. Gregório correu para a esquerda. Khel rosnava, com os olhos fixos em Samuel. Os outros dois cães-demônios saíram ao encalço de Gregório. Samuel disparou, derrubando o dálmata maior; engatilhou a próxima bala e percorreu a mira em busca do alvo seguinte. Gregório caiu no gramado e apanhou um bastão de madeira maciça solto no chão. Um comichão na mão. A espada. Desferiu um potente golpe na cabeça do cão que o perseguia. O demônio pendeu a cabeça ferida e cambaleou. Gregório afastou-se, caindo novamente no gramado, deixando o caminho livre para Samuel.

Assim que o cão se distanciou, foi atingido em cheio pelo disparo da espingarda. O dálmata tombou sem vida. Samuel fez a espingarda cuspir o cartucho vazio e colocou mais uma bala na agulha. Varreu a área com o olhar: ainda havia um dálmata solto. Onde? Gregório levantou-se, respirando ofegante, entrecortado.

— Cê tá legal? — perguntou Samuel.

— Acho que sim. — respondeu, girando o corpo, procurando o terceiro demônio.

Os outros dois jaziam no chão, inertes, mortos.

— Vamos voltar pra dentro. Depois a gente acha o cachorro.

— Não eram cachorros. — murmurou Gregório, aproximando-se do maior.

Ele queria examinar a criatura de perto. O que estava ali, morto, era um cão comum. Grande, mas comum. Um dálmata morto. Não tinha pele alaranjada, olhos amarelos e felinos, nem mesmo exalava fumaça pelas narinas. Somente o cheiro era o mesmo. Via um corpo em avançado estado de decomposição, mas o corpo de um simples cachorro.

Samuel aproximou-se a fim de examinar o animal também.

— Putz! Como fede esse trem!

Samuel cutucou o animal com a ponta do cano da arma.

Naquele instante, o terceiro demônio surgiu da escuridão num salto, vindo do milharal, abocanhando em cheio o braço de Samuel, fazendo-o soltar a arma.

Tamanho susto fez Gregório ir ao chão. Agarrou o bastão e investiu contra a fera de pele alaranjada, afastando-a do braço do irmão.

O bicho ladrava nervosamente. Preparou-se para novo ataque, mas cambaleou ao ser mais uma vez abalroado por Gregório, que manejava o bastão com impressionante habilidade, empunhando-o feito espada.

O cão recuou e saltou magnificamente em direção a Gregório, tentando estraçalhá-lo. A fúria, porém, foi vã. Gregório espetou-lhe o bastão no abdome, trespassando o corpo, que tombou sem vida.

Samuel estava caído no chão, gemendo de dor, tentando conter o sangramento.

O irmão aproximou-se, arrancando a camisa e improvisando um torniquete, na esperança de estancar a horripilante hemorragia.

Gregório correu o máximo que pôde. Entrou pela casa como um louco e vasculhou as prateleiras atrás da chave do jipe.

Vera levantou-se confusa, perguntando pelo marido, assustada com a agitação do cunhado, que abandonou a casa sem se explicar, arrancando em alta velocidade.

Samuel capengava em direção à casa, mal podendo ficar de pé. Gregório alcançou-o e ajudou-o a subir, colocando-o no banco da frente, deitando o encosto o máximo que pôde. Zarparam com rapidez, sacolejando sobre os buracos à beira do milharal, antes de pegar a estradinha de terra.

Samuel começava a sentir calafrios. Os olhos estavam pesados demais para continuar abertos. O irmão dirigia apreensivo, temeroso. Nunca havia visto tamanha hemorragia. O banco, lavado de sangue, e Gregório, assustado, preocupado com o desfecho do descuido. Deu o máximo de velocidade que conseguiu espremer do jipe, deixando a fazenda para trás.

— Vo... você... viu aquilo? — perguntou Samuel, com visível dificuldade.

Gregório enxugou o suor da testa. Olhava para frente, tomando cuidado com o caminho.

— Eu... eu te...

— Não fala, Samu. Não fala. Fica quieto e respira. Aperta o machucado, não deixa o sangue sair.

A estrada escura. Os faróis débeis tentando alertar sobre os buracos.

— Num dá... eu tô... fraco.

Silêncio.

Samuel deixou a cabeça bater na lataria do jipe. Não tinha mais força para sustentar-se.

— Não! Samuel, agüenta!

— Eu te amo, mano. — expeliu o fazendeiro no meio de um suspiro prolongado.

Gregório sentiu os olhos encherem de lágrimas. Olhou rapidamente para o banco reclinado. Parecia que o irmão não respirava mais.

Estacionou o jipe em frente ao hospital, tomou o irmão nos braços e adentrou o prédio. Samuel estava inconsciente, o corpo frio e imóvel. O sangue não vertia mais do ferimento. O rapaz estava desesperado.

Gregório foi recepcionado pelos plantonistas, que colocaram Samuel em uma maca e o carregaram a toda velocidade para a emergência. Apesar do protesto, Gregório foi impedido de acompanhar o irmão.

Sentou-se na sala de espera, colocando a cabeça entre os joelhos, chorando desesperadamente.

Uma enfermeira se aproximou, trazendo um cobertor para proteger as costas nuas do acompanhante.

Os enfermeiros, após a primeira checagem, concluíram que o fazendeiro estava morto, não havendo nada mais o que fazer. Mediram o pulso, sem resposta. Examinaram com o estetoscópio a região torácica, sem batimentos cardíacos. Os dois saíram da sala.

— Esse aí era o Samuel da Vera, não era?

— Acho que sim. — respondeu o outro, tirando a touca. — Vou chamar o clínico. Ele está no refeitório?

— Não. Desceu para o dormitório.

Enquanto um ia a procura do clínico geral, o outro recostou-se na parede do corredor e acendeu um cigarro.

Dentro da sala, estranho fenômeno principiava-se. O corpo de Samuel estremeceu na maca. Os pulmões encheram-se de ar em inspirações profundas, e a expiração produzia um som semelhante a um rosnado ferino.

O enfermeiro que aguardava do lado de fora ouviu o barulho, arrepiando-se surpreso.

Na sala de espera, Gregório estremeceu. As narinas encheram-se daquele odor de enxofre, o mesmo que sentira durante a aparição dos demônios. De novo, a estranha vertigem quase o fez perder os sentidos. Era como estar próximo daquelas feras outra vez.

O clínico geral chegou e deteve-se à porta do quarto para examinar o enfermeiro desmaiado.

O enfermeiro que acompanhava o médico sobressaltou-se ao ver que o cadáver não estava na maca, mas agachado num canto do quarto, submerso numa penumbra fantasmagórica, com os olhos semicerrados e respirando profundamente, exalando nuvens de vapor pela boca entreaberta.

— Está morto. — informou o clínico, categoricamente.

O enfermeiro olhou para o corpo do amigo estendido no chão e benzeu-se.

CAPÍTULO 12

PELA MANHÃ, OS DOIS homens deixaram a pousada e dirigiram-se para o centro da cidade. Encostaram o carro em frente da padaria e, estrategicamente, foram tomar o café da manhã.

Sentaram e fizeram o pedido. O plano era ficar por ali, sondando o povo, pescando informações para encontrar Gregório. Com sorte, conseguiriam saber do homem ainda naquele dia.

Um grandalhão gordo entrou e sentou ao lado deles. Vestia camisa, toda aberta, camiseta branca e imunda por baixo. Pablo acenou com a cabeça. O homem não respondeu ao aceno, mas demorou no olhar perguntando-se quem era o cara.

— E então, Jeff, o que vai ser? — indagou o balconista.

— Me dá um pão com salame e um conhaque.

O balconista preparou o sanduíche e logo voltou, puxando conversa:

— Você está sabendo alguma coisa sobre o Samuel?

— Hum, não. — grunhiu, enfiando um naco de pão na boca. — O que eu deveria saber?

— Parece que ele foi atacado por um cachorro e levado para o hospital muito mal. Está lá internado, sem falar uma palavra com ninguém, parecendo um louquinho de pedra.

— Que morra... ele e o bosta do irmão dele. — Jeff virou o conhaque duma vez. Coisa idiota, ir pro hospital por causa de cachorro. Quem te contou?

— Minha irmã é enfermeira lá, deu plantão esta madrugada. Tava o maior bochicho por causa disso. Quando o Gregório chegou com ele, parecia que o Samuel já tava morto.

Pablo virou-se discretamente, prestando mais atenção na conversa, agora que a razão de sua viagem parecia fazer parte da narrativa do balconista.

— Na verdade, ele ainda estava vivo. — prosseguiu o balconista. — O esquisito é que um dos enfermeiros que estava atendendo ele morreu.

— Como? — perguntou Ney, o parceiro de Pablo, intrometendo-se na conversa.

O balconista e Jeff viraram-se para o estranho, mas compreenderam a curiosidade. O homem continuou a interessante narrativa, encarando a intromissão com naturalidade:

— Quando ele, Samuel, deu entrada no hospital, os enfermeiros que o atenderam juram que ele estava mortinho-da-silva. Tiraram o pulso, batimentos cardíacos e tudo o mais. Nada. Estava morto segundo os equipamentos e os próprios olhos. Um dos enfermeiros ficou lá, esperando o outro trazer o clínico geral para dar fim naquela história. Mas quando os dois chegaram, o enfermeiro estava caído no chão, morto. — o homem apanhou um copo d'água e deu a Jeff. — Mais espantado ficou o outro enfermeiro, ao ver o defunto acocorado num canto do quarto, respirando, vivinho-da-silva. Segundo o médico, o enfermeiro morto foi vítima de um ataque do coração, daqueles fulminantes. Eu acho que ele morreu foi é de susto. — concluiu.

— Como é o nome do irmão desse cara, o Samuel? — perguntou Pablo.

— Ele é um merda. — respondeu Jeff.

— Concordo com o senhor, mas diga-me o nome dele. — insistiu.

— É Gregório. Um filho da puta... por que está tão interessado naquele corno?

— Pensei que o conhecesse. Tenho um amigo com esse nome, mas seria muita coincidência estarmos falando do mesmo homem. desconversou Pablo. — Quanto deu a conta, meu amigo?

— Sete paus.

Ney desembolsou o dinheiro, os dois despediram-se e saíram do bar, compraram refrigerantes na máquina e sentaram-se no carro aguardando Jeff.

Era por volta de uma hora da tarde quando estacionaram na rua do beberrão. Seguiram Jeff até lá, sem que ele percebesse. Bateram na porta da casa de madeira e esperaram o homem atender.

— Que merda estão fazendo aqui?

Jeff estava completamente embriagado.

— Isso são modos de tratar amigos? — brincou Pablo.

— Vocês não são meus amigos. Se querem confusão, vão encontrar. — ameaçou o bêbado.

— Uh! Calma lá, valentão. Viemos propor um negócio; acho que você vai gostar. — esclareceu Pablo.

Ele ficou parado um momento, assimilando as palavras.

— Que trabalho vocês teriam pra mim?

— Queremos que você surre uma pessoa que tem uma pendência conosco. — disse Ney.

— Me diga, amigão, você bateria em alguém por dinheiro? — indagou Pablo.

Jeff balançou a cabeça, respondendo que não. Ameaçou fechar a porta na cara dos forasteiros, mas parou e encarou o homem de cabelos amarrados.

— Quanto dinheiro?

— Mil e quinhentos reais.

— Eu espancaria o prefeito por esse dinheiro.

— Boa idéia. — disse Pablo — mas não é disso que eu preciso. Acredito que ficará satisfeito em fazer este trabalhinho para mim. Estou com esse *feeling*.

— Entrem, fiquem à vontade, expliquem isso melhor. — disse o bebum.

Jeff deu passagem aos homens, fazendo-os entrar na sala. Estranhamente, ao contrário do que poderiam esperar, a casa estava em ordem, metodicamente arrumada e limpa, bem diferente da casa dos bêbados que conheciam.

Explicaram o plano, que envolvia surrar Gregório. Jeff ouviu tudo muito entusiasmado, tão contente que faria o serviço de graça caso os clientes mudassem de idéia. Ficaram conversando e desenvolvendo a estratégia ideal para concretizar o intento, com sorrisos e camaradagem, como se fossem amigos de longa data.

CAPÍTULO 13

NAQUELA HORRÍVEL MADRUGADA, passado o pavor inicial da aparente perda do irmão, Gregório voltou à fazenda para dar notícias e buscar Vera. A mulher estava no alpendre, ansiosa, com o rosto marcado por lágrimas. Mal encostou, Gregório foi abordado pela turma, querendo saber do patrão.

— Ele está melhor agora. — disse, acalmando os homens. — Dirigiu-se a Vera, conversando baixinho. — Acho melhor ir comigo para o hospital. Ele já foi medicado, mas está esquisito, não sei, parece traumatizado com o incidente.

Vera concordou; a bem da verdade, iria de qualquer jeito. Sentia urgência em estar com o marido. Instruiu os homens para prosseguirem com os reparos no celeiro, apanhou algumas coisas e deu de comer a Gregório e, às pressas, rumaram para o hospital.

Samuel estava em seu leito, com o braço preso na lateral da cama, perfurado por agulhas, recebendo soro e remédios a todo instante, além de sangue. Apresentava algumas manchas na pele e parecia inconsciente, mantendo os olhos cerrados. Vera, emocionada, parou ao lado da cama, deixando lágrimas escorrer pela face. Nunca havia visto o marido hospitalizado ou debilitado daquela forma. Não lembrava ele ter pego uma gripe mais forte. Passava a mão pelo rosto frio de Samuel, acariciando com ternura.

— Preciso de um copo d'água; onde encontro um? — perguntou a mulher.

— No corredor, antes dos elevadores, tem um bebedouro. Acho que você consegue um copo com a enfermeira. — sugeriu Gregório.

A mulher saiu do quarto, deixando os dois a sós. Gregório olhava para o irmão, sentindo-se responsável pelo ocorrido. O que queriam os demônios? Por que estavam atrás dele? — perguntava-se. O que teria feito para chamar a atenção de horrendas criaturas?

— Eu conheci alguém que te odeia.

Gregório arrepiou-se, atônito, tentando decifrar a frase que o irmão proferira.

— Como...?

— Conheci alguém que te odeia, nesta noite... conheci alguém que te odeia. — repetiu, sem abrir os olhos.

Gregório permaneceu estático, sem responder. Samuel parecia dormir.

— Renan.

— Re... Renan? — indagou Gregório.

— Sim. Ele morreu te odiando. Ele quer te matar. Pediu para eu fazer isso. Eu vou te matar, meu irmão.

Gregório sentiu o estômago se contorcer. A visão enegreceu, recuou dois passos, atordoado, e sentou-se no sofá. O cheiro insuportável invadiu o quarto. A voz do irmão parecia mais rouca, mais grave. Do que ele estava falando?

— Você matou o rapaz. Você vai morrer. Pelas minhas mãos. Vou degolar você e vê-lo sangrar, perder as forças e morrer. Eu o encontrei na beira do rio, indo cumprir sua Aventura... ele me pediu para acabar com você... você não é amigo de ninguém.

Gregório estava aturdido demais para responder. O irmão permanecia de olhos fechados, tornando aquele momento ainda mais sinistro, macabro. Sentiu as forças se acabando; sentiu medo. Fechou os olhos perdendo, involuntariamente, os sentidos.

— Você, seu monstro vil e incorreto, está jogando sujo novamente. Como ousa ocupar alguém tão correto e justo? — perguntou Gregório, também de olhos fechados.

— Thal? Eu vou matá-lo, Thal. Custe o que custar. Primeiro, preciso matar a carne que te aprisiona, mas você conhece a Lei: só a carne fere a carne... eu não poderia... como você não pode me ferir enquanto estiver estacionado aqui. — Khel riu, rugindo ferozmente.

O anjo levantou-se do corpo de Gregório, deixando o espírito de luz banhar todo o quarto. A luminosidade que desprendia de sua capa de energia brilhava num tom azulado.

— Por que tanto ódio, criatura inferior? — perguntou o anjo.

Samuel abriu os olhos e arreganhou a boca.

— Por que você interfere nos meus planos? Não me deixa articular com os homens! Você não se limita à sua vigília! Você me desafia, mata meus comparsas com sua espada. Não vou permitir isso novamente! Matarei você, tão certo quanto lhe falo neste momento. Nada vai segurar meu ódio, nem que eu tenha que recrutar toda a legião demoníaca, nem que eu traga para esta terra todo o exército de meu senhor. Você não vai sair deste lugar com vida, anjo maldito. Você quebrou a Lei ao escapar daquela maneira. O Homem sabe. A Lei não permite que os Soldados fujam para o plano físico. A Lei não permite que os Soldados possuam a carne. Você pode não me temer, mas teme ao Homem. Você quebrou a Lei e sabe que agora eu tenho uma chance por Direito. É olho por olho, dente por dente. Você me deu permissão, anjo. Permissão para a Batalha Negra. E eu escolho você como General, escolho você para me enfrentar.

Thal calou-se. Não temia por sua vida, comparando a ameaça de Khel iniciar uma nova guerra no plano celeste, bem ali, junto a inocentes, tirando vidas, interferindo tão brutalmente no plano dos homens. A Batalha Negra. Thal não temia Khel, mas as conseqüências daquela promessa. O Homem. E se Khel já estivesse com exércitos reunidos? E se ele tivesse sido tão rápido a esse ponto? Preso à carne, Thal perdia muito de sua percepção. Não podia certificar-se daquela horrenda ameaça. Não poderia abandonar Gregório um segundo sequer com o demônio tão perto. Era responsável mais que tudo por aquela vida humana. Ele colocara o homem sob o jugo da fera, ele teria que deixá-lo livre do demônio. Experimentou um pouco da angústia humana ao sentir o sofrimento de Gregório invadindo seu coração de anjo. Queria mais que tudo vê-lo livre daquilo. Não sentiu vontade de argumentar com a fera, recolhendo-se novamente à carne, desaparecendo no interior do corpo de Gregório.

— Fuja! Ah! Ah! Fuja enquanto pode, anjo fraco! — bradou o demônio. — Sua hora está chegando!

Vera entrou no quarto e colocou o copo d'água ao lado da cama de Samuel. Gregório estava sentado no sofá, balançando lentamente a cabeça entre as pernas.

— Você tá legal?

— Estou cansado. Só isso.

— Por que não dorme um pouco?

— Pode ser uma boa idéia.

Gregório saiu, recostou-se na parede do corredor decidido a não comentar o ocorrido com Vera, pelo menos por enquanto. Estava tomado por um sono repentino. Despediu-se de Vera e voltou à fazenda. Deitou-se um instante, e mal mergulhou na inconsciência, Thal saltou de seu corpo. O anjo desdobrou as asas e partiu veloz, sobrevoando a fazenda ligeiramente. Com a vista aguçada, procurava indícios de demônios agrupados. Voou até a cidade, mas nada encontrou. Parado no topo da igreja, avistou um irmão celeste e disparou para lá.

O outro anjo abriu um sorriso para receber o irmão, e Thal retribuiu a gentileza.

— Sabe de meu irmão Alanca? — perguntou Thal.

— Não o vi neste dia. Deve estar cuidando de seus protegidos.

Thal perguntou se o anjo havia percebido alguma coisa de diferente naqueles dias e tranqüilizou-se ao receber resposta negativa. O novo anjo também tinha a face cor de bronze e olhos como chamas. Guardava a espada e a trombeta na cintura, junto a uma algibeira. A túnica resplandecia paz verdadeira, e a aura fluía em luz ao redor do corpo em tom avermelhado. Quando soube que estava tratando com Thal, ficou tão surpreso quanto Alanca, demorando-se em cortesias e reverências ao tão valente irmão.

Thal alçou vôo novamente e vasculhou as florestas imediatas à cidade. Nada. Temia apenas que os monstros estivessem acobertados por orações. Se houvesse na cidade um grupo de oradores satânicos, a devoção ao demônio poderia encobri-los aos olhos dos anjos. Desceu lentamente, pousando em cima de uma caminhonete. Uma família fazia piquenique. Vasculhou em volta com os olhos: nenhum sinal dos malignos cães. Desdobrou as asas e zarpou. Subiu em direção ao céu, alcançando uma velocidade incrível. A certo momento, assumiu o formato de uma esfera luminosa na mesma coloração de sua aura e atravessou a atmosfera tão rápido quanto a luz. Freou no meio do espaço, desacelerando até parar. Do nada, surgiu uma gigantesca construção logo à sua frente. O magnífico objeto assemelhava-se a uma nave e, como os anjos, possuía uma aura envolvente. Assim que Thal mergulhou nessa aura, sua esfera de luz se desfez.

O anjo pousou no interior do objeto alcançando um grande salão, aparentemente a entrada da nave, com um trânsito intenso de seres celestes. Nem todos tinham aparência humana; alguns possuíam mais de uma cabeça, outros, mais membros superiores, e os que eram completamente diferentes: anjos com três pares de asas e olhos ao redor da cabeça. Além disso, seres que eram somente sentidos, não eram vistos, estavam por toda parte, em todos os lugares. Thal caminhou pelo pátio, indo ter com um anjo semelhante a ele: pele banhada em bronze e olhos como brasas. Vestia túnica azul, com duas listras amarelo-ouro junto à barra. Thal foi conduzido pelo anjo a um extenso corredor, e subiram a bordo de um pequeno veículo alado que deixava um interessante rastro de fogo. A nave alcançou um salão maior, de formato esférico. Thal desdobrou as asas, abandonou o veículo lentamente, pairando no ar.

— Aguarde aqui, Thal, Ele virá atendê-lo brevemente. — disse o anjo de túnica azul, retirando-se no mesmo veículo.

Ficou sozinho, em silêncio e paz profunda. Depois de alguns minutos terrenos, um som acima da cabeça chamou-lhe a atenção. Uma pequena escotilha abriu-se, e a sala foi invadida por um portentoso facho de luz.

Thal eriçou-se ao sentir a presença dEle. Era muita energia no mesmo ser ao mesmo tempo. Nunca estivera ali, nunca havia sentido aquilo, tampouco que os olhos iriam queimar e o peito, explodir. A sensação era indescritível. Quando Ele entrou, através da luz, as sensações se multiplicaram. Ele tinha o mesmo tamanho de Thal, mas no resto era diferente. Parecia um homem comum. Parecia.

— Senhor... — balbuciou o anjo. — Preciso lhe falar.

O Homem encarou-o com paz nos olhos, enviando amor para Thal, que quase queimava.

A luz tomou conta da sala, e Thal pôde ver o futuro. Percebeu que o medo e a aflição que o perturbavam era algo egoísta, que o futuro reservava a Batalha Negra e ele seria um dos generais. Sentiu o futuro, e seu coração foi lançado à boca de um demônio. Thal sentiu o horror de Antigas Profecias perfurando a face, sangrando os olhos. Ouviu um nome que fez explodir seus tímpanos. Viu quatro criaturas cobertas por olhos, por dentro e por fora, caladas; era o Terror. Um exército de demônios cobriu o céu, transformando o dia em noite e a noite, em Noite Eterna. Não era o fim dos dias, era algo mais sutil e suave, apenas um toque, uma guerra ligeira para lembrar aos anjos e aos demônios que eles eram inimigos. Para lembrar aos homens que eles eram carne. Para lembrar aos homens que eles eram fracos e precisavam retomar a fé com fervor. Thal sentiu o coração esmorecer, pois não se via triunfante. Não via luz, só trevas.

O Homem tocou o anjo na testa, acalmando-o. Não disse palavra. Na mão, tinha uma espada sagrada. Entregou-a ao anjo, fazendo-o substituir a antiga e embainhá-la. O anjo sabia que precisaria, o anjo sabia que seria breve.

— Há como vencer? — perguntou o anjo.

O Homem, que enchia o coração de Thal com emoção, apenas meneou a cabeça positivamente.

— Fé.

A voz ribombou na sala sem que Ele movesse o lábio. Thal estremeceu, pois a voz não estava apenas em sua mente; havia inundado todo o lugar. O Senhor falou apenas na mente do anjo:

— Aquele filho lhe deu a vida de novo. Agora, a Lei permite uma chance aos exércitos de Satanás. O mais poderoso dos anjos das trevas enviará generais. O homem que sustenta você está morto e não sabe. Não tenha medo de deixá-lo ir em paz, mesmo que tenha que dar sua vida para ele. Sua presença fez com que aquele homem recuperasse o amor, mas não é mais sua Hora. Deve devolvê-lo para a Vida. Proteja-o com sua espada até que o Destino venha buscá-lo. Ele deve estar intacto até seu novo momento. Intacto. Sua glória angelical limpou o passado daquela criatura; mantenha-o assim, é a paga que dará a ele. Ele virá para a luz quando tudo acabar.

O Homem partiu como luz, deixando o salão vazio. Thal sentiu solidão ao lembrar-se de seu vislumbramento. E medo ao ver a Batalha Negra. Tinha o coração apertado por não sentir a Fé fluindo naquele futuro iminente. Os demônios foram tantos em sua visão! O anjo chorou.

CAPÍTULO 14

POR VOLTA DAS QUINZE HORAS, Gregório acordou. Ficou deitado, com os braços cruzados atrás da cabeça, os dedos entrelaçados. Sentia-se muito triste. Não entendia o que estava acontecendo. Atribuía o fenômeno passado com o irmão ao extremo cansaço daquele dia. Lembrou-se das criaturas que confrontara. Sentou-se na beira da cama invadido por estranha solidão, como se estivesse prestes a lutar contra um exército inteiro. Ajoelhou-se e começou a orar. Estava falando com Deus.

Samuel havia recuperado os sentidos, sentia-se bem e provavelmente passaria apenas mais uma noite no quarto.

Vera estava melhor, aliviada do horrendo susto. Devido ao bem-estar do marido, decidiu que voltaria para a fazenda a fim de adiantar o trabalho de reparos. Foi ao telefone público na intenção de chamar Gregório para buscá-la. Meia hora depois, o jipe estacionava em frente ao hospital, mas Celeste é que viera. Ele explicou que o rapaz parecia um pouco indisposto para dirigir e se propôs a fazê-lo. Ao chegarem, os trabalhadores vieram saber do patrão. Vera contou sobre a melhora de Samuel e delegou as tarefas do resto do dia. Gregório estava em cima da casa, consertando as calhas e desobstruindo as passagens de água da chuva.

— Celeste me disse que você não estava muito bem... — gritou a mulher, pondo a mão em concha na testa para proteger os olhos do Sol.

— Não esquenta, agora eu estou bem melhor. — respondeu, passando a mão na testa para enxugar o suor. — Inclusive já estou terminando de consertar esta joça aqui, ô negócio chato!

Vera deixou um sorriso escapar enquanto caminhava para dentro de casa. Sentia muita simpatia pelo cunhado, mas percebia que ele era bastante estranho. Além disso, coisas estranhas não paravam de acontecer desde que ele havia chegado a Belo Verde. O pensamento fez o tímido sorriso se dissipar. Apesar das esquisitices, Gregório parecia possuir algo dentro de si, calmo, tranqüilizador... doce, que transparecia no sorriso, nos olhos. Não sabia como expressar, mas era bom estar com ele em casa; era confortável sua presença.

— Ele está diferente — dissera Samuel. — Ele não tem mais aquele ar sacana, parece estar limpo. Realmente, acredito que está com a memória afetada. — ratificara.

Vera foi preparar um café. Pediu ao filho de Celeste que ordenhasse e trouxesse leite fresco. A bem da verdade, Vera estava muito feliz por seu marido ter se recuperado depressa da triste experiência com os dálmatas, aparentemente sem grandes prejuízos.

Por volta das dezessete horas, o veterinário chegou. Vera havia ligado pela manhã, narrando o estranho acontecido e pedindo que ele viesse examinar os cadáveres dos animais a fim de saber se Samuel corria perigo de contrair alguma doença.

O homem encostou a *pick-up* na frente da casa e buzinou. Vera pôs a delicada cabecinha pra fora da janela e berrou para o médico:

— Os rapazes estão no celeiro. Chame pelo Gregório, ele vai te mostrar aqueles bichos mortos.

— Você não vem?

— Ah, não, obrigada Ivan, não tenho estômago para olhar aquelas coisas de novo. — desculpou-se a mulher.

— Quem é esse Gregório?

— É irmão de meu marido, você...

— Como vou saber quem é?

— Eles são gêmeos, pombas. — respondeu Vera, quase rindo.

O veterinário balançou a cabeça. Ele tinha aquele jeitão de bobo que todo mundo acha engraçado, demorando demais para compreender as coisas fáceis.

— Eu não sabia que ele tinha um irmão gêmeo...

Apanhou a maleta no carro e tomou o rumo do celeiro.

O galpão perdera bastante da aparência fantasmagórica, já que os homens tinham coberto boa parte das paredes esqueléticas da construção. Provavelmente, estaria forrado no dia seguinte àquela hora.

O veterinário viu Gregório pendurado lá em cima, martelando um prego numa tábua extensa.

— Você deve ser o Gregório, não é? — perguntou, acanhado. — Meu nome é Ivan; sou veterinário da fazenda.

— Ô, bem na hora, doutor. Aquele negócio tá fedendo um bocado; precisamos nos livrar deles rapidinho. — bradou Paulo.

Gregório desceu, apertou a mão do veterinário e convidou-o para acompanhá-lo. Os homens pararam com as ferramentas e foram ver também. Todos tinham o desejo mórbido de botar os olhos nos três defuntos. Gregório estava pouco à vontade com aquelas criaturas. Afinal, enquanto todo mundo os compreendia como simples cães, ele sabia que eram um pouco mais que isso. O rapaz sentia-se mergulhando num mundo paralelo, onde os cães com cara de demônios (ao menos era como lhe pareceram na noite anterior) se encaixavam melhor. Decidiu que não contaria ao veterinário que aqueles animais bizarros na verdade eram demônios se fazendo de cães. Seria dado como louco por ele e por todo o pessoal da fazenda. Não se sentiu atraído com a idéia de ser apontado como o irmão louquinho do pedaço.

Aproximaram-se de um canto externo do celeiro, onde os cães estavam cobertos com um encerado. De longe, o odor fétido dos cadáveres já era insuportável. Paulo e Tonico retiraram a cobertura. O cheiro era pior do que imaginavam. André afastou-se para vomitar, ajoelhando-se junto ao celeiro. Ramiro, presenciando a cena, não se conteve, vomitando também. Os homens protegeram as narinas com lenços, tentando filtrar um pouco de ar livre. Descrever o estado de putrefação dos cães não seria fácil. Pareciam mortos há semanas, deixados no tempo para apodrecer e desintegrar por si próprios. Eram três caricaturas de dálmatas, sem as cores que caracterizavam a raça. O couro estava rompido em vários pontos, e um balé atropelado de moscas e vermes trombava a todo instante. O sangue apodrecido formava crostas marrons-escuro, dando um tom quase vermelho ao pêlo. Estavam muito maiores do que os três cães que pertenciam ao cego, talvez porque tinham inchado até, literalmente, explodir. Uma substância purulenta e rançosa escorria pelos buracos abertos e parecia ser a grande responsável pelo odor sufocante.

— Caralho! Que cheiro! — exclamou Gregório.

— Merda...

— Ãh? — indagou o rapaz, espantado e retirando-se de perto dos bichos.

— Eu dizia que eles fedem mais que merda. Estou até tonto. Blargh! Nunca vi isso. — gemeu o veterinário, afastando-se com Gregório. Passou o lenço na camisa, dando a impressão de que sentia-se impregnado pelo fedor mórbido. — Quando que você disse que eles morreram? Ontem, é isso?

— Foi, foi ontem, seu Ivan.

— Bem, meu amigo, então tem coisa bem esquisita nesta estória. — disse o veterinário, coçando a cabeça. — Pelo que eu vi, posso jurar que estão mortos há mais de quatro dias. No mínimo.

Gregório encostou a cabeça no trator estacionado a poucos metros do celeiro. Parecia receber a notícia com um desgosto tremendo, como se aquilo confirmasse um diagnóstico arrasador, como se confirmasse um câncer cerebral.

— O que acha que é? — perguntou ao veterinário, que estava ajoelhado, apanhando algumas coisas na maleta.

— Sei lá. Te juro que eu já vi de tudo nessa vida. Faltava essa aí. — respondeu sem levantar o rosto para Gregório.

O veterinário voltou aos cadáveres e fotografou os três em grupo. Depois, arremessou algumas luvas aos peões e calçou as suas próprias.

— Vocês vão ter de me dar uma mãozinha. Tenho que separar essas coisas para fotografá-las em separado.

Amarraram os lenços em volta do pescoço, elevando-os ao nariz para amenizar o fedor. Retiraram o primeiro, arrastando-o para a esquerda. Movimentá-lo fez o odor triplicar. Dessa vez, foi Tonico quem não resistiu e correu para eliminar o almoço.

Ivan fotografou o monstro nojento sob vários ângulos. Apanhou uma seringa do bolso da camisa e coletou uma amostra da substância purulenta, respirando com dificuldade. Sentia náuseas constantes, controlando-se para não desmaiar. Fez sinal com a cabeça, dando a entender que terminara com aquele, e os homens compreenderam que era hora de remover o seguinte.

Apanharam o próximo, segurando-o pelas patas, puxaram levemente, como o anterior, mas desta vez o cadáver não se moveu daquele canto. O veterinário trocou sinais com os homens e então tentaram novamente, sem sucesso. Respiraram e puxaram mais uma vez, porém só a parte traseira do cão se locomoveu. Os homens insistiram, puxando com mais força, pois queriam sair dali logo; o odor repulsivo crescia a cada tentativa. No terceiro solavanco, algo desgraçadamente ruim aconteceu. O couro do animal rompeu, espalhando vísceras podres pelo chão e vermes pelo encerado. Todos largaram imediatamente as partes que seguravam, uma vez que o odor extrapolava, chegando a ser perigoso, tóxico. Debandaram.

O lenço de Ivan desprendeu-se, provocando uma náusea mais forte. O mormaço da tarde, somado ao insuportável cheiro, o fez cambalear e quase perder os sentidos. Deu meia-volta, já sem equilíbrio, e foi de encontro ao primeiro cadáver. Esticou os braços para não afundar a cara na barriga do monstro, mas infelizmente não conseguiu evitar que sua mão o fizesse. Sentiu-a atravessar o couro flácido da fera e alojar-se em um lugar mole nos intestinos apodrecidos do animal. Um jorro de vísceras liquefeitas verteu, acertando seu rosto em cheio. Os pequenos vermes subiam pelo braço, e as moscas grudaram na face, junto ao sangue podre. Ivan não suportou, caindo desmaiado ao lado do cão. O odor, de tão espesso e desagradável, acabara por dominá-lo.

Gregório arrastou Ivan para longe, enquanto a maioria dos homens sentia o estômago contrair nervosamente. Gregório limpou o rosto do veterinário utilizando o lenço que havia caído. O corpo do homem contorceu-se, e ele virou bruscamente para deixar o almoço sair pela boca. Amparado por Gregório, dirigiu-se a um torneirão, esfregou a mão infectada com vigor, retirando toda a meleca fétida. Gregório foi até o tanque de lavar roupas e voltou com sabão e bucha. O doutor agradeceu, acenando com a cabeça e livrando-se das luvas contaminadas.

André apanhou as amostras que o veterinário havia colhido e entregou-lhe. Foram acondicionadas na maleta, com a promessa de serem rapidamente examinadas e estudadas.

Vera percebeu certa pressa e ficou com cara espantada, pois era a primeira vez que via Ivan movimentando-se com rapidez.

— O que há? Parece que viu um fantasma!

— Tenha certeza que é quase isso, minha amiga. — respondeu entrando agilmente na *pick-up*. — Quase isso. — repetiu, como um personagem de filme de terror.

— Está tão ruim assim?

O veterinário balançou a cabeça em sinal positivo. Deu partida, saiu em marcha à ré e desapareceu na poeira da estradinha.

Lá pras bandas do celeiro, Vera viu os homens apanharem algumas pás, provavelmente para enterrar os cães. Voltou ao quarto para pegar algumas coisas e preparar-se para passar a última noite com o marido no hospital.

Gregório ajudou os homens, que perderam a maior parte do tempo abrindo uma cova funda o bastante para enterrar o odor horrível, revezando suas câimbras estomacais. A tarefa mais nojenta foi lidar com o cão repartido ao meio, cujas vísceras se esparramavam pelo chão, propagando e aumentando o mal-estar geral. Com uma pá, André e Tonico iam recolhendo os restos do cão.

Findo o penoso trabalho, Gregório dispensou os empregados. Precisavam tomar banho e tentar se livrar do cheiro horrível. Era o que ele faria também. Terminariam o serviço no outro dia, com certeza. Antes de entrar, chamou Ramiro, Jonas e Paulo para ajudá-lo no escoramento de algumas partes do telhado e da estrutura do celeiro. Se chovesse, e aparentemente choveria naquele fim de dia, o vento botaria o trabalho a perder. Samuel, certamente, tomaria essas providências assim que chegasse à fazenda. Apesar da construção básica ser bastante resistente, o celeiro era bem antigo. Com as lacunas das madeiras que ainda faltavam, a ventania poderia provocar grandes estragos.

Com a ajuda do trator, Jonas trazia troncos de árvores para o salão. Paulo prendia um jogo de roldanas a cada um dos quatro cantos junto ao teto. Quando Paulo terminou, o Sol já sumia no horizonte, deixando a noite invadir a fazenda. O vento aumentara, provocando, a cada rajada, um zumbido cada vez maior na estrutura de madeira. Amarraram cordas em volta do primeiro tronco, e os quatro começaram a elevar o imenso bastão de madeira. O tronco era pesado demais, exigindo grande esforço, só atingindo o cume graças a vigorosos arrancões. Faltava encaixar a ponta ao cume a fim de desempenhar o papel de escora. Levaram pelo menos uma hora e meia até completar todos os cantos. Realmente, lidar com aqueles troncos não era tarefa fácil. Enfim, os quatro deixaram o celeiro. Gregório tomou um cigarro de palha de Ramiro, despediu-se dos ajudantes e voltou para casa. Precisava de um banho urgente.

Na mesa da cozinha, encontrou um bilhete de Vera, avisando que estaria no hospital à noite para que Samuel pudesse tomar o café da manhã em casa, no dia seguinte. Gregório sentiu escapulir um sorriso de satisfação. Ao passar pela janela da cozinha, lançou um olhar para fora. Nada de luzes nem vultos emergindo das sombras. Apenas o velho celeiro jazia fincado na paisagem. Sentiu uma brisa forte trazer o frio para dentro do peito e encher as narinas com um odor que muito lhe agradava: o cheiro da chuva. Ela não demoraria. Dava-se conta de que estranhamente ansiava por ela. Como criança esperando Papai Noel. Aquele odor eriçava-lhe a nuca, como se o preparasse para algo. A chuva chegando. Podia ouvi-la. Chamando. Energizando. Era estranho, mas era a palavra: energizando. Cada célula era tocada por aquele poder oculto.

— Devo estar enlouquecendo. — pensou, aspirando mais uma vez, lentamente, com aquele sorriso idiota no rosto.

Demorou pelo menos vinte minutos debaixo dágua. Além de relaxar o corpo, queria ter certeza de que estaria livre do fedor dos cães. Quando saiu, percebeu que a chuva despencava, forte e barulhenta. Gregório se vestiu e foi para a cozinha preparar um lanche rápido. A janela estava aberta, deixando entrar a chuva e um vento enfurecido que aumentava, fazendo da chuva tempestade. Esquentou o café que havia no bule e preparou-se para a refeição.

Os relâmpagos piscavam no horizonte, aproximando-se em marcha ritmada e incessante. A cada disparo de luz, Gregório percebia sua sombra acentuar-se contra a parede. Ingeria o café quente a pequenos goles, tentando não queimar a língua. O vento aumentou. A luz dos relâmpagos mostrava gravetos assombrados voando pelo céu, como vassouras de bruxas. Mais relâmpagos. Gregório pensou ter visto o galpão oscilar. O vento soprava a construção, como o lobo mau aterrorizando os porquinhos. Resolveu verificar as escoras gigantes. Apanhou um blusão de moletom do irmão, olhou para o celeiro, tomou ar e correu em sua direção. O vento estava aterrorizante; poderia derrubar um homem. Gregório dava grandes passadas. A chuva... ah! A chuva! Ela acariciava-lhe a face, fazendo-o parar ali para senti-la. Estava a vinte metros da grande porta quando aconteceu. Imediatamente, lembrou-se da última noite na escuridão. Lembrou-se dos cães ao sentir a mão disforme agarrando-o e jogando-o ao chão. Um segundo de pavor. O corpo bateu na lama. Relampejou, clareando toda a fazenda. Um trovão roncou em sua orelha, ensurdecendo-o. A mão apertou com força sua canela, tornando a região dolorida e machucada. Gregório tentou arrastar-se e livrar-se do atacante. A chuva entrou pela boca, dando-lhe força. Ao segundo puxão, a mão abriu, libertando-o. Gregório sentiu o terror derreter em seu peito. Fosse o que fosse, não teria medo; uma legião de cães, não teria medo. A chuva o fortalecia; a chuva o defenderia. Levantou-se, esperando um novo ataque; os ouvidos aguçados, a visão concentrada. A água descia pela testa e algumas vezes acertava os olhos e ardia. Outro relâmpago. A luz delatou a posição do opositor: um grande galho de árvore caído no chão. Mesmo embalado por todo aquele sentimento de bravura, soltou o ar dos pulmões num assobio aliviado. Virou em direção à porta do grande armazém e seguiu lentamente. Uma vez encharcado pela chuva, não fazia sentido correr. Entrou no pátio e aproximou-se do primeiro tronco. Estava firme, ao contrário do terceiro, prestes a cair, com o grave risco de destruir parte importante das bases do galpão. O primeiro impulso foi sair correndo, mas, ouvindo o vento ribombar contra a construção e o rangido feroz do madeirame a cada centímetro que o grosso tronco cedia, resolveu aliviar o peso da tora. Posicionou a escada junto à roldana do tronco que vacilava, apanhou a corda deixada no meio do celeiro e correu para cima, pela escada. Amarrou uma ponta ao tronco e passou a outra pela roldana. Atirou a corda entre o telhado e a armação superior. Apanhou a ponta e tentou elevar o bastão de madeira. Sem resultado. Puxou novamente. Loucura. Durante o trabalho da tarde, contara com a ajuda de três homens para colocá-los de pé, a custo de muito esforço. Puxou mais uma vez. A trave que sustentava a corda envergou suavemente, mas nada aconteceu. Respirou, fez força. A tora balançou, erguendo-se alguns centímetros, mas era pesada demais. Gregório não resistiu ao peso, e o tronco chocou-se pesadamente contra a parede daquele canto, balançando perigoso. O golpe fez uma telha desprender do telhado, quase acertando sua cabeça, mas desviou a tempo, aliviado. Ao tentar descobrir de onde caíra a telha, gotas de chuva bateram em sua face. Sorveu algumas enquanto eram absorvidas pelo organismo. Um estalo. Um clique. Uma luz se acendendo. Puxou o tronco. Era a última tentativa; afinal, mais um baque daqueles no madeirame seria fatal para a construção, que certamente não precisaria que o vento a destruísse: Gregório o faria por conta própria, mas desta vez algo aconteceu. Algo estranho. O peso desapareceu. As tábuas chiaram quando a tora as libertou da carga. Parecia um grito de alívio. Mais um puxão, o tronco voltou para o lugar original, e outro, para que ele ficasse alguns centímetros acima do ponto inicial. Soltou a corda devagar, ouvindo o tronco assentar no madeirame, torcendo para ele não ceder. Nem a parede. Ficou parado, estático por alguns segundos. Nada aconteceu. Nenhum gemido. Nenhum celeiro desmoronando. Nada. Aparentemente, tudo ficou resolvido: as madeiras firmes, sofrendo bem menos com as pancadas de vento.

Gregório voltou para casa faminto. Ao chegar próximo à entrada da varanda, verificou que a calha funcionava maravilhosamente: a água descia, e o barril, colocado embaixo da boca do cano de descarga, transbordava.

Quando subiu o primeiro degrau, percebeu que o telefone se degolava na sala, insistente. Um frio percorreu a espinha... era como adivinhar que o aparelho iria despejar palavras sofridas e angustiadas por parte de Vera. E foi o que aconteceu.

✠ ✠ ✠ ✠ ✠ ✠

Pablo acordou sobressaltado, transpirando aos borbotões, e olhou para o lado. Ney dormia como uma criança, nem sombra de marginal infeliz. Entretanto, ele não acreditava que conseguiria pregar o olho novamente. Acabava de ser atacado pelo pesadelo mais assustador que tivera na vida. Não por conta do personagem demoníaco, mas pela intensa sensação de realidade que o assaltara durante o estranho diálogo: fora advertido para não matar o homem. Mas, que homem?

A aberração alada, um anjo alto e forte... Seria um anjo mesmo? Fosse o que fosse, a criatura o havia atacado, derrubado e vomitado palavrões em sua cara, com um hálito podre e azedo. Havia dito uma centena de vezes: Não mate o homem.

Não... aquilo não era um anjo. Horrível. Ele tinha chifres, pernas cobertas de pêlo e patas de cabra. A língua era partida ao meio. Ele dizia: Não mate o homem, ou eu virei toda noite até que você esteja louco e morrendo de tanto chorar. Não mate o homem.

Acendeu um cigarro.

— Que homem, porra?

Veio-lhe um nome. Gregório. Era o único homem com quem ele tinha contas para acertar. E acertaria no dia seguinte, o dia final. Precisava voltar logo para São Paulo. Muitas coisas pendentes. Não era um vagabundo, só estava ali porque não queria ser dado como otário. Queria vingança, queria matar Gregório. O dinheiro quase não importava, o que contava era a honra. Pablo era um soldado do Sofia. O chefe do submundo sempre ensinava sobre honra... ser respeitado é mais importante do que ter grana no bolso. Mas acabava de receber uma mensagem real. Não matar o homem. Havia combinado o serviço para o próximo dia. Jeff deveria surrá-lo à vontade, mas poderia errar a conta, como Pablo esperava, só que agora havia a estranha mensagem... aquela mudança. Decidiu que iria cedo para a estrada que dava acesso à fazenda a fim de interceptar o grandalhão. Realmente, Gregório poderia ser o tal homem. Deveria aguardar para se reorganizar; poderia ser apenas um pesadelo tolo, mas se não fosse, certamente sua atitude atrairia uma resposta. Se a resposta não viesse na próxima noite, em seus sonhos, liquidaria Gregório imediatamente. Recostou a cabeça no travesseiro, mas, sinceramente, duvidava que conseguisse adormecer. Aquele rosto desagradável e apavorante ainda estava muito fresco na memória.

CAPÍTULO 15

POR VOLTA DAS OITO E MEIA da noite, uma hora depois do telefonema de Vera, uma viatura de polícia adentrou os limites da fazenda. Vinha buscar Gregório para levá-lo ao hospital. O irmão estava desaparecido.

O policial manteve-se calado durante todo o trajeto de volta. A estrada de terra que separava a fazenda do centro da cidade era estreita e com curvas lamacentas e perigosas. Quase não havia trânsito àquela hora. Não era muito seguro aventurar-se por aquelas bandas depois que a escuridão invadia o campo. O policial mantinha-se a uma velocidade segura para uma eventual freada devido à estreiteza da estrada. Alguns trechos demonstravam ser impossível a passagem de dois carros ao mesmo tempo.

— Você sabe o que aconteceu com meu irmão?

— Bem, ele aparentemente... — o policial expressava-se de um jeito reticente, como se escolhesse as palavras, como se soubesse exatamente o que acontecera, mas não quisesse adiantar as coisas. — ... aparentemente fugiu do hospital.

— Mas ninguém o viu passar pela recepção? — Gregório imaginava que para sair teria que passar pela recepção. — Deveria ter alguém lá... As câmeras de vídeo interno? Alguém deveria tê-lo visto saindo... não é?

— Aí é que está. — respondeu o policial, dando uma batida rápida no volante. Normalmente, nada escapa à vigilância interna do Municipal, mas esta ocorrência não tem nada de normal. E, sinceramente, é melhor você aguardar até chegarmos, eu não sei o que aconteceu. Talvez você saiba...

Gregório estava indignado. Como, não sabiam? Como alguém sai do hospital sem ser visto? Sair na boa, na malandragem, é a parte fácil da história, mas sem ser visto, isso é que era difícil. Seguiu o conselho do policial e manteve-se em silêncio o restante da viagem.

Ao chegar ao Hospital Municipal, foi conduzido à enfermaria. Vera havia passado por uma crise nervosa e estava agora tomando soro e sob efeito de calmantes. Conversou com a cunhada, que dizia coisas desconexas, como perdemos ele, nosso Samuel foi levado. Gregório ficou bastante impressionado com o estado da cunhada, mas aquilo não era nada comparado ao turbilhão de pensamentos sinistros que invadiu sua mente ao adentrar o quarto onde antes estivera com o irmão. Quando chegou ao terceiro andar, utilizando o elevador mais antigo do planeta, adentrou o quarto, arregalando os olhos para vislumbrar qualquer detalhe macabro. Havia três pessoas ali dentro, executando algo sem importância naquele cenário inesperado. Dois pareciam pertencer à polícia técnica e tiravam fotografias instantâneas. O outro, um policial fardado, como o que o trouxera.

O quarto parecia abalroado por um vendaval. Na parede, alguns desenhos sem sentido, feitos com tinta vermelha ou... sangue. Uns pareciam máscaras; outros, borrões ao acaso, dispostos à volta, em todas as paredes. No chão, poças de sangue nos quatro cantos pareciam querer subir pelas paredes e juntar-se aos estranhos borrões. As janelas estavam estilhaçadas e arrombadas, como se uma bomba violentíssima houvesse detonado junto delas. As grades externas também estavam destruídas, retorcidas e rompidas, como se mãos gigantes as tivessem puxado furiosamente para fora.

O que quer que houvesse visitado Samuel, certamente não era humano. Não havia o menor sinal do irmão, nenhuma pista... nenhum pedaço. Amostras do sangue foram coletadas para checagem. Tudo indicava que Samuel havia sido raptado. Gregório caminhava cautelosamente pelo quarto. Deixou-se cair sentado no sofá, boquiaberto. Não sabia o que pensar. Talvez os demônios tivessem voltado. Demônios. Certamente a polícia não acreditaria nele. Deveria contar? Alguém pôs a cabeça para dentro do quarto bufando. Era outro policial, talvez um investigador, de paletó e calça *jeans*.

— Ei, caras, vocês precisam ver isto! — exclamou o homem negro de aparência madura. No mesmo instante, desapareceu pelo corredor.

Os que estavam no quarto seguiram-no. Gregório ficou atento a uma poça de sangue que estava na sua frente, a um metro e meio, aproximadamente. De segundos em segundos, a poça oscilava, despertando a curiosidade do observador. Depois de algum tempo, percebeu que eram gotas de sangue que caíam. Olhou para cima e descobriu o que acontecia. O sangue estava gotejando de uma entrada de ar no teto do quarto, com um metro de diâmetro. Facilmente poderia haver um...

— Gregório, pode me acompanhar, por favor? — perguntou o suposto investigador, pousando a mão em seu ombro.

Gregório desviou o olhar do teto e assentiu com um movimento da cabeça. Subiram um lance de escadas e entraram numa sala ampla, cheia de pessoas e um aperto desconfortante. O homem empurrou-o para perto de uma série de monitores ligados. Ao que tudo indicava, era a sala da segurança. Gregório impressionou-se com os recursos disponíveis. Apesar da cidade ser minúscula, o prefeito se orgulhava em investir a grana dos impostos em saúde para o povo. Apontaram para um monitor que rodava imagens aceleradas, indecifráveis. O operador congelou um ponto e apertou a tecla *play*. A primeira imagem que Gregório identificou foi a de cacos de vidros estilhaçando no chão, provavelmente vindos da janela do quarto do irmão. Depois, um vulto caía de pé, arqueando levemente, levando, ao que parecia, um corpo apoiado no ombro esquerdo. A imagem era em preto e branco e muito maltratada, mostrando a parede leste do prédio de três andares. Não era possível identificar com precisão os rostos das pessoas. Pelas cores do uniforme, o homem carregado parecia um dos enfermeiros do hospital. O homem muito grande, tinha um lençol amarrado ao pescoço, semelhante a uma capa. Não se parecia com Samuel, nem um pouco. Era uma criatura com braços desproporcionais, andava encurvada e logo desapareceu do raio de ação da câmera, deixando o hospital.

— Você identifica este homem, o que está levando o outro nos ombros, como o seu irmão? — perguntou o policial que o conduzira até a sala.

— Sinceramente, não. Esse cara é muito esquisito e muito maior do que eu e meu irmão.

O investigador balançou a cabeça concordando com Gregório.

— É, realmente ele não se parece com seu irmão. Você o viu antes?

— Não. (Mas ele me causa calafrios como os demônios que nos atacaram lá na fazenda. — pensou consigo.) Mas tem uma coisa estranha que eu queria que vocês botassem os olhos.

Logo depois, Gregório e os policiais estavam novamente no quarto sinistro investigando o gotejamento. Um policial subiu na escada e tentava arrombar a grade da passagem de ar quando chegou outra notícia. Dois enfermeiros estavam desaparecidos. Um só podia ser aquele nos braços do homem. Não tinham certeza se estava vivo, mas também não podiam afirmar o contrário. Todos voltaram as atenções para o policial que golpeava a entrada de ar. Pareciam adivinhar o que estava preso ali.

— Como ele conseguiu colocar o homem lá em cima? Sem ajuda! Aquele cara pesa pelo menos noventa quilos. Santo Deus! Isso tá esquisito demais. — queixava o investigador Tatá em seu escritório na delegacia.

— É, negrão. Não tá fácil mesmo. Parece que você vai ter um caso de verdade aqui na cidade.

— Olhe, amanhã eu vou dar um pulo naquela fazenda. Lá tem muita gente pra falar. Esse troço do Samuel sumir tá demais de esquisito. — disse Tatá.

Gregório e Vera deixaram o hospital por volta de uma hora da manhã. Ela estava bem melhor, ainda sonolenta por causa dos remédios. Gregório tirou o jipe do estacionamento e partiu para a fazenda. Durante o caminho, tentava se convencer de que a criatura disforme, de contornos humanos, não era seu irmão desaparecido. Tentou, mas não conseguiu. Sabia que alguma coisa havia invadido seu irmão. Sabia que Samuel estava impregnado pelo mal, pelo cão.

CAPÍTULO 16

NAQUELA MADRUGADA, THAL saiu para uma visita. Voou até uma das casas da cidade. A casa do pastor Elias. Invadiu o quarto, banhando o ambiente com a luz de sua aura. O pastor dormia. Thal desembainhou a espada chamejante e encostou a ponta na testa do pastor. Fechou os olhos e começou a orar.

Em seu sonho, o pastor teve uma visão. Um anjo vinha lhe falar. O anjo, com a espada desembainhada, pedia orações para seu exército, pedia ao pastor uma forte e poderosa vigília. O Ponto da cidade de Belo Verde estava em jogo. O Ponto estava em jogo. Viu as faces de amigos à sua volta. Pastores de igrejas próximas, pastores de outras doutrinas, pessoas comuns do povo de Belo Verde. Viu o rosto de Vera, a esposa de Samuel. O que estariam fazendo aqueles rostos no seu estranho sonho?

Ao acordar, o pastor orou. Pediu fé e compreensão.

CAPÍTULO 17

O DESPERTADOR DISPAROU ÀS cinco e trinta da manhã. Jeff levantou e apanhou a espingarda ao lado da cama. Foi até a cozinha, engoliu um copo de café frio e saiu andando pela estrada que passava à frente de sua casa.

Um quilômetro à frente, encontrou uma caminhonete estacionada rente ao meio-fio. Os vidros estavam um bocado embaçados, revelando que havia gente dentro. Na verdade, dois homens. O motorista, Jorge, e o acompanhante, o Unha. Na noite anterior, Jeff conversou com os dois, acertando uma sociedade no serviço. Entrou na cabine da *pick-up*, espremendo o Unha contra o motorista.

— Gostei da pontualidade de vocês. Vambora garantir nosso trabalho.

Jorge deu partida, pondo a caminhonete para rodar na estrada.

Pablo e Ney chegaram e bateram insistentemente. Esperaram dois minutos, deram a volta pela casa gritando o nome do beberrão. Nada. Era tarde; provavelmente o homem já estava na fazenda. Pablo lembrou-se do pesadelo. Jeff poderia pôr tudo a perder. Não podia matar o homem, tinha que esperar pelo menos mais uma noite.

Maldito pesadelo! Estava bagunçando a cabeça, queixava Pablo.

Os dois entraram no carro e dirigiram-se para a cidade. Alguém deveria ensiná-los onde a fazenda ficava. Com sorte, poderiam chegar a tempo. Pablo não sabia exatamente o que fazer; afinal, não queria ser visto por Gregório, mas também não o queria morto. Por enquanto. Não contara a Ney o estranho pesadelo, apenas que tinha bons motivos para não matar Gregório naquele dia, e não estava mentindo. No centrinho da cidade, abordou um menino que pedalava na rua; ele sabia com exatidão onde ficava a fazenda de Samuel. Pablo estendeu-lhe algumas notas para guiá-los até lá. O garoto, sem pestanejar, pulou para dentro do carro negro e chisparam para a fazenda.

Gregório levantou-se quase às seis. Ouviu um barulho vindo do celeiro. Vestiu-se rapidamente. Ao espiar pela janela, percebeu que os homens já estavam trabalhando. Calçou as botas e foi preparar o café.

Vera estava sentada, os olhos vermelhos, como se não dormisse há dias, e provavelmente era o que estava acontecendo. Fitou o cunhado enquanto ele se movimentava preparando o café.

— Tem tantas coisas ruins acontecendo desde que você chegou...

Gregório sentiu o peso daquelas palavras como uma bofetada na cara, e das doloridas.

— É... eu não sei o que dizer. Eu estou confuso também... acho que todo mundo está pensando como você, mas eu não pedi essa merda, essa merda aconteceu... não tenho culpa.

— Desculpe, Gregório. — algumas lágrimas começavam a despencar daqueles lindos olhos. — Eu estou com medo. Não consigo entender, mas alguma coisa muito ruim está acontecendo aqui... eu estou com medo. Só isso... Meu marido está desaparecido, tenho pesadelos com cachorros demoníacos. Eu... não...

— Você também viu os demônios? — perguntou Gregório, surpreso.

— Eu sonhei com demônios. Sonhei com Samuel. Samuel matando gente. — ela chorava e soluçava.

Gregório mergulhou os dedos nos cabelos. Estava confuso, parecia querer fazer o cérebro funcionar melhor com aquela massagem.

— Acho que vou à casa do pastor hoje pela manhã. — disse Vera, ainda soluçando. Desculpe, mas acho melhor você ir embora... ou pelo menos mudar-se enquanto Samuel está desaparecido. — chorava aos prantos. — Eu quero meu marido de volta.

— Olha, Vera, eu quero encontrar meu irmão, também... estou com medo, me sinto responsável por essas coisas, mas não entendo nada disso, nunca tive coisas assim antes.

Gregório bebeu o café, acenou para a cunhada e tomou o rumo da porta. Poderia ajudar os homens no celeiro e também arejar a cabeça. Ao pisar na primeira tábua do alpendre, recebeu violenta pancada na cabeça. Algo pesado e frio o fez cair sobre a madeira. Sentiu o sangue morno brotar e descer pela testa. Mãos poderosas puseram-no de pé e certamente não eram amigas. Os homens o jogaram para o pátio, rolando pela escadinha do alpendre. Não conseguiu identificá-los, pois fora pego de surpresa. Seriam os funcionários da fazenda?

Gregório apoiou-se nos joelhos e num dos braços, tentando se levantar. Recebeu um chute forte no estômago, tombando novamente.

A visão confusa detectou três homens enquanto ia ao chão. Jeff?! Não conhecia os outros, mas um parecia ser Jeff, armado com espingarda. Gregório percebeu os homens que estavam no celeiro se aproximar e ouviu um tiro.

— Se chegarem mais perto, o próximo tiro vai na cabeça dele. — gritou o alcoólatra.

Jeff acocorou-se perto de Gregório, erguendo a cabeça do homem pelos cabelos.

— E aí, velho amigo? Quanto tempo, hem! Vim te fazer uma visita... uma visita de negócios. Parece que você está morrendo de saudades! Ah! Ah! Morrendo... Entendeu a piada? — Jeff gargalhou junto com os capangas.

Vera apareceu no alpendre com os olhos inchados e o cabelo desarrumado.

— Que é isso, Jeff?!

— Não se preocupe, Verinha. É só uma visitinha pra matar... matar as saudades deste bosta aqui. Eh! — Jeff desferiu outra coronhada na nuca de Gregório, desmontando o rapaz.

— Pare com isso, Jeff! Já estamos com muitos problemas sem você por aqui, seu bêbado derrotado.

Jeff apontou a espingarda, mirando a cabeça da mulher. Tonico correu, gritando. Um dos ajudantes do malfeitor bateu-lhe com a coronha da espingarda. O outro encostou o cano na cabeça do guri, prendendo a respiração de todo o grupo.

No chão, Gregório tentava se levantar mais uma vez.

Jeff pôs o dedo no gatilho, ainda com a cabeça da mulher na mira.

— Paaauuu! — disparou com a boca, imitando um tiro. — Cuidado com a língua, mocinha. Sua sorte é que hoje eu estou de bom humor. — advertiu o pinguço.

Vera correu para dentro. Trancou a porta e dirigiu-se ao telefone. Tinha de achar a espingarda do marido.

Jeff fez sinal com a cabeça aos ajudantes, que puseram Gregório de pé, mal sustentando-se nas próprias pernas. Jeff jogou a arma no chão e começou a desferir socos na cara, na barriga e no peito de Gregório.

Numa parte estreita da estrada, Ney encostou o carro. Pablo desceu, pulou o cercado e subiu um barranco íngreme. Lá do alto, com ajuda do binóculo, confirmou o que temia. Era tarde demais. O futuro de Gregório dependia de Jeff... e não parecia muito extenso.

— Merda!

Decidiu assistir dali. Seja o que Deus, ou o que seja, quiser...

— Faz tempo que eu estou esperando por este dia. — disse Jeff, erguendo novamente a cabeça de Gregório, que só se mantinha em pé por estar pendurado nos braços de Jorge e Unha.

O rapaz ergueu os olhos para Jeff, esperou o gordão se aproximar e, juntando o que restava de força e lucidez, chutou o saco do beberrão, que caiu, tremenda era a dor.

— Seu filho da puta! Cacete! — Jeff rolou para os lados, com as mãos nos culhões, tentando afastar o sofrimento. Levantou-se furioso, olhou em volta e teve uma idéia. — Tragam esse merda pra cá; agora ele vai morrer, ah, se não vai. Seu filho duma puta.

Os homens o arrastaram até próximo a um barril cheio dágua, onde Jeff aguardava sorridente... visivelmente excitado.

— Você se acha esperto, não é? Vamos ver se você também é esperto debaixo d'água.

Um dos ajudantes suspendeu o corpo de Gregório, enquanto o outro mantinha a espingarda apontada para o grupo de espectadores daquele *show* macabro.

— Se tu acredita em Deus, é hora de rezar. — avisou o gorducho, antes de afundar a cabeça do jovem no barril.

Gregório submergiu e não demorou um minuto para ficar sem oxigênio. Já estava tendo dificuldades para respirar e provavelmente o nariz estava quebrado. Um zumbido, amplificado pela imersão, atulhava seus tímpanos. Mesmo com os olhos abertos, não conseguia enxergar nada, mas certamente não haveria nada para ver. Sentiu um formigamento estender-se por todo o corpo. Era como...

Jeff puxou-o à tona.

— E aí? Tá vivo ainda, miserável? — perguntou o beberrão, debochando e rindo.

Gregório tomou ar, cuspindo um pouco de água. Da boca saía um ronco sofrido, buscando mais oxigênio.

— Dá tchau pra todo mundo. Agora só te largo quando estiver morto. — afirmou.

Gregório balbuciou algumas palavras, e as únicas que faziam sentido eram:

— Você não sabe o que esta fazendo... glurp. — voltou para debaixo d'água.

— Sei, sim. Estou afogando um besta.

O comichão voltou. A falta de oxigênio começou a se amenizar. O medo desapareceu por completo quando sentiu o estalo. Engoliu um pouco de água. Água coletada pela calha. Água vinda do céu. Água da chuva. A sensação de força estava de volta. Liquidaria os três no momento que quisesse; era só esperar a hora certa.

— Solta ele, seu idiota! Solta ele agora! — berrava Pablo, observando a cena através do binóculo, estranhamente torcendo por Gregório.

Ney acabara de escalar o barranco e forçava a visão, tentando decifrar o que acontecia.

Jeff parou de sorrir ao perceber a imobilidade do corpo de Gregório. Acenou para o Unha, e ambos retiraram o homem do tonel; soltaram o corpo desfalecido no chão de terra.

Vera procurava nervosamente as balas da espingarda calibre 12.

O Unha virou o corpo de Gregório para certificar-se do óbito.

Tonico enfiou a cabeça no peito de Celeste, chorando.

Entretanto, os agressores tomaram um susto incrível quando Gregório começou a rir, ainda de olhos fechados, gargalhando cada vez mais alto.

— Acho que eles mataram o cara, chefe. — disse Ney.

Pablo limitou-se a assentir com um meneio de cabeça. Gregório provavelmente estaria morto.

Os três olharam em direção a Gregório, tentando entender o que acontecia.

Ele abriu os olhos e esforçou-se para se levantar. Tossiu uma ou duas vezes, bateu com as mãos espalmadas no peito, limpando a areia colada à camisa.

Jorge adiantou-se e o golpeou com a coronha da espingarda. Entretanto, o golpe não chegou a se consumar. Antes que a arma atingisse seu rosto com violência, Gregório, com a mão esquerda, tomou a arma do agressor.

— Que diabos! — exclamou Pablo. — O filho da mãe não morreu coisa nenhuma!

Gregório segurou a arma pelo cano, girou-a sobre a cabeça e arremessou-a por cima do celeiro, a uma distância inacreditável.

Unha engatilhou a sua, fazendo mira no peito de Gregório, enquanto Jeff mantinha a dele apontada para o grupo de trabalhadores.

— Não tentem nada ou eu mando bala. — advertiu.

Gregório, ainda molhado pela água da chuva, fixou os olhos nos de Unha. Sentia-se energizado, como acontecera no conserto do celeiro. Estava ciente de que sobreviveria ao disparo daquela arma, e que poderia matar os três com as próprias mãos. Sem mover os lábios, sem emitir qualquer som, falou diretamente com Unha:

— Largue a arma, meu chapa, ou eu vou te enterrar ainda hoje.

Unha vacilou. Alguma coisa poderosa intervinha em sua mente. Um medo gigantesco apoderou-se de sua alma. Era uma ordem. As mãos começaram a tremer.

— Solte a arma! Agora!

— Não deixe ele chegar perto de mim! — gritou, soltando a arma, fugindo na direção da *pick-up*. — Não deixem esse demônio me pegar!

Jeff virou-se assustado, desviando a atenção que mantinha nos empregados. Gregório caminhava em sua direção.

— Eu vou atirar, parado aí. — advertiu, visivelmente transbordando medo na voz.

— Não vai, não! — gritou Vera do alpendre, com a 12 engatilhada. — Se tocar nesse gatilho, eu te estouro a cabeça, Jeff.

Jeff estava confuso; lugares demais para ficar atento. Olhou para trás, os empregados ainda estavam lá. Olhou para o alpendre: Vera avançava, passo a passo, com a coronha da 12 encaixada no ombro, pronta para disparar. Gregório... onde estava Gregório? Girou o corpo, tentando encontrá-lo ao menos com a visão periférica. Quando focalizou o alvo, era tarde demais. A mão fechada socou-lhe o nariz, fazendo-o ver estrelas. O gorducho caiu sentado, estatelado, como se tivesse uma tonelada. Jorge apanhou um cabo de enxada e partiu para cima de Gregório. Golpeou duas vezes, em vão. Gregório desviava-se habilidosamente, como se lesse a mente do agressor. Sabia com precisão o que ele faria no momento seguinte.

Jeff balançou a cabeça, recobrando os sentidos. Vera estava em frente, com o cano apontado para sua cabeça. Ele considerou que ficar quieto seria uma boa idéia. Era bebum, não era burro.

Gregório tomou o cabo de enxada da mão de Jorge, girou como uma espada e começou a desferir potentes golpes por todo o corpo do inimigo. Acertou as costelas (provavelmente quebrara umas duas), os braços e, com extrema violência, a cabeça, o que fez o homem desmoronar e contorcer-se espasmodicamente.

De trás da curvinha, surgiu um carro preto, levantando poeira pelo caminho, em alta velocidade. Gregório eriçou-se. Chegou a considerar a possibilidade de correr para o milharal. Poderiam ser amigos de Jeff...

— Conheço aquele carro. — disse Vera. — É o investigador Tatá.

— Tatá? — perguntou Gregório. Não fosse a situação, estaria rindo à beça do apelido.

— O nome é Altair, mas todo mundo chama de Tatá. — explicou a mulher.

Pablo desceu do barranco, retornando ao carro. Mandou Ney e o garoto entrarem e voltaram à cidade. O garoto havia dito que o último carro que passara por eles era de um investigador da polícia. Devido ao cenário que o policial encontraria na fazenda, Pablo decidiu que era pouco produtivo continuar ali.

O investigador desceu do carro, lançou um olhar panorâmico e fitou as pessoas.

— Uau, que festa! — exclamou, finalmente.

— Você tem alguma informação sobre meu marido, Tatá?

— Não. Até agora nada, mas é justamente isso que me trouxe aqui. Pelo visto, não vou ter tempo pra falar dele agora. Vocês poderiam, pelo amor de Deus, explicar que merda é essa? — inquiriu, acocorando-se ao lado de Jorge para conferir se estava vivo ou morto.

— É uma história complicada. — balbuciou Jeff.

Ainda agachado, o investigador virou-se para o agressor:

— Eu sou pago para ouvir histórias complicadas.

✠ ✠ ✠ ✠ ✠ ✠

Assim que o Sol começou a se pôr no horizonte e a luminosidade a fugir do salão, Samuel levantou-se do meio das sombras.

A capela ficava nas terras da fazenda e fora construída muitos anos atrás, com a missão de arrebanhar os empregados, trabalho realizado pelo pai de Samuel, o pastor. Depois de sua morte, aos poucos a velha capelinha foi esquecida. Hoje, quase encoberta pela vegetação, a umidade apoderara-se das paredes de madeira, tornando-as podres e o ar, viciado. Nas paredes laterais havia quatro pequenos vitrais que permitiam a entrada de luz. Eram dois em cada parede. Ao contrário das capelas evangélicas tradicionais, esses vitrais traziam imagens. Um deles, em que Jesus carregava a cruz, estava quebrado, servindo de entrada para pequenos animais e, agora, para o transformado Samuel.

Ele estava desfigurado. Só um bom observador olharia para o homem agachado a um canto do altar e perceberia tratar-se de um dos gêmeos. Samuel parecia um pouco inchado. A pele estava pálida, branca como leite. Os olhos, afundados nas órbitas e com profundas olheiras. Mantinha na boca um sorriso doente, como o dos loucos que planejam. O corpo estava coberto pela batina hospitalar e por um lençol amarrado ao pescoço, lembrando uma capa. Movia a cabeça como se duelasse com pensamentos confusos. Sorria. Depois, mudava a expressão. Fechava os olhos, movia a boca. Voltava a sorrir, indubitavelmente perturbado.

Amontoado a um canto da capela, um corpo humano. Pelos trajes, tratava-se de um funcionários do hospital municipal. Aparentemente estava morto, mas essa quase-convicção era quebrada por gemidos doloridos. Um lamento choroso. Talvez as pernas estivessem quebradas. Talvez estivesse sedado. Contudo, certamente não estava em condições de fugir, de levantar e correr.

Quando o último raio de Sol desapareceu da capela, Samuel gargalhou e pôs-se de pé. Quase num salto, chegou à porta dupla de entrada. Com alguns golpes, conseguiu arrombá-la, fazendo a grossa corrente, que a mantinha trancada do lado de fora, arrebentar em múltiplos pedaços.

Samuel libertou mais uma rajada de gargalhadas sinistras ao perceber-se livre. Num galope animalesco, com saltos magníficos, o homem embrenhou-se na mata que circundava a capela. Estava possuído.

✠ ✠ ✠ ✠ ✠ ✠

Por volta do poente, a turma retornava para a fazenda. Gregório Vera e alguns homens foram convidados, formalmente, a prestar depoimentos na delegacia de Belo Verde, assistidos pelo investigador Tatá e por mais dois homens. O assunto principal era o desaparecimento de Samuel. A maioria das perguntas dirigidas aos funcionários concentrava-se nos hábitos do recém-chegado Gregório. Não havia queixas contra o homem, mas algo comum em todos os depoimentos: coisas estranhas começaram a acontecer somente depois da misteriosa e não menos surpreendente aparição de Gregório. Foram dispensados e alertados de que poderiam prestar esclarecimentos novamente no distrito. Ninguém se incomodou, era tudo gente simples, sem ter o que esconder, e estavam excitados com a possibilidade de ajudar a encontrar o patrão. Depois, as perguntas sobre o humor do fazendeiro: como estava nos últimos dias, se tinha mudado de hábito... nada fora percebido.

Outro fato chamou bastante a atenção dos policiais: Gregório fora violentamente espancado naquela manhã e, segundo todos os depoentes, havia chegado a uma aparente inconsciência após a tentativa de afogamento por parte de Jeff. Como um homem quase morto tinha conseguido livrar-se sozinho dos três, encontrado forças para espancar dois, a ponto de rendê-los e ainda estar bem, recusando cuidados médicos? Parecia espantoso. Tatá, quando sozinho com Gregório, perguntou se ele fazia uso de droga, uma possibilidade interessante. Gregório não tinha marcas, pontos roxos nem hematomas. Não sentiu dor, o que era bastante raro. Tatá chegou à conclusão de que Gregório era um tanto incomum.

Outro detalhe: segundo os empregados, Gregório desarmou Jorge e, de relance, arremessou a espingarda por cima do celeiro a uma velocidade incrível. O fato é que os homens de Tatá levaram quase duas horas para encontrar a arma no meio da plantação, a mais de trezentos metros do celeiro! Nem o campeão estadual de arremesso de dardo conseguiria tal façanha.

Procurou uma relação naquilo tudo e não encontrou nada.

Naquela noite, assim que Gregório fechou os olhos e mergulhou em sono profundo, Thal sentiu-se livre. Pulou para fora do corpo do humano, estendeu as asas imensas e partiu, voando e singrando o céu. Havia uma missão a cumprir. Khel deveria estar fazendo seu trabalho agora mesmo, articulando-se com comparsas, conspirando contra as almas daquela outrora pacata cidade. Não havia tempo a perder.

Chegando ao centro, Thal encontrou Alanca pousado em cima da lanchonete. Alanca ouviu o irmão alado em silêncio, ficando visivelmente perturbado com a possibilidade da Batalha Negra acontecer ali, em Belo Verde. Alanca foi instruído a ajudar a recrutar irmãos para a Batalha. Deveria empenhar-se nisso dia e noite, todo o tempo, pois precisariam de muitos irmãos para ter chance de vitória. Pior era o fato de que dificilmente conseguiriam recrutar anjos suficientes, já que todos tinham direito a recusar a Batalha Negra. Participar significava morte certa aos melhores guerreiros. A morte na Batalha Negra era total, e a submissão à força maligna, eterna.

Dois fatos provocavam transtorno mental nos anjos engajados na Batalha. Todas as almas humanas tomadas pelos demônios durante as vinte e quatro horas de batalha eram transformadas em demônios para o exército da escuridão. Enquanto as almas eram feitas escravas, os corpos humanos, qual vasilhames vazios, não morriam. Tornavam-se seres da noite que proliferavam mais rápido que os ratos nos esgotos, espalhando mortos-vivos por toda a superfície terrestre. Todos os anjos mortos durante a Batalha Negra desintegravam-se, passando da energia divina para a energia do mal. Os demônios tinham o tempo terrestre de um dia completo para atacar a área da Batalha Negra sem intervenção do primeiro escalão celestial ou infernal. Era um dia completamente neutro, em que a força negra despejaria todos seus exércitos, com o duplo objetivo de levar quantas almas terrestres conseguissem e matar o maior número de anjos possível. A Batalha Negra era aberta imediatamente à apresentação dos exércitos. Seria o dia do inferno na Terra. Os dois exércitos travariam mais um capítulo sangrento.

Thal decolou, dirigindo-se para o sul, enquanto Alanca voou para o norte. Antes do Sol raiar, o grupo de anjos zunindo para todos os lados ultrapassava a casa de vinte. O exército celeste começava a tomar forma e ganhar a vida.

Durante a noite, nenhum dos anjos avistou demônios agrupados; eventualmente, percebiam pares de olhos vermelhos cortando ligeiros a escuridão, vagando entre as árvores das florestas, ora cruzando ligeiros pastos amplos e distantes, mas nada de grupos.

Acobertados por orações em missas negras, os demônios agruparam-se sem serem descobertos, e já havia uma legião com mais de duzentas feras. A cada momento, mais e mais demônios reuniam-se às sombras, engrossando o furioso Exército do Mal. Os demônios, na grande maioria, aceitavam o temido engajamento na Batalha Negra, pois nada tinham a perder além das próprias vidas. Ao contrário dos anjos, quando as feras bestiais eram derrotadas e desintegradas durante a batalha, não corriam o risco de ter sua energia e consciência destinadas para o grupo oposto, o Exército de Luz. Simplesmente desapareciam. E isso, na Batalha Negra, contava muito.

Naquela noite, anjos e demônios invadiram mentes humanas, buscando mais forças em seus grupos de orações.

Thal visitou Vera antes da alvorada, aparecendo num sonho. Pediu para a mulher ajudar no recrutamento do Exército de Luz, buscando orações para os anjos. Thal sabia que o tempo era curto e se esvaía, precioso, como grãos de areia em mãos humanas. Sabia que, em poucos minutos, Gregório despertaria e o aprisionaria novamente na carne até outro lampejo de inconsciência. Pediu a seus irmãos que, mesmo durante sua ausência, garimpassem atrás de mais força, de mais anjos. Thal voou até a casa do pastor Elias para pedir a realização da tarefa terrena mais crucial durante a Batalha Negra, porém, antes que tomasse de assalto a mente do homem outra vez, percebeu o corpo desintegrar-se em milhares de partículas de luz. Gregório, uma vez mais, estava acordando.

CAPÍTULO 18

ÀS SETE HORAS DA MANHÃ o Sol já estava mostrando toda sua força. Mesmo àquela hora, normalmente com ventos frescos, o dia já estava quente e abafado. Gregório se juntou aos homens nos reparos finais do celeiro. O trabalho estaria terminado com a chegada da tarde se continuassem naquele ritmo.

Com a reforma adiantada, quatro pessoas foram lidar com o milho. Devido às chuvas, os reservatórios da fazenda estavam repletos. Assim, acionaram o sistema de irrigação e mandaram água ao milharal.

Vera entrou no celeiro procurando pelo cunhado. Chamou Gregório, levando-o para fora a fim de conversarem em particular.

— Quero pedir desculpas pelas palavras de ontem — disse a mulher, abaixando a cabeça e mexendo nos botões da blusa, envergonhada com a situação.

Gregório tirou o chapéu de palha, enxugou o suor da testa com um lenço xadrez que retirou do bolso traseiro da calça jeans.

— Olha, sinceramente eu não gostei nem um pouco do que ouvi, mas que remédio? Todo mundo sabe que uma porrada de merdas aconteceu depois que eu vim pra cá. Eu sei, você sabe, o Ramiro sabe, o Tatá sabe. — voltou a colocar o chapéu. — Não estou chateado com você.

— Eu estava nervosa. Estou perdida. Não sei se meu marido está vivo, se está morto. — Vera pôs a mão no rosto, comprimindo os olhos com os dedos; não queria chorar. As lágrimas tinham secado.

— Só queria saber se eu tenho culpa nessas coisas todas. Queria saber se tudo é apenas coincidência, duvido muito, mas queria saber.

Vera abraçou-o.

— Você não é culpado de nada, e a gente sabe disso.

— Eu vou descobrir o que está acontecendo. Ando sentindo coisas estranhas. Ando vendo e ouvindo coisas estranhas. Vem comigo. — Gregório saiu em direção à casa, puxando Vera pelo braço.

Apanhou um latão e entregou para Vera. A mulher acompanhou-o sem saber o que o cunhado pretendia com o recipiente. Ele chegou perto do barril de água no qual quase fora afogado no dia anterior.

— Encha a lata, vou te mostrar uma coisa.

Vera obedeceu e o acompanhou de volta à entrada do galpão. Pararam junto ao trator estacionado na frente do depósito.

— O que você quer com esta lata d'água.

— Quanto você acha que pesa o trator?

— Sei lá, uns dois mil quilos, talvez mais.

Ramiro e Tonico surgiram na porta da frente, atraídos pela conversa.

— Ramiro, você acha que eu consigo erguer o trator com minhas próprias mãos?

— Sozinho? Tem jeito não, homem.

Gregório balançou os braços e agarrou o pára-choque traseiro. Empregou toda sua força muscular, mas o máximo que conseguiu foi um leve deslocamento com a ajuda dos amortecedores da máquina. Então, virou-se para todos, com um ar de "Viram? Desse jeito não dá certo".

Tonico coçou a cabeça, imaginando que Gregório estava com um parafuso a menos. O que ele pretendia com aquela encenação?

Aproximou-se da cunhada.

— Joga esta lata d'água em mim.

— Quê? — perguntou Vera, espantada. — Você quer...

— É. É isso mesmo, e anda logo; todo mundo já tá achando que eu sou maluco. Vamos terminar com isso. Joga a água em... — Gregório ficou ensopado. — Uau! Que gelada!

Gregório sentiu novamente aquele estalo interno. Como uma chavinha sendo ligada em sua alma. O cheiro da água da chuva inundou-lhe o nariz, estendendo-se por todo seu ser. Até o dia ganhava um colorido diferente quando ele estava naquele estado. Sentiu que podia tudo, como se um coro de mil vozes cantasse em seu ouvido que ele podia. Ele podia erguer o trator; ele podia vencer qualquer inimigo, mover qualquer obstáculo. Não duvidava. Só sabia que podia. As vozes sussurravam, alimentavam sua alma, seu espírito. Sentiu a fé amplificada milhões de vezes. Não duvidava. Talvez aquele poder fosse simplesmente o resultado de sua fé ampliada. Talvez o segredo fosse este, simples e fácil... a fé. Ele sabia que era a chuva que trazia aquilo. Ele sentia-se o Senhor da Chuva.

Ramiro, Tonico e Vera caíram na gargalhada. O que pretendia aquele frango molhado?

— E agora, vocês acham que eu consigo erguer o trator?

— Sem chance. — sentenciou Tonico.

Gregório estalou os dedos e agarrou o pára-choque traseiro. Aplicou um pouco de força e fez a máquina balançar. Sentiu a energia fluir nas veias e o trator transformar-se numa pluma, levantar-se com facilidade impressionante, deixando os espectadores de queixos caídos. Depois de sustentar o trator por alguns segundos no ar, soltou. O barulho da máquina tocando o solo fez a platéia despertar daquele estado catatônico.

Vera enfiou os dedos no cabelo; Ramiro apanhou o chapéu no chão; Tonico deixou o rosto escancarado num sorriso maravilhado com o que acabara de ver.

— Faz de novo! — pediu Vera. — Isso é fantástico! Fantástico!

— Como pode? — perguntou Tonico.

— Estranho, né? Também fico assustado. — revelou Gregório. — Começou, como as outras coisas esquisitas, quando eu cheguei aqui. Não sei como acontece, por que acontece, mas acontece. Resta descobrir se isso é bom ou ruim... e que preço eu vou pagar por este dom.

— Bom ou ruim? Acho que isso depende de você. — disse Vera.

— Acho que é bom. — opinou Tonico, eufórico. — Acho que é muito bom! Ah!

— Parece que uma coisa se apossou de mim; uma força que às vezes me inunda de conforto. — explicou Gregório. — Outras vezes, essa mesma força me diz que dias negros ainda virão. Diz para nos fortalecermos, para orarmos por meu irmão Samuel. Porque depois da tempestade, ele voltará. Temos de orar para que ele volte bem. Temos que orar por nossas almas, para não apodrecermos como mortos-vivos, sem espírito, com sede de sangue e medo da Grande Luz.

Os homens benzeram-se.

Vera observava o cunhado, como se ouvisse um discurso que ela própria tivesse escrito. Um discurso para a Grande Luz. Para salvar almas em Belo Verde. A revelação de Gregório lembrou um compromisso esquecido na terra dos sonhos. Precisava encontrar o pastor Elias. Abandonou o grupo, montou no jipe e partiu para a cidade.

✠ ✠ ✠ ✠ ✠ ✠

Pouco antes do amanhecer daquele novo dia, faltando precisamente duas horas para o primeiro raio de luz despontar nas colinas, Samuel não tinha como plano voltar para o esconderijo sagrado. Não havia viva alma nas ruas de Belo Verde. Samuel percorreu algumas, refugiado nas sombras e nas curvas do caminho. Haveria ainda um longo aprendizado para a vida noturna. A primeira lição ele estava para completar. Dez metros à frente, avistou o muro do cemitério municipal. Precisava de um abrigo seguro e adequado durante o descanso diurno, e ali encontraria o que buscava. Após breve corrida, saltou para cima do muro, como dotado de magia. O cemitério estava completamente vazio de humanos. Samuel podia ouvir apenas o gargalhar esganiçado de algumas feras escondidas entre os túmulos. Eventualmente, pares de olhos vermelhos cruzavam o campo sagrado, como brasas desgarradas de um incêndio maior. Estacou na frente de um túmulo com adornos novos e velas crepitantes. Um morto novo. Seis ou sete coroas de flores enfeitavam a sepultura, impregnando o ar de um cheiro viciado e pesado que se misturava com o odor de enxofre que recendia por todo o cemitério. Em outros tempos, estaria amedrontado com aquelas feras diabólicas, zanzando e gargalhando, mas não. Hoje, pertencia a eles, hoje Samuel também era um demônio, hoje ele não tinha medo de silhuetas bizarras, que andavam em matilhas, com olhos ora amarelos, terríveis, ora escarlates. Seriam seus irmãos? Uma das feras chegou próximo ao fazendeiro morto-vivo. Rosnou, nervosa, mostrando dentes afiados. O morto-vivo subiu numa sepultura de mármore polido. Na lápide, a fotografia de duas crianças. Conhecia as crianças? Passado. O morto-vivo encarou o demônio que ainda rosnava nervoso e andava pra lá e pra cá, à sua frente, no corredor asfaltado do cemitério. Samuel gargalhou alto, acompanhado por todos os demônios das redondezas, fazendo a algazarra infernal espalhar-se por toda a cidade.

Esferas de luzes ofuscantes cruzavam o céu em alta velocidade. Anjos! Outrora as luzes provocariam ódio e terror nas feras ali em baixo, mas não naquela noite, quando os demônios estavam protegidos por orações e sangue derramado. Era parte do plano. Os anjos não ousariam guerrear em hora tão imprópria.

Khel abandonou o corpo de Samuel, e seu espectro tomou forma no plano espiritual. Rugiu para a fera que rosnava para Samuel. O cão inferior afastou-se do líder. Khel saltou para cima da cabeça de um anjo de bronze que adornava o topo de um túmulo suntuoso, olhou fixamente para Samuel, semicerrando os olhos, que passaram do vermelho-brasil para um amarelo vivo e demoníaco.

O ex-humano ficou tonto, enfraquecido, quando o espírito do cão deixou seu corpo. Caiu de joelhos e levou a mão à cabeça. Arreganhou o cenho e grunhiu. Sentiu a força voltar às pernas e agarrou-se à lápide polida do túmulo. Um vento forte cortou o cemitério, e o som das folhas secas arrastando-se pelo chão chegou forte em seu ouvido. O que eram aquelas criaturas? Eram tantas!

— Vamos, meu aliado, leve o que veio buscar; logo o Sol estará desperto e não poderá mais vaguear; tem de estar adormecido e protegido pela nova moradia.

Samuel meneou a cabeça, concordando. Alguns demônios cavavam em cima de uma cova a fim de desenterrar o morto. Levaram uns quatro minutos até alcançar o objetivo. Rugiram para Samuel como leões de Satã. Samuel aproximou-se e atirou-se no buraco. Com pouco esforço, conseguiu elevar e retirar o caixão. Com um salto fantasmagórico, deixou o buraco. O caixão era grande e feito de madeira nobre, cercado de entalhes góticos, atraindo mais ainda a criatura. O homem abriu-o, arrancando, com a mão, o cadáver masculino em estado de putrefação. Arremessou-o de volta à cova, deixando a encargo de seus novos irmãos a tarefa de recobri-lo com terra.

— Vá. Leve sua casa e descanse. Quero você renovado para a próxima noite. Quero você feroz e sedento por sangue. Espalhe o pavor, divida os humanos, destrua toda a fé em nosso Pai de Luz! — ordenou Khel, gargalhando.

Samuel obedeceu, puxando o caixão pela alça frontal com extrema facilidade. Estava mais poderoso, mas sentia urgência em retornar, pois deveria ter apenas mais uma hora de escuridão. O Sol despontaria no horizonte, trazendo para ele o decreto de descanso, mas se estivesse fora da toca traria o decreto de morte... a não-existência, porque, afinal de contas, morto já estava, desde o exato momento em que fora abocanhado pelo demônio que se apossara de seu corpo e de seu sangue.

Arrombou o portão frontal e suspendeu o caixão nos ombros a fim de não deixar trilhas no chão de barro da cidade. Retornou à floresta, com destino à velha capela. Era hora de descansar e de se preparar para uma longa batalha.

✠ ✠ ✠ ✠ ✠ ✠

Naquela manhã, pouco depois da espantosa demonstração de Gregório, Vera apanhou o jipe e rumou para a casa do pastor Elias, anexa ao grande salão de madeira, o prédio da igreja batista de Belo Verde. Estacionou o jipe em frente da igreja, junto a diversos carros. Era terça-feira, não havia culto, mas o movimento, pelo que pudera perceber, era anormal. Como a porta da igreja estava aberta, não foi necessário ir à residência do pastor. A igreja batista era comum. No salão grande, dispunham-se duas alas de bancos com doze fileiras cada. Havia cerca de quarenta pessoas zanzando e conversando em grupos espalhados. Deu uma olhada geral, mas não encontrou Elias. Foi ter com Edna, a esposa, que explicou que ele estava num grupo de orações no salão menor, mas logo retornaria. Como Vera tinha urgência em falar com o pastor, resolveu aguardar. Uma hora e meia após, o pastor adentrou o salão. Sorria e cumprimentava os presentes. Quando viu Vera na primeira fila, veio como uma flecha.

— Irmã, que bênção encontrá-la aqui.

— Pastor... eu tive um sonho... eu precisava....

— Já sei, irmã. Eu e mais onze pessoas também fomos visitadas durante os sonhos desta madrugada; com você, são doze. Eu ia até sua fazenda esta tarde, mas, graças ao Senhor, não será preciso. Você também foi visitada, não é?

Assentiu com a cabeça. O pastor passou a explicar o que pretendia e o significado do sonho. Vera concordou em participar das correntes de orações, que deveriam engrossar nas próximas horas. Os familiares dos visitados estavam empenhados em contatar parentes e amigos dispostos a colaborar. Segundo o pastor, haveria uma grande batalha no plano espiritual, difícil até mesmo para o exército do Senhor. Cabia a eles, então, garantir o combustível para os combatentes com fé e união.

Vera comprometeu-se a dirigir o grupo da noite ali na sede da igreja. Voltaria à fazenda para preparar o almoço do pessoal e no início da tarde estaria na igreja, a fim de aprontar-se para a importante tarefa.

Faltava recolocar apenas duas tábuas na parede do celeiro, e o trabalho estaria terminado. No entanto, o assunto predominante durante o almoço não era o iminente término do celeiro e sim o que Tiana, esposa de Ramiro, tinha ouvido de manhã na cidade. Alguém havia estado no cemitério durante à noite e violado uma sepultura. Quando veio ordem do delegado para exumar o corpo, nova surpresa. Quem estava enterrado lá era seu Décio, há mais de um mês, e o assombroso da estória é que na tumba estava só o corpo. Algum vagabundo havia desenterrado o pobre Décio, jogado de qualquer jeito de volta à cova e levado o caixão. A maioria dos homens se benzeu, achando tudo muito esquisito. Normalmente, os ratos de cemitério arriscavam-se por dentes de ouro e jóias, não por caixões. Com certeza, não era um ladrão normal. Ladrão de cemitérios não perderia tempo em Belo Verde.

CAPÍTULO 19

O GRUPO DE ORAÇÕES era superior a cinqüenta pessoas. Muitos parentes e amigos, sensibilizados, deram seu voto de fé e compareceram à vigília. Naquele momento nem todos acreditavam completamente no que ouviam dos parentes e do pastor. Vera chegara à tarde, trazendo Tiana e Tonico para engrossar a turma. As pessoas participavam de um culto fervoroso, sem hora nem dia para acabar. Nenhuma das pessoas visitadas possuía respostas. Sabiam apenas que tinham pouco tempo para se preparar. Precisavam aumentar o número de pessoas na corrente de orações. Precisavam ser mais fortes que o exército escuro, solidificar a proteção aos anjos guerreiros. Afinal, até mesmo Satã contaria com a ajuda de grupos de orações adversários aos soldados do Senhor. A preocupação que começava a rondar era o possível confronto físico com os satanistas. Eles tentariam de toda forma impedir a massificação do grupo do Senhor. Jogariam sujo, com certeza. Era preciso se proteger de alguma maneira, e descobrir quem eram, identificar os inimigos no plano físico.

✠ ✠ ✠ ✠ ✠ ✠

No sítio de Genaro a porteira foi aberta por um homem de cabelos compridos, que pediu a identificação dos dois forasteiros que chegavam no carro preto.

— Bem, amigo, sinceramente, você não me conhece, mas estamos aqui pelo mesmo motivo que você, se é que me entende. — explicou Pablo. — Também fomos visitados pelo amigo de bafo de enxofre.

O homem pediu que aguardassem dentro do carro. Voltou cinco minutos depois, trazendo Genaro. Os quatro conferenciaram durante poucos minutos e logo tornaram-se amigos do mesmo time. Pablo e Ney foram aceitos no grupo satanista. Afinal, também tinham recebido a visita de Khel, o cão.

✠ ✠ ✠ ✠ ✠ ✠

Uma hora após o Sol se esconder no horizonte, o salão da capela encheu-se de barulhos. Samuel levantou do caixão gritando infernalmente, como quem desperta de um pesadelo horrível. O salão estava escuro para olhos humanos, mas para Samuel era claro como dia. Enxergava cada centímetro com absoluta nitidez. A única coisa que tornava seus pensamentos turvos era a desesperadora necessidade de matar a sede e a fome que o atormentavam. Juntou-se às ratazanas que se amontoavam em cima do cadáver do enfermeiro, arrancando pedaços de carne com os dentes afiados. Em poucos minutos, sentiu-se satisfeito por comer; agora seu objetivo era beber, mas aquele corpo pútrido e retalhado no chão não lhe oferecia mais o líquido da vida. Precisava sair e caçar. Sangue.

Saltou através do vitrô quebrado, alcançando o lado externo da capela, ficando livre na mata, bem próximo à sede da fazenda. O vento trazia um cheiro familiar, o cheiro do sangue de seu irmão. Samuel gargalhou, espalhando um guincho sinistro na noite. Correu como vento, invisível nas sombras, ao encontro de Gregório.

Os homens já tinham jantado e agora jogavam papo no alpendre da casa. Gregório balançava-se apoiado nas pernas traseiras da cadeira de madeira, com o chapéu de palha no topo da cabeça. Conversavam sobre o sumiço do caixão do seu Décio e também perguntavam-se sobre o paradeiro de Samuel, já que não acreditavam que ele estivesse morto. Gregório disse que aguardava o chamado do investigador Tatá para saber o que fazer. Se o homem não se manifestasse na manhã seguinte, ele organizaria um grupo de busca para encontrar o irmão ou, ao menos, alguma pista de seu paradeiro.

De pé, num galho, Samuel podia ver os homens no alpendre. Via-os claramente. Em sua mente, imagens confusas mostravam aqueles rostos que deveria conhecer tão bem, entretanto agora não os distinguia e mal sabia seus nomes. Reconheceu com certeza apenas Celeste, o capataz, e o irmão gêmeo, Gregório.

Ramiro, tirando lascas de fumo para enrolar o cigarro, descuidou-se do pequeno e afiado canivete, produzindo um corte no dedo indicador esquerdo. Apesar de pequeno, o ferimento deixou liberar uma gotinha de sangue, que se desprendeu da pele, indo espatifar-se no assoalho de madeira.

A cento e cinqüenta metros do alpendre, Samuel sentiu o corpo estremecer e o abdome arder ao detectar o odor de sangue humano injetado nas narinas.

— Ramiro. — murmurou baixinho, saltando suavemente sobre as folhas secas, sem produzir ruído.

Ramiro benzeu-se:

— Credo em cruz, gente.

— Que foi, homem? — perguntou Celeste.

— Sei não, compadre, senti um trem ruim pra daná. Um vento na minha cabeça, um zumbido.

— Deve de ser coisa de véio. — brincou Celeste, rindo à beça.

Os outros riram com ele.

Ramiro apertou o dedo, e uma gota maior caiu no chão, misturando-se com a areia solta no assoalho.

Samuel, escondido atrás do celeiro, contorceu-se novamente ao ser chicoteado por demônios invisíveis vindos com o cheiro fresco de sangue humano. Sentia o corpo queimar, precisava tomar daquele sangue ou ficaria maluco. Lembrou que, lá de cima da árvore, havia visto telhas soltas no galpão. Aderiu à parede do celeiro e, como uma aranha gigante, subiu, agarrando-se às reentrâncias da madeira até atingir o telhado. Entrou e atirou-se ao chão, sem medo da altura. Bateu no feno, levemente, como se fosse feito de ar. Espreitou entre as sombras, alcançando a porta semiaberta, de onde podia ver o grupo mais de perto e onde o cheiro fresco do sangue de Ramiro o açoitava com maior fúria. Arreganhando os lábios, deixava à mostra um par de caninos brancos como marfim, salientes e vorazes. O som das gargalhadas dos homens entrou em seus ouvidos e fez a expressão agressiva desaparecer por breves segundos. O vampiro encostou na porta de madeira e fechou os olhos com tristeza, com saudades da alegria da alma perdida.

As risadas pararam, e os homens retomaram a conversa. Se a polícia não ajudasse, iriam procurar por conta própria.

— Onde cê acha que o Samuel se enfiou? — perguntou Ramiro.

— Sei lá. Alguma coisa deve tê-lo assustado lá dentro. Vocês não chegaram a ver o enfermeiro morto no quarto onde ele estava. Acreditem em mim, o homem estava feio. Se Samuel viu a criatura fazendo aquilo, dever ter fugido alucinado; eu teria fugido se tivesse chance. Ele estava enfraquecido psicologicamente... estava abalado.

— Eu acho que ele deve ter tentado vir direto pra cá, andando mesmo. — sugeriu Jonas.

— É o que eu acho também. — concordou Celeste. — Mas ele tava doente, deve ter se perdido por esses mato aí.

— E justamente o que eu estou achando que aconteceu. — disse Gregório.

— A gente consegue mais gente pra ajudar na procura pelo mato da fazenda. — explicou Celeste. — Todo mundo aqui tem bastante compadre pelas fazendas vizinhas. Além do mais, o patrão era bastante querido nas redondezas... toda gente vai querer ajudá.

Gregório balançou a cabeça assentindo.

— Eu posso arrumar uns cachorros com o cunhado do Unha. — sugeriu Jonas.

— Aquele de ontem? — perguntou Gregório espantado.

— É, mas tô falando do cunhado dele, gente muita boa, cristão da nossa igreja. — explicou o caboclo.

— Se você confia nele, por mim tudo bem. Não podemos enjeitar ajuda.

— Falando naquele cria ruim, no que deu aquela história deles vim aqui batê em você? — perguntou Paulo.

— Eles não explicaram nada direito. Ficou tudo dito por não dito. O Unha e o outro, que não lembro o nome agora, disseram que o Jeff pagou para eles virem aqui me dar um cacete. Mas era muita grana pra aquele pinguço desperdiçar com uma surra à-toa. O Jeff diz que ele veio aqui pra arrumar encrenca. Não diz onde arranjou o dinheiro. O delegado vai deixar ele mais dois dias lá, pra ver se ele abre o bico. Depois vai liberá-lo porque eu não dei queixa.

A conversa se estendeu por mais alguns minutos, depois todos se despediram. Gregório entrou, precisava de um bom banho e cama.

Os homens partiram, cada um para seu casebre cedido pela fazenda. Ramiro estava atrás da turma, andando e pensando em acender o cigarro de palha.

Samuel, atocaiado nas sombras do celeiro, viu os homens passarem pela porta. Deixou-os avançar. Poderia agarrar Ramiro com facilidade, atraí-lo para dentro do celeiro se quisesse, mas preferiu a caça.

Ramiro deu tchau, tragando o cigarro de palha. Entrou por uma estradinha no meio do milharal, o atalho para casa.

— Ramiro, meu amigo. — murmurou Samuel, inaudível.

Ele estacou. A sensação estranha novamente. Era uma voz esquisita na cabeça. Não entrava pelos ouvidos; ia direto ao cérebro. Era pavoroso.

A lua dava um pouco de luz ao caminho, Ramiro virou-se excitado. Não havia ninguém, apenas a borda do milharal balançando ao sabor do vento, as folhas farfalhando docemente. Deu mais alguns passos apressados em direção ao casebre. O medo começou a crescer velozmente. Não ouvia nem sentia nada. Lembrou-se dos estranhos cães enterrados junto ao celeiro. O medo o dominava, rugindo como um leão acuado. Não havia barulho nem sensação ruim, só silêncio. O milharal estava imóvel. O vento desaparecera. Alguma coisa se movia no meio da plantação, fazendo a borda balançar caprichosamente. Começou a correr.

Samuel percebeu o medo crescer no homem. Por um segundo, pensou que Ramiro o tivesse visto, mas não era possível. No entanto, ouviu o coração do homem disparar. Samuel deixou o abrigo e entrou na estradinha. Ramiro adiantara-se uns vinte metros. No instante seguinte, com a velocidade do pensamento, alcançou o homem e pôs uma das mãos no ombro.

— Ramiro! — gritou. — Pare, eu ordeno.

Virou-se, fitando Samuel. O pavor foi tamanho que caiu no chão, sem forças para andar.

— Sa ... Sa ... Samuel?

— Ra... Ra... Ramiro. — brincou o vampiro.

— É você mesmo, patrão?

— Meio que sim, meio que não. É a minha cara que você vê... mas não o meu velho coração.

— Oh, Deus! Então o sinhozinho tá vivo?

Samuel levantou a cabeça, dando uma demorada gargalhada, aumentando ainda mais o medo em Ramiro.

— Vivo? Não, velho amigo, não estou vivo. E você, infelizmente, também não está mais vivo. — disse Samuel, revelando o par de caninos pontiagudos.

Ramiro tentou gritar, mas Samuel tapou-lhe a boca, golpeando-lhe a cabeça várias vezes contra o chão. Era o fim de Ramiro.

CAPÍTULO 20

NAQUELA NOITE, OS ANJOS reagruparam-se sob a liderança de Thal, o grande guerreiro.

Assim que Gregório mergulhou no mundo de Sandman, Thal libertou-se da carne. A nova prisão o preocupava. Quando chegasse a hora, Gregório teria de colaborar tremendamente. Esse era outro recado para o pastor. Desenrolou as asas e transformou-se numa criatura gigantesca. Voou para fora do quarto, rente ao celeiro, por cima do milharal. Repentinamente, uma cena demoníaca: um vampiro, deitado sobre o corpo de um homem, sugava-lhe todo o sangue. Thal desceu, pousando silencioso junto à criatura sem alma. Sua luz infestou o ambiente, chamando a atenção de Samuel.

— Pobre homem sem alma! Suma daqui! — ordenou o anjo.

Samuel deixou escapar um grunhido satânico, incomodado com a claridade.

— Quem é você que tenta afastar-me de meu sangue?

— Sou um anjo de luz e estou aqui para defender os homens de alma, afastar todo o transtorno que causei. Isso inclui você, criatura das trevas. — Thal desembainhou a espada. — Vá embora enquanto pode. Nunca mais volte.

Afetado pela luz angelical e pelo brilho da espada chamejante, Samuel afastou-se da vítima. Rugiu e desapareceu nas sombras do milharal.

Thal prosseguiu. Ganhando altura, percebeu um forte clarão vindo da igreja de Belo Verde provocado por centenas de anjos agrupados. Junto ao templo, um delicado facho de luz subia ao céu, perdendo-se nas alturas.

Num segundo, Thal estava lá, postando-se ao centro dos anjos. Alanca veio reportar a situação.

— Nosso exército já conta com a união de seiscentos e vinte irmãos, porém o grupo de oração ainda é pequeno. Tem cinqüenta e duas pessoas em oração lá dentro, mas a fé verdadeira ainda é fraca; temo que não haja tempo hábil para o grupo fortalecer suficientemente nossos irmãos. Mesmo assim, já sentimos um pouco mais de energia vindo a nós, mas é uma centelha. Deve haver apenas quatro pessoas orando com fé verdadeira. São as que foram visitadas. Meu medo é que os não-visitados descubram fé verdadeira tarde demais.

— Junte homens, vamos visitar mais gente. Acredito que a batalha começará nesta madrugada. Não temos muito tempo nem muitos anjos. Mantenha a maioria aqui, vigiando os quatro cantos. Reúna um grupo de trinta anjos para as visitas, mais duas patrulhas de quinze para dar buscas em Belo Verde. Se encontrarmos o grupo negro, teremos chance de enfraquecê-lo antes que comece valer as almas humanas.

Alanca obedeceu prontamente: reuniu anjos, delegou ordens.

Thal foi atrás de sua visita mais importante naquela noite: o pastor Elias. O anjo desceu até a igreja, mas o homem não estava. Thal perdeu alguns minutos tentando encontrar uma pista do paradeiro do pastor Elias, que, acompanhado de outros fiéis, havia partido para cidades vizinhas, acordando pastores e clamando por ajuda nos grupos de orações.

As conversas entre os humanos eram confusas. Thal decidiu ir destino a Barra da Cana, cidade próxima a Belo Verde, provável destino do pastor.

Samuel estava enraivecido com a intervenção angelical. A sede de sangue estava saciada, mas agora era movido por algo maior e letal. O ódio tomava conta de suas atitudes e tudo que desejava era matar. Com a rapidez de um corcel, dirigiu-se à cidade à procura de vítimas fáceis. Varou a floresta, imerso na escuridão. Avistou a cerca que demarcava a fazenda, e, junto a ela, um cão vermelho.

— Pare, vampiro.

— Parar? Pra quê, se eu posso seguir e matar? — indagou Samuel.

— Queremos que mate, sem dúvida, mas sabemos um nome que você não sabe. Conhecemos uma vida que você não conhece. Siga-me; ordeno, servo de Satanás, ordeno que me siga na noite escura para ouvir de seus irmãos das trevas o nome que precisa seguir, o nome que deve apagar da existência do plano dos homens, pois você é carne e pode feri-lo com agilidade mortal.

O demônio fitava os olhos de Samuel, o fantasma pálido, que sentiu-se encantado por aquele cão. Sem oferecer resistência, seguiu-o, sem medo, sem restrição.

Chegaram a uma clareira, parando no centro, onde o cão mandou que aguardasse. O cão distanciou-se, embrenhando-se no matagal, deixando ver apenas os rastros de seus olhos de fogo entre ramas e galhos.

— Você é importante para o nosso desígnio. A partir de agora, tem uma missão a cumprir. Apresento nossos irmãos. — disse a fera distante e com voz quase sumida, lá do meio do mato, deixando apenas o par de olhos satânicos, como brasas vermelhas, à mostra.

Samuel não tirava os olhos do par de brasas. Apesar da noite escura, com a visão modificada desde que se tornara vampiro, podia ver com nitidez impressionante. As brasas vermelhas do cão maléfico deixavam um rastro pelo caminho e eram vivas como o brilho expelido pelo anjo. Samuel surpreendeu-se, pois, pouco a pouco, mais pares de olhos vermelhos foram chegando à beira do matagal. Virou, descobrindo-se completamente cercado por aquelas brasas satânicas. No início, algumas dezenas de pares; dois segundos depois, via-se cercado por milhares de pares de olhos, tendo a impressão de que o matagal e as árvores começavam a ser consumidos por um incêndio, com pares infinitos de brasas flutuando e se amontoando a observá-lo. Dezenas de milhares de cães-demônios agrupados. Invisíveis, escondidos, revelando-se por poucos segundos ao novo irmão em carne. Lentamente, o incêndio foi se apagando, até no minuto seguinte restar apenas o par de olhos original, brilhando na escuridão. O demônio anfitrião.

A fera tornou a sair da mata, aproximando-se de Samuel.

— Criatura maldita, queremos Elias. Você se lembra dele?

— Não. — limitou-se a responder, sinceramente, Samuel.

— Ele é o pastor que fortifica nossos inimigos. Veja-o com meus olhos. — ordenou o cão, transferindo telepaticamente uma cena onde o pastor era protagonista. — Mate-o. Mate-o o mais breve possível. Nesta madrugada, ele deve estar morto.

Do meio do matagal, saiu um cavalo esquelético que, apesar de horrível, exalava o vigor de um guerreiro. Lento, o cavalo aproximou-se do cão, abaixando e erguendo a cabeça de modo arisco, impaciente. O cavalo assombrado raspou os cascos no chão, batendo nervosamente as patas.

— Elias está longe daqui, mas o cavalo o levará mais rápido do que a tempestade pode avançar. Nossos irmãos cuidarão para que você encontre Elias. Você estará acompanhado por demônios durante a empreitada.

— Se podem encontrá-lo, por que não podem matá-lo? — perguntou Samuel.

— Porque Elias é carne, e nós somos Luz. Infelizmente, esse degrau nos distancia de certas vantagens, como liquidar inimigos inconvenientes, apertando-lhes a garganta. Você, meu irmão, você está na linha média para atender a nossos caprichos. Você é mais carne que Luz. A Luz em você é uma centelha, enquanto em nós é uma usina. Com sua carne você pode destruir nossos inimigos. Para encarnarmos e possuirmos a matéria, dispendemos muita energia e nos abrimos para muitos riscos. Agora temos você, nossa arma entre os homens. Parta agora, pois sua jornada será longa.

— Onde está minha escolta?

Do matagal, dirigindo-se para o centro da clareira, surgiram cerca de trinta demônios corcundas, cobertos por uma capa de pele apodrecida. Exalavam um fedor medonho, superior ao do cavalo, fazendo o resto de humanidade contorcer-se dentro de Samuel. Ele tentava imaginar como aqueles demônios corcundas, que andavam com dificuldade em cima daquelas pernas finas, poderiam ser mais velozes que o cavalo. Na ponta dos dedos dos pés, estendiam-se garras que faziam lembrar presas de águias... Fazendo a analogia, tudo ficou claro para o vampiro.

Os demônios, liberando guinchos como morcegos, fizeram aquela capa, que poderia ser considerada peles podres numa primeira olhada, estender-se num par de asas. Um a um, decolaram, voando em círculos acima do cavalo. Mediam um metro e meio, eram horríveis e extremamente assustadores, emitindo grunhidos selvagens e assustando com os olhos penetrantes. No entanto, não chegavam aos pés do último demônio que saiu do matagal.

Samuel percebeu aquele par de brasas perdido no escuro do mato, aproximando-se da clareira, lento e garboso, afastando galhos e mato com o tórax proeminente. Quando a luz da lua atingiu o gigante, Samuel pôde enxergá-lo por inteiro e ficou feliz por não ter problemas com ele. Era uma criatura forte, de dois metros e meio, tão imponente quanto o anjo que o afastara de Ramiro. Ao estender o par de asas, produziu um som semelhante a um trovão e aproximou-se do vampiro.

— Eu sou Crepúsculo e venho para abater inimigos. Fui designado e sua vida, a partir de agora, é minha vida. Sou seu anjo-da-guarda. Nada e ninguém nunca mais o tocará. — Crepúsculo ajoelhou-se sobre uma perna, em reverência a Samuel. — Saiamos agora, sejamos a tempestade do pastor.

Samuel montou o cavalo sem sela, e os demônios alados avançaram pelo céu. Eventualmente Samuel percebia esferas de luz cruzando o firmamento, deixando rastros luminosos. Sabia que eram os anjos de luz, que agora eles eram seus inimigos. Crepúsculo estendeu as asas de morcego, tão compridas e magníficas quanto as do anjo que o abordara na fazenda. O demônio decolou, fazendo o cavalo remexer-se impaciente, ansioso. As asas de Crepúsculo produziam o som de trovões, prenunciando a tempestade. Samuel cravou os calcanhares no cavalo e iniciou o trote, que logo se transformou num galope poderoso, fazendo os cascos tirar brasas do chão e produzir trovões a cada batida semelhantes aos sons que Crepúsculo criava, como se fossem códigos, mensagens direcionais. O cavalo sabia para onde o anjo satânico iria, e o demônio sabia onde o cavalo estaria. Os alados formaram uma fila encabeçada por Crepúsculo e seguiram para o sul. O cavalo ganhou velocidade, saiu de um grande pasto e saltou para a estrada de asfalto. A noite tornara-se mais escura; nuvens encobriam a brilhante lua e as estrelas. As únicas luzes que maculavam o firmamento provinham das espetaculares esferas cintilantes que, vez ou outra, cruzavam o céu com velocidade impressionante.

Chegando à Barra da Cana, Thal dirigiu-se certeiro à igrejinha da cidade. Ao contrário da de Belo Verde, estava quieta e silenciosa. Nem fiéis nem pessoas nas ruas. Thal penetrou o telhado, atingindo o salão de orações. Ninguém. Supunha que o pastor deixara Belo Verde há mais de uma hora e certamente estaria com o pastor de Barra da Cana. Palpite errado. Para não ter viajado em vão, Thal vasculhou os cômodos e viu o pastor adormecido em seus aposentos. Apareceu-lhe em sonho, pedindo orações para Belo Verde, expondo claramente o grande perigo da Batalha Negra. Todos os pastores do velho código sabiam o significado daquela horrível ameaça.

Assim que Thal atravessou o telhado para visitar outra cidade, o pastor já se encaminhava para o salão de orações, iniciando a preciosa ajuda ao grupo.

Thal rumava para a cidade da represa, Água Brava.

Anatã sentiu uma forte vibração vindo da clareira logo abaixo do grupo. Sinalizou para os irmãos e desceram. Ao tocar o solo gramado, teve certeza de que ali se concentravam feras demoníacas. Vasculhou a mata densa onde há pouco Samuel estivera com o batalhão de feras. Nada. O grupo de quinze anjos, pouco a pouco, pousou, alguns ajoelhando, tocando o chão com as mãos, trocando sinais positivos. Os olhos brilhantes estavam atentos e nervosos. Anatã fez o sinal da cruz e pousou a mão no cabo da espada. Cheiro de luta. Girou o corpo, fazendo as asas arquear. E os inimigos? Inspirou fundo. Estavam cobertos por orações, não restavam dúvidas. Só isso explicava a dificuldade em detectá-los. O cheiro de enxofre encoberto, camuflado. Anatã observou os soldados. Atentos. A pele de bronze dos guerreiros resplandecia luz viva, cada qual envolto em sua camada de luz, hermeticamente lacrados e protegidos. A presença maligna vinha em ondas do meio das árvores. Anatã apertou o cabo da espada nas mãos, e logo um rugido bestial sufocou o silêncio. Um par de brasas surgiu no meio do mato e trotou em direção à clareira.

Anatã desembainhou a arma chamejante, imitado por todo o grupo, enchendo a clareira de luz divina, que revelou mais olhos vermelhos escondidos. De imediato, os quinze anjos estavam completamente cercados por centenas de cães do inferno, rugindo e arreganhando as mandíbulas, preparados para destroçar todo e qualquer anjo de luz que encontrassem.

— Fujam enquanto podem, seus pedaços de merda — bradou o cão maior e mais assustador. — Dou apenas esta chance a vocês.

Anatã abriu as asas e ergueu a espada. Não era fuga, apenas a confirmação de que ficaria para guerrear até a morte. As asas abertas intimidavam as feras. Os anjos restantes imitaram Anatã, formando um círculo, um de costas para o outro, espadas desembainhadas, aguardando o primeiro ataque.

Os cães esperavam que os adversários debandassem, mas a satisfação da horda satânica aumentou quando perceberam que a decisão dos anjos era o confronto direto. Estavam ansiosos; iriam estraçalhar as criaturas de luz.

Conforme a excitação dos demônios crescia, o ar mais e mais se impregnava do cheiro de enxofre. Não havia necessidade de esconder-se.

Anatã visualizava mais de quarenta demônios e imaginou que cada um dos irmãos tinha a mesma e pavorosa visão.

— Meu nome é Anatã! Lutarei até a morte! — bradou o anjo, com convicção. — E juro por meu Pai de Luz, meu Deus, que levarei mais de vinte de vocês comigo!

Dos demônios vieram gargalhadas entusiasmadas e xingamentos; o cheiro de enxofre dobrou. Eles aproximavam-se lentamente, centímetro por centímetro, empurrados pelos de trás, fechando o cerco. Os anjos já podiam sentir o hálito pestilento e quente expelido pelas mandíbulas gigantes. Entretanto, à medida que se aproximavam, os demônios se afastavam, pois os anjos eram da Luz e seus olhos transmitiam medo às feras. Sabiam que os anjos guerreiros eram poderosos.

— Vocês vão morrer! — bradou o líder dos demônios. — Não podem com todos nós. Ah, ah, ah! Somos numerosos!

A gargalhada do líder fez coro.

Demônios alados voavam acima do grupo luminoso, cacarejavam e xingavam, tornando o céu ainda mais negro. Eram criaturas de pequeno porte e dotadas de dentes afiadíssimos.

A turma de anjos concentrou-se um pouco mais ao centro, afastando-se das mandíbulas caninas. Farfalhava as asas alternadamente, demonstrando nervosismo. Com as espadas erguidas, cada um fazia sua prece, sentindo a ainda leve e sutil energia vinda dos grupos de orações. Prevendo a iminente carnificina, um dos anjos soprou energicamente sua trombeta, fazendo eco no céu, espalhando o som por todos os lados. O efeito foi imediato: a horda de cães satânicos atirou-se imediatamente sobre os anjos. As espadas chamejantes afundaram no peito da primeira leva, mas os cães gigantes cobriram o grupo de anjos com saltos felinos e ataques selvagens.

Anatã, atacado por todos os lados, perpassava a espada no maior número de cães que podia. Muitos transformavam-se em fumaça de enxofre, dissolvendo-se na ponta da longa arma. Sentiu um cão cravar os dentes em seu ombro direito. Como não havia tempo nem espaço para dor, retirou a espada do cão à sua frente e, antes que a fera desaparecesse numa bola de fumaça amarela, cravou o objeto no meio dos olhos de fogo de outro cão que avançava enlouquecido. Sentiu um pedaço do ombro ir embora na boca do cão, que agora também se tornava uma bola de fumaça, vítima de um irmão celeste. O líder dos demônios não durou muito tempo. Anatã decapitou-o, mas não pôde evitar que mais um profanasse seu corpo, fechando a mandíbula na coxa direita. A dor fez o líder dos anjos gritar. Livrou-se enterrando a impugnadora da espada na testa do monstro. Uma patada rasgou sua face e o levou ao chão. Mesmo com a visão prejudicada, Anatã teve um breve segundo para observar o horrível cenário que o cercava. Pelo menos quatro irmãos já tinham tombado sem vida, jazendo sem luz. Os outros, sem exceção, apresentavam ferimentos graves em várias partes do corpo. Mais uma fera cravou os dentes em suas costas, ferindo-o dolorosamente. Anatã assoprou fortemente a trombeta, fazendo o som espalhar-se como um trovão. Um inimigo saltou, preparando-se para engolir a cabeça do líder angelical, que colocou o braço na boca do agressor para proteger-se. A dor foi tamanha que o anjo pensou que desmoronaria. Cravou a espada e transformou o atacante em fumaça, impregnando o ar com enxofre. Sua visão periférica captou dois anjos debandando, quase sem luz, quase mortos. Ainda restavam inúmeros cães, mas certamente os anjos conseguiram aniquilar metade. Os anjos remanescentes eram nove, cansados e próximos da morte. Um cravou a espada no cão que permanecia pendurado às costas de Anatã, proporcionando alívio inacreditável. Os cães cessaram o ataque, e os anjos voltaram a ficar de pé, reagrupando-se no centro da clareira. Um deles vacilou, deu dois passos para trás, mas não resistiu, tombando agonizante. Os cães atiraram-se em nova onda e pelo menos dez morreram nas espadas celestes. Dois anjos alçaram vôo, quase mortos, restando seis para enfrentar os cães. Novamente os demônios investiram todos ao mesmo tempo, aprisionando os adversários entre os dentes. Os que conseguiam espaço deixavam de golpear defensivamente a fim de alçar vôo e retirar-se com vida daquela batalha perdida. Três fugiram, e dois tombaram mortos. De pé, em meio a mordidas e gargalhadas demoníacas, apenas o guerreiro Anatã.

Ele afundou a espada no abdome de mais um cão; outro saracoteava agarrado em seu ombro ferido, retirando um pedaço do anjo, enquanto um terceiro mordia o glúteo, provocando mais um extenso ferimento. Quando as feras perceberam que ele estava sozinho, cambaleante no meio dos corpos dos irmãos mortos, afastaram-se. Anatã não enxergava quase nada. Os olhos, outrora brilhantes como a espada, pareciam dois espaços vazios, escuros. O guerreiro, ferido e fraco, chegava a golpear o ar sem inimigos. Tropeçou no braço de um anjo, caindo com o traseiro no chão, gritando em virtude do ferimento ali localizado. Os cães gargalhavam freneticamente, zombando do guerreiro derrotado, à mercê de suas garras e dentes. Formaram um círculo em torno dele, escarnecendo, cuspindo e xingando. Apoiando-se na espada, pôs-se de pé. Iria morrer, porém antes calaria mais demônios. Um corte profundo próximo aos olhos prejudicava a visão. A carne estava aberta em vários pontos, permitindo que sua energia vital fluísse e esvaísse do corpo em grandes quantidades. Logo estaria morto.

Os cães afastaram-se. Apenas um saltou para o centro do círculo, galopando de encontro a Anatã. O plano era divertir-se com ele, um a um, antes de matá-lo.

Anatã ouviu os passos e o rugido da fera, mas faltavam-lhe forças para enfrentar o cão. A fera foi para cima do gigante enquanto gargalhava. Anatã caiu, largando pela primeira vez a espada. Deu as costas ao cão, tentando recuperar a arma, e sentiu o bafo quente em sua nuca. Morreria sem clamar, sem gritar, sem chorar. Agarrou o cabo da espada, sabendo que não teria tempo para virar e golpear. O cão, caprichosamente, abocanhou a orelha do anjo, arrancando-a com ferocidade, e escapou às gargalhadas. Despertado pela dor, Anatã levantou-se e golpeou mortalmente no dorso um segundo cão que se aproximava. Mais dois cães entraram na roda, um pela frente, outro pelas costas.

Anatã concentrou-se no primeiro, sem se dar conta do outro. O cão apenas grunhia, exibindo os gigantescos caninos, prontos para devorá-lo. Repentinamente, bombardeado às costas, caiu de bruços, quase desmaiado.

O grupo de demônios gargalhava. Os dois cães entreolharam-se e prosseguiram. Um deles pousou as patas dianteiras nas costas de Anatã, imobilizando-o, enquanto o outro abocanhou a asa esquerda do anjo, arrancando-a aos poucos. Inerte, sentindo a asa desmembrar-se do corpo, Anatã desmaiou, vencido pelas bestas.

Naquele instante, o céu encheu-se de luz. Um grupo de vinte anjos aproximou-se da clareira, presenciando a cena bárbara de um demônio correndo para todos os lados, louco, levando uma asa de anjo presa à boca. Anatã jazia morto, jogado no centro da clareira com os demais irmãos.

Ao verem os novos inimigos, os cães debandaram. O único emboscado e destruído foi o que carregava o troféu. Os anjos recuperaram a asa de Anatã e os corpos dos irmãos, carregados no colo, como crianças adormecidas. Quando o levantaram, Anatã expeliu um gemido, um "obrigado" talvez. Percebendo o irmão ainda vivo, aquele anjo transformou-se numa esfera de luz, sumindo no céu em velocidade extraordinária.

Os demais foram levados, lentamente, para onde os anjos estavam concentrados: a igreja de Belo Verde.

O cavalo saiu da estrada, acompanhando a horda de demônios alados, embrenhando-se num canavial. Depois de cinco minutos, caíram numa estradinha vicinal asfaltada. Àquela hora da madrugada, ninguém circulava pelas ruas de Barra da Cana. Crepúsculo começou a descer lentamente. O cavalo abandonou o galope, marchando calma e silenciosamente. Um carro ultrapassou e sumiu em grande velocidade. O anjo pousou com o cavalo emparelhado.

— Não precisaremos esperar. — disse para Samuel, com voz rouca.

Os demônios alados também foram pousando, um a um, dispersos.

— O pastor chegou naquele carro? — perguntou o vampiro.

— Sim, protegido. Agora, a missão é sua. Mate-o.

Samuel, ainda cheio de ódio, apeou do cavalo. Correu, saltou em direção ao galho inferior de uma árvore, fazendo a capa esvoaçar. A árvore estava totalmente pelada, permitindo a qualquer um que passasse por ali notar o homem amalucado escalando o topo.

Lá de cima, Samuel pôde ver o carro do pastor Elias estacionar em frente à igreja, um prédio de madeira, com uma torre alta ostentando uma cruz.

De frente para a árvore havia uma loja de dois andares, afastada cerca de dez metros. Samuel saltou direto no telhado, atravessando o céu, sem peso algum, qual um fantasma cruzando a madrugada. Caiu levemente na cobertura plana do prédio, dirigindo-se para a edificação vizinha. Repetiu o vôo fantasmagórico, chegando ao telhado seguinte. Os demônios alados o acompanhavam, mas só eram vistos por Samuel. Como fizera no celeiro, desceu do prédio imitando uma aranha humanóide, saltou da parede acimentada faltando poucos metros para o chão, pousando sem produzir ruído. Correu pela rua estreita, sucumbindo às sombras, invisível. Do fim da rua, avistou a igreja. Elias permanecia à porta da casa do pastor da cidade, bem ao lado da igreja. O homem demorou a atender, tempo suficiente para Samuel aproximar-se ainda mais. Já podia ouvir o bombear ritmado do coração de Elias, rendendo-se ao desejo de apertá-lo na palma da mão, espremendo-o até parar. Crepúsculo pousou no meio da praça, roubando a atenção de Samuel por um segundo. O anjo negro era imponente, temido pelo exército inimigo. Tinha os braços grossos, feito dois troncos maciços, mas movia-se com incrível agilidade. A espada pesada era própria para combates. Crepúsculo fechou as asas, que pareciam querer envolver todo seu corpo e bufou, lançando uma nuvem de vapor fedorento para frente. Os músculos definidos pareciam tensos; os olhos, ora amarelos, de um tom borrado e monstruoso, ora vermelhos em brasa, exalavam selvageria e ódio, amedrontando qualquer ser vivente. De novo, Samuel viu a criatura bufar, lembrando um cavalo, voltando os olhos terríveis para o seu lado. Quando o vampiro despertou do transe, o pastor estava adentrando a casa do colega de Barra da Cana, recepcionado por uma mulher.

— Vá, vampiro! Entre na casa! Mate todos. — ordenou Crepúsculo.

Samuel assentiu, mas algo o detinha nas sombras, embaixo da árvore. Não podia entrar; queria pegá-lo do lado de fora. Contudo, arriscou, dirigindo-se silenciosamente, ereto, passadas firmes, coberto pela estranha capa feita do lençol hospitalar, reforçando o ar sombrio e fantasmagórico.

Quando Thal chegou à igreja de Água Brava, encontrou algumas pessoas alvoroçadas no salão de orações. Procurou com os olhos, mas não localizou o pastor Elias. Escutou os homens, esperando por qualquer pista.

Um grupo, nos bancos de madeira, pôs-se de joelhos e iniciou concentrado as orações. Algumas pessoas conversavam afastadas, planejando os próximos passos para a batalha. Falaram de Elias. O pastor havia tomado o rumo de Barra da Cana. Thal viu-se metido num jogo atrapalhado, em que cada erro, cada minuto perdido era de imensa importância para o desfecho do episódio. Atravessou o telhado. Voava veloz. Cada segundo, cada segundo, cada segundo...

Bateram à porta da casa. Elias e o pastor Durval viraram-se ao mesmo tempo.

— Está esperando alguém? — perguntou Elias.

— Não. A essa hora?!

Sandra, esposa do pastor Durval, abriu a porta e soltou um grito.

Havia um homem, pálido como parafina, vestindo uma espécie de túnica e coberto por um comprido lençol. Ela cobriu o rosto, mais por vergonha do que por medo. Poderia ser um mendigo, um doente mental. Certamente, alguém buscando ajuda da igreja.

Elias, à distância, conseguiu entrever o inesperado visitante. O homem fantasmagórico tinha fisionomia conhecida. Aquele rosto...

— Posso entrar, pastor Elias? — perguntou Samuel.

O pastor Durval correu os olhos da esposa para Elias. O pastor de Belo Verde permanecia com a cabeça inclinada para frente, tentando desvendar o rosto nebuloso. Estava quase próximo de desvendar de quem eram aquelas feições tão familiares, mas toda vez que um rosto e um nome relacionado pareciam solidificar em sua massa cinzenta, a combinação fugia, transformando-se em outro rosto conhecido e logo em outro e outro e outro... como um feitiço.

— Sim, pode entrar, pobre homem. — autorizou Durval, percebendo a hesitação do amigo.

Samuel esboçou um sorriso malicioso, adiantando o pé esquerdo e cruzando a porta. Sim, podia entrar, a permissão era uma chave mágica. Agora, Samuel sentia-se completamente livre para finalizar o que veio fazer.

No momento em que o vampiro tocou o chão da casa, Elias o identificou. Era Samuel. A face ficou clara, sem mutações inexplicáveis. Era ele, sem sombra de dúvida, Estava pálido, a pele extremamente branca, um legítimo albino. Não existiam mais pigmentos morenos, estava quase sem rugas faciais. A franja, de fios negríssimos, cobria a face espectral, e do rosto emanava uma atração mágica... estranhamente sedutora.

Elias percebeu que Samuel vestia o camisolão do Municipal, coberto por um lençol, que provavelmente fora branco no passado. A roupa fez o pastor lembrar o desaparecimento recente de Samuel.

— Que faz aqui, Samuel? — perguntou atônito. — Estão todos preocupados.

— Não precisa mais, meu amigo. — sentenciou o vampiro. — Vim ter uma conversinha com você em particular.

Elias pestanejou, sem entender. Durval ainda estava paralisado, atento ao estranho mendigo que adentrara sua casa. Sandra, parada na porta da cozinha, gritou quando Samuel, magicamente, num piscar de olhos, desapareceu da vista de todos, surgindo atrás de Elias, empurrando-o animalescamente para fora da casa.

— Vamos, pastor! — ordenou, arreganhando os lábios, exibindo os caninos desenvolvidos. — O dia vai lhe parecer lindo pela manhã. Você vai ver tanta coisa que terá vontade de ressuscitar para contar pra todo mundo.

Elias caiu na varanda, rolando a escada na frente da casa. Samuel irrompeu pela porta, dirigindo-se como um cão na direção do pastor.

Elias tentava levantar quando foi atingido por Samuel. Dessa vez, bateu o rosto em uma pedra e, antes de erguer a cabeça, sabia que tinha se machucado de verdade. A mente navegava num oceano de incompreensão, zonzo pelo golpe físico e pelo atabalhoamento mental. Por que Samuel o atacava de forma tão selvagem? O que estava acontecendo? O vampiro o agarrou pelos colarinhos e o levantou.

— Não tente entender, pastor. Você não poderia.

Elias estava apavorado. Percebia o ódio queimar nos olhos do homem, mas se pudesse ver os demônios alados que bailavam e gargalhavam ao redor, certamente seu pavor seria triplicado. Não via Crepúsculo, o que o salvaria da insanidade eterna. Deveria contentar-se com isso, mas não se sentia confortado. A vontade maior não era que Samuel aliviasse a pressão que fazia em sua traquéia, mas entender o porquê da situação.

— O que vo... você... quer? Me larga Sa... muel. — pediu o pastor.

O sangue vertia da testa do pastor; um filete grosso e quente desceu pela bochecha direita e, quando chegou ao pescoço, escorreu pela mão do vampiro. Samuel fechou os olhos. Lembrar não era bom àquela hora.

Crepúsculo olhou para trás: um clarão, em velocidade fenomenal, avançava pela floresta a cerca de quatro quilômetros. Desembainhou a espada, inundando o lugar com luz vermelha. Nervoso, ordenou a Samuel:

— Mate-o agora, vampiro! Mate-o e vamos embora!

Samuel olhou para o demônio, espantado com a urgência entonada e percebeu que algo estava errado. Por que o guerreiro animalesco tinha medo? Virou para o pastor Elias, quase desmaiado pela falta de ar. Arreganhou os lábios, preparando-se para cravar os caninos gigantes em seu pescoço, mas foi impedido.

Durval jogou-se contra o corpo do vampiro, derrubou-o no chão e libertou o amigo. Sandra correu para assisti-lo.

Com o rosto transformado pelo ódio, Samuel levantou-se para descobrir o que o havia atingido e deparou-se com a figura do outro pastor, de pé, empunhando um crucifixo de madeira.

— Suma daqui, criatura do inferno! Desapareça em nome de Jesus! — gritava o pastor Durval, na intenção de fazer Samuel evaporar.

Samuel arreganhou a boca, soltou um grunhido feroz, desatando numa comprida gargalhada.

— O que vai fazer com isso, pastor? Me bater? Só se for. Ah! Ah! Ah!

— Mate o pastor agora ou não haverá mais tempo!!! — gritou Crepúsculo com tamanho nervosismo que chamou a atenção.

Samuel olhou para o lado e para o alto: de cima da floresta copada, emergiu uma criatura de luz, com um par de asas imensas dirigindo-se para eles em alta velocidade, espada desembainhada, ameaçadora. Entendeu que não poderia demorar um segundo. Olhou para frente e viu de relance um punho cerrado acertando em cheio seu nariz, jogando-o ao chão.

— Por que não? — disse o pastor.

Samuel levantou-se furioso. Viu Elias correndo para casa, com o auxílio de Sandra. Dessa vez, o golpe de Durval acertou seu estômago, sem causar dor e extremamente ineficiente; os outros golpes apenas tiraram seu equilíbrio. Samuel ouviu um tilintar às costas; os demônios alados começaram a gritar e a xingar. Provavelmente, Crepúsculo já estava usando a espada, batendo-se contra o anjo. Luzes claras dançavam por toda a volta. Durval golpeou-o novamente no estômago. Samuel agarrou-lhe o braço, quebrando-o com a mesma facilidade com que se quebra um graveto, seco. O pastor gritou alto. Samuel, erguendo-o acima da cabeça, arremessou-o para longe com violência. O pastor não se movia nem gritava. Samuel olhou para a casa, buscando sinal de Elias. Ele estava no carro e partia desenfreado, em marcha a ré, para o acesso da ruela de barro.

Crepúsculo livrou-se da poderosa espada de Thal, mas sabia que já estava condenado pela extensa ferida no abdome que lhe permitiria poucos minutos de vida. Com sorte, poderia oferecer o mesmo destino ao graduado anjo do Exército de Luz. Sua espada suportava os ataques duros da arma do oponente. A cada impacto, o corpo voava para trás, ao sabor da inércia. Crepúsculo, enfurecido, mal conseguia se defender. Queria bater no inimigo de luz. Queria cortá-lo ao meio. Chispas escapavam dos encontros das armas. A espada de Thal cintilava, ardendo em tom amarelo, enquanto a do demônio tinha uma coloração avermelhada devido ao espectro flamejante.

Os demônios alados, cerca de trinta, criaram coragem e avançaram todos ao mesmo tempo, envolvendo o anjo numa nuvem de podridão, liberando momentaneamente Crepúsculo. O grande demônio perdeu altitude, buscando por Samuel. Viu-o correndo velozmente no encalço de um Monza branco pela ruazinha de terra. Sabia que era o carro do pastor. Pôs a mão na ferida, percebendo que o líquido viscoso vazava generosamente. Voou no encalço de seu protegido. Precisava deter o carro, precisava usar um truque, talvez o derradeiro truque, que lhe consumiria as últimas forças.

Elias, em grande desespero, principiou a chorar e a orar. Quando aceitou a missão em seu sonho, estava ciente de que encontraria problemas com as forças de Satã, mas nunca, nem em seus piores pesadelos, pôde imaginar algo tão físico e apavorante. Enfim, existiam os vampiros. Engatou a quinta marcha; com o carro, teria chances de fugir. Para onde? perguntou-se. Alcançou a estrada de asfalto. Bateu os olhos no retrovisor e, apesar da escuridão, divisou uma estranha silhueta. Era Samuel, ou algo muito parecido com ele, com um tecido esvoaçante às costas. Voltou à estrada, quando, surpreendido, puxou o volante impensadamente para a direita. Gritou. Havia alguma coisa pavorosa no meio do caminho, algo parecido com um diabo... uma criatura grotesca, com asas de dragão abertas e chifres de carneiro. O carro bateu com violência no barranco da estreita rodovia, levantando a frente de maneira cinematográfica. A única coisa que estranhamente passou como um relâmpago pelo cérebro de Elias foi lamentar não ter colocado o cinto de segurança. O motor do Monza bradou como bicho louco quando as rodas descolaram do chão, capotando de modo fenomenal. Elias chacoalhou-se, batendo em todas as partes internas do veículo. Sentiu pedaços de vidro na boca e o mundo emudecer, ouvindo apenas o barulho da lataria do teto arrastando-se no asfalto. Quando tudo se aquietou, não sabia se estava vivo ou se estava morto. Ouviu um galopar sinistro. Cavalo? Quem sabe, afinal de contas, duzentos quilômetros à sua volta eram preenchidos por cidades rurais. Isso é merda para se pensar numa hora dessas? Precisava sair dali, se é que estava vivo. O carro, de cabeça para baixo, deixava o pastor em posição desconfortável. As janelas estavam amassadas e estreitadas, mas, numa primeira avaliação, Elias percebeu que havia espaço para escapar. E se o carro explodir? O cheiro de gasolina. Ao tentar se mover, sentiu uma dor lancinante no conjunto esquerdo de costelas. Desistiu. Tomou fôlego, pensando no que fazer.

Samuel parou assim que, para sua surpresa, o pastor perdera o controle do carro. Aproximava-se vagarosamente, com sua montaria espectral, avaliando a segurança da situação. Viu Crepúsculo pousando no topo do barranco, atrás do carro, com a mão no abdome, tentando tapar um ferimento importante.

— Mate-o agora, vampiro. É sua tarefa. — ordenou com a voz apagada. — Não poderei deter o anjo por muito tempo.

Samuel olhou para a estrada, percebeu que lá longe a criatura de luz debatia-se ferozmente contra um punhado de pequenos demônios voadores e que, pela velocidade com que os demônios caíam, Crepúsculo estava certo: não demoraria muito e o anjo estaria ali, junto deles. Olhou para o carro. O descontrole inesperado do Monza parecia ter justificativa.

— Foi você? — perguntou ao demônio.

— Sim.

Samuel balançou a cabeça, consternado.

— Acho que já matou o cara. Se você pode, por que não o matou antes?

— Ele não está morto. E eu não posso fazê-lo. Pare de perder tempo, vampiro. Mate-o. Agora!

Samuel foi até o carro. O cavalo estava parado junto ao Monza, pronto para zarpar. Os pneus do lado direito ainda giravam lentamente, querendo escapar dali.

— Saia, pastor Elias. Minha paciência esgotou.

Ele não respondeu. Samuel abaixou-se para agarrá-lo pelos colarinhos e arrancá-lo, mas levantou-se surpreso. Elias não estava. Contornou o Monza, procurando o corpo do homem. Talvez ele estivesse agonizando ao lado. Não encontrou nada. Olhando para trás, viu a esfera de luz aproximar. O anjo, ocupado com três demônios, logo estaria atracado com Crepúsculo, que não parecia nada bem. Certamente ele, Samuel, seria o alvo seguinte. Um vento frio cortou a noite. As árvores à beira da estrada chiaram baixinho. Samuel girou o corpo, tentando ouvir um coração amedrontado. Concentrou-se. Detectou algo delatante, que fazia explodir seus sentidos, que eliminava seu raciocínio lógico. Algo vermelho e vivo. O sabor envolvia a língua; o cheiro atropelava seu olfato. Sangue, sangue, sangue. Humano. Fresco e vertente. Samuel pulou para cima do carro, com sua leveza vampiresca.

— Saia, pastor, eu sei que está aí. Eu posso senti-lo transpirar. Eu posso senti-lo apavorado. Eu posso senti-lo perdendo sangue. Ah! Ah! Ah! Você está apavorado e hemorrágico; posso te encontrar a quinze quilômetros com esse vazamento.

Samuel percebeu uma luminosidade crescendo atrás de si. Sabia que era o anjo. Virou-se a tempo de assistir à primeira investida de Thal contra Crepúsculo. As espadas chocaram-se, espalhando chispas pelo ar. Os pingos de luz caíam na estrada e rolavam pelo asfalto, desaparecendo com rapidez. O anjo também estava ferido, porém, visivelmente mais forte que o demônio. O vampiro percebeu que perdia tempo observando a peleja. Deveria matar o pastor, impedir sua crescente busca por grupos de orações. Olhou para o barranco, onde sabia que Elias se esconderia. Arregalou os olhos ao ver um brilho quebrar a escuridão. Uma chama brotava de forma mágica das mãos do pastor.

— Por que quer me matar, Samuel?

Ele arreganhou os dentes pela enésima vez, liberando um aterrorizante rugido.

— Sem perguntas, pastor. E sem respostas, também.

Elias atirou a chama mágica em cima do carro, tentando atingir o vampiro. Num lance, Samuel percebeu que não se tratava de uma chama divina, como suspeitara, mas um velho Zippo, que, a propósito, acabara de acertar e quicar por cima do carro, saltando ao chão e atingindo a gasolina perdida.

O pastor protegeu-se levantando a mão na frente da face. Uma chama amarela tomou a estrada antes da explosão de calor que iluminou tudo, impregnando o bosque ao redor de sombras sinistras. Quando a primeira labareda surgiu, o pastor viu o vampiro ser tragado pelo fogo, perdendo a expressão enfurecida, dando lugar a surpresa. Elias ficara quase feliz, mas nem sempre o que nossos olhos mortais captam é realmente o que de fato sucede. Especialmente quando vampiros protagonizam as estórias. Digo isto porque, para conflitante surpresa do pastor, no instante seguinte, mais rápido do que o pensamento possa especular, o vampiro estava colado em seu peito, apenas levemente chamuscado.

— Bom movimento, pastor. Mas ainda não foi o suficiente.

Elias gritou desesperado; queria fugir e não podia. Samuel comprimia-lhe o braço, prendendo-o com firmeza com mão que parecia rocha.

Levantou e arremessou o pastor com violência. Elias cruzou o espaço como um fantoche inanimado, chocando-se contra o tronco de uma mangueira.

— Mate-o! — gritou Crepúsculo, caindo ao chão, atingido por Thal.

— Eu... estou... fazendo!!! — bradou Samuel, furioso com o pastor, com o demônio e com tudo.

Aproximou-se do pastor, imaginando que o impacto o teria liquidado, mas o homem permanecia vivo, tentando se arrastar na lama, lutando.

— Você é resistente, hein?

Samuel ergueu-o pelos colarinhos até a altura de sua cabeça.

Elias parecia consciente apenas porque movimentava os olhos para os lados. Sangue vivo escorria pelo canto da boca, revelando perigosa hemorragia interna.

— Se eu te largar aqui, você vai morrer sozinho, mas o meu amigo quer que eu faça agora. Bem, não é nada pessoal, amigo... — Samuel agarrou a garganta do homem com a outra mão, pronto para despedaçá-la com um leve e suave movimento. Antes, porém, o vampiro, seduzido pelo sangue, lambeu o rosto e os lábios, engolindo o sangue que escorria lentamente — Você tem um beijo... gostoso. — brincou.

— Você... já era...

Samuel espantou-se. Como o infeliz podia ameaçá-lo prestes a ser esmagado por sua mão poderosa? Que ousadia!

O vampiro olhou para trás, pensando que o anjo o atacasse pelas costas. Na verdade, Crepúsculo ainda resistia bravamente às investidas do anjo guerreiro. Espadas retiniam, vigorosas. Crepúsculo defendia-se, cravado ao chão, sem forças para voar e fugir. Ganhava tempo. Tempo. Essa palavra fez uma campainha biológica, de alerta, disparar na mente do vampiro. A cabeça do pastor bloqueava a visão do vampiro para o lado oeste. Abaixou-o alguns centímetros, permitindo que tocasse o chão e respirasse mais uma vez, rouca e profundamente. Aterrorizado, Samuel deixou o corpo agonizante do pastor cair no chão. Agora, ele tossia, tentando puxar o máximo de oxigênio para dentro dos pulmões. Samuel teria gritado naquela hora, mas o pavor era tanto que as cordas vocais pareciam paralisadas.

Uma leve e agradável linha vermelha brotava no horizonte. Aquilo significava a luz do Sol. Sol. Em poucos minutos, o céu estaria infestado pela luz solar. Samuel virou, correu para a estrada, saltou de cima do barranco e tocou o asfalto negro. Não tinha tempo! Estava desesperado. Pastor desgraçado! Crepúsculo desgraçado! Precisava de abrigo. O cavalo estava lá; correu e montou-o, disparando rumo a Belo Verde. Tempo. Não tinha tempo! O trotar do cavalo aumentou até parecer trovões. Passou pelo carro em chamas e antes de cobrir o primeiro quilômetro, ouviu um grito enlouquecido, possesso.

— Não fuja, maldito! Mate-o! — Foi o último grito de Crepúsculo antes de cair ao chão, com a espada de Thal enterrada nas costas.

O anjo recolheu a arma e avaliou os ferimentos. Eram vários. Eram doloridos. Sobreviveria mais uma vez. Flutuou até o pastor. Ele estava mal. Olhou para frente. O cavalo levando o vampiro era apenas um ponto distante. Poderia alcançá-los num piscar de olhos, mas se abandonasse o pastor, ele morreria. Estendeu os braços, mantendo as palmas das mãos voltadas para baixo, emanando sua energia azul para o corpo de Elias. O pastor moveu a cabeça de forma espasmódica e abriu um olho, sofridamente.

— Obrigado... obrig... — balbuciou, quase inaudível.

Estaria o pastor de fato vendo-o, perguntou-se o anjo.

Quatro minutos depois, um Fiat Uno encostou ao lado do carro flamejante.

— Elias! — gritou a mulher, desesperada.

Ele tentou mover-se, mas foi impossível. As costelas doíam como nunca, apesar de o anjo ter eliminado as fraturas. Não conseguiu distinguir nada com a visão. Parecia inteiramente quebrado. Com esforço, ergueu o braço direito.

— Olhe lá! — gritou Durval.

Sandra correu, ajoelhou-se ao seu lado, chorando. Pôs a cabeça do pastor em suas pernas, extraindo-lhe um sonoro gemido. Elias parecia à beira da inconsciência... e da morte.

Thal, vendo o pastor assistido, olhou para a estrada. Nenhum sinal do vampiro. Abriu as asas e disparou como um raio, voando rente ao asfalto. Percebendo a claridade no horizonte, entendeu por que Samuel abandonara sua vítima e fugira desvairado momentos antes e completar seu intento. Vampiros são homens que perderam a alma para algum demônio. Não são bons nem maus: são seduzíveis pelas entidades. Tornam-se poderosíssimos quando não se auto-destróem durante o aprendizado, a iniciação. Quando têm mais de cem anos, tornam-se praticamente imortais. Monstros. Monstros que bebem sangue. Conhecedores de dois mil truques ilegais. Príncipes da Escuridão. Semi-indestrutíveis. Para a sorte dos mortais, ainda hoje existem algumas regras que jamais mudarão. Uma delas: o Sol.

Samuel estava firmemente agarrado à crina do cavalo. Fincava-lhe os calcanhares para que o animal decolasse. Os cascos arrancavam chispas do asfalto, criando um rastro de fogo onde batiam. Samuel ainda não tinha a escuridão envolvendo-o, amando-o e, sobretudo, o protegendo como uma mãe zelosa e adorável. A mãe, naquele exato momento, abandonava a cria involuntariamente. Sem perceber que seu adorado filhote sufocava com o próprio vômito. Surpresa desagradável ao acordar.

A faixa vermelha avançava galopante no horizonte. Logo, o Sol despontaria na primeira colina como um pai severo e zangado, punindo o filho que ainda não se recolhera, surrando-o com raios mortais. Para onde vai a consciência de um vampiro sem alma? Para onde vão as lembranças? São finitas? São. Porque não vão para os santos no Céu. Não vão para os demônios no Inferno. Não vão vagar, jogadas ao rio. Não vão chorar no fundo dos mares. Não serão devoradas por uma truta faminta. Não serão encontradas por um pescador. Não serão soldado-de-chumbo nem serão enterradas por uma tribo indígena brasileira. Não se tornarão manioca. Sem critérios. Um vampiro não é mais nada do que o agora. Um vampiro é o sangue que ele bebe durante devaneio alucinado. Um vampiro é a sombra que ele toma. É o gato que ele mata por nada. É o pensamento que ele lê e arranca sem permissão. É o grito que provoca. É o sangue que ele gela. É o minuto-segundo que suspira, imaginando sentir o coração pulsar. É a lágrima que cai quando o fim nos parece certo. Um vampiro é exatamente isso. É toda magnífica ação, ou sensação, que cabe dentro de uma fração de segundos. Portanto, não tenham medo do vampiro. Ele não é nada quando o Sol chega. Ele não é nada na ponta da estaca. Não tenha medo do vampiro; ele não é nada.

Samuel temia apenas o tempo. Conseguiria. Estava certo de que conseguiria. Restavam poucos quilômetros. Porém, também restavam poucos momentos. Abandonou a estrada. O cavalo entrou no pasto, rasgando o verde que começava a ganhar cor. Começava a existir claridade. Os olhos de Samuel tornaram-se vermelhos. O cavalo embrenhou-se na mata. Estavam quase em casa. A capela. O caixão. A escura proteção.

Thal avançou para o pasto. O vampiro estava próximo. O rastro entrava agora em uma floresta. Não virou uma esfera de luz, pois a velocidade excessiva poderia fazer com que os perdesse. Seus poderosos ouvidos captaram um ritmado galope. Dois segundos, e avistou Samuel, aferrado ao cavalo cadavérico. Aumentou a velocidade. Mais dois segundos, alcançou-o definitivamente, derrubando o vampiro da montaria sobrenatural. Rolou violentamente, levantando folhas secas, atordoado. Thal pousou a seu lado. O horizonte vermelho crescia assustadoramente, devorando a noite morta. Mais três minutos até o primeiro raio de Sol... talvez dois. Samuel levantou e arremessou um olhar nas profundezas. Um minuto de corrida... talvez mais.

— Eu te avisei!

— Amigo de asas, sinceramente eu não tenho tempo para isso agora. — bufou o vampiro.

— Preciso detê-lo. Você pode tentar novamente...

— Te dou minha palavra. — bradou nervosamente o vampiro. Te devo minha vida... ou o que seja esse arremedo de viver. Te devo minha existência! Não precisa mais me atacar. Ele me deteve! — gritou Samuel, apontando para o horizonte escarlate, onde o Sol despontava.

O anjo perdeu um instante admirando o Sol, como se...

Samuel correu na direção da capela. Poucos metros faltavam.

O anjo flutuou, pousando à frente dele, a espada desembainhada.

— Sua palavra vale o quê?

Samuel saltou por cima da parede de penas brancas que o anjo formava com as asas gigantes, surpreendendo Thal.

— Não tenho tempo para isso! O Sol é meu inimigo. Ele está acordando. Com ele, acordará o mundo. Deixe-me ir; detesto o mundo acordado.

Samuel caiu de joelhos a um metro e meio da porta da capela. Raios de luz alcançaram a floresta...

O vampiro dissera uma coisa que congelara o sangue do anjo. Thal interrompeu a perseguição. Era importante deter o vampiro antes que o vampiro detivesse o pastor, mas o anjo, vendo o monstro rendido, compadeceu-se. O vampiro era irmão do corpo que hospedava sua alma. Com a chegada do Sol, o mundo acordaria. Gregório acordaria. Isso significava que ele voltaria a ser prisioneiro da carne durante horas importantes. Deveria voar como a luz para os alertas finais. O vampiro permaneceria entocado, pelo menos até o pôr-do-sol. Thal pressentia o início iminente da Batalha Negra. Aquele, certamente, seria o dia das horas de horror. Voou como flecha até a torre da igreja, onde os irmãos estavam concentrados. Era hora de definir a defesa. Naquela noite, a qualquer momento, iniciar-se-ia a feroz batalha.

CAPÍTULO 21

O SOL JÁ DESPONTARA em mais de sua metade no horizonte. Havia oitocentos e dez anjos dispostos a defender o Exército de Luz durante a Batalha Negra. Entretanto, a grande maioria dos que foram abordados para a grande luta demonstraram verdadeiro pavor e decidiram não batalhar numa guerra em que a morte parecia tão certa.

Thal reuniu-se com vinte anjos nomeando comandantes. Alertou mais uma vez sobre a possibilidade de a Batalha Negra começar ainda naquele dia, muito provavelmente ao pôr-do-sol. Consumiu quase meia hora com sugestões e definições de comportamento para os grupos que iriam lutar. Teriam que contar com eles próprios e torcer para que o número de demônios não fosse tão superior. Thal era o general, o alvo principal. Ele quebrara a lei. Ele permitira que o palco para o flagelo fosse montado.

Vieram dar notícias de Alanca. O anjo da patrulha estava quase sem vida. Não sabiam se poderiam contar com aquele importante guerreiro para as horas críticas que se avizinhavam. Thal temia o escasso tempo. Gregório acordaria a qualquer segundo. Desfiou mais uma porção de alertas quanto a essa situação também. Os anjos deveriam manter Gregório adormecido durante todo o tempo da Batalha Negra. A presença de Thal na peleja era, sem dúvida, o pilar de sustentação da fé na vitória. Contavam imprescindivelmente com ele.

O anjo Rafael aproximou-se, pedindo desculpas pela intromissão. Trazia uma esperança para os comandantes. Vuhtiel, o anjo-general do oriente, aproximava-se de Belo Verde.

Imediatamente, Thal alçou vôo, subindo alto e alto até conseguir avistar a delegação de Vuhtiel. Como uma bala, disparou para interceptá-lo.

Vuhtiel trajava uma túnica vermelho-escuro. Na bainha, a legendária espada repousava em paz. A pele possuía um tom acobreado muito mais escuro que a de Thal. Tinha o rosto agigantado, desproporcional ao dos demais, e mãos poderosas. As asas pareciam feitas de prata, refletindo fortemente a luz do astro-rei. Ao avistar Thal, acenou para seus sete acompanhantes, fazendo-os parar e pousar. Thal aproximou-se alegre, saudando demoradamente tão estimado combatente. Vuhtiel, entretanto, permanecia sóbrio, como se guardasse um diálogo ruim.

— Grande irmão guerreiro. Chegou em boa hora. — disse Thal. — Precisaremos enormemente de sua experiência.

— Lamento não vir para alegrá-lo, estimado irmão. — ribombou a voz do general do oriente, evocando sons metálicos. — Venho para informar que meu exército usará do direito de abster-se. Não temo por minha vida ou pela vida de meus homens, mas pelo oriente desprotegido.

A expressão alegre abandonou o rosto de Thal.

— Como sabe, precioso general, a luta será amarga. Muitos cairão, muitos irão para as trevas sem salvação. Todos temem passar a eternidade aprisionados ao exército de Satã. Se perdermos, nada poderá ser feito. Precisamos de toda a ajuda com que pudermos contar para massificar a vitória, para incentivar os guerreiros. Clamo para que não dêem as costas aos meus combatentes.

— O que incentiva os homens são as orações. Lamento, Thal. Você não esteve na última Batalha Negra. Eu, como os outros velhos generais, estive. Éramos cinqüenta mil anjos lutando contra o horrível exército do mal. A maioria dos velhos generais nunca voltou. Provavelmente, hoje eles tramam contra nós. Éramos cinqüenta mil. Hoje nem mesmo temos tantos anjos no céu. E seu exército ainda não alcançou mil homens, como pude saber. Não arriscarei almas tão preciosas. Certamente, se trouxesse para cá todo o meu exército, o oriente ficaria inteiramente descoberto. Como sabe, isso selaria o futuro das almas humanas, deixando o caminho livre para a besta.

Thal desviou o olhar do importante general por um breve minuto. Olhou para as árvores, para os pássaros. Tudo de belo estaria em jogo naquele dia. As palavras do general faziam completo sentido. Todos eles, sem exceção, poderiam cair durante a batalha. Eram poucos, insuficientes para o exército de Satã. A maioria dos exércitos experientes se acovardara, fazendo uso do direito de abstenção. Eles podiam se recusar a lutar na Batalha Negra. Thal lutaria apenas porque o ponto era dele. Ele havia quebrado a lei. Ele era o único que não tinha o direito. Talvez também se abstivesse caso não fosse obrigado. Quem cuidaria dos guerreiros de sua região? O medo pairava sobre as asas dos anjos. A Batalha Negra era o mais legítimo passaporte para o inferno. Afinal, para que arriscar a liberdade do espírito eterno, ao lado da Luz do Senhor, por um anjo que quebrara a lei? Sem o apoio do poderoso exército do oriente, Thal sabia que estaria desprotegido durante a batalha. O exército do oriente traria pelo menos seis mil anjos. Mas Vuhtiel lhe dissera não. Estava dentro de seu bendito direito. Sabia que a resposta selara o destino daquele pequeno grupo de anjos comprometidos. Todos cairiam, porém todos lutariam bravamente até o último estar de pé. Encerrariam a existência de um número impossível de demônios. Seriam lembrados para sempre pela bravura naquela batalha. Certamente, cada anjo acovardado lamentaria por toda sua existência ter escondido a espada durante o confronto. Desejariam transformar-se em senhores do tempo, podendo, assim, voltar para aquele dia e alertar os irmãos a unir-se àquele pequeno grupo.

— Obrigado por sua preocupação conosco, irmão Vuhtiel. Mas pergunto para que veio, então?

— Para orar ao lado dos seus, irmão. Para orar.

Thal, abandonando o grupo de Vuhtiel. Voltou rápido para a torre da igreja. Noticiou o triste encontro com o anjo do continente asiático e percebeu a tormenta crescer entre os guerreiros.

No solo, ao lado da entrada da igreja, percebeu que Sandra acabara de entrar no prédio. O anjo dirigiu-se para o interior da casa sagrada, atravessando como fantasma a porta frontal. Aproximou-se da mulher, ouvindo o importante relato que trazia. O pastor Elias encontrava-se no hospital de Água Brava, recebendo atendimento intensivo. Estava muito ferido e provavelmente ficaria internado vários dias.

Trespassando o teto, Thal rumou para Água Brava, transformando-se em bola de luz. Segundos depois, pairava sobre o hospital. Desceu lentamente, atravessou o telhado e chegou ao corredor do último andar. Procurou placas informativas, mas desistiu: perderia minutos preciosíssimos. Desceu à recepção onde um grande relógio no corredor apontava 5 e 30 da manhã.

Tonico havia sido o primeiro a acordar. Eram cinco da manhã, e o Sol já havia aparecido. Esperou pacientemente dez minutos sentado na frente da casa. Como o pai não dava sinais, decidiu caminhar até a sede; talvez Vera ou Gregório já estivessem de pé.

Estranhou Ramiro não estar por ali ou perto do poço. Geralmente ele era o primeiro a pôr o nariz pra fora e preparar um saboroso café preto.

Tonico pegou um caminho no meio do milharal. Bateu os olhos no relógio digital: cinco e vinte e dois. À direita, percebeu uma barulheira de insetos. Pareciam abelhas, muitas, voando aos montes, porém nunca percebera nenhuma colméia por ali. O som não vinha de muito longe, provavelmente estariam no meio do milharal, um perigo para a gente que trabalhava na colheita. Parou para ouvir melhor e, talvez, descobrir onde estavam. Poderiam estar no caminho que Ramiro fazia para ir e vir. Embrenhou-se nas altas hastes verdes enfeitadas com os frutos amarelos. Depois de várias passadas, a plantação atingia a estradinha que levava para a casa de Ramiro. O som das abelhas estava bem mais volumoso ali e vinham do lado da casa do empregado. Moscas varejeiras passavam zunindo pelos ouvidos, confundindo-o com sons das abelhas. Alguns passos à frente, percebeu a nuvem de insetos voando de cima do milharal até o chão. Tonico foi descendo lentamente o olho, acompanhando as moscas. Não havia abelha, tampouco colméia, mas um corpo estendido. Tonico virou, debatendo-se contra as moscas que pareciam convidá-lo a banquetear, dividindo com ele o cadáver. Correu para a sede, gritando o nome de Gregório.

Thal apenas encostou o dedo na testa da mulher para imediatamente saber o número do quarto do pastor. Ele estava se submetendo a uma operação para salvá-lo da hemorragia. Centro cirúrgico, sala sete. Thal decolou. O centro cirúrgico ficava no terceiro. Precisava chegar a tempo.

— Gregório! Gregório! — gritava o rapaz, batendo na janela.

Gregório remexeu-se, despertando dos confins da terra-dos-sonhos.

Thal alcançou o centro cirúrgico. Elias estava envolto em uma parafernália médica; mesmo assim, reconheceu o mortal. Estava despido e com vários ferimentos. Thal desembainhou a espada, preparando-se para invadir a consciência do homem. Precisava alertá-lo sobre Gregório. Naquela noite, Gregório deveria cooperar, deveria permanecer adormecido. O anjo deveria estar livre para comandar o exército e não abandonar seus irmãos. Para tanto, precisava que mantivesse Gregório adormecido. Adormecido.

Antes que conseguisse tocar a testa de Elias, Thal sentiu-se evaporando, desintegrando-se em centenas de partículas de luz.

Sentado na beirada da cama, enrolado no lençol, Gregório levou um minuto para entender o que estava acontecendo. Alguém estava espancando a janela. Levantou e abriu-a com força.

Desavisado, Tonico foi atingido na testa, tombando e contorcendo-se de dor.

Gregório arregalou os olhos ao ver o garoto estatelado.

— Posso entrar? — gritou Vera.

— Em um segundo. — respondeu o cunhado.

Gregório vestiu uma calça e saiu. Vera o esperava atônita.

— Era o menino. O Tonico.

— E o que ele quer? — perguntou, seguindo Gregório. Deram a volta na casa e encontraram Tonico se levantando, limpando a roupa com um pequeno corte na cabeça.

— O que está havendo? — perguntou Vera, nervosa.

— O Ramiro... ele tá caído lá na estrada. Acho que ele tá mortinho-da-silva.

Gregório e Vera trocaram um olhar ligeiro. Ele voltou para casa e dois minutos depois saía com a espingarda Puma na mão, vestindo uma camisa xadrez de mangas longas, sem abotoar, usada por Samuel.

O três correram para o milharal, embrenhando-se na estradinha que Ramiro costumava trilhar. As espigas estavam soberbas. Vera quase chorou pensando quanto o marido ficaria feliz em vê-las daquele tamanho, prontas para a colheita e para a venda. Afinal, a maioria dos plantadores da região já tinha negociado as mirradas espigas uma semana atrás, sem acreditar na chegada de chuva. O zumbido era gigante. Parecia uma cachopa de marimbondos tamanho família. Uma muralha formada por milhares de moscas varejeiras verdes e gordas surgiu na frente deles, zunindo e cobrindo-os. Tonico e Vera tentaram espantá-las, agitando os braços. Gregório fixou-se no cadáver largado na estradinha. Parecia um defunto gordo e verde, mas era o mirrado Ramiro. Vera apanhou o isqueiro e acendeu uma tocha feita de folhas de milho secas. Na outra ponta da estrada, surgiam os companheiros do finado Ramiro. O jovem Tonico tentava proteger o ferimento na testa, limpando o sangue e evitando o alvoroço dos bichos incômodos.

— Que foi que fizeram com ele? — perguntou Celeste, com a voz embargada.

Gregório entregou a arma para Tonico. Abaixou-se ao lado do corpo de Ramiro, apoiou a mão com firmeza no peito do homem e confirmou o que todo mundo já sabia.

— Ele tá morto mesmo. Ele tinha alguma doença? Alguém sabe? Coração...

— Num tinha nada, não. — respondeu Paulo.

— Esse homem foi morto, você num tá vendo? — perguntou Celeste, consternado. — Ai. Pai... quando isso vai parar?

Um fio de sangue preto e coagulado estava escondido nos cabelos do cadáver, e somente Celeste havia notado. Viraram o corpo para observar melhor. Havia um ferimento estranho no pescoço, dois pequenos buracos paralelos, de onde aparentemente brotara o sangue. Parecia uma...

— Mordida. Parece uma mordida de bicho, sei lá. — falou Tonico.

— É mesmo. — concordou Paulo.

— Vou ligar para a polícia. — avisou Vera.

A nuvem de insetos voava em volta do grupo, afastada pela tocha improvisada. O vento batia na plantação, provocando um som gostoso... mas nenhum deles podia dar atenção: lamentavam a morte de mais um amigo.

Uma hora depois, o investigador Tatá chegou. Após botar os olhos no falecido Ramiro, pediu um carro do IML pelo rádio da viatura.

Os homens estavam reunidos na frente da casa-sede. Todos, exceto Celeste, que providenciava o funeral do parceiro, iriam em busca de alguma pista sobre o paradeiro de Samuel.

Tatá alimentava cada vez mais a suspeita de que Gregório estava diretamente envolvido nas mortes e em todos aqueles fatos sinistros.

Teria ele mesmo dado cabo de Samuel? Afinal, sendo ele irmão, teria direito a boa parte daquelas terras se, de fato, o dono desaparecesse. Alguém que chega assim, do nada... e as coisas começam a acontecer. já tinha visto muito daquilo. Muita morte por muito menos. Motivo o forasteiro tinha. Restava saber se teria fígado para tanto.

— Tatá, aliás, inspetor, o senhor vai nos ajudar na busca? — perguntou Gregório.

— Eu lamento, amigo, mas não vou. — respondeu secamente, dirigindo-se para o carro. — Meus homens também têm um plano de busca. E vocês... — virou-se para o pessoal veterano da fazenda. — ...sei que vocês já estão acostumados em sair caçando nossas crianças perdidas e homens desaparecidos, mas o cara não sumiu de lá sozinho, nem sabemos direito o que aconteceu. Se fugiu, se foi raptado. Só estou pedindo para não darem uma de heróis, ok? Não se separem. Não banquem os pistoleiros. Qualquer pista, chamem nossos caras. Tomem cuidado. Não se separem, fiquem todos juntos... quem anda sozinho por aqui, está caindo morto. — sentenciou gravemente, desviando o olhar dos trabalhadores e olhando fixamente para Gregório.

Antes de Tatá chegar à porteira, teve que desviar de duas caminhonetes Ford que entravam, trazendo mais gente para ajudar na procura do fazendeiro.

Já eram vinte para as oito da manhã quando saíram, distribuídos em três grupos de vinte homens. O pessoal da fazenda manteve-se reunido, pois iria vasculhar a mata, dentro da propriedade. Havia lugares muito propícios para estabelecer esconderijos. Se Samuel estivesse com algum problema na cachola, provavelmente estaria escondido por ali.

Havia medo rondando o semblante das equipes. Todos benzeram-se antes da partida. A história de Ramiro não era exatamente o incentivo de que precisavam no momento. Os que tinham correntes adornadas com crucifixo trataram de botá-las à mostra. Criaturas bizarras rondavam suas mentes. Cães-zumbis prontos para saltar em suas jugulares pareciam espreitar em cada sombra mais aprofundada. Cães mortos que andavam mordendo gente inocente e levando-a a perambular com os capetas. Vampiros.... talvez os cães fossem vampiros. Quantos haveria ainda?, perguntavam. Um, dois, quinze? Estavam apavorados, mas deviam esse esforço ao amigo desaparecido, ele que já os ajudara e confortara tantas vezes. Todos os monstros que agora povoavam o imaginário do grupo de busca foram trazidos e alimentados pelo veterinário Ivan, um dos últimos a chegar. Ele trouxera disposição para ajudar na busca e também algo muito mais interessante: os resultados dos exames das amostras colhidas dos cães. Degeneração acelerada, incompatibilidade de datas para a suposta morte dos cães, afirmada e testemunhada pelos funcionários da fazenda, principalmente por Gregório. Alguns elementos presentes nas amostras não faziam sentido algum. De acordo com os tecidos, os cães estavam mortos há mais de um mês. Outro mistério era a estranha pigmentação vermelha encontrada no couro dos animais, tornando-os demônios escarlates. O pigmento não era resultado de doença catalogada. Ivan, o veterinário, demorara um bocado para acreditar que aqueles monstros um dia tinham sido dálmatas.

— São demônios. — afirmara Gregório, traindo-se. — Eu sei, são demônios.

Todos perderam quase um minuto focando em silêncio aquele rosto entristecido e cansado.

Agora estavam embrenhados na mata, cada um amontoando o medo interno de suas feras imaginárias. A maioria dos grupos já andava há mais de uma hora por aquelas matas sem ter qualquer pista. Cada grupo torcia para que, ao retornar, um deles reservasse boas notícias. Com sorte, algum grupo traria Samuel de volta desidratado, ferido, louco, mas vivo.

O grupo em que se concentrava a maior parte do pessoal da fazenda partira na direção da sede velha, e dele faziam parte os três irmãos, André, Paulo e Jonas. E também Teodoro. Além da velha casa, esse grupo, do qual Gregório não participava, também estava incumbido de verificar a capela abandonada, justamente onde se desenrolaria a pior parte da expedição. Melhor seria se aqueles homens tivessem escolhido outros lugares ou outro grupo! Os que adentrassem a capela levariam para suas covas lembranças horríveis. A sorte é que quando chegassem lá, ainda seria dia, o Sol forte brilhando no céu. Só isso.

Gregório estava no grupo responsável pelo rio Jumaí, que cruzava a cidade e, num pequeno trecho, a fazenda vizinha à de Samuel. Dariam uma busca de ponta a ponta dentro dos limites da cidade. Nesse grupo da fazenda de Samuel estavam apenas Gregório e o garoto Tonico. Mesmo assim, Gregório estava à vontade, pois tinha ali muitos amigos de infância.

✠ ✠ ✠ ✠ ✠ ✠

Era uma hora da tarde quando o pastor Elias recuperou a consciência. Abriu os olhos com dificuldade e viu que estava deitado numa sala toda verde, mas não se lembrava de nada. Tinha o culto da manhã para celebrar. Havia deitado para dormir na noite anterior... Uma névoa formava-se quando tentava lembrar das últimas horas. Um acidente de carro passou pela mente. Ele havia assistido a um acidente na rodovia... Não! Estava dentro do carro acidentado! Sim! Então sonhara que havia deitado para o culto... Ah! Que confusão! Com a visão periférica, percebeu um ser com uma capa verde aproximando-se. Os olhos arregalaram-se desesperados. Uma capa de hospital... um lençol, um monstro. Tentou levantar e fugir.

— Ufhiss! — uma dor lancinante fê-lo desistir. — Socorro. — murmurou.

O espectro verde avançou sobre o indefeso pastor. Felizmente não era nenhum monstro. Nenhum vampiro. Era uma enfermeira.

— Bem-vindo de volta, pastor. Que susto, hein? Não tente se mover por enquanto, ainda está sob efeito das drogas. Procure dormir um pouco mais; acredito que sua estadia aqui vá ser um pouco demorada.

— Não posso... — murmurou, lembrando que alguma coisa indefinida o compelia a levantar; precisava falar com alguém, não podia... — precis... — vencido pelos sedativos, dormiu novamente.

✠ ✠ ✠ ✠ ✠ ✠

No pequeno sítio de Genaro, duas dúzias de carros estavam estacionados em torno do celeiro. O bom e velho Gê saiu da casa trajando uma túnica negra, com as bordas das barras e das mangas vermelhas. Atrás dele vinham dois homens trazendo um caixote coberto por um pano acetinado, demonstrando dificuldade para carregá-lo.

Dentro do celeiro, na primeira fila, Pablo e Ney aguardavam o início do culto. O armazém, onde o velho Gê costumava guardar umas poucas sacas de grãos, fora transformado numa igreja diferente. Era equipada com fileiras de bancos de madeira para os fiéis, como na igreja católica ou evangélica. Havia um altar muito bonito, feito de madeira de excelente qualidade, ornado com dizeres em uma língua que parecia o latim. Diferentemente da igreja batista, inúmeras imagens encontravam-se espalhadas pelas dependências do templo, imagens sinistras e bizarras. Algumas evocavam agonia e terror. As cruzes, pelo menos dez, viradas de ponta-cabeça. Velas negras enfeitavam o topo de cada cruz, acesas, queimando e iluminando o estranho santuário. O celeiro permanecia em semi-escuridão porque as janelas e portinholas estavam cerradas. Mesmo assim, centenas de raios de luz cruzavam o espaço, tornando desnecessária a utilização das velas. Verdadeiramente, as velas tinham função apenas ritual. Havia gravuras de demônios estampados nas paredes, alguns comendo homens vivos. Outras imagens os mostravam dilacerando anjos iluminados com os próprios dentes ou com grandes espadas. Acima do altar, um crucifixo, também de ponta-cabeça, era ornado com o que parecia corações... corações de verdade, espetados em punhais, pendurados por todo o crucifixo e sobre uma imagem de Jesus. A imagem era bastante sinistra, pois Jesus não possuía rosto, apenas cabeça.

Sentadas, trinta e duas pessoas conversavam em pequenos grupos, a maioria aos pares, em tom baixo, sem chamar a atenção. Esperavam o pastor, o velho Gê. Genaro entrou por uma porta lateral, próxima ao altar. Os dois homens traziam o caixote coberto pelo pano acetinado. Puseram-no em cima de uma peça de mármore, onde encaixou perfeitamente. A peça o prendia em cada uma das quatro pontas, deixando a parte inferior desprotegida. E, embaixo do caixote, havia uma jarra com capacidade para cinco litros dágua, aparentemente vazia.

Genaro posicionou-se no pequeno palanque do altar.

— Senhores, convoquei esta sessão em horário tão incomum porque é chegada a hora de nossa Congregação atuar no plano físico.

— as palavras fizeram com que brotassem sorrisos maliciosos na maioria dos presentes. — Nosso mestre e senhor, Khel, nos alertou sobre o perigo dos homens de luz se aproximar de nossa arma importante. Devemos detê-los, pois estaremos bastante desfalcados se os homens a destruírem. Perante a necessidade de uma participação física imediata, nomeei alguns executores sem prévia consulta. Precisamos de pessoas com experiência em assassinato e que não vacilem. São elas: sargento Messias, Pablo e Ney e também Olavo e Unha. Vocês cinco estão incumbidos de defender, custe o que custar, nosso primeiro irmão da escuridão. Ele não pode ser morto; devem guardá-lo como o mais precioso bem, como um portal mágico. Ele é o exemplo vivo do que nos tornaremos quando o exército negro caminhar sobre a Terra. Seremos seres eternos, seres eternos! — repetiu veemente Genaro.

Os cinco foram conduzidos para a frente do altar, bem próximos ao caixote.

— Venham, irmãos. — continuou Genaro. — Recebam agora suas armas e alimentem-se para a missão.

Os dois auxiliares trouxeram pistolas e espadas e amarraram um cinto em cada um dos escolhidos, onde descansavam as espadas. Uma das mãos segurava a pistola, e a outra repousava na empunhadura do aço cortante.

Um auxiliar puxou o pano acetinado, revelando não se tratar de um caixote, mas de uma pequena gaiola com um filhote de bode adormecido. Genaro aproximou, desembainhou a espada de Pablo, tomando-a para si.

— Alimentem-se agora.

Genaro atravessou com a espada a gaiola, tocando a ponta no corpo do animal de poucos dias.

— Sangue será o seu alimento até a eternidade! — bradou o pastor, atingindo-o na altura do coração.

— Esta é nossa oferta ao grande Exército da Escuridão. Que eles se alimentem também e façam de vocês guerreiros valentes e ágeis.

O animal soltou um breve gemido, perdeu a força e empalideceu em segundos. Um grosso fio de sangue corria e depositava-se no fundo da jarra abaixo da gaiola. Quando o sangue completou o recipiente, foi oferecido aos cinco selecionados.

Após sorver cada gota, sentiram-se capazes e injetados de bravura para o cumprimento da missão. Abandonaram o celeiro, entraram no carro negro de Pablo e Ney os conduziu ao endereço do emissário que deveriam proteger.

O horrendo e bizarro ritual desenrolou-se às oito horas da manhã.

CAPÍTULO 22

OS HOMENS VASCULHARAM todos os cômodos da velha sede. Eram quinze para as nove da manhã, e, apesar do Sol brilhar, dentro da casa estava escuro, e um vento frio percorria os corredores fantasmagóricos, com plantas cobrindo as paredes. Dez entraram; os outros esperaram do lado de fora, atentos aos ruídos da floresta. Os homens examinaram passo a passo, com medo das sombras e das possibilidades sinistras que a escuridão trazia: um cão-demônio, um psicopata, um ladrão de internos dos hospitais. Talvez um personagem macabro do cinema, carregando um machado afiado, despedaçando intrometidos.

Teodoro, Paulo e André faziam parte do grupo que estava dentro da casa e tentavam manter contato visual a maior parte do tempo. Quando um era tragado pela escuridão, restava ao outro rezar para que aqueles poucos e intermináveis minutos passassem logo.

— Está tudo limpo aqui. — disse Jonas, com a espingarda erguida.

Os outros, aparentemente tranqüilos, também empunhavam nervosamente as suas.

— Num tem nada aqui, nem um rato sequer. — afirmou Aloísio, um dos vizinhos.

André afundou seu chapéu de palha na cabeça.

— Bem, vamos para a capela. Talvez tenhamos mais sor... — ia dizendo.

— Alguém olhou o porão? — perguntou Teodoro.

— Tem porão aqui? — espantou-se Paulo.

— Tem. Eu já tava esquecendo, mas tem. — afirmou Teodoro.

— Quem vai? — André perguntou.

Todos deram de ombros e avisaram aos de fora que não havia nada na casa. Faltava o porão. Circularam a sede e nos fundos acharam uma porta dupla, a entrada. Uma corrente enferrujada, com um cadeado velho, trancava a passagem. Teodoro se adiantou e, antes que alguém perguntasse como entrar, deu um golpe com a coronha da arma bem em cima do cadeado. A porta balançou mas o cadeado não cedeu. Mais um golpe, e ele arrebentaria. Teodoro ergueu novamente a espingarda e desceu com força. O maldito cadeado continuou selando a corrente, mas a entrada se fez livre quando as portas podres, não resistindo às investidas, desprenderam-se dos batentes. Quando retiraram a primeira folha, um vento morno e fétido subiu pelas escadas e bombardeou o grupo.

— Que merda é essa? — perguntou Aloísio.

— Sei lá. Esse ar deve estar preso aí há anos, cheiro de bolor... nada mais. — explicou Teodoro. — Isso aqui tá fechado há uns oito anos, desde que mudaram para a sede baixa, a nova. — Coçou a cabeça. — Algum candidato?

O pessoal se entreolhou, tentando descobrir alguém mais empolgado. Diante da demora:

— Tudo bem. Eu vou. — ofereceu-se Teodoro. — Alguém trouxe uma lanterna?

— Eu tenho... mas deixei na pick-up. — disse um voluntário.

— Então não adianta. Alguém tem fósforo? — perguntou Jonas.

Os homens tiraram as caixinhas e apareceu também um isqueiro Bic.

— Ótimo, agora eu vou. — disse Teodoro, imbuindo-se de coragem.

André pegou duas caixas e desceu também.

Apesar do vento morno, embaixo estava muito mais frio e escuro do que na casa. Logo após os primeiros degraus, a luz do Sol abandonava os expedicionários. Teodoro faiscou o Bic, trazendo luz para o cômodo abandonado há tanto tempo. As paredes estavam arrebentadas por grossas raízes; o chão, coberto por musgo e vegetação rasteira. A chama do isqueiro tinha pouca força, iluminando com eficiência apenas dois metros à frente. Nenhuma pista de que alguém houvesse usado o lugar para se esconder, pelo menos não nos últimos dois anos. André acendeu um maço de palitos, ajudando bastante.

— Ninguém veio aqui não, Teodoro.

— Eu sei, mas a gente já tá aqui, vamos olhar tudo, ué.

Os dois continuaram aprofundando-se na catacumba gélida. No último cômodo,encontraram alguns caixotes empilhados. Um vento morno voltou a varrer as dependências do porão, apagando as chamas fracas. Assustado, André virou-se em direção à porta, e o cano da espingarda impactou-se contra a arma de Teodoro, que deixou cair o isqueiro no chão.

— Cuidado, diabo!

André derrubara as caixas de fósforos também.

— É que eu ouvi um barulho esquisito, Teo.

— E precisa cagar nas calças por causa de barulho, caralho! — Teodoro estava nervoso e, na verdade, ouvira alguma coisa também. Um sonzinho estranho, talvez passos.

— Cadê meu isqueiro, acha aí. Eu também tô ouvindo um negócio.

Começaram a andar em direção a parede dos fundos, próximos às caixas empilhadas, afastando-se da porta. André tentou encontrar os fósforos, ou o isqueiro, mas toda vez que abaixava a mão, seus dedos afundavam no musgo e nas folhas apodrecidas, passando uma desconfortante sensação de repugnância. Os ouvidos aguçaram e a visão começava a se adaptar ao ambiente escuro. André abaixou, perdeu o equilíbrio e caiu, perdendo a arma no negrume. Os joelhos afundaram alguns centímetros, como se penetrassem na barriga de um cavalo morto e podre. Aproveitou a proximidade com o chão e começou a procurar o isqueiro e os fósforos. De repente, um som de rastejar. André sentiu o sangue congelar nas veias. Se Teodoro não estivesse ali, teria gritado.

— André? Cadê você, homem? — a voz de Teodoro estava carregada de ansiedade.

Ele ainda estava no chão, imobilizado, para ter certeza de que não era ele quem provocava a barulheira. O som.

— É você, Teodoro?

— Eu nada, eu tô quieto.

André se preparava para levantar e correr quando alguma coisa passou entre seus dedos. Algo cilíndrico. Assustado, retirou a mão, mas arrependeu-se. Podia ser o isqueiro. Voltou a tatear...

— Vamos sair daqui, cara. — disse Teodoro, abandonando o canto e correndo para onde acreditava ficar a porta.

André concordou imediatamente. Agarrou o cilindro e tentou girar a pedrinha.

Teodoro chocou-se contra um dos caixotes na tentativa de fuga, bateu a perna e praguejou umas tantas vezes.

De novo, o ambiente encheu-se com o rumor sinistro, vindo de todos os lados, como se um gigante os estivesse cercando.

Sem êxito com o isqueiro, André voltou para o chão, em busca da arma e ouviu o som mecânico de Teodoro preparando a agulha da espingarda. Se houvesse um intruso ali, estaria correndo o risco de levar bala. Lembrou-se da escuridão: poderia tomar um tiro também.

— Cuidado com isso. Eu tô aqui. — alertou.

— Cê num saiu ainda? Diacho! Que é que tá fazendo essa zoeira toda?

O som vinha de várias direções... no teto...

— Sei lá. É bicho! — respondeu André, à procura da espingarda.

As mãos tocaram algo que se moveu ligeiro, cravando os dentes para se libertar.

— Arghh! Ô peste do inferno! — gritou doloridamente.

— Que foi, diacho?

— Um negócio me mordeu na mão! Puta, que dor, acho que tô sangrando. — reclamou, tentando adivinhar a gravidade do ferimento com a outra mão. Percebeu um líquido morno e viscoso. Sangue.

— Que droga é essa?

— Sei lá, Teodoro. Pode ser rato. Vamos sair daqui, homem de Deus. Eu tô sufocando...

Com André pousando a mão boa no ombro de Teodoro, os dois começaram a abandonar o cômodo sombrio. Teodoro, como um cego, tateava o caminho com a espingarda, guiando o parceiro. Foi o cano da arma que encontrou a saída e, no corredor, Teodoro arriscou passadas mais rápidas. André o acompanhava com dificuldade. O barulho recomeçou. Primeiro por trás, perseguindo os invasores. Depois, alastrou-se para os lados, com o característico som de tremedeira, como se alguém estivesse sofrendo um ataque de epilepsia.

— Que droga é essa?! — berrou Teodoro, correndo sem enxergar um palmo diante do nariz.

O ruído vinha da frente também, alimentando cada vez mais a imaginação dos dois. Eram mãos escondidas pelas trevas, pulando das paredes e agarrando seus pés.

— Corre, Teodoro! Tem alguém me segurando! — gritou André. — Tem uma mão aqui...

Foram as últimas palavras que Teodoro ouviu do companheiro.

Gargalhadas demoníacas ecoavam por todos os lados. Demônios que riam e matavam.

✠ ✠ ✠ ✠ ✠ ✠

Cinco horas da tarde. O pastor acordava pela enésima vez naquele dia. Parecia mais cônscio e via as coisas mais ajustadas. Já não o assustava a coloração verde do ambiente. Lembrava-se. As enfermeiras não estavam fora do contexto: estava internado na U.T.I. do Municipal de Água

Brava. Sentia uma sede tremenda. Tentava buscar saliva para aliviar a secura na mucosa bucal, mas não havia mais saliva. Quando a primeira enfermeira se aproximou, estendeu o braço com esforço.

— Preciso de água. Estou com sede.

— Só um pouquinho, está bem?

Balançou a cabeça concordando.

A atendente voltou com um copo, mas, para desapontamento de Elias, apenas embebeu a gaze no líquido divino e pingou algumas gotas na boca seca.

— Que lugar é este? É o Saara, saco?

A mulher arregalou os olhos. Desde quando um pastor falava "saco"?

— Pastor!

— Só mais um pouquinho, minha filha, por favor.

— Lamento, por enquanto esta é toda a água que o senhor vai beber. Precisa esperar mais um pouco e poderá tomar uma caixa d'água inteira, se agüentar.

Dez minutos depois, a maca acolchoada encostou. Elias, com alta da U.T.I., foi transferido para um quarto particular. Na porta, uma multidão queria ver e tocar o pastor. Depois de muito barganhar com a encarregada, as pessoas se revezavam aos pares. Dentro do cômodo, permaneciam sempre dois acompanhantes e a esposa, presença constante. Os primeiros a entrar foram Vera e o pastor Durval, bastante parecido com Elias, coberto de bandagens, trajando roupas hospitalares, apoiado em um par de muletas. Queria ser o primeiro a entrar justamente para alertar o amigo sobre um detalhe importante: ele não havia revelado às autoridades o que realmente acontecera durante aquela madrugada. Fazer com que eles acreditassem na história de um ataque promovido por um vampiro seria bastante difícil. Oficialmente, ambos haviam sofrido um sério acidente de carro.

— Aos poucos, Elias recuperava a lucidez e lembrava-se cada vez mais dos últimos acontecimentos, inclusive de seus propósitos. As missões ainda estavam incompletas. Olhou para Vera. Como contar o acontecido? Que Samuel fora o responsável? Decidiu não revelar nada por ora.

— Vera, preciso que você organize uma tarefa muito importante para hoje.

— O que é, Elias?

— Você tem que encontrar seu cunhado, Gregório. Precisamos protegê-lo; ele será uma peça importante durante a batalha que se travará no plano espiritual.

— Não estou entendendo... peça?... protegê-lo de quem? — De fato, não se espantara com o envolvimento de Gregório, uma esquisitice a mais, outra a menos, não faria diferença. Queria entender definitivamente por que elas estavam acontecendo.

— As forças do inimigo tentarão infernizá-lo, e esta noite ele precisa de toda a paz do mundo. Temos que fazê-lo dormir o tempo todo. Ele precisa estar adormecido durante a batalha. É imprescindível.

O pastor tossiu, pigarreando para tomar o fôlego.

— Dormir? Mas o que está acontecendo, pastor? Pra quê?

— Recebi este recado e não perdi tempo questionando os porquês, por favor, não perca o seu também. Encontre-o, reserve-o e coloque-o para dormir cedo esta noite. O Exército de Luz precisa dele adormecido, compreendeu? Posso me despreocupar quanto a isto?

— É claro que pode. — respondeu a moça, sem entender, sem questionar. O pastor fora contundente o suficiente.

— Faça o que for preciso.

Seguiu-se um breve silêncio. Durval estava encostado na cama, quase sentado no colchão, tentando aliviar o peso.

— Tem muita gente aí fora? — perguntou Elias.

— Tem. — respondeu a esposa.

— Bem, deixe algumas entrar, então nós faremos o seguinte...

Eram aproximadamente cinco e vinte da tarde.

✠ ✠ ✠ ✠ ✠ ✠

Nesse mesmo dia, pela manhã, as coisas ainda não estavam resolvidas com o pessoal da busca.

Às nove e quinze, Teodoro saiu desesperado do porão, desabou, debatendo-se. Aquelas mãos impingiram-lhe pânico. Assim que Teodoro deixou o porão, vencendo a velha escada de madeira, uma horda de grandes e gordos ratos negros também irrompeu pela abertura. Eram centenas, milhares talvez. Pegos de surpresa, os homens não tiveram tempo de acudir Teodoro, e a legião de roedores logo apoderou-se do corpo caído, destinando-lhe vorazes mordidas. O rapaz gritava; não fazia idéia do que estava acontecendo. Parecia vítima de uma maldição. Abriu a boca para pedir ajuda e, no instante seguinte, sentiu alguma coisa morder a língua. Com o reflexo natural de auto-proteção, fechou a boca para evitar o intruso. Algo se contorcia, querendo escapar, ferindo ainda mais a língua e arranhando o rosto com unhas duras e afiadas. Depois, seus dentes venceram uma espécie de couro pouco resistente, cravando em carne mole. Sentiu vários intrusos em outras partes do corpo, mordendo sem piedade. Descontava a fúria no que estava preso em sua boca. A língua, livre agora, roçou algo macio e coberto de pêlos. Que seria, por Deus?, perguntava-se Teodoro, que, desesperado e aturdido, ainda não tivera como identificar os agressores. Pequenos alfinetes picavam o céu de sua boca; guinchos frenéticos entravam pelos tímpanos. Os companheiros começaram a arrastá-los pelo chão de terra. Estaria delirando? Não podia responder. O Sol estava forte demais. A escuridão rendera-lhe uma cegueira difícil de desfazer-se. Pareciam pequenos animais tentando devorá-lo. Se eram animais... aquilo em sua boca também era! Não era imaginação porcaria nenhuma! Estivera mastigando alguma coisa viva! Os alfinetes eram na verdade os bigodes do bichinho. A visão começou a aflorar-se. Uma gorda ratazana dançava ao seu lado sem cabeça, com as patas movendo-se, perdidas. Enojado, cuspiu a cabeça do animal. Os amigos esmagavam ratos com as botinas, chutavam e agrediam com a coronha das armas, tentando debelar o feroz ataque a que fora submetido.

— Catem o André! O coitado tá lá dentro! — foi o que conseguiu gritar antes de sentir um enorme calor dominar o corpo e um súbito resfriamento geral, tirando-lhe o fio de consciência e de sanidade que lhe restava.

Paulo e Jonas, irmãos de André, e mais um homem, praticamente atiraram-se dentro do porão. Após alguns minutos, voltaram cobertos de ratos negros pendurados por todo o corpo. Gritavam. Choravam. O terceiro homem teve a orelha direita dilacerada ao tentar remover uma ratazana faminta, que parecia querer entrar em sua cabeça através do orifício auricular e alimentar-se do cérebro.

Levaram muito tempo para retirar os ratos de cima do corpo de André. Ele estava praticamente nu, pois os ratos devoraram quase toda sua roupa. O ataque tinha sido tão selvagem que os roedores produziram buracos enormes, fazendo o sangue esvair-se em grande quantidade. O corpo do rapaz apresentava centenas de ferimentos, transformando-o num borrão vermelho e inflamado. A única coisa que ainda revelava vida era o subir e descer do peito e esporádicos gemidos de dor.

O grupo improvisou uma maca, construída com galhos e amarrada com cintos. Paulo, o irmão mais novo, e quatro homens encarregaram-se de André e dos dois outros feridos. Jonas tinha que levar o grupo até a velha capela. Os doze homens restantes prosseguiram com a expedição. Através do *walkie-talkie*, pediram para alguém chamar uma ambulância com a máxima urgência, pois o estado de saúde dos rapazes era extremamente grave.

A velha capela ficava a dezesseis minutos dali, talvez mais se o caminho estivesse coberto pela mata. Faltava cinco para as dez da manhã. Jonas levava o rifle de Teodoro, e outros homens também estavam armados. Às dez horas, o Sol já estava bastante forte, e os homens transpiravam à beça. Próximo à capela, havia um grande trecho de mato alto, mas não havia árvores. Numa primeira olhada, a capela parecia tão deserta quanto a sede. Aproximaram-se passo a passo. Certamente, se aqueles pobres homens pudessem prever o futuro, teriam congelado ali mesmo e fugido como coelhos medrosos. Infelizmente, como nenhum possuía o dom da premonição, prosseguiram com passos firmes, ao encontro da morte.

✠ ✠ ✠ ✠ ✠ ✠

Eram seis e meia da tarde quando três pessoas deixaram o hospital apressadamente. Uma delas estava vestida de maneira cômica: um agasalho de brim e um chapéu de vaqueiro. Não despertou tanto a atenção porque era muito comum o atendimento a caboclos. Um enfermeiro experiente, todavia, teria percebido o caminhar debilitado daquela pessoa. Foi assim que o pastor Elias, acompanhado por Vera e a esposa, Edna, deixou o hospital muito antes de receber alta. Para ganhar alguns minutos, Durval tomara seu lugar.

Os três entraram no jipe de Vera, e Elias foi cuidadosamente acomodado no banco da frente. Ainda sentia dores, principalmente nas costelas, onde sofrera pequena cirurgia, irradiando para ferimentos menores cobertos por curativos. Em cinco minutos, chegaram à igreja. As portas frontais estavam abertas porque a multidão não cabia nas dependências. Conduziram o pastor para sua casa, anexa ao templo, a fim de trocar de roupas. Às sete, o pastor e mais dois irmãos estavam num Fiat Palio emprestado por um fiel, muito fiel, a caminho de São Paulo. Elias havia perdido um tempo precioso com o incidente do hospital e por isso deixara de avisar dezenas de igrejas próximas. Precisava espalhar um alerta.

Conhecia alguns evangélicos influentes na capital que conheciam as profecias do velho código, homens que realmente iriam ajudar. Andando rápido, chegariam por volta das onze da noite. Espalhariam o alerta. Vera e Edna ficaram em Belo Verde para conduzir o exército de oração nos derradeiros momentos de preparação. Pediriam pelos anjos. Muitos viram os anjos de luz em suas horas de sono e muitos podiam jurar que, num relance, realmente podiam ver asas magníficas cruzando o céu. Os guerreiros precisavam de fé. Precisavam ter as armaduras reforçadas. Precisavam de orações poderosas e carinhosas.

Chamem seus filhos, ajuntem seus netos, gritem para os vizinhos. E orem, orem com todo o coração. A Hora Negra está próxima. Não saia, prendam os animais. Tenham medo de estranhos, daqueles que carregam sangue na boca. Tenham medo de quem não tem medo de Deus ou do diabo, pois serão os primeiros capturados. Recolha-se e ore de todo o coração; é sua única chance de salvação. A Batalha Negra está começando. Como saber? Basta apurar os ouvidos. Percebe o choro dos anjos? Percebe o grito das feras? Apure a visão! Veja o céu enegrecido, o campo coberto de sangue. Em breve, os corpos celestes estarão estraçalhados; os homens estarão famintos. E, se tudo falhar, se não houver oração suficiente, se não houver anjos o bastante, se sua fé particular não o tranqüilizar, é melhor que sua vida acabe rapidamente. Depois, nada mais além de sofrimento eterno e dor. Sem memória de amor. Sem memória de bom paladar. Sem memória de perdão. Tudo estará podre e morto, e lhe restará apenas perambular e fazer matar. Não haverá luz, apenas trevas. Não haverá novos filhos, apenas as bestas. Suas lágrimas secarão e seus olhos queimarão. Seu desejo será a morte. Mas, brincalhona, estranhamente ela não lhe ouve e dá as costas. Você não conseguirá descansar. Suicídio não sera mais possível. O astro-rei, a única maneira, parecerá tão dolorida e apavorante que, ao sinal da possibilidade de sua presença, sua mente o abandonará; suas pernas correrão, e seu corpo desesperado irá buscar abrigo para lançar-se novamente intacto à noite escura. Sua doce casa, seu doce lar, onde você procurará a morte, e a única morte que encontrará será borbulhando entre seus caninos, esvaindo-se do corpo de outrem. Agora, enquanto seu corpo é vivo, não chore, ore. Com fé verdadeira. Para seus soldados, seus defensores... os soldados da luz são sua última defesa. Nas mãos deles está seu futuro. Ore do fundo do coração. Sua fé será verdadeira... a salvação.

Boa fortuna é tudo que podemos desejar...

✠ ✠ ✠ ✠ ✠ ✠

Dez e seis da manhã. Os homens cercavam a capela. Ouviram barulhos semelhantes a passos, mas poderiam ser ratos, é verdade. Os que estavam armados dirigiram-se para a entrada da construção. Os outros esperaram do lado de fora, embrenhados na mata. Jonas foi o primeiro a entrar. Empurrou a porta de madeira, que abriu sem oferecer resistência. Empunharam a espingarda, prontos para disparar. Já estavam dentro do salãozinho, onde o fedor de carniça dominava. O cômodo estava completamente escuro. Gauchão dirigiu-se para um dos vitrais e quebrou-o com a coronha da espingarda. Os homens não sabiam se Gauchão estava fazendo aquilo para que entrasse luz ou para que o cheiro saísse. O cheiro não se foi, mas metade da sala emergiu da escuridão, e o restante ficou um pouco mais iluminado. O chão estava coberto por vegetação rasteira; não ouviam mais os estranhos ruídos. O cheiro de podridão parecia concentrar-se à frente do grupo, na direção do altar, onde havia uma imagem de Jesus crucificado completamente deformada e coberta de bolor, de tamanho natural, obscurecida pelas sombras e, provavelmente, pelo tempo.

— Imagens? — perguntou-se o Gauchão.

No piso do altar jazia um caixão trabalhado em madeira de lei, lindo. O cheiro de podridão aumentava à medida que se aproximavam do objeto. Os homens entreolharam-se e chegaram mais perto. Certamente um cadáver em avançado estado de decomposição.

Jonas lembrou-se dos cães mortos. Havia vomitado duas vezes, e olha que ele não era mocinha... Aquele era horrível, mas não chegava nem perto do cheiro dos cães.

Gauchão tomou a dianteira e aproximou-se lentamente do altar. A parte do fundo estava escondida pela escuridão; somente a ponta dianteira do esquife recebia um pouco de luz.

Jonas ergueu o rifle e fez pontaria. Pensou ter ouvido alguma coisa se mover no fundo da capela e ficou silencioso por alguns instantes. Apontou a espingarda para o caixão, imitando o companheiro.

✠ ✠ ✠ ✠ ✠ ✠

Dez horas da noite. Dentro do carro que rodava para a capital, todos oravam. Sabiam que a Batalha Negra já havia iniciado, que poderiam ter vivido seus últimos dias em Belo Verde. Se tivessem sorte, se o mal prevalecesse de fato, as coisas ruins poderiam ficar limitadas a Belo Verde. O pastor conhecia o velho código, sabia que o mal se espalharia com a vitória do exército negro. O mundo se infestaria mais uma vez de homens sem alma, malignos e facilmente manipulados pelo exército negro, como aquele que tentara liquidar sua vida. Aquele não era mais Samuel, sua alma o tinha abandonado com o ataque de algum demônio, largando-o no mundo escuro, no mundo das lágrimas eternas. Não contaria a Vera. Aquele não era mais o amado marido da mulher. Não deveria atormentá-la com coisas tão sinistras como as que enfrentava agora. O motorista não poupara o veículo: em poucos minutos estariam na capital. Através de um fone celular, o pastor começou a organizar encontros com as pessoas que iriam realmente importar. Bendita a graça de Deus, nem por um segundo elas duvidaram da emergência recomendada por Elias. Algumas pertenciam ao velho código e estavam aceitando atentamente o processo de alerta. Se conseguissem convencer uma importante emissora de TV evangélica, espalhariam o imprescindível pedido de orações em cadeia nacional. Certamente, todos os fiéis atenderiam ao apelo, enviando uma força sem medidas ao Exército de Luz.

✠ ✠ ✠ ✠ ✠ ✠

Gauchão pousou a mão na tampa do esquife e aguardou. Todos quietos, espingardas levantadas, pouca luz entrando. Um barulhinho... um arrastar de pés vinha da parte escura do altar. Silêncio. Sob o esquife, a luz chegava somente até a ponta em que Gauchão permanecia com a mão encostada, pouco mais que quinze centímetros. O odor fétido castigava o olfato dos invasores. Não tinham mais dúvida. Ali dentro devia repousar um corpo em decomposição, talvez um crânio sorridente à vista. Essa certeza era a única coisa que ainda segurava a mão do Gauchão. Finalmente, ele tateou para o lado, encontrando um encaixe. Firmou o punho e começou a erguer a tampa, lenta e cuidadosamente, e os homens puderam vislumbrar nos poucos centímetros a silhueta de um corpo humano. Gauchão respirava pesado, esperando receber mais uma onda de carniça. Porém, não aconteceu; o cheiro não se alterou, o que sugeria que o corpo não era responsável por aquela fedentina. Tensos, mãos transpirando, perguntavam de quem era o corpo. Num arremedo a antigos programas de auditório, Gauchão insistia no suspense. Erguia a tampa, rangendo, centímetro por centímetro. A luz do Sol não tocava o cadáver, atingia apenas o forro da ponta, sem alcançar os pés calçados com botas de vaqueiro. A claridade foi suficiente para que os homens identificassem o rosto pálido e sem vida. Era Samuel, com o corpo coberto por um sujo e danificado lençol.

Jonas, sem largar a arma, benzeu-se, abatido, resmungou e sentiu os olhos umedecer.

— Creio em Deus Padre! É o teu chefe, Jonas... — balbuciou Gauchão, mais espantado do que sensibilizado. Tirou a mão e coçou a barba.

— E agora, Jonas? Que a gente vai fazê? — perguntou Sílvio.

Ficaram alguns segundos imóveis, bestificados com a descoberta. Talvez fosse essa bestificação a grande responsável pela tragédia.

De novo, a pequena capela encheu-se de barulho, de arrastar de pés. Mais pés vindo da parte oculta na escuridão do altar.

— E agora? Agora nada. — sentenciou um homem com rabo-de-cavalo e sobretudo preto.

Os homens ainda estavam letárgicos, apalermados com a descoberta de Samuel.

Gauchão abaixou a tampa.

Como espectros fantasmagóricos e surreais, mais quatro homens surgiram das sombras malditas da capela. Dois do altar e dois das paredes, todos com um braço levantado e alguma coisa amarrada à cintura.

Jonas girou, erguendo a espingarda. O que os caras tinham pendurado na cintura? Pareciam espa...

Um disparo. O homem de rabo-de-cavalo foi o primeiro a atirar.

Jonas largou a arma. Uma dor lancinante queimava-lhe as costas, causando falta de ar. Aquelas coisas... pareciam espadas.

Mais um segundo de estupefação: tiros? Não poderia ser.

Para todos, nada parecia possível. Uma cidade pacata. Por que atiraram em Jonas, que acabava de chegar ao chão?

Aquela sensação deliciosa fez com que Pablo apertasse o gatilho outra vez.

Por dois segundos, Gauchão sentiu a cabeça doendo, explodindo. Pensava sair e gritar, mas numa fração de tempo o cérebro desintegrou e as coisas perderam o sentido... as pernas não responderam. Gauchão experimentou a sensação real de cair dentro de um poço, o corpo espatifar contra o chão. A cabeça doía; queria levantar a mão para atirar. Um elefante... aquele circo que visitara com cinco anos de idade... Estivera na parafuso... precisa levantoscoler... pra que morrer?... poderia atirar e vinte e três... babando... o gosto de sangue invadiu a boca... hemorragia.... Mais um fio de raciocínio. Meu nome é Alberto Benito, Gauc... verde, branco, esposa, eu te amo, eu te amo... eu te amo... eu te helicóptero... eu, te... chorar... amor .. ..

Os das sombras abriram fogo.

Apenas Sílvio conseguiu revidar: dois tiros desesperados. Um se abaixou. Correr, correr para fora daquela catacumba. Sílvio pensava nisso e já o estava fazendo quando sentiu o abdome esquentar. Uma brasa nas costas. Caiu rodopiando. Gritando. Alguém chegou. Era um que esperava fora. Sílvio ergueu a mão. Socorro!

Pablo parou junto ao homem caído. Nem ao menos sabia seu nome, mas quem se importa com nomes? Encostou o cano da pistola no nariz de Sílvio e disparou duas vezes a automática, enchendo a luva de sangue. Desembainhou a espada e decapitou a vítima. Ninguém iria intervir nos planos das feras do inferno.

— Cortem a cabeça de todos. — ordenou.

Os homens que ficaram na mata, alertados pelo voluntário que se aproximou da capela, fugiram, debandando em desorganizada correria.

CAPÍTULO 23

ERAM DEZESSETE HORAS quando os anjos dispostos a lutar apresentaram-se junto à torre da igreja de Belo Verde. Thal ainda não estava entre eles. O anjo mais velho e experiente do grupo assumiu a responsabilidade de manter o exército organizado para o início da batalha.

Dentro da igreja, apertavam-se aproximadamente quinhentas pessoas orando, empenhadas em fortalecer seus protetores que travariam terrível batalha em suas terras. O facho de luz que se desprendia da torre já era potente e vivo, porém os olhos humanos não captavam aquela linda visão. O poderoso raio de luz tinha, aproximadamente, um metro e meio de raio, demonstrando força e viva intensidade. Refulgia colorido, energético, passando gradualmente do verde até o laranja, indo então para o amarelo e o prata puro. Não havia como descrevê-lo. Apenas o exército de anjos podia alimentar-se de tão belo espetáculo, sentindo-se mais protegido e mais fortalecido para a batalha. O raio explodia para o céu, sumia nas alturas e voltava para eles em forma de energia pura. Era uma espécie de bateria gigante, com a energia dividida igualmente para cada combatente. Como cada anjo possuía a sua própria armadura de energia brilhando em cores particulares, raramente um brilho banhando as cores do facho de energia cintilava em torno do corpo dos anjos. Quando isso acontecia, todos os guerreiros pareciam uniformizados, tendo o saco luminoso resplandecendo em sintonia, na mesma cor. Um fenômeno rápido, fantasmagórico, lindíssimo. Era como se momentaneamente eles adquirissem uma armadura medieval, visível.

Quando os anjos lançavam seus olhares para o horizonte, podiam ver outros fachos de luz singrando o céu e subindo até desaparecer. Sentiam a energia ser injetada em seus corpos, tornando-os cada vez mais poderosos e limpando, pouco a pouco, o medo que os martirizava, imbuindo de bravura o coração daqueles guerreiros destemidos. Aumentava o desejo de tomar parte naquela batalha histórica, de defender os irmãos de luz e as almas humanas, arrancar as espadas da bainha e investir contra as feras escarlates. Os novos fachos de luz tinham esse poder, subiam do teto de novas igrejas, que, cada vez em maior número, engrossavam a corrente de fé, ajudando a dissolver o medo que ainda habitava o coração de alguns guerreiros. Nenhum dos que ainda temiam tinha razão para a vergonha. Tinham o direito de temer. A Batalha Negra não era um confronto comum. Era apavorante. Já houvera confrontos muito maiores no passado, muito mais anjos cessaram sua existência de uma só vez. Somados, eram vezes sem número superiores aos anjos que pereceriam naquela batalha. Porém, em outras guerras, em outros combates, todos depositavam sua fé no único ser em que poderiam, em que se baseava a própria existência e a razão. Depositavam sua fé no Senhor, no Deus todo-poderoso, em Jesus, o nazareno. E quando deixavam de existir, quando eram repartidos pelas espadas inimigas, suas almas e suas energias iam embora ao vento, destinando-se aos propósitos do Senhor. Suas almas eram levadas e guardadas no plano seguinte, junto à Luz, junto à paz, voltando para a casa celestial. Perder a vida não importava. Durante a Batalha Negra, as coisas eram diferentes. Não podiam depositar a fé no Senhor Deus. Ele estava fora dessa luta e, mesmo que quisesse, não poderia participar. A Lei era clara: sem Deus, sem diabo. Era algo mais primitivo, como duas gangues, duas tribos brigando escondidas dos inspetores escolares, dos pais. Durante a batalha, o que importava era depositar a fé em si mesmo, acreditar em salvar a pele e derrubar o maior número de inimigos possível, sair vivo. Hoje, isso parecia impossível. Eram poucos os anjos reunidos e teriam pela frente, na melhor das hipóteses, cinco vezes mais demônios. Quando se perdia na Batalha Negra, deixar de existir era uma bênção, mas, infelizmente, não era isso que acontecia. Se um anjo era destruído pelas espadas dos demônios, sua alma e sua energia eram capturadas pelo exército negro. Sua consciência continuava existindo, e o anjo se convertia em algo novo: um auxiliador de Satã. Tornava-se um anjo novo. Um anjo negro. Um serviçal do demônio. Algo podre e conhecedor do outro lado. O sofrimento residia justamente nesse ponto. Quem dera suas almas evaporassem ou apenas seus corpos fossem dominados! Não, não era nada disso que acontecia. Suas mentes continuavam lembrando-se da luz, mas dela eram afastados, exilados. Suas mentes continuavam lembrando-se do amor, mas por ele não eram alcançadas. Eram escravas do Senhor das Trevas e a ele obedeciam com prontidão e medo. Eram desprovidas de coragem; seus corações eram esfaqueados pelo medo e pela dor eterna. A consciência tornava-se o inferno dos anjos, que, da escravidão para frente, desembainhariam suas espadas para lutar a favor de um exército maligno e desgraçado.

Trombetas soaram, chamando a atenção de todos os anjos. Esferas de luz cruzaram o céu, reunindo-se junto à igreja. Era a última apresentação antes do enfileiramento para a temida campanha que se aproximava. Os anjos pareciam pedaços de rochas, firmes e resolutos em guerrear, mas os olhos, os olhos traíam-lhes a firmeza: eram portadores de pesar e de indecisão.

Os anjos organizaram-se em grupos. Somados, chegavam a exatamente mil e duzentos.

Thal, o general, ainda não se juntara.

Eram cinco e meia da tarde, e o Sol beijava o horizonte, principiando sua caprichosa dança de esconder. O céu começava a escurecer e a encher-se daquele odor de enxofre. Não muito longe dali, as feras se exercitavam, preparando-se para o confronto. Os anjos seriam mastigados e cuspidos, restando aos demônios gargalhar e dançar sobre os corpos mutilados apodrecendo no campo de batalha.

✠ ✠ ✠ ✠ ✠ ✠

Oito e dez da noite.

— Sei que parece esquisito, Gregório, mas chega de discussão. Você tem um emprego nessa história. Não sei qual é, mas deve cumpri-lo.

— Com tanta merda acontecendo aí fora, você quer que eu deite aqui e durma sossegadamente? Olha, Vera, com todo o respeito, acho que você está obcecada com essa coisa toda. Jonas está desaparecido; André no hospital, quase morto. Eu quero é agir, encontrar os responsáveis por toda esta merda! — gritava Gregório, atordoado.

— Estou falando e você não está entendendo. O melhor jeito de você ajudar é acalmando-se, deitando-se e dormindo.

Aquilo não entrava na cabeça dele. Deveria fazer sentido, mas não fazia.

— Você se esquece de que foi o pivô de uma série de coisas estranhas. Você foi o primeiro a sentir e a ver a interferência deles aqui, em nossa cidade. Você precisa nos ajudar, você deve ser uma espécie de peça-chave. — Vera começou a chorar e caiu sentada em uma cadeira no canto da sacristia.

Gregório coçou a cabeça daquele seu jeito característico.

— Vocês saíram hoje para procurar meu marido e nada encontraram. Quero meu homem de volta. — Vera soluçava. A esposa de Elias aparou Vera, fazendo-a afundar o rosto em seu colo. — Você apareceu no milharal do nada! Não se lembra de seu passado. Consegue erguer um trator quando é molhado pela água da chuva e agora acha estranho que possa ajudar?!

Gregório sentou em outra cadeira. Como poderia argumentar? Os fatos eram contundentes, sem dúvida, mas o que o desarmou de fato foi o choro comovido da cunhada.

— Vera, eu vou fazer o que você tá me pedindo; mas se em três horas nada mudar, eu levanto e vou atrás dos filhos da mãe que deram sumiço nos caras na capela. Os que ficaram para fora disseram que ouviram tiros; isso significa que os homens podem estar mortos agora. Não quero mais gente morta no meu rastro. Mais hora menos hora, aquele investigador, o Tatá, vai estar na minha bota querendo me arrastar pra cela.

Vendo que o homem concordara, Edna zarpou, providenciando toda a estrutura para metê-lo nos braços de Morfeu.

Gregório e Vera ficaram sozinhos na sacristia. Era uma sala de quatro por três. A mobília consistia em armários baixos encostados nas quatro paredes, mais quatro cadeiras de pau. Bem em frente a eles, uma TV permanecia ligada, sintonizando o canal evangélico da capital para saber se Elias obteria sucesso ou não em sua empreitada.

Poucos minutos depois, Edna voltou com quatro pessoas, uma parafernália danada e cama dobrável: Gregório percebeu que demoraria um ano para cair no sono, sabia o quanto a caminha era desconfortável, uma maletinha, lençóis e meia dúzia de pequenas coisas.

Montaram a cama no meio da sala. Vera apanhou um copo d'água e passou para o cunhado, pedindo para que ele deitasse, que tentasse relaxar e dormir. Tiraram suas botas e amenizaram a luz. Uma das pessoas que havia entrado era o dr. Jessup, provavelmente para apressar as coisas se fosse necessário. Vera, Edna, o dr. Jessup e mais um desconhecido de Gregório puseram-se a orar baixinho. Gregório percebeu que o murmúrio deles era coberto pelo som que, transmitindo uma energia invisível, fluía por todos os cantos da igreja. Gregório fechou os olhos, o corpo fervendo por dentro, como se as orações chamassem sua alma... como se estivesse sendo convidado para a batalha... Apertou as pálpebras tentando se desligar.. Seria difícil dormir.

✠ ✠ ✠ ✠ ✠ ✠

Oito e dez da noite.

Os anjos estavam divididos em pelotões de duzentos. Portanto, seis grupos aguardavam ansiosamente o início da jornada. Até o momento, Thal não havia se mostrado.

Estavam atrás da igreja, afastados uns 150 metros, à margem do centro da cidade, beirando o pasto da primeira fazenda de Belo Verde. Era uma fazenda de gado com pequenas áreas onde os boiadeiros se davam ao trabalho de plantar mandioca, batata e verdura para o próprio consumo. A grande parte do gado estava resguardada nos currais. Não mais que dez cabeças circulavam no pasto gigante, completamente limpo. Ao fundo, alguns quilômetros além, principiava a floresta. Foi lá que os anjos detectaram os primeiros movimentos satânicos: um aglomerado de pequenas lanternas vermelhas surgindo à margem da mata. Eram eles, os demônios. As lanternas vermelhas, chispantes, eram os olhos, perscrutando. O cheiro de enxofre que invadia as narinas era inconfundível. O medo, congelando as asas, eram eles, gargalhando. Quantos seriam? Quantos dentes? Quanta agonia estariam trazendo, guardando? Os anjos se perguntavam: por que estamos carregando tanto medo? Que poder satânico eles invocavam para que estejamos assim, desejando chorar e desistir. Eu, anjo, vou lutar até meu corpo inteiro se despedaçar, até minha alma desgarrar-se dos desejos da Luz, até o último segundo de minha vontade. É isso que todos nós, anjos, queremos. Temos medo, pavor da Batalha Negra, porém sentimos o desejo gigantesco de lutar com toda a vontade até o último instante. Defender nosso general, defender a qualquer custo porque depois dele nada haverá para as bestas, apenas as almas humanas, as hordas de homens sem alma. Ou desejamos lutar apenas porque é só isso que nos resta? Agora, nesses poucos minutos que nos separam antes que o hálito pútrido das feras cubra tudo à nossa volta, eu repouso minha mão na espada fulgurante. Ela treme, pronta para saltar da bainha, ganhar vida, riscar o ar e decepar os cães inimigos. Sinto a energia da fé verdadeira chegando e me cobrindo. Esta é minha armadura. É minha vida! Esta é minha proteção. Minha pele arrepia quando percebo o primeiro par de olhos desgarrando-se das milhares de lanternas à beira da floresta. Arrepia de medo no primeiro, e no instante seguinte arrepia de ansiedade! Quero bater-me contra aquele par de olhos, arrancar aquela cabeça e vê-la rolar! Como ousa me enfrentar? Sou guerreiro! Fui feito e criado para isso! Para defender o Exército de Deus! Quero desfraldar as asas e liderar meus irmãos. Mostrar como se faz. Tenho medo... mas tenho gana por vitória. Minha mão quase não obedece quando vejo aquele verme galopar para cima de meu exército. Minha mão quer agarrar a espada, e minhas asas querem me levar. Sou anjo, filho da Luz, sou filho do Pai e nada temerei. Mesmo que caminhe no vale das sombras e da morte... nada temerei. Meu nome é Miguel, e agora meu sangue congela. Estou na primeira fila de ataque. Estendo as asas, tenso. Será esta a hora do primeiro ataque? Nenhuma trombeta de ordem é acionada. Meu coração bate forte. Quero ir, mas preciso da ordem. Recolho as asas. A fera se aproxima. É um anjo negro. Não é um cão. Voa rente ao pasto. O som das asas cortando o ar chega aos meus ouvidos, atingindo-os como trovões. Quero correr. Percebo o farfalhar das asas de meus irmãos prontos a se lançarem contra o inimigo que chega próximo. O anjo negro pára, faltando duzentos metros para atingir a primeira fila e pousa no gramado.

— Onde está o general?

Sua voz furava meus tímpanos. Sua imagem fervia no meu cristalino. O anjo-negro, sem feições humanas, desembainhou a espada. O rosto assemelhava-se a um réptil, com dois chifres curvados brotando da testa. Era um demônio tão antigo e repugnante que, ao respirar, não exalava apenas podridão e enxofre, mas uma nuvem amarelada abandonava as narinas e a boca, formando um fio nojento que se perdia no céu. As asas eram duas membranas como as de morcego, apodrecidas e deformadas, envolvendo todo o corpo quando em repouso. Caminhava lentamente, recurvado, exalando a fumaça amarelada, as pernas semelhantes às de cabras.

— Onde está o general?

Alanca destacou-se para responder, ganhando cinco metros de altura, com as asas magníficas, a pele resplandecendo bronze e a aura cintilando em verde.

— O general ainda não está entre nós. Vai, anjo negro, e avisa teu general. Boa sorte a você, soldado escuro. Nossas espadas se encontrarão muito em breve.

A fera rugiu, contrariada com a ausência de Thal.

— O que acontece com teu general, valoroso soldado de luz? Está acovardado perante a derrota certa?

Os anjos agitaram-se.

— Não! Nenhum destes soldados está acovardado. Nem nosso ausente general. Não se intimide, besta, e ordene ao seu comando que ataque mesmo sem nosso general. — disse Alanca, sabendo que não o fariam, pois Thal era o anjo do ponto; teriam que esperar mais um pouco. — Não debandaremos. Como disse, valoroso soldado do inferno, nossas espadas se encontrarão no campo de batalha.

— Seja como quiser. — disse o demônio, retornando para a margem da floresta.

Os anjos empertigaram-se, farfalhando as asas em ondas de expectativa.

Seguiram-se minutos de silêncio e de absoluta calmaria.

✠ ✠ ✠ ✠ ✠ ✠

Oito e meia da noite.

— Não adianta, não consigo me desligar. — reclamou Gregório.

— Mas você tem. — disse Vera. — Se quiser que as luzes sejam completamente apagadas, ou...

— Não adianta. Essa expectativa toda está me deixando excitado, não consigo relaxar. Vocês me desculpem a falta de jeito, mas... quem trouxe essa cama do cacete? Ela é muito desconfor...

— Acho que só tem um jeito. — cortou o dr. Jessup. — Me dêem três minutos; vou preparar um sedativo que faz até elefante dormir na hora.

— Boa, doutor. Um empurrãozinho pode vir a calhar. — Gregório levantou o tronco, sentando na beira da desconfortável cama.

Acenderam as luzes. Jessup, em cima de um dos armários, preparava uma poção mágica, retirando os frascos da conhecida valise de médico.

— Você é alérgico a alguma droga, meu filho?

— Não. Pelo menos, nenhum analgésico. Já tomei anestesia geral duas vezes. Local, uma renca, nem sei. Nunca tive problema, não.

Jessup limitou-se a balançar a cabeça, enquanto enchia uma seringa.

— Não vai demorar nada.

✠ ✠ ✠ ✠ ✠ ✠

Oito e meia da noite.

Na mesma hora em que Gregório se preocupava em dormir, o irmão, Samuel, se preocupava em acordar.

A tampa do caixão levantou-se lentamente. Leve como neblina, sem mover músculo algum, Samuel pôs-se de pé.

Nem bem iniciara a Vida Negra e já estava envolto em guerra.

Olhando em volta, percebeu que não estava na aconchegante capela. Parecia um celeiro. Um cheiro delicioso e convidativo fê-lo mover-se. Não havia luz, então os olhos clarearam, fazendo-o enxergar cada inseto dentro do galpão. Não eram apenas insetos que rastejavam por ali. Havia muito mais. Havia um altar. Fiéis. Homens. Havia sangue com fartura.

Os homens estavam calados, amedrontados, esperando alguma coisa. Seria seu despertar?, perguntou-se o vampiro. Poderia ser. Alguns estavam dormindo profundamente. O cheiro forte de sangue vinha de corpos decapitados, amontoados ao lado do altar. Era diferente do cheiro de sangue vivo. Era um cheiro atraente, ao mesmo tempo rançoso. Era sangue morto. Inútil. Fixou a visão num homem gordo e sonolento, cochilando na segunda fila. Os homens acordados estavam com os olhos arregalados, sem nada poder enxergar na escuridão. Provavelmente, tinham escutado algum barulho revelador, alguma coisa que denunciasse a presença do vampiro acordado. Mas ainda estavam confusos. Deveriam despertar o grupo da oração? Deveriam alertar a todos? Estariam enganados? Podia não ser nada. Aproveitando-se da confusão, um segundo depois Samuel estava ao lado do gordo dorminhoco. Com uma das mãos, tapou a boca do homem, que esticou-se, fazendo seus pés tocarem o banco da frente com inesperada violência.

— Ele está aqui! — gritou Pablo, sentado no banco dianteiro.

Lanternas foram acesas, vasculhando todo o salão. Estavam na igreja satanista. Aguardavam, como recomendado por Genaro, no escuro para que o vampiro estivesse mais à vontade naquele ambiente diferente, para que não se retraísse. Pouco conheciam, na prática, da natureza daquelas criaturas. Genaro apontou a lanterna para a segunda fileira. Não havia nada. Mais dois dorminhocos acordaram. Um foi ao chão, assustado.

— Cadê ele? — perguntou Ney para o chefe.

— Nos cadáveres... — alguém gritou.

Apontaram os fachos de luz para lá. Os corpos permaneciam amontoados, sem o menor sinal da criatura. O caixão estava aberto e vazio.

— Ele está aqui. — afirmou o velho Gê.

Continuaram rastreando. Genaro sentiu uma gota líquida, quente e melada pousar no rosto. Passou a mão e espalhou o líquido em sua face. Pablo trombou com ele e apontou a lanterna para o velho.

— Que é isso, cara?! — perguntou o traficante, espantado.

— É sangue. Acho que alguém me fodeu...

Antes que terminasse, foi bombardeado por outra gota.

Pablo, com a lanterna apontada para o rosto do homem, descobriu de onde vinha o sangue. Do teto! Abandonou o rosto do velho Gê, rastreando o teto com a luz. O vampiro estava lá, segurando o gordo com uma das mãos. Com a outra, apoiava-se numa das colunas do celeiro, equilibrando-se para não cair da viga que cruzava o teto.

— Ali tá ele. — disse baixinho — próximo ao Gê.

Os homens se agruparam. Juntaram suas lanternas, apontando para o hóspede.

Samuel interrompeu o banquete quando os fachos de luz convergiram para ele.

— Ele tá com o Doglinhas... — sussurrou um dos satanistas.

— Esse Doglinhas já era. — disse Ney, pouco penalizado com a situação do defunto gordo.

— Irmão! — gritou Genaro para Samuel. — Por que está matando dos nossos se lhe trouxemos tanto do que se alimentar? — perguntou, apontando para os corpos decapitados.

Samuel soltou o corpo obeso, que explodiu contra o chão, sangrando espetacularmente. O gorducho soltou um gemido curto, involuntário. Um braço tentou levantar e suplicar pela vida, mas...

O grupo espalhou-se, evitando que Doglinhas matasse algum deles na queda. Apontaram novamente as lanternas para o teto. Nada mais havia ali. Logo em seguida, a atenção do grupo foi tomada pela voz fria do vampiro, que parecia vir de todos os cantos.

— Aquilo que chamam de alimento eu chamo de bosta. Aquilo é gente morta. De que me serve carne morta? Se me valesse de alguma coisa, eu atacaria açougues, não humanos vivos. Ah, ah, ah!!! — ria Samuel, enquanto os homens zanzavam freneticamente suas lanternas, tentando localizá-lo. — Vão e enterrem esses pobres coitados. De nada servem... Que tenham os sacramentos completados para não vagar na beira do rio. Os corpos só servem para estercar a terra.

— Irmão, não mate mais nenhum de nós. Trouxemos você para cá para somar, para nos ajudar. Precisamos de sua força para atormentar, precisamos de você nesta guerra.

— Lamento decepcioná-los, mas hoje está havendo uma guerra muito maior do que qualquer um de vocês sonha ou possa vislumbrar. Hoje é dia de espalhar terror. Hoje é dia das forças negras se agrupar e se deleitar. Me tiraram da cova. Com que permissão? Fui usado por demônios! Quase destruído ao Sol! O que mais querem vocês? — Samuel moveu-se e continuou. — Hoje, eu já tenho uma missão, uma promessa a cumprir. E não é aqui com vocês, não será ao lado de vocês.

O vampiro silenciou. As luzes continuaram percorrendo o salão à sua procura. Depois de alguns minutos de busca, o medo crescendo, os homens daquela igreja negra concluíram que o demônio havia abandonado o lugar. Perguntaram a Genaro se poderiam acender as luzes. O homem concordou, resmungando. O aliado fora embora. As luzes voltaram a funcionar. O amontoado de cadáveres continuava lá; apenas um estava faltando: o Doglinhas. Um rastro farto de sangue corria em direção à porta principal, desaparecendo para dentro das terras do sítio de Genaro.

— Ele se foi. — lamentou o velho Gê. — Por quê?

✠ ✠ ✠ ✠ ✠ ✠

Oito e trinta e cinco da noite.

Gregório sentiu uma leve picada no braço e um líquido queimando as veias. Se Jessup estivesse certo, dormiria em dois minutos. A sacristia estava com a luz apagada quase por completo. Gregório sentiu um peso repentino nos olhos. Estava olhando fixamente para o rosto aflito de Vera. Piscou e abriu os olhos novamente. Vera estava mais para a esquerda agora. Havia cochilado... Era possível. As coisas principiavam a perder a ordem.

— Durma, Gregório. Durma e nos ajude. — disse a cunhada.

— Como posso ajudar? — perguntou aflito, sentindo a voz modificada.

— Liberte o que está dentro de você.

— Libertar o quê?

Vera encarou-o, franzindo a testa, tentando compreender o que o cunhado dizia.

Gregório sentiu os braços pesados; não podia movê-los. Ouvira Vera dizer: Liberte o que está dentro de você. Mas ele fizera aquela cara esquisita quando ele a interrogara. Será que estava escutando coisas devido às drogas? Piscou e abriu os olhos. Dessa vez, parecia terem-lhe roubado alguns minutos. Todos estavam sentados, talvez cochilando, ou orando. Havia algo diferente.... mais luz na sala. Piscou novamente e percebeu um movimento no canto da sala. Seres iluminados estavam ali dentro! Pareciam alienígenas. Tinham formas humanas, mas os corpos emitiam luz. Não, não emitiam; havia luz neles. Eram quatro, um em cada canto da sacristia. Eles murmuravam algo como: Liberte-o. Liberte-o. Gregório piscou. Sentia o sono sugá-lo com força para a Terra do Nunca. Sentia-se literalmente agarrado aos últimos segundos de consciência, tomado por uma sensação angustiante como se fossem os últimos de sua vida. Lembrou-se das esferas de luz sobrevoando a fazenda. Eram eles! Estiveram lá! Estavam ali agora! Para quê?

Ao se perguntar, Gregório percebeu que o lugar brilhou ainda mais. Os olhos pesaram definitivamente. Será que estava dormindo? Sonhando com aquilo... agora era o próprio corpo que brilhava. Ele tinha luz, tinha asas. Gregório estava vendo o corpo com asas de anjo. Foi então que percebeu alguma coisa embaçando a vista, atravessando os olhos, como uma imagem holográfica. Havia um anjo levantando-se dentro de seu corpo. Havia um anjo saindo de dentro dele. O anjo pôs-se de pé. A luz começou a cessar, diminuindo a intensidade, cada vez mais, diminuindo, diminuindo, diminuindo. Antes de tudo escurecer, percebeu o anjo virando-se e encarando-o. Os outros anjos se aproximaram, amparando o novo anjo. Parecia que ele estava fraco, pronto para desmaiar, apagar. O anjo sorriu... Gregório retribuiu... familiaridade...

✠ ✠ ✠ ✠ ✠ ✠

Oito e quarenta da noite.

Thal despertava, mas havia alguma coisa errada, diferente das outras vezes. Algo errado, na hora errada. Percebeu que estava numa sala fechada, cercado por quatro companheiros, quatro anjos vigiando Gregório. Exatamente como havia recomendado. Demorou para levantar. Pela primeira vez em sua existência, os pensamentos estavam desorganizados. Não conseguiu abrir a boca para falar e sentia uma necessidade desesperada de fechar os olhos e dormir. Anjos não dormem! Que era aquilo? Deveria ser exatamente o que os humanos chamavam de sono. Estava fraco. Levantou e viu a sala iluminar mais com sua presença. Os irmãos de luz aproximaram-se, notando algo diferente... o general não estava bem. Thal quase caiu ao tentar ficar de pé. Virou e por um fio não perdeu a consciência. O homem. O homem estava acordado. Gregório admirava-o de olhos arregalados. Thal esforçava-se para sorrir. Queria agradecer, se pudesse. Os anjos ampararam o general, mantendo-o ereto.

— O que há? — perguntou um deles.

— Não sei. Sinto-me estranho. Os humanos provavelmente usaram algum truque para fazer o mortal dormir, alguma coisa que afetou a mim também.

— Receio que tenhamos que escoltá-lo, general. Receio que tenha de estar agora com suas tropas. — alertou um segundo anjo.

— É chegada a hora, general.

— Aceito a ajuda, amigos. Mas advirto que voltem o mais rápido que puderem e não abandonem este mortal que hoje será vítima de hostis investidas por parte do lado negro. A face espiritual virá, querendo me enfraquecer... mas temo por estas vidas bondosas e unidas... elas são fortes o suficiente para não se deixar enfraquecer pelos demônios espirituais. Temo que os demônios físicos intervenham.

Os quatro anjos aquiesceram, meneando a cabeça rapidamente.

Ampararam o general cambaleante, atravessaram o telhado da igreja, varando os obstáculos físicos, voaram trezentos metros, postaram-se à frente do exército, que aguardava ansiosamente.

Os anjos perceberam a debilidade do general e um murmurinho geral, que cessou logo. Thal parecia recuperar rapidamente o próprio controle.

— Quantos somos? — perguntou o general.

— Mil, duzentos e um. — respondeu Alanca. — As tropas estão separadas em seis grupos de duzentos. Devemos começar a qualquer segundo, agora que o general está presente.

— Homens... — bradou Thal. — Que abandonem nossos corações por breves minutos apenas. Sejam bravos e vencerão. Que a paz nos una novamente e que a soberania do Pai Celeste não seja subjugada. Milhares de almas humanas estão em jogo. Esse será nosso campo de batalha.

Thal destacou dois anjos para a apresentação. Alanca e Taguinel voaram até o meio do campo com as asas batendo rapidamente, em vôo rasante, a luz dos anjos lambendo o pasto. Dos milhares de olhos vermelhos que os observavam, quatro pequenas lanternas se desprenderam do mar de brasas e foram ao encontro dos anjos. Dois demônios, dois anjos negros que tinham sido anjos de luz e, agora, capturados pelo mal numa Batalha Negra anterior, lutavam para Satã. Aqueles guerreiros sabiam lutar bravamente. Tinham o mesmo tamanho intimidante e garbo imponente dos anjos de luz. As faces e asas eram bastante diferentes. Os anjos da escuridão tinham rosto gargulesco e asas de morcegos. Voavam rente ao solo, pousando junto aos anjos do Exército de Luz.

— Valorosos irmãos. — iniciou o anjo Taguinel. — Estamos prontos para o confronto. Como manda o regulamento da Batalha Negra, estamos aqui para a apresentação. — sua voz estava carregada de emoção, pois sabia que instantes depois os lados entrariam no campo de batalha para o combate decisivo. Taguinel deixou os olhos passear na gigantesca muralha vermelha postada distante, na margem oposta do pasto. Eram tantos, meu Deus! O braseiro dos olhos pulsava vivo. A natureza de um anjo é regada de fé, de amor e de bravura, mas... olhando para aquele exército incontável.... jamais venceriam...

— Valoroso irmão, como manda o regulamento, pergunto se o anjo do ponto está no campo.

— Nosso general está no campo ansioso por desembainhar a espada e terminar este horrendo episódio. — respondeu Alanca.

— Quantos são os anjos de luz?

Taguinel voltou-se para trás. O pequeno grupo formava um retângulo perfeito. As asas farfalhando, estavam prontos para entrar em combate. Ariscos, decididos a batalhar até o fim. A visão dos irmãos guerreiros e decisivos acabava reacendendo a bravura e a determinação, porém, ao voltar-se e olhar para os infinitos pares de olhos vermelhos, Taguinel tentava adivinhar qual seria o tamanho da encrenca que estava para abocanhá-los... literalmente. Sentiu um peso sufocante tomar conta de suas asas, querendo cimentá-las ali mesmo... ânimo inconstante.

— Somos mil, duzentos e um anjos de luz para destruir a tentativa tola de seu exército escuso de apoderar-se deste ponto e das almas humanas desta cidade. — a palavra destruir saiu mais frágil que cristal da boca do anjo Taguinel.

Para surpresa, os dois anjos-demônios começaram a gargalhar. Alanca desembainhou a espada com presteza.

— Peço sinceras desculpas por tamanho desrespeito, valorosos guerreiros, quebrando a formalidade do ritual... — disse suavemente uma das feras. — mas creio eu que esta batalha é tolice; realmente, uma tremenda tolice para o seu lado. — começou a gritar, com fúria. — Vocês são tão poucos que não fazem idéia de quão rápido vão evaporar na ponta de nossas armas! — terminou, rugindo ferozmente, também desembainhando sua espada. — Por que retira sua arma, anjo de luz?! Estamos nas preliminares ainda! Se quer uma amostra de minha lâmina, não se faça de rogado e peça agora mesmo. Terei imenso prazer em terminar com sua existência para a luz! — completou a fera, exalando o terrível odor de suas entranhas.

— Criaturas imbecis! — xingou e cuspiu o outro demônio. — Por que não entregam cá teu general? Para que desperdiçar tanta energia, guerreiros mortos?!

Obedecendo a um sinal de Taguinel, Alanca recolheu a espada, cessando o clarão que a chama da arma produzia.

✠ ✠ ✠ ✠ ✠ ✠

Dez e meia da noite.

O carro estacionou em frente a um prédio no bairro da Bela Vista, em São Paulo. Era um edifício bonito, classe média, na rua Ribeirão Preto, próximo ao hotel Maksoud Plaza. Na portaria, identificaram-se e chamaram pelo pastor Guilherme, com quem o contato que tinham principiaria o tremendo esforço de levar o aviso às igrejas evangélicas, de preferência via televisão, a maneira mais rápida. Guilherme deixara ordens para que fossem conduzidos diretamente ao seu apartamento. O pastor Elias e os dois acompanhantes entraram no elevador e rapidamente atingiram o décimo terceiro andar. O pastor aguardava-os à porta.

— Amigo, quanto tempo, hein? — cumprimentou abraçando fortemente Elias. — Como estão as coisas na sua calma cidadezinha?

— Nada calmas, irmão; na verdade, nem um pouquinho calmas.

Guilherme era conhecedor do velho código. Quando Elias começou a desfiar os comprometedores acontecimentos que acercaram nos últimos dias, tornou-se claro como água para Guilherme o que estava para acontecer. Era uma coisa rara, da qual não gostaria de ser testemunha. Os fatos descreviam o preparativo para um dos mais terríveis rituais do velho código: a rixa maior entre anjos e demônios. A Batalha Negra se avizinhava. As almas humanas corriam risco sério e real.

— Amigo Elias, nem lhe servi um copo de suco, mas sugiro que partamos já. A coisa é grave. Que Jesus nos proteja, Elias.

— Não se preocupe com o suco, amigo. Concordo cem por cento com sua recomendação.

Em menos de cinco minutos, chegaram ao subsolo, apanharam o carro do pastor e saíram seguidos de perto pelo Fiat Palio com os dois amigos de Elias a bordo. Dirigiram-se para a Zona Sul, diretamente para os estúdios da maior rede evangélica do país. Eram quase onze da noite. Se contatassem as pessoas certas, talvez recebessem a autorização antes da meia-noite. Entrariam com o apelo no início da madrugada e, com sorte, mobilizariam um Especial, uma vigília eletrônica. Conhecedores do Código, sabiam quanto era valioso para o Exército cada novo humano acreditando e orando por eles, fortificando-os para a batalha. As orações eram a pedra fundamental para a luta. Sabiam como eram sofridos aqueles episódios e quão duro era o destino dos perdedores. Não era uma Batalha de Luz, não era uma batalha qualquer. Os anjos com certeza estariam tementes, o que implicaria terror aos humanos. Quanto mais homens e mulheres orando com fé verdadeira, mais poderoso e destruidor seria o Exército de Luz, afiando as espadas e fortalecendo as armaduras. Precisavam correr, pois, pelo que calculavam, a batalha poderia já ter principiado. Deveriam correr. O coração mandava. A alma gritava. Os anjos pediam.

✠ ✠ ✠ ✠ ✠ ✠

Oito e quarenta e cinco da noite.

— E, como manda a lei, vocês também devem nos revelar quantos são. — avisou Alanca.

Os demônios voltaram a gargalhar.

— Somos muitos, muito mais do que vocês poderiam contar em uma hora.

Os anjos não se animaram a desembainhar as espadas. Deixaram apenas os olhos repousar no horizonte, onde um mar de lanternas vermelhas amontoava-se, cobrindo a paisagem. Agitadas, afoitas. Eram tantas...

— Quantos? — perguntou Taguinel, com voz apagada e os olhos varrendo o princípio de floresta, que parecia arder num incêndio monstruoso, espectral.

Quando o anjo negro revelou o número, o ar pareceu congelar e as estrelas apagar. O tempo havia parado. A vontade dos dois anjos fora sugada. Não se via esperança naqueles corações. Estavam previamente massacrados; a noite estava perdida. Seria melhor entregar as espadas ali, na hora, pois não faria diferença quantos demônios matassem, quantas feras detivessem. O número atravessou os ouvidos como fina adaga. Aquela noite seria infinita para muitos deles. A vontade era voltar correndo e gritar para o grupo de irmãos de luz dispersar e fugir.

Era, porém, um fardo que teriam de enfrentar. Deviam ao general. Estavam comprometidos com a Batalha Negra. Não poderiam recuar até que seus corpos fossem retalhados pelas feras ou que, o mais improvável, saíssem vitoriosos do campo.

— Somos vinte e três mil, seiscentos e sessenta e seis demônios. — disse a fera de aparência cansada.

Sem emitir uma única sílaba, os dois anjos de luz abandonaram o encontro de apresentação, carregando o número impossível para seus líderes. Vinte e três mil, seiscentos e sessenta e seis.

Thal, quase restabelecido por completo, adiantou-se para receber os irmãos e percebeu que os dois estavam de certa forma abalados, carregando a tragédia dentro de seus corações. Num relance, Thal viu os anjos negros retornando para o grupo à margem da floresta. Seus anjos pousaram no pasto, com a igreja ao fundo, de onde o jato de luz incandescente subia ao céu.

— Quantos são?

— Vinte e três mil, seiscentos e sessenta e seis demônios.

Thal calou. O rosto expressava desapontamento, não medo. Nem uma ponta de desespero se abatia sobre o guerreiro. Só desapontamento. Talvez dentro do anjo residisse uma esperança, uma esperança de que o número fosse justo. Um para um; dois demônios para um anjo, até mesmo três para um seria justo. Os anjos de luz eram muito mais determinados, mais puros e letais. Os demônios estavam interessados em odiar os anjos, em feri-los, xingá-los, humilhá-los... então, perdiam a objetividade. Eram menos perigosos que os anjos verdadeiros. A ameaça maior guardada pelo exército inimigo residia nos anjos negros de asas: tinham experiência em batalha e eram tão implacáveis quanto os anjos de luz. Esses, sim, manejavam com perigo as espadas, raramente apelando para as mandíbulas ou garras. Sabiam como matar rápida e eficientemente. Quantos seriam? Os outros demônios não passavam de criaturas desorientadas. Os grandes voadores, os pequenos, eram descontrolados e medrosos. Alguns alados carregavam tridentes afiados, mas eram ansiosos e pouco hábeis para montar um ataque organizado. Os cães terrestres, dentre as bestas, eram os mais preocupantes. O ódio descontrolado também tomava conta de suas mentes, mas eram feras legítimas, que matavam, destroçavam anjos apenas por prazer. Eram os maiores responsáveis pelas Batalhas de Luz, inversas à que travariam, em que os anjos tinham direito ao ponto. Era quando os anjos enfrentavam os demônios — se não em superioridade numérica, ao menos em proporção mais justa — e tinham a chance de resgatar almas para a luz. Os cães quebravam as regras com mais facilidade, já que eram vulneráveis a provocações e assassinos capazes: fileiras de dentes pontiagudos, boca descomunal, garras afiadas, força indescritível e ódio, muito ódio.

Thal encarou o grupo de mil e duzentos soldados. Quase vinte demônios para um anjo. A cada baixa, a dificuldade se multiplicaria absurdamente. Não seriam fáceis as próximas horas. Não seriam justas. Dependendo do método de ataque adversário, a peleja poderia acabar para os anjos de luz em menos de uma hora. As feras teriam vinte e três horas para apoderar-se de toda a população da cidade. As almas estariam vulneráveis, desprotegidas... indefesas. Tarefa simples diante da impotência dos humanos em evitar o ataque de criaturas que não vêem. Os humanos apenas perceberão o momento em que suas almas estiverem sendo retiradas dos corpos quando a escuridão se abater sobre seus destinos. O coração pára; o sangue congela; a pele empalidece, abandonando para trás uma casca vazia. Resquícios de lembranças, uma herança geralmente maligna, destruidora e proliferante. Vampiros. Thal olhou em direção à floresta. O oceano de lanternas vermelhas permanecia imóvel. Arrepiou-se ao imaginá-lo despregando-se do horizonte e avançando implacável para cima de seu diminuto exército como uma onda de maremoto, todos ao mesmo tempo: pelo céu, pela terra, pelos lados, pelas costas, como água de represa rompida. Em poucos minutos, tudo estaria acabado. Se ao menos Vuhtiel tivesse aceitado... os anjos seriam mais que o dobro. O exército oriental geralmente agrupava mil e seiscentos homens para batalhas auxiliares. Com um número assim, teriam muito mais chances: aproximadamente oito demônios para cada anjo. Um número mais aceitável, muito mais justo. A realidade, no entanto, era outra: quase vinte pra um, uma contenda sem precedentes. Admirava o chão, olhando comovido para a grama verdinha, quando a voz de Alanca o despertou. Thal olhou para a floresta. Uma gotícula havia se desprendido do oceano. Um par de olhos vinha em sua direção. Um único demônio voava ou corria rasteiro.

— Desembainhar espadas! — vociferou Thal.

A concentração de armas chamejantes tornou a área mais brilhante.

Thal percebeu a armadura recebida pelas orações humanas cintilar, envolvendo todo o corpo e asas. Realmente, parecia armadura. Ora acinzentada, ora avermelhada e cadenciada pelo facho de luz que escapava da igreja.

O demônio galopava bastante próximo. Era um cão. O cão Khel. O inimigo direto de Thal, portador do mal que devorava aquela cidade. Que transformara Samuel. Maldito!

— Seus homens são insuficientes, general! — praguejou. — Estamos prontos para iniciar a batalha. A partir de agora, temos vinte e quatro horas terrestres para destruí-lo e tomarmos nossas almas...

— As almas não são suas, criatura fraca! — retrucou Thal.

O cão rugiu, esticando o dorso, como gato acuado, expelindo o característico odor ao abrir a bocarra. Era grande, imponente e exemplificava a fúria guardada dentro de todos os cães que viriam para cima deles.

— Eu, criatura fraca? Você, Thal, que é o ponto nesta batalha, descobrirá em poucos minutos o que é ser fraco. Hahaha! Ah! Hoje, nada podem. Seu Deus não virá salvar seus rabos. Hoje vocês não podem contar com Sua Luz. Ele está impedido de ajudar, Ele não pode ajudar. Ele, sim, é fraco. — rugia e gargalhava Khel.

Os anjos agitaram-se revoltosos. Não talvez pelo desrespeito, mas porque, em parte, o demônio tivesse razão. Como dizem os humanos: a verdade machuca. Não poderiam contar com a ajuda de Deus nem com seu consolo. Era uma guerra independente. Suas almas não estavam seguras pelo Protetor, mas à mercê deles mesmos, prontos para servir ao pior de todos os anjos: Satã.

— Ele não é fraco. Apenas são regras... — murmurou Alanca.

— Ah! Ah! Ah! Que sejam regras, então! Percebo a tristeza em seus olhos perante a morte certa para a luz, mas não se preocupem. Todos vocês, escutem! — começou a gritar Khel, como se fosse dizer algo da maior importância. — Em breve, todos estaremos juntos no mesmo exército, destruindo e matando muitos mais anjos fracos, como este grupo. Ah! Ah! Companheiros! Ah! Ah! Ah!

Taguinel descolou-se do grupo e cravou a espada na pata direita de Khel, prendendo-o ao chão.

Os anjos assustaram-se. Por puro reflexo, lançaram olhares para o oceano vermelho. O urro dolorido de Khel poderia despertar o iminente ataque.

Preso ao pasto, o cão urrava, movendo bruscamente a pata, tentando libertar-se. Thal aproximou-se, ergueu a espada à altura do pescoço do demônio.

— Você é a causa de muita dor e perda. — disse com voz baixa o anjo. — Como fez questão de lembrar, hoje não estamos na presença dEle. Portanto, não preciso me envergonhar de nada que eu fizer neste campo aqui. Ele não poderá julgar nem desmerecer nenhum de meus homens que estão dando a vida por mim. E por eles, e por mim, quero experimentar agora uma das motivações humanas mais odientas que eu sei existir, e que você, Khel, fomenta e ilustra tão bem. Quero experimentar o gostinho que a vingança tem, o gostinho que a deslealdade tem. O gostinho que a trapaça tem...

O cão estava enlouquecido. Agora, Alanca é quem espetava a outra pata, enterrando bem fundo a lâmina no pasto, prendendo irreversivelmente o cão. Khel retorcia-se e urrava, xingando e praguejando, amarelando o ar e impregnando-o de enxofre. As espadas de luz não eram matéria da terra. Não se podia atravessá-la e escapar ileso. As espadas de luz feriam e matavam.

— Você causou tudo isso. Você me atacou deslealmente naquela noite. Mesmo a chuva não foi suficiente para me ajudar. Você trapaceou. Agora, criatura fraca, eu vou dar o troco. Não terá nem o gosto de assistir ao circo que montou, Khel.

O anjo ergueu a espada ardente e desceu-a velozmente, separando a cabeça do cão do resto do gigantesco corpo. O demônio teve tempo apenas de gritar um sonoro Não. Os anjos descravaram as espadas, deixando o corpo acéfalo se contorcer morbidamente.

O grupo da frente olhava sem piscar para os demônios à beira da floresta, ainda imóveis.

A boca do cão abria e fechava, emitindo um grunhido, mas em menos de um minuto, a cabeça estava sem vida.

— Reagrupar! — ordenou Thal.

Os anjos, depois de apreciar com gosto a morte de um dos generais inimigos, voltaram às posições, separados em grupos de duzentos.

— Lutem, amigos! Lutem com todo o coração! Haverá novas batalhas para todos nós! — gritava Thal, enquanto uma fatia do oceano vermelho desprendia-se silenciosamente do horizonte, tomando conta do pasto e do céu, como nuvem de horror, uma nuvem Brasil. — Lutem e sejam bravos. Temos as orações. Não temam as espadas inimigas. Garanto que estaremos todos juntos em outras batalhas, como anjos irmãos, anjos de luz. Com amor! Com paz! Eu buscarei cada um que cair. Eu tirarei o rastro do mal que cada um contrair. Os que forem para a escuridão, por mim serão salvos. Não temam, não chorem, não sofram. Cumprirei minha palavra, irmãos! Guerreiem com o coração! Eu juro!

Os anjos abriram as asas, gritando.

— Primeiro batalhão! Tomem posição! — gritou o líder do primeiro batalhão, o anjo Taguinel.

Os anjos deram alguns passos para frente, separando-se ainda mais dos restantes.

O grupo de olhos vermelhos agora tomava formas mais nítidas. Inúmeros voaram e correram até atingir o meio do campo, aguardando o primeiro batalhão.

— Primeiro batalhão, ao campo! — ordenou Taguinel, com a espada em riste.

Os anjos, lentamente, desdobraram as asas esplêndidas, produzindo um som melodioso. Uma corneta fez-se ouvir. Decolaram, a caminho da Batalha Negra. Quantos retornariam? Quantos ainda viveriam para a luz? Os rostos duros como pedra expunham a tristeza que carregavam. Para muitos, apesar do discurso inflamado do líder, aquele seria o último combate.

Thal, por estratégia, estava alocado no último batalhão. Afinal, ele era o ponto, a chave para que os cães pudessem iniciar a destruição humana. O sexto batalhão era o único que possuía duzentos e um anjos, tensos e preparados para destruir e ser destruídos.

Instantes depois, subindo vinte metros, os anjos aumentaram a velocidade, mas não se transformaram em bolas de luz.

Eram nove horas da noite.

✠ ✠ ✠ ✠ ✠ ✠

Nove e dois da noite.

Na igreja de Belo Verde, simultaneamente, muitas pessoas foram invadidas por uma sensação de desconforto. O que as unira durante aquelas horas de oração tinha começado. Havia uma guerra espiritual perto dali, estavam certos. As vozes intensificaram-se. Os dispersos, percebendo algo no grupo, concentravam-se. Oravam. Mais gente chegava. Foram montados toldos do lado de fora para abrigar um número sempre maior de pessoas de cidades vizinhas, solidárias com Belo Verde.

Os que tinham parentes religiosos ligavam e pediam que se unissem à corrente de orações. Os anjos estavam precisando. As pessoas não conheciam o velho código, em que os eventos espirituais eram descritos com minúcia e clareza, onde os incrédulos tornavam-se crédulos; o invisível tornava-se visível; os anjos eram explicados e conhecidos; o bem e o mal se misturavam e coexistiam. A corrente aumentava, e, como não acontecia há muito na face da Terra, centenas de fachos de luz subiam aos céus, destinados aos anjos de Belo Verde. Concentravam-se na Casa Celestial, voltavam para a Terra e envolviam os anjos naquela corrente do bem, naquela armadura valiosa.

✠ ✠ ✠ ✠ ✠ ✠

Os cães rugiam embaixo. Os anjos começavam a encontrar os primeiros demônios voadores, os primeiros entre milhares.

Os monstros vieram ao ataque em um grupo de mil. Provavelmente seria assim até todos os anjos perecer. De certa forma, sc aquelc fossc o padrão, as coisas poderiam ser mais suaves para o minúsculo exército angelical. Talvez pudessem resistir mais tempo, umas poucas horas, com sorte.

As primeiras espadas chamejantes chocaram-se contra as armas inimigas, lançando chispas no céu, enchendo os ouvidos com o tilintar apavorante, o retinir da guerra. Espada contra espada, vida contra vida.

Thal podia vê-las. Seu coração apertou quando o primeiro batalhão desapareceu entre a turba satânica. Percebeu a armadura cintilar novamente. Olhando para o céu, notou que a cada minuto o facho de luz, saindo da igreja, aumentava e que novos acendiam no horizonte. Cada vez, mais humanos estavam envolvidos no conjunto de orações com a finalidade de fortificá-los. Realmente, podia sentir sua força aumentar. Poderia resistir sempre mais às investidas das feras e até ser seriamente ferido sem medo ou dor. As feridas sarariam. Mas quanto tempo suportaria aquelas investidas violentas? Era isso que não conseguia equacionar.

Taguinel desviou-se de um demônio alado. Não queria os pequenos. Preocupou-se em enterrar a espada no tórax de um anjo negro que, por sua vez, estava ferindo um anjo de luz. Taguinel não encontrou resistência ao perfurar as costelas do anjo, percebendo sua espada explodir do outro lado. O anjo negro encarou-o, perdendo o brilho do rosto e as palavras. Taguinel retirou a espada, e, antes que o anjo negro atingisse o pasto, seu corpo desmaterializou, transformando-se numa bola de fumaça amarela, cheirando a enxofre. Taguinel não teve tempo de vislumbrar seu feito. A cada golpe, investida e transfixação (que resultava na morte de um demônio), um novo anjo negro surgia. Taguinel sentiu uma fisgada dolorida na panturrilha direita. Um demônio alado, dos pequenos, tentava engoli-lo pela perna. Taguinel distraiu-se dois segundos para retirá-lo e foi despertado por uma espada atravessando o lado esquerdo do peito. O anjo rugiu de dor. Ao despencar, a espada saiu de seu corpo. O anjo negro pairou um segundo, admirando o resultado do ataque. Taguinel sentiu a armadura brilhar: a dor reduziu. Havia alguém orando por ele. Desceu até tocar o chão. A grama verde. Antes de decolar, precisou destruir dois cães vermelhos que pularam com bocas gigantes, prontos para engolir sua cabeça numa única dentada. Olhou em volta; via dezenas de anjos de luz desfalecidos no chão, aparentemente mortos. Bem ali, enrolado em seus pés, o anjo Miguel estendia a mão. Estava bastante ferido e uma asa praticamente arrancada, pendurada por restos de nervos e peles, tingindo a túnica azulada de sangue celeste. Taguinel agarrou-o, pôs Miguel nos ombros e zarpou. Desviando-se de centenas de anjos negros ocupados com seus irmãos, abandonou o fervor da batalha, o vespeiro.

Thal viu um dos seus soldados deixando a batalha, recuando. Voava rapidamente, rasteiro, quase tocando o pasto, carregando um anjo nos ombros. Assim que aproximou um pouco mais, notou que se tratava de Taguinel, já com vários ferimentos. O anjo depôs Miguel no gramado próximo à concentração de guerreiros de luz e lançou um olhar demorado para o segundo batalhão. Três anjos foram ao encontro do guerreiro caído. Taguinel zarpou para a Batalha Negra, onde muitos irmãos já abandonavam a luz.

Taguinel adentrou profundamente o vespeiro. Gritava enlouquecido, tentando intimidar quem à sua frente aparecesse. Lutava bravamente; os irmãos no alto já eram poucos. Muitos, feridos, digladiavam desesperadamente contra os cães à altura do chão. O coração doía, percebendo que o fim de sua fúria se avizinhava e que, provavelmente, num próximo episódio estaria ajudando as forças adversárias. Decapitou um anjo negro com um único e eficiente golpe, enquanto a perna esquerda era atravessada por uma espada inimiga. Não se importou e tratou de afundar a arma na cabeça do atacante, transformando-o numa nuvem amarela. Os anjos negros também estavam desaparecendo, mas ainda eram muitos. Eram demônios, alados, com quase três metros de altura, fortes e com mandíbulas mortíferas. Taguinel sentiu a armadura espiritual cintilar mais uma vez e a dor amenizar, mas desta vez não desapareceu. Sentiu-se bravo, mas a força não parecia renovada. A espada encontrou outra fera alada, penetrando o peito musculoso. A fera não morreu, mas gritou e caiu, dando tempo ao anjo para desviar de ataques traiçoeiros. É verdade que os anjos já tinham destruído muitos demônios, mas o problema era que o primeiro batalhão de guerreiros do Pai já estava chegando ao final. Taguinel observou que seus guerreiros brigavam furiosamente e que os demônios revidavam cada vez mais enraivecidos, talvez porque estivessem amedrontados, vendo que praticamente a metade deles fora derrotada pela primeira leva de anjos.

Thal notou que a luta feroz empreendida por seus guerreiros surtia efeito. Via aproximadamente cem anjos vivos, lutando, resistindo. O exercito negro ainda era superior, mas não chegava a duzentos agora. Certamente, o primeiro batalhão sobreviveria ao primeiro ataque. Do seu lado, os anjos assistiam, ansiosos, prontos para entrar em campo e destruir tantos demônios quanto pudessem. O tempo passava lento, como em ampulheta danificada, cuja areia estava molhada. O tempo, sabia ele, seria a chave para aquele dia. O pastor trabalharia para que os anjos fossem favorecidos. A primeira parte, ao menos, ele havia cumprido. Reservara Gregório, protegendo-o entre amigos, longe da perturbação, mantendo Thal desperto e livre para empreender aquele combate. Era assim que deveria ser por todo aquele dia. Sem interferências.

Ao lado das primeiras filas, Thal viu o anjo Miguel sendo tratado pelos irmãos. Dois anjos, com as mãos estendidas sobre seu corpo, enviavam energia curativa em ondas de luz. Provavelmente, o anjo não estaria bem o suficiente para retornar à batalha, mas não iria perecer diante das forças do mal. Vendo-o consciente e aparentemente melhor, Thal percebeu o bem que fizera Taguinel em trazê-lo de volta. O general destacou mais quatro anjos do segundo batalhão.

— Vão até o campo e tragam quantos irmãos feridos e vivos puderem. Devemos isto a eles. Podemos salvar muitos dos nossos. Tomem cuidado para não interferir no conflito. Preocupem-se apenas em trazer nossos queridos irmãos.

Os quatro aquiesceram e partiram, voando rente ao pasto, banhando o chão com seus corpos iluminados.

✠ ✠ ✠ ✠ ✠ ✠

Quinze minutos para a meia-noite.

O prédio do Canal 3 estava fervendo. Para sorte de Elias e de Guilherme, o diretor de programações, pastor Marcelo Frias, ouvira falar algumas coisas do velho código. Não fora de todo instruído, apenas tinha recebido algum conhecimento. Não duvidou, percebendo a fé verdadeira fluindo do pastor de Belo Verde, refletida em seus olhos brilhantes, emanando de seu corpo energizado. Ordenou que a equipe de jornalismo preparasse alguma coisa para entrarem com o pedido e o assunto antes da meia-noite. Não perdeu tempo em localizar ou acordar o bispo Rufus, pois a urgência clamava rapidez e uma dose, talvez, de insubordinação.

Um redator, com velocidade considerável, implantava dados no computador. Terminado o texto, enviou ordem de impressão para a mesa do diretor Marcelo. Depois de apreciar a matéria-apelo, os pastores concordaram, alterando duas ou três palavras. Marcelo acompanhou os pastores até o estúdio. O jornal noturno já havia terminado. O programa que estava no ar naquele instante era um *talk-show* pré-gravado entre personalidades do mundo gospel. Um excelente momento para este tipo de interferência, pois o programa tinha o melhor índice de audiência da emissora. Elias e Guilherme ficaram impressionados com a quantidade de holofotes acesos e com a velocidade com que o *set* se encheu de pessoas fazendo de tudo que pudessem imaginar. Um homem se vestia enquanto o penteavam, provavelmente o apresentador de plantão. Câmeras eram ajustadas em segundos. Através de um pequeno monitor, os dois puderam apreciar a montagem do cenário. Televisores espalhados pelo *set* exibiam o programa que iria ao ar; aguardando o fim dos comerciais. No apresentador, plugaram um discretíssimo microfone, fizeram os últimos acertos de maquiagem, e em dois minutos tudo estava pronto. Entregaram-lhe algumas páginas e acionaram um painel próximo a Elias, onde se podia ler o texto. O *talk-show* voltava ao ar. Inesperadamente, a tela enegreceu e surgiu uma mensagem em letras amarelas, acompanhada por uma breve musiquinha jornalística: Informe Extraordinário!

Uma voz vinda de trás das câmeras avisou:

— Cinco segundos!

Pelo monitor, os pastores viram todos desaparecer do cenário, abandonando o sóbrio apresentador. Sentado à sua direita, o pastor Rufus, já maquiado e preparado.

— Quatro... três... dois... um...

Quando a imagem entrou no ar substituindo a mensagem de letras amarelas, ninguém diria que outra pessoa estivera ali, senão os dois homens.

O apresentador evangélico pedia desculpas pela interrupção do programa predileto dos espectadores e, com o texto jornalístico, introduziu a importante mensagem que o pastor Rufus trazia. Depois de uma breve fala, as câmeras focalizaram o rosto cansado do pastor.

— Irmãos, como já alertou nosso amigo Calabresi, hoje eu venho aqui apelar por união... — começou o pastor.

✠ ✠ ✠ ✠ ✠ ✠

Cinco para a meia-noite.

— Irmãos, como já alertou nosso amigo Calabresi, hoje eu venho aqui apelar por união. Nosso povo será provado nesta madrugada. Nosso povo precisará estar mais unido que nunca, como jamais esteve. Este é um apelo franco e genuíno para que todos se juntem nesta noite e orem com toda a força de seus corações e com todo o calor da fé cristã... — o homem discursava com sinceridade, enchendo a sacristia vazia da igreja de Belo Verde com sua voz emocionada e sua imagem sincera, ao vivo e em cores.

A legenda identificava o homem como pastor Marcelo.

A porta estava aberta, com sinais de arrombamento. Ninguém mais em vigília. Ninguém mais protegendo Gregório.

Ele não estava naquele lugar. Se ainda dormia, mantendo o anjo Thal liberto, era um mistério.

Para o bem dos anjos, o melhor era que sim, que ele estivesse adormecido e ainda protegido.

Infelizmente, o bem não era o lado da moeda que reinava naquela noite.

✠ ✠ ✠ ✠ ✠ ✠

Cinco para a meia-noite.

O apelo voou para todos os lugares. Da emissora, a mensagem foi enviada para a torre de transmissão. Da torre de transmissão, enviada para o satélite. Do satélite, voltou para a Terra, chegando a cada televisor sintonizado no Canal 3 em todo o Brasil. Alguns países latinos, que possuíam antenas especiais, recebiam a imagem com clareza. Argentinos, uruguaios, paraguaios e bolivianos sentiram-se tocados pela mensagem. Até os países ao norte do Brasil percebiam que ali acontecia alguma coisa diferente. Alguma coisa forte. Fé...

Centenas de milhares de famílias atenderam ao apelo, muitas ajoelhando ali mesmo em suas salas, de frente para a televisão. Oravam, enviando fé verdadeira e força para o Exército de Luz.

O pastor sequer mencionara o velho código, onde todas as dúvidas eram saciadas aos iniciados, onde todas as provas eram evidentes. Não tinha permissão para usar o velho código assim, de maneira tão aberta. Entretanto, a fé era tão genuína e clara, que mesmo o mais cético ficou abalado naquela noite. Muitos, que jamais tinham aberto seus corações para a palavra cristã, que apenas passeavam com o controle remoto de canal em canal, que ao passar para o Canal 3 normalmente pulavam para o próximo, naquela noite, pararam. Naquela noite havia alguma coisa diferente no orador. Naquela noite as palavras soavam verdadeiras. Muitos oraram pela primeira vez na vida. Muitos tiveram fé pela primeira vez, naquela noite. Era uma sensação que consumia. Emoção, lágrimas descendo pelo rosto. Era uma necessidade que gritava. Não foram poucos os que acompanharam aquele homem em suas lágrimas sem saber o porquê. A audiência do Canal 3, surpreendentemente, era unanimidade naquela noite. Havia um apelo no ar, um apelo para os anjos que perdiam suas vidas no campo de batalha. Um pedido em favor dos bravos guerreiros, das pobres almas daquela pequena cidade do interior do estado. Os mais sensíveis captavam a presença de algo superior, que fazia a pele arrepiar, como se estivessem com frio. Havia uma coisa nas entrelinhas. Havia uma guerra entre o bem e o mal. Jeová e Satanás em mais uma queda de braço, mas uma importante queda de braço. A noite cheirava a sangue.

✠ ✠ ✠ ✠ ✠ ✠

Sangue.

Samuel queria mais sangue.

Estava no centro da cidade. Eram nove horas da noite, deveria haver gente por ali, mas estranhamente, as ruas estavam desertas. Será que já o temiam? Desconfiou que este, por enquanto, ainda não era o ponto. Abandonara o corpo do gordo Doglinhas junto a um eucaliptal, próximo às cercas que delimitavam o sítio do velho Gê, o satanista oculto de Belo Verde.

Mais sangue traria mais energia para aquele momento, todavia somente o tempo traria o verdadeiro poder. A criatura da noite sabia disso. Levaria muito tempo para fortalecer-se verdadeiramente. Muito sangue ainda iria rolar.

Escalou a parte lateral do supermercado, obtendo, lá de cima da letra S uma excelente visão das poucas ruas centrais. Os ouvidos aguçados não captavam nenhum barulho denunciador, nem as narinas alcançavam o cheiro do precioso combustível. Ninguém sangrava ali perto. Saltou da letra S velozmente ao chão, mas era como se fosse feito de vento, como uma pluma. Não produzia barulho nem impacto. Não possuía peso; era mágico. Era sedutor imaginar. E este era apenas um de seus novos poderes. Ele misturava-se nas sombras, caminhando invisível. Caminhando como um mago.

Samuel olhou para o céu e, pela primeira vez, se deu conta daquela luz incomum. Um portentoso facho corria para o firmamento, como um gigantesco cordão umbilical cintilando e trocando suas cores maravilhosamente. Como não percebera antes? Prestando mais atenção, mais longe, beirando a linha do horizonte, ele podia perceber outros fachos. De menor intensidade e luz que o primeiro, mas numerosos. Contou, considerando os quase invisíveis: quase trinta. Intrigado, esgueirou-se em direção ao facho e descobriu que vinha da igreja de Belo Verde. Descobriu também por que a cidade se encontrava vazia. Todos estavam ali! Se não ali, estavam na outra igreja, aquela que o acolhera tão generosamente. Para trás do templo, onde começava uma nova fazenda, Samuel notou algum movimento. Mais rápido do que os humanos poderiam acompanhar, alcançou o telhado da igreja. O que via era indescritível. Seus olhos encheram-se de anjos e demônios. Eles se digladiavam furiosamente, selvagens. Próximo à igreja, já no pasto da fazenda, era o quartel-general dos anjos de luz, presumiu. Centenas de anjos, em pé, aguardando um sinal. Ao lado deste pelotão garboso e iluminado ajuntava-se uma pequena quantidade de anjinhos-da-asa-quebrada. O vampiro quase sorriu com seu modo de pensar. Eram soldados feridos. Teriam escapado da morte, capengando lá do meio do pasto? Viu sua pergunta respondida quando, do meio do vespeiro, da arena romana, surgiram três anjos carregando dois desmaiados. Voavam velozmente. Lá no meio, a coisa estava brava. Tantos anjos no chão! Pouquíssimos demônios jaziam imóveis, mortos. A maioria absoluta compunha-se daqueles anjos, próximos a ele. Novamente, entendeu o porquê, com um audiovisual muito esclarecedor. Um anjo, bastante machucado, à altura do chão, conseguiu enfiar a espada toda no peito de um demônio alado. Ao cair, aparentemente morto, transformou-se numa colorida esfera fumegante, desaparecendo com o vento. Avançou a visão para além da batalha. Inacreditável! Havia um mar de demônios avermelhados amontoando-se à margem da floresta. Ainda para dentro da mata, ele podia perceber incontáveis luzinhas vermelhas, ondulando, aguardando a hora de avançar pelo pasto, palco do confronto. Eram os olhos das feras. Não podia contar, mas tinha a impressão de que eram cem vezes mais do que os anjos de luz. Repentinamente, foi atacado por uma fúria violenta. Os demônios o tinham usado. Fora seduzido. Quem disse que ele era um demônio também? É verdade que um anjo tentara matá-lo, mas, percebendo um senso de injustiça pairando no ar, decidiu se divertir um pouquinho. O que tinha a perder? Era um vasilhame sem alma. Já estava morto... Repetiu o salto, alcançando rapidamente o pasto à frente. Desta vez, caminhou devagar. Não sabia se ao menos conseguiria mover-se mais rápido do que aqueles seres poderiam acompanhar. Na verdade, preferiu introduzir-se lentamente para não causar muito espanto. Os ânimos estavam alterados demais. Poderiam supô-lo inconveniente. Assassinável.

Samuel aproximou-se do exército iluminado e notou que estava dividido em grupos, em pelotões. Os anjos viram o homem pálido e olhavam-no mais curiosos do que assustados. Sabiam que era um homem sem alma, um vampiro. A maioria dos anjos já tinha visto uma criatura daquelas antes, mas era inevitável o ligeiro espanto e desconforto. Muitos anjos conheciam a natureza daquelas criaturas; não eram obstinados fazedores do mal. Eram tristes, sem alma, sem luz, vítimas dos demônios guerreiros. Que fazia ali? Se estivesse sob o domínio de algum demônio, poderia causar transtornos. Quando novos na vida escura, eram facilmente seduzidos... pelo bem e pelo mal... extremamente instáveis e imprevisíveis. Esse era o problema com os vampiros ...

Samuel dirigiu-se para o grupo de anjos feridos, algo em torno de quinze. A maioria estava deitada por cima das asas, inconscientes. Outros tantos, deitados, acordados, respirando rapidamente. Todos diferiam em uma coisa dos soldados que aguardavam em pé: suas peles estavam diferentes. Samuel percebeu que não resplandeciam como a dos anjos saudáveis, que mantinham a pele acobreada, naturalmente reluzente. Os anjos feridos traziam a pele escura, que não lembrava a cor do cobre nem possuíam brilho algum. Porém, ambos os grupos apresentavam uma coisa interessante em comum. O vampiro notou que vez por outra uma cintilante camada aparecia, por um breve segundo, e desaparecia. Era semelbante a um saco de luz envolvendo todo o corpo do anjo, acompanhando seu contorno, revelando-se como energia pulsante. Observava-os calmamente, até que aconteceu de novo. Os corpos dos anjos acenderam. Uma armadura. As cores alternavam entre vermelho e azul. Depois, entre amarelo e marrom. Os feridos respiravam mais prolongadamente quando o saco de luz estava visível. Samuel olhou para a igreja. Os sacos alternavam em sincronia com as cores exatamente como fazia o facho poderoso. A energia vinha dali. Aliás, deveria vir de todos os raios de luz que subiam ao céu. Samuel inspirou fundo. Prometera ao anjo naquela manhã, quando quase se desintegrara perante a luz do Sol. Os demônios o colocaram sob esse risco. Não se importavam se ele viveria ou morreria ... e, provavelmente, eram os responsáveis por essa sua nova condição... vampiro. Samuel deu alguns passos no meio das imponentes criaturas celestiais. O que fazia ali? perguntava-se. Ergueu a cabeça. Do outro lado, o oceano interminável valsava com luzes vermelhas. O inimigo. O mar de demônios intimidaria qualquer um, exceto o vampiro. Samuel permitiu-se um sorriso sereno. Abaixou, quase ajoelhando, e apanhou a espada chamejante de um anjo ferido e inconsciente; assim, não encontraria qualquer impedimento.

Os anjos machucados fitavam-no com certa preocupação. O que o morto-vivo queria com a espada de luz? Alguns anjos saudáveis aproximaram-se, temendo um ataque inesperado, traiçoeiro, bem ali, no meio deles. Porém, de algum modo, sabiam que o homem sem alma não portava má intenção, pelo menos não voltada para eles, os anjos.

No momento em que Samuel apoderou-se da espada, esta perdeu a característica chamejante, tornando-se uma arma comum, metálica, silenciosa, reles. Virou-se para os batalhões, fez uma reverência com sua nova espada, apontando-a para os anjos e, trazendo-a em pé, na posição de meio-dia, encostou-a chapada em sua testa. Virou para o funesto campo de batalha e, com passadas lentas, porém firmes, começou a aproximar-se do vespeiro. Iria guerrear, não tinha mais alma para ser roubada, iria dilacerar demônios, ajudar o Exército de Luz. Ao tomar a decisão, Samuel notou algo diferente. Sentiu-se encorajado, apoiado pelos anjos, investido de fé e de poder de luz. Uma sensação deliciosa. Então aconteceu. Algo cintilou em seu corpo. Armadura?... O saco de luz o envolvia. Era energia pura percorrendo seu corpo e provocando comichão nos poros. Os olhos cintilaram, tornando a noite ainda mais clara. Aquilo... aquilo era uma armadura... uma armadura de luz! Aproximou-se mais. Coragem! Outra vez pôde admirar a nova vestimenta. A espada comum, como num passe de mágica, acendeu, retomando sua propriedade chamejante, investida de poder de luz. As chamas ardiam envolvendo o metal, transformando-o num guerreiro de luz. As chamas ardiam dando um ar mais belo àquela silhueta longilínea. Pequenas labaredas atingiam a mão do vampiro, sem machucá-lo... pareciam alimentar ainda mais seu corpo... era como recuperar por um instante a alma perdida. Estava pronto para entrar na batalha. Que viessem as feras! Que viesse a diversão! Deixou os caninos brotarem e escancarou a boca num rugido ferino. A necessidade de sangue ainda não fora suprida. Queria sangue, e não importava de quem ou do que viesse.

A espada de luz embateu-se contra a arma da primeira criatura, tinindo demoradamente. O diabrete quase perdeu seu tridente, mas firmou as garras e, gargalhando e xingando, partiu para novo ataque.

Samuel sentiu os músculos firmarem e o ouvido encher-se de guerra. Um sorriso sereno surgiu na face pálida quando chocou-se novamente contra o monstrinho.

Que viessem as feras!

✠ ✠ ✠ ✠ ✠ ✠

Nove e meia da noite.

Thal, apartado do batalhão, esperava o momento certo para enviar o segundo.

Observando o campo, viu que o vampiro já estava quase no meio da briga. Quando os cães tentavam alcançá-lo, eram repartidos pela espada que o homem sem alma carregava. Ele realmente estava lá para ajudá-los. Lembrou-se do vampiro fugindo pela manhã, temendo os raios de Sol mais que tudo. A estranheza da situação veio-lhe à mente. Que motivos tinha a criatura para estar ao seu lado? Vampiros, decididamente, eram estranhos.

O general observou que finalmente seus homens eram superiores à quantidade de demônios no campo de batalha. Estavam pelejando há cerca de meia hora. Thal imaginava a razão pela qual os demônios não investiram com força total, implacáveis. Afinal de contas, eram mais de vinte mil. Seria impossível deter todos ao mesmo tempo. Poderiam ter atacado com cinco mil, logo de início. Por que vinham em número tão reduzido? Conseguiu formular apenas uma resposta: estavam se divertindo à beça. Os demônios queriam apreciar a destruição das criaturas de luz assim, pouco a pouco, com bastante sofrimento, com muita luta. Se enviassem uma carga potente, a peleja terminaria antes da primeira hora. Thal podia ver os generais satânicos deleitando-se com a dor dos anjos de luz. Estavam se deliciando com as feições de tormenta e desesperança que cada anjo carregava. Não os preocupavam as baixas de seus demônios. A agonia das criaturas de luz era muito mais interessante, insuperável. Para eles, valeria a pena continuar enviando pelotões com mil soldados, enquanto o exército reduzido mandara arremedos de tropas, duzentos indivíduos por vez. Absorto, Thal quase deixara passar despercebido o novo ataque do exército negro.

Nova onda de olhos vermelhos desprendeu-se das margens da floresta, mais mil demônios entrando no campo contra parcos soldados quase inconscientes, mal erguendo a espada para revidar e aniquilar o restante de criaturas.

Alanca olhou para Thal e percebeu que o general recomendava sua entrada.

— Segundo pelotão... — bradou o anjo, ouvindo em resposta um farfalhar de asas e o retinir de quase duzentas espadas sendo desembainhadas. — ...atacar! — ordenou o comandante da tropa, Alanca.

Outra vez os soldados apreciaram aquele espetáculo marcial. Os anjos estenderam as asas e, um a um, abandonaram o chão, alcançando o céu. Asas gigantes, brancas, varrendo o ar, impulsionando os guerreiros. Na frente, uma onda vermelha avançava para os soldados sobreviventes ao primeiro ataque. O segundo batalhão chegaria a tempo de contê-los, estraçalhando os cães e demônios alados. Pouparia os irmãos exaustos. Lá estavam eles, os duzentos, com Alanca à frente, transpondo a distância entre a concentração e o ponto de guerra. Começavam a diminuir a altura, tirando o pasto verde das trevas. Os demônios estavam agora a poucos metros. Mais dois segundos. O choque. Espadas retiniam e chispavam. Enxofre! Os demônios eram tantos... tão ferozes, que a onda de choque persistia, pronta para esmagar os guerreiros de luz. Alanca foi atingido por um anjo negro. Juntos, caíram livremente até chocar-se contra o chão. Tanta agonia espalhada! Os rugidos das feras eram tão volumosos que ecoavam incessantes, dando a impressão de ser um só. Os cães, que não voavam, aproximaram galopantes. Gargalhadas. Alanca livrou-se do anjo negro, transformando-o em fumaça. Teve a impressão de ver uma ponta de agradecimento escapando no último olhar que lhe lançou o demônio. O guerreiro de luz, intocado, levantou-se, pelejando contra os cães terrestres.

Thal recrutou quatro anjos do terceiro batalhão para continuar a missão abandonada por seus irmãos do segundo, que agora enfrentavam a Batalha Negra, incumbindo-os de resgatar os anjos gravemente feridos.

Lá foram os quatro, sem medo, como flechas. Direto ao alvo, voando rente ao chão.

Rakin adiantou a fileira. Seus aliados satânicos pareciam mais ansiosos do que ele próprio. Rugiu, aliviando daquela maneira um pouco da expectativa. Um grupo de generais estava à frente da multidão demoníaca. Os desgraçados apreciavam a guerra e vibravam, como os inúteis humanos perante as caixas de espetáculo ou nos campos de esporte. Acabavam de separar um grupo, um novo batalhão. Rakin estava ali, pronto para partir. Queria mais que tudo encher a boca com a carne iluminada dos inimigos celestiais. Como eram frágeis! E tão poucos! Poderia eliminá-los em minutos. Chegava a ser decepcionante. Por que os imundos generais não ordenavam um ataque completo, maciço, com todos os bandos, com todas as criaturas numa só leva? Esmigalhariam as poucas centenas de inimigos. Odiava-os por permitirem a vida dos anjos. O cão-demônio rugiu ansioso. Queria comê-los vivos. Todos: os anjos, os generais pertinentes, todos! Olhando para o campo, viu quando o último irmão negro, ainda da primeira leva, fora destruído por um anjo de luz. Estavam ali, parados, quando poderiam estar lá, espalhando terror e dor. Agora, os anjos aguardavam, fracos... presas fáceis. Queria ir ao ataque! Que liberassem a segunda leva de demônios!

— Ora, essa! Ataquemos! — gritou Rakin. — Os filhos da puta estão descansando! — berrou incontido.

Os generais lançaram um olhar raivoso para o soldado impertinente. Rugidos desafiadores cortaram a floresta. Conheciam a natureza daqueles cães. Os generais confabularam por breves segundos. Sabiam que contrariá-los por demais era inconveniente. Tornavam-se incontroláveis. Sobretudo, perigosos.

— Tropa! — vociferou um anjo negro. — Carga!

O cão Rakin sentiu o coração disparar. Estava autorizado. Impulsionou-se com tamanha força e vontade que fez a terra debaixo dos pés voar para trás. Raras vezes suas ações manifestavam-se no plano físico. Se um ser humano estivesse ali, provavelmente morreria de susto ao ver terra voando sem motivo natural ou talvez morresse intoxicado pelo ódio que sobrecarregava a área, exalado pela milícia das trevas.

Rakin rugia, galopando. Arreganhou o cenho, expondo a horripilante dentição amarelada. Os olhos permaneciam fixos no anjo que vira assassinar o último demônio. O corpo subia e descia com ferocidade. O galopar dos incontáveis cães irmãos ecoava poderoso em seus ouvidos. Era uma canção de guerra. Trovão, trovão, trovão. A sede por matança impulsionava-o para o meio do campo, percebendo toda a potência do ataque avizinhando-se. Seus irmãos vinham atrás. Ele era o primeiro, o líder da segunda leva. Na crista da onda. Mil demônios malévolos, despregados do oceano escarlate, voavam para o campo de batalha. Sua visão periférica percebeu o céu ser invadido por luz. Os anjos vinham para ajudar os moribundos remanescentes. Eram tão poucos. Rakin começou a gargalhar. Iria se divertir, iria matar. Alcançou o centro do campo e ria. Lá estava sua presa. Fraca e ferida. Sentiu o coração cantarolar pela segunda vez, acelerar. Era algo semelhante ao que os humanos machos sentem quando vislumbram pela primeira vez uma fêmea adolescente, deliciosa, ofertando as partes mais íntimas do corpo. Uma deliciosa ansiedade prestes a se saciar. Deliciosamente. Prazerosamente. Para ele, o deleite máximo seria despedaçar aquele ser de luz, repartindo numa bocada só. E era exatamente o que faria. Já encontrava anjos por toda a volta, mas nenhum preocupado particularmente com ele. A presa mal conseguira erguer a espada. Demorou dois segundos a mais do que deveria. Rakin derrubou-a com um salto assemelhado ao de um tigre. Sua garra potente desferiu um golpe preciso na mão do anjo, livrando-o da espada. Era melhor assim. Sem intervenções nem preocupações. Uma olhada ligeira revelou que tinha tempo para acabar calmamente com aquela vida, porém decidiu não arriscar... Talvez numa situação futura, pensou. A boca escancarada mergulhou em direção ao anjo. Os dentes superiores tocaram o campo gramado e, com a arcada inferior, encaixou o pescoço do anjo relutante na mandíbula. Fechou com força e rapidez, sentindo o interior se umedecer cada vez mais à medida que a ferida do anjo aumentava dentro de sua boca. Quando soltou, praticamente não havia vida dentro daquele ser celeste. O anjo arregalou os olhos e deixou Rakin deliciar-se com o espetáculo das chamas se apagando. Os olhos do anjo escureceram lentamente até tornar-se dois orifícios negros cheios de carvão. Lágrimas de piche escorreram. A boca escancarou uma última vez; o peito inflou uma última vez. A cabeça estava quase separada do corpo.

Rakin, impiedoso, mordeu o rosto do anjo já sem vida, separando a cabeça do tronco, e gargalhou estridentemente. O céu estava cheio de trovões. Nuvens gigantes agrupavam-se. Os anjos cruzavam o céu, sempre perseguidos por vários demônios. O sangue do anjo pingava pela boca. Atirou a cabeça metros além. Um outro anjo grande e majestoso caiu ao seu lado. Rakin estava pronto para um novo ataque.

Poucos minutos atrás, Taguinel sentira-se extremamente cansado. Matara o último demônio da primeira leva, caindo sobre o joelho, ferido e fraco. Percebeu a armadura invisível refulgir, como se tomasse fôlego para o que viria. Estava determinado a continuar até o fim. Ergueu os olhos para o mar de cães que se estendia à frente. Despertava um ar de infinito a quantidade de pares de olhos vermelhos que podia ver. Não venceriam nunca. Sentiu toda sua fé drenada e impotente diante do infinito vermelho que bloqueava a visão. Olhou para os lados. Talvez houvesse ainda trinta guerreiros. Não agüentariam a próxima carga. Sentia a energia lhe faltar. Sentia a visão, vez por outra, apagando. Ergueu os olhos. Lá vinham eles. Taguinel inspirou prolongadamente. Milhares de demônios odientos carregando destruição e dor em vez de alma.

Naquele momento, estava destituído de capacidade.

Taguinel percebeu um cão feroz e gigantesco aproximando-se. Ele estava à frente de todos, determinado, liderando. Tentou erguer a espada, mas o braço não respondia. A onda estava próxima. Já podia ouvir os rugidos animalescos das feras a poucos metros. O anjo expirou demoradamente. Não morreria tão fácil; viveria para ver o próximo ataque; destruiria todos aqueles demônios odientos. Jamais colocariam as garras em seu valoroso general. Inesperadamente, porém, tudo tornou-se leve. A luz esmaeceu; o cão estava ali e o anjo, impotente. O cão era rápido demais para ele. E os demônios, muitos. Perdeu-se nessas observações por uns segundos, e como foram preciosos! Quando olhou, o demônio voava em sua direção. Tinha se desconcentrado, e isso custara-lhe a vida. Caiu, chocando-se dolorosamente contra o campo. A espada voou longe. O fim se avizinhava. De repente, a visão tornou-se turva, e lágrimas escuras o cegaram. A boca quente da fera envolvera seu pescoço; ao fechar-se, uma dor jamais experimentada. Sentiu a cabeça deslocar e uma grande desordem. O corpo estava insensível; nada obedecia. Os olhos fitavam o céu. A visão tornou-se clara pela última vez em sua existência para a luz. Via os irmãos bailando lindamente, brilhando, livres dos cães. Via-os passeando e voando. A escuridão chegava aos olhos. Em nada pensava o anjo. As lágrimas negras voltaram. Tudo era escuridão.

Thal tentava avaliar aquele início de combate. Torceu para que os guerreiros da primeira batalha tivessem tido tempo para descansar. Observando o campo, viu, na outra margem, um pequeno grupo de dez cães grandes e ferozes correndo enlouquecidamente, mas não iam na direção da batalha. Contornaram a periferia do evento e atravessaram o campo, afastados da concentração dos anjos. Boa coisa não era.

O general alertou alguns soldados do último batalhão e ordenou que perseguissem as feras. Algo de ruim iria principiar.

✠ ✠ ✠ ✠ ✠ ✠

Nove e cinqüenta da noite.

Os homens encapuzados apearam da *pick-up*. Cumpriam ordens do velho Gê, que não acompanhava o grupo. O velho, que, como outros deles, havia recebido a visita de Khel, dizia ser esta a missão mais importante do dia: um seqüestro. Buscariam Gregório, escondido na igreja. O homem era importante demais para ficar nas mãos dos cristãos. Era a chave para certificar a vitória do exército negro e um curinga, a ser usado na hora certa.

Seis homens armados com pistolas e espingardas esgueiraram-se na escuridão, ao lado da igreja, evitando a multidão. Encostaram na parede de madeira nos fundos da igreja. Segundo Genaro, encontrariam uma janela fácil de arrombar. E lá estava ela.

Ney enfiou um pé-de-cabra e, sem muito trabalho, abriu a janela, produzindo o mínimo possível de barulho.

Todos estavam na sacristia. Gregório dormia tranqüilamente; Vera observava a programação do Canal 3. Dali a meia hora, começaria seu programa preferido, um *talk-show* em que participavam muitas personalidades do mundo evangélico e de várias outras religiões e de diferentes profissões. Adorava entrevistas com cientistas ateus. Achava interessante a maneira feroz como tentavam fundamentar a inexistência de Deus. Os outros (contando com Gregório, eram sete no total) oravam, preocupados com o andamento dos fatos.

Mais quatro pessoas estavam no cômodo, invisíveis aos humanos. Outrora quietas, agora agitavam-se. O anjo Mael, próximo à porta, foi quem percebeu primeiro. Com um rápido sinal, pôs os irmãos alerta. Desembainhou a espada e apurou o ouvido. Sons suspeitos vinham do corredor. Mael atravessou a porta, ganhou o corredor e, no fundo da igreja, viu alguém arrombando uma janela. Atravessou a parede e avistou seis homens, que não se pareciam com mocinhos.

Mael retornou e explicou a situação. Um dos anjos aproximou-se do dr. Jessup, cochilando, recostado em uma cadeira, e balbuciou ao ouvido:

— Tenha medo!

O médico acordou sobressaltado. Tinha a impressão de estar sendo perseguido por demônios... um pesadelo.

— Tranque a porta... — sugeriu o anjo.

Passos no corredor.

— Essa porta está trancada? — perguntou o médico a Vera.

A mulher balançou a cabeça negativamente.

Num salto, o médico já estava girando a chave.

— O que está acontecendo, homem? — perguntou Vera, assustada.

— Não sei. Pressenti algo.

Bateram na porta.

Com a agitação, as pessoas que se encontravam orando foram interrompidas.

— Quem está aí? — adiantou-se Jessup.

— Estão precisando de vocês lá no salão. — respondeu uma voz familiar.

— Não podemos sair agora. — disse Vera, em tom baixo, para não acordar o cunhado.

Um dos anjos cobria com as mãos os ouvidos de Gregório, protegendo, preservando-o dos barulhos.

— Eu preciso entrar...

— Pra quê? — perguntou Vera.

— O Gregório taí? — perguntou Pablo.

Vera gelou. Todos estranharam, mas ela teve medo.

— É o bicho-papão! — gritou o homem.

Um segundo de silêncio. Então, veio o barulho de madeira cedendo, Ney novamente estava usando o providencial pé-de-cabra.

Mael aproximou-se da porta, estendeu as mãos e criou um campo de luz que parecia penetrá-la.

Ney forçava, mas a maldita porta não cedia. Pablo adiantou-se para ajudá-lo.

— Vamos logo, macacada. A gente só quer uma coisinha. — gritaram os homens.

Jessup agarrou sua valise.

— Empurrem os armários para cima da porta. Temos que ganhar tempo. Vou medicar Gregório novamente. Sorte este cara não ter acordado ainda.

Jessup foi rápido e, antes de um minuto, já estava procurando uma veia para aplicar nova dose no homem.

Mael continuava expelindo seus raios enquanto o outro anjo protegia Gregório e observava o médico atônito. O que pretendia ele? Para que a medicação inesperada? Os anjos estavam absortos quando tudo veio abaixo.

Seis cães-demônios pularam para dentro da sacristia, rugindo.

— Afastem-se daqui! — ordenou o anjo Cardinal — o campo está lá fora. Deixem os humanos em paz.

Os cães arfavam furiosos, medindo os adversários.

Os quatro anjos estavam imóveis.

Mael alimentava a porta com seus raios, o que consumia muita energia, pois a luminosidade da pele havia diminuído consideravelmente.

Suas armaduras de energia cintilaram rapidamente, chamando a atenção das feras.

As pessoas recolheram-se a um canto da sala. Pareciam assustadas, mas certamente não viam os cães. Se pudessem vê-los, sem dúvida já estariam tentando cavar uma saída pela parede com as próprias unhas e dentes.

Pela primeira vez, Gregório agitou-se.

Jessup aplicara a medicação e, em questão de minutos, estaria a pleno efeito. Gregório não acordaria nem com um bando de demônios pulando em sua cabeça... literalmente.

As entidades permaneciam imóveis, esperando o primeiro ataque. Somente Mael estava com a arma desembainhada. Cardinal, num movimento rápido, levou a mão à bainha, mas antes que apanhasse a espada, o ataque começou.

Um cão pulou, rugindo bestialmente, e abocanhou o braço de Cardinal, que jogou-o para um canto da sala.

Por reflexo, o anjo que protegia Gregório sacou a espada, e Mael abandonou a porta, enterrando o metal no tórax de uma fera. O animal transformou-se em uma bola de fumaça, infestando o ambiente com seu cheiro característico. Logo foi atacado por outra fera, afastando-se completamente da porta.

Do corredor, ouviram-se disparos de arma de fogo. Com certa facilidade, os homens invadiram a sacristia. Estavam encapuzados e armados. Todos acuaram-se ao canto da sala.

Os anjos estavam ocupados demais para intervir. Mael queria decolar, livrar-se de um cão que se prendera em suas costas, ferindo-o seriamente. Um anjo era devorado vivo, caído, com metade do corpo dentro da sacristia, metade para fora da igreja.

— Dêem o homem. Não vamos matá-lo, apenas transferi-lo. — disse Pablo.

— Deixe-nos em paz! — gritou Edna.

— Como quiser. — respondeu, apontando a pistola.

Todos gritaram.

— Ora, essa é a paz que posso dar a vocês. Por que gritam? Pedem paz... mato vocês. Pronto! Paz eterna.

Mael saiu da igreja, livre do cão. Lá fora, havia mais cães em luta contra outros anjos de luz, os reforços.

Os homens engatilharam as espingardas e apontaram para o bando amedrontado.

Ney e mais dois ocupavam-se de Gregório. Deram-lhe alguns tapinhas no rosto, sem resposta.

— Acho que esse safado tá morto, Pablo.

— Pode ser. De todo jeito, vamos levar esse filho da puta. Safado; me passou a perna.

Quatro carregaram Gregório com dificuldade. Saíram pelo corredor e o passaram pela janela arrombada. Um dos homens adiantou-se e aproximou a *pick-up* o máximo possível. Acomodaram Gregório na traseira do veículo e zarparam, deixando para trás a igreja de Belo Verde. Pela rua de terra batida chegariam à rua central, e de lá rumariam ao sítio de Genaro.

Tudo parecia dar certo até que o motorista da *pick-up* sentiu a roda traseira patinar. A impressão era que o veículo tinha afundado em uma poça de lama. Automaticamente, engatou o sistema 4x4 e patinou mais um pouco. O motor roncou furiosamente.

O motorista já pensava em descer quando outra estranheza abateu-se sobre os seqüestradores. Um estalo esquisito... uma batida de carro. Algo havia atingido o capô da *pick-up*, fazendo-a chacoalhar. Os homens gritaram, surpreendidos. Repentinamente, o carro estava livre, tomou impulso violento, devorando a estradinha de terra.

Deveria ser uma poça de lama, pensava o motorista.

O céu escurecera ainda mais. Nuvens negras e pesadas cobriam todo o firmamento. Trevas. Relâmpagos começavam a cruzar o céu, transformando a noite em algo ainda mais tenebroso. Medo.

✠ ✠ ✠ ✠ ✠ ✠

Nove e cinqüenta e cinco da noite.

A segunda avalanche de criaturas do inferno parecia muito mais feroz que a primeira. A matilha que permanecia abaixo da batalha rodopiava ansiosa, esperando, carniceira, os anjos caídos.

Alguma coisa diferente precisava acontecer, pensou Thal. Elias tinha que obter êxito absoluto em sua empresa. Precisavam reforçar o grupo de orações. Calculava que se as coisas não mudassem, suportariam, no máximo, até a meia-noite.

Quando sentia o escudo fortalecer, era sinal de baixa nos anjos em batalha. Os mortos paravam de receber energia que vinha da casa, que, por não ser consumida, retornava ao grupo vivo. Era considerável, mas precisavam de muito mais. E somente com as orações, com fé verdadeira, multiplicada várias vezes, poderiam trazer energia suficiente para protegê-los e fortalecê-los ainda mais.

Os anjos feridos melhoravam bastante quando retirados da batalha. Cerca de cinqüenta permaneciam imóveis, como num estado de hibernação. A luminosidade em suas peles retornava gradativamente, conferindo aparência saudável. Talvez houvesse tempo de se restabelecer e voltar ao campo de batalha. Talvez.

Do meio da briga, os quatro anjos resgatadores traziam mais dois. Voavam em velocidade média. Deixaram os feridos à margem do grupo para que se juntassem aos demais. Quanto aos quatro ajudantes, já estavam novamente a caminho da batalha, do vespeiro, esperançosos em resgatar mais irmãos das garras da morte.

Thal os observava quando sentiu uma sensação ruim... uma perda de energia. Coisa estranha. Pairando, para melhor observar a batalha, perdeu altura até tocar o chão, desequilibrado, de quatro, com os joelhos fincados no campo gramado.

Trovejou. A chuva viria, o que aumentava suas esperanças. Com a chuva, teria energia extra, mesmo que temporariamente. Iria atacar com fúria e rapidez. Aproveitar o poder da chuva... que o fazia indestrutível.

Thal olhou para o braço. A pele clareou; podia ver o chão através da túnica e do braço. Estava desaparecendo. Olhou para trás, para a igreja. Era isso! Aqueles cães tinham ido acordar Gregório. Não podia permitir. Estaria tudo acabado. Quando Gregório adormecesse novamente, adormecesse, poderia ser tarde demais, poderia não haver por que lutar. O anjo gigante decolou. Precisava chegar o quanto antes. Mais um segundo. Algo de errado, no entanto, estava acontecendo. As asas perderam a potência. Ele sentia medo. Caiu involuntariamente, batendo em um morro, jogando terra para os lados e arrancando plantas. Uma dor profunda no tronco. Estava interagindo com o plano físico. Nunca acontecia, a menos que fosse preciso e que ele desejasse... Estava perdendo o controle. Estava tonto, como acontecera ao abandonar o corpo de Gregório. O braço do anjo formigava... uma fisgada, como se algo penetrasse seu corpo espiritual. Sono... seria o que os humanos chamavam estar drogado?

Levantou o rosto do chão e olhou para a igreja, mais próxima. Lá de trás, pôde ver os homens escapando por uma abertura. Havia um corpo. Era Gregório, inexplicavelmente, ainda adormecido. Thal levantou-se com dificuldade, esforçando ao máximo para não perder o equilíbrio. Estava dopado, drogado. Como era possível sentir-se assim? Não podia esmorecer; precisava lutar! A vida de muitos anjos dependiam da sua consciência. Precisava lutar! Não sabia lidar com o novo. Estavam colocando o homem num veículo. Tinha que detê-los. Os anjos e cães próximos à cena estavam ocupados demais para intervir. Decolou. Tomou velocidade. Iria detê-los.

Mael viu quando Gregório foi colocado no veículo. Destruiu mais um cão e dirigiu-se para a caminhonete. Os homens subiram. Mael agarrou o pára-choque da *pick-up* firmemente. Veio o tranco: não precisaria empregar tanta força, pois seria fácil detê-la. O único inconveniente era um cão aproximar-se e molestá-lo, mas, com sua visão periférica, percebia que restavam poucos animais, e os irmãos estavam levando a melhor. Uma esfera de luz aproximava-se à esquerda. Era um anjo. Era Thal. O general vinha muito rápido. Por um instante, tudo tornou-se brilhante demais para Mael. Em seguida os olhos perderam o brilho, lentamente. Thal não chegara até ele ainda. Soltou a *pick-up*, não suportando mais o peso. A força sobrenatural esvaía-se. Escurecia. A ponta de uma espada apareceu em seu peito e um hálito quente aproximou-se na nuca.

— Morra, miserável... — balbuciou baixinho um anjo negro.

Descontrolado, Thal bombardeou o capô da *pick-up*, sacudindo-a violentamente. Os humanos assustaram-se, mas o veículo começou a movimentar-se. Tentou levantar-se, mas caiu de costas. Via agora os faróis vermelhos, como olhos de demônios, afastando-se. Eles não poderiam levar Gregório. Queria levantar-se, porém foi impedido pela ponta da espada de um anjo demoníaco, de peito largo e braços fortes. Tinha os músculos proeminentes e trajava um saiote vermelho. Os chifres eram curtos, porém pontiagudos.

O demônio sorria. Tinha o anjo do ponto à sua mercê. O general estava indefeso.

— O campo é lá. — disse Thal, apontando sua espada para o pasto.

— Não precisa dizer, seu filho da mãe. Só quero que saiba que eu poderia ter liquidado você aqui mesmo. — advertiu o anjo do mal. — Por que está no chão, rolando na lama como os porcos, guerreiro? — perguntou o inimigo, balançando a cabeça indignado.

Thal ficou em silêncio. A visão o abandonava, enegrecia. Estava sem forças até para falar.

Sentiu que o levantavam e ouviu o barulho de asas demoníacas sendo abertas, espalhando som de trovão. Desejou a chuva. A chuva o recuperaria. Estava sendo carregado com consideração e cuidado. Voava rápido. Para onde? O pânico começou a crescer. Poderia estar sendo carregado para o lado dos demônios, que avançariam contra ele, todos ao mesmo tempo. Seria estraçalhado, arremessado ao mar de olhos em brasas. Tentou mover-se. O corpo não obedecia. Temeu desmaiar, como quase acontecera naquele dia no beco em que Khel lhe parecera tão poderoso. Sentiu o corpo liberto. Despencava das alturas, como naquele dia no beco quando despencara de cima do prédio. Quase podia ver tudo acontecendo novamente. Estaria sonha... Thal gritou. O corpo impactou-se contra o chão. O pasto. Abriu os olhos assustado: estava cercado pelos seus. Lá em cima, pairava o anjo inimigo.

O anjo negro fez uma reverência para os anjos outrora irmãos e partiu para o seu lado, esperando a hora certa de enfrentar o soldado do ponto. Thal.

✠ ✠ ✠ ✠ ✠ ✠

Um tenente da FAB fazia o exame rotineiro em seus instrumentos. Aquele posto-radar sempre fora pacato, sem tráfego intenso, nada de suspeito para animar. Nada na tela, monotonia como sempre. As rotas comerciais eventualmente trocavam seus horários, mas, até o momento, tudo se encaixava perfeitamente em sua planilha. Tomara uma dúzia de xícaras de café, partindo agora para a seguinte. Levantou-se e foi à mesa do lanche. O filho mais velho resolvera comprar uma motocicleta. Repassava, mentalmente, todo o arsenal de argumentos que seria obrigado a utilizar para tirar a idéia da cabeça do guri. Era uma guerra dificílima. Ele próprio, contra a vontade do pai, tivera uma moto. Como era delicioso pilotar, pensou, liberando um melancólico e prolongado suspiro. A moto lhe trouxera a esposa e um coma de dois meses. Sobrevivera por vontade de Deus. Só isso para explicar a recuperação total do trauma. O filho nunca teria moto. Despejou o café no copo plástico, sorveu um gole amargo, fez careta. Tentava abandonar o açúcar, mas adoçante era ruim demais. Detestava a barriga que estava ganhando, mas que mal faria um açúcarzinho no café? Despejou três colherinhas. Primeiro gole. Pem!... Pem!... Pem!... Pem!... Pem! Assustou-se. Era o Alarme de Parâmetros, que disparava sempre quando o radar detectava alguma aeronave fora dos indicadores trafegando na região, fosse velocidade, tamanho, altitude. A luz tripla era novidade para o tenente: disparara pelos três motivos. Geralmente, eram balões meteorológicos que escapavam aos padrões, falhas do sistema e, raramente, nuvens sobrecarregadas. Saberia o que causava aquela amolação assim que examinasse a tela. Soltou o café na bancada. Um objeto grande, do tamanho de seis campos de futebol! Não era um balão. Decididamente, não. Não era um avião. Pelo menos, não um terreno. Não terreno?! Meu Deus! No que estava pensando, afinal de contas? ETs?! Foi isso que passou pela cabeça do tenente. Não eram ETs coisa nenhuma! Provavelmente, mais uma falha idiota daquele satélite idiota ou dos radares terra-ar, também idiotas. Checou o sistema de novo. Conferia. A coisa estava ali, a oito mil pés. Se fosse de dia, seria possível vê-la a olho nu. Para ser verdade, precisava ser um veículo extraterreno. Resolveu apelar. Desligou todo o sistema e religou. Costumava funcionar. Passaram-se dois agonizantes minutos. Então lá veio ele: Pem!... Pem!... Pem! O tenente abaixou o volume do alarme e checou se o equipamento estava funcionando corretamente. Se aquilo fosse um alarme genuíno, o suporte tinha que estar funcionando. E estava. Fitas magnéticas gravavam os dados visuais. O computador armazenava dados importantes, fazendo análise dos parâmetros, tentando identificar o negócio. Uma imagem tridimensional poderia ser obtida rapidamente se o tenente desejasse. Correu para o computador. Antes que iniciasse, o telefone tocou.

✠ ✠ ✠ ✠ ✠ ✠

Encostaram a caminhonete em frente ao celeiro, transformado em igreja para seus sinistros encontros. Não compreendiam como Gregório ainda podia estar dormindo. Antes de removê-lo, Pablo pediu uma lanterna e examinou suas pupilas, descendo com o facho de luz pelos braços. No esquerdo, encontrou.

— Drogaram ele. É isso. — explicou aos parceiros burros e sem imaginação.

Carregaram o rapaz para dentro e o recostaram num banco. Pela intensidade de relâmpagos e trovões, logo estaria chovendo canivetes.

Genaro estava ajoelhado, aparentemente orando.

— O que ele diz? — perguntou Pablo ao velho, ajoelhando-se ao lado.

— Não diz nada. Tem alguma coisa errada. Ele prometeu que estaria aqui para nos orientar até a hora de beber o humano, de nos alimentar de seu precioso e especial sangue.

Pablo levantou-se.

— Mas ele havia ordenado que acordássemos o humano, certo?

Genaro aquiesceu, sem levantar o rosto ou abrir os olhos.

Pablo retirou-se e espalhou ordens, movimentando o pessoal da igreja. Levaram Gregório para a parte traseira do celeiro, um depósito vazio no térreo. O mezanino acondicionava diversos tipos de madeiras. Bem no meio do pavimento, uma coluna de sustentação. Com pedaços de corda, amarraram Gregório ao poste pelos pulsos e firmaram seu tórax. Gregório tinha um metro e oitenta e era pesado. Desmaiado, parecia pesar o dobro. Perderam bastante tempo, não se preocupando em deixar a vítima em posição confortável, mas que estivesse bem preso. Iriam acordá-lo e não sabiam do que ele era capaz. Os irmãos visitados por forças satânicas diziam que aquele homem era o ponto-chave na batalha que se desenrolava no plano espiritual. Talvez possuísse poderes mágicos, forças conferidas pelos anjos de luz. Era imprevisível.

Pablo saiu do salão e voltou minutos depois com algumas latas de cerveja que estavam na *pick-up*.

— Tá na hora de acordar, querida.

Apanhou uma lata e agitou-a intensamente. Abriu e espirrou o líquido, que escapava em jatos, no rosto do homem.

Gregório ainda não demonstrava sinal de acordar, mas depois da quarta lata iniciou uma série de piscadelas e ergueu a cabeça. De olhos fechados, resmungou, tossiu e despertou.

Pablo continuou esguichando as cervejas até ter certeza de que ele estava acordado. Deu alguns tapas no rosto, agarrou-o pelos cabelos e ergueu a face.

— Acordou?

Gregório tentou balbuciar alguma coisa e abriu os olhos. Estava de pé, pisando em algo que parecia chão de terra, pois sentia o atrito de areia na sola das botas. A cabeça estava dentro de uma colméia. Ouvia pancadas ritmadas; os olhos pareciam cheios de areia. Sono. Um tambor sob os ouvidos; um som ruim que vinha de todos os lados; tinha dificuldade para ordenar as idéias. Um desafio. A igreja... lembrava-se do último lugar onde estivera, mas onde estava agora? Uma dor forte vinha dos pulsos. À medida que recobrava a consciência, mais dor ele sentia. Primeiro, os pulsos, o lugar mais dolorido, depois as costas e o peito. Tentou apoiar-se nos pés, mas era difícil, faltavam forças. Por vezes, quase adormecia, mas o sofrimento era insuportável. Se conseguia erguer a cabeça, sentia náuseas.

— E aí, espertinho? Tá doendo, não está? — perguntou Pablo.

Sobressaltado, bateu a cabeça com força contra o poste em que estava amarrado. Amarrado? Imaginava-se sozinho até então, mas aquela voz... ele conhecia aquela voz... era uma pessoa... sua vida antiga e anuviada... ele era um amigo... talvez... talvez estivesse ali para salvá-lo. A cabeça pendeu para frente. Estava fora de si, embriagado. O doutor... ele havia aplicado uma injeção. Era isso. Mas por que diabos estava amarrado?

— Sabia que já era pra você tá mortinho? — perguntou o homem de voz familiar. Aos poucos, Gregório ia recuperando a consciência. — Se não fosse por uns chegados seus, você já teria rodado. Gostou da visita do Jeff? Eu que agendei pra você.

Ouviu risadas. Tinha muito mais gente. O tambor sinistro continuava tamborilando, tamborilando. Um barulho de explosão. Onde estou?, perguntou-se. O mundo apagou e uma imagem veio-lhe à cabeça.

Anjos. Muitos anjos. Ele passava entre eles. Enfileirados. Olhando-os nos olhos. Eram anjos. Tinham expressões que revelavam coisas benignas. Tinham coloração bronzeada, cintilante. Possuíam aura, possuíam asas maravilhosas. Pareciam aguardar um sinal. Estava experimentando uma sensação relaxante quando um relâmpago irrompeu em seus devaneios. Devia ter gritado, pois os homens riam. Seriam eles? Do mesmo modo que vira os anjos, agora via demônios enfileirados, esperando. Eram diferentes tipos de demônios, mas reconheceu aqueles que o atacaram na fazenda. Eram milhares agora, milhares! Sentiu medo: eram eles que gargalhavam? Um tapa dolorido no rosto o fez procurar o agressor.

— Não dorme, não. Já dormiu demais por hoje. — ordenou a voz.

— Pablo?...

— Ah! A mocinha resolveu falar, então.

A visão começava a entrar em foco, a clarear. A caricatura humana começou a tomar forma.

Sim, era Pablo. Indiscutivelmente. E, se não estivesse enganado, o outro vulto atormentado, logo atrás, era um dos desajeitados capangas, o Ney. Como sempre, Pablo vestia o sobretudo preto e dele sacou uma pistola 380. Gregório sentiu o cano gelado da arma pressionar e empurrar dolorosamente a cabeça contra o pilar onde estava preso. Já estivera sob armas apontadas mais de uma vez, porém era a primeira em que desejava que o carrasco puxasse o gatilho. Os últimos dias foram rápidos e confusos demais, como em sonhos infantis. E as estranhezas estavam chegando a um ponto-limite. Queria que parassem de acontecer. Um tiro, bem no meio da testa, talvez resolvesse seu problema. Perdera o irmão, e a culpa não saía de sua cabeça. Mais gente tinha morrido naquela manhã; isso, considerando que ainda estivesse no mesmo dia. Sentia-se responsável por tudo, por aquele sangue. Quisera nunca ter voltado para a terra natal. Certamente, as coisas continuariam como na última década. O pior não era a auto-culpa, a autocomiseração: era sentir-se responsável pelo sofrimento da cunhada. Aquilo acabava com ele. Talvez liquidasse com ela só para não carregar aquele fardo para a cova. Saber que deixou a mulher penando a vida inteira, culpando-o pela morte do marido. Ele não era um cara legal, ele não era do time dos mocinhos, mas um demônio, alastrando peste negra. Isso tinha que acabar, e melhor que fosse agora, daquele jeito: rápido e, com sorte, indolor.

— Eu podia esparramar essa porra que você chama de cérebro bem aqui, na frente de todo mundo. Ninguém iria fazer nada. — murmurou Pablo em seu ouvido.

— Vai em frente... — balbuciou Gregório, quase desacordando.

— Não me provoque, filho de uma putinha. Seu sangue vale merda para mim, mas tem umas pessoas aqui que discordam, para sua sorte. Estou contente em ajudá-los com esses problemas, mas de você eu quero uma coisa além de sangue. — fez uma pausa, esperando uma pergunta. — Quero minha grana, meu dinheiro. Se você não devolver, eu vou pra fazenda da sua família e toco fogo em tudo.

Gregório ergueu a cabeça. Olhos arregalados.

— Toque fogo em mim, seu covarde.

Pablo riu.

— Eu, covarde? Você que veio esconder seu rabo aqui e eu é que sou covarde?! Dá um tempo, Grégui. Você me trouxe pra cá, a culpa é sua, filhão.

Gregório ainda o encarava, com os olhos odientos transbordando lágrimas.

— E antes de ir embora, eu vou comer aquela sua cunhadinha gostosinha. Quem sabe ela não se apaixona por mim e decida ir comigo. Não vai ter mais marido mesmo, afinal o teu irmãozinho tá desaparecido ainda, não é? É, você tem a quem puxar mesmo.

Gregório agitou as cordas, tentando se libertar. Aquele verme maldito não iria botar os olhos em cima de Vera. Era culpa demais. Queria viver mais alguns minutos para ter certeza de ter levado embora da face da Terra aquele cuzão.

— Uau! De repente, ficamos lúcidos aqui, não é verdade? — ironizou Pablo.

Chegou junto de Gregório e aplicou-lhe um forte soco na boca do estômago. O rapaz gemeu. O próximo acertou o rosto.

— Pare! — ordenou o velho Gê, entrando no salão.

Gregório o reconheceu. Por um instante, imaginou que chegara sorrateiramente, no intuito de salvar-lhe a pele, mas logo mudou de opinião.

— Ele deve estar consciente e intacto até recebermos outro chamado de nossos mestres. Até lá, não encostem um dedo nele. Podem se arrepender.

Pablo, visivelmente contrariado, afastou-se.

— Só quero saber onde tá a minha grana! — gritou para Genaro.

— Tá enfiada no rabo da tua mãe! — respondeu Gregório.

Pablo virou-se furioso, vermelho, colérico. Avançou para Gregório e acertou o tórax diversas vezes. Gregório não exprimiu qualquer sinal de dor, talvez porque ela fosse intensa demais. Um disparo explodiu no galpão. Genaro empunhava uma espingarda, com o cano para cima.

— A próxima vai direto em você, meu irmão.

Pablo fez menção de apanhar a pistola, mas percebeu que não seria sensato. Estava consternado. O que aqueles caipiras queriam? Sorte deles ele também ter sido advertido por aquele cão em sonho. Não fosse assim, já teria terminado com a festa daqueles estranhos sujeitos e com Gregório.

— Afaste-se. — ordenou Gê.

— Não precisa falar duas vezes, vovô. Vocês são sortudos.

— Por quê? — perguntou o velho, apontando a arma para Pablo.

— Por nada... — desconversou.

— Ele tem que ficar acordado. Você não está ajudando. Por que não vai para o salão da igreja; pode ser mais útil.— sugeriu Genaro ao traficante de rabo-de-cavalo.

Pablo recusou, ajeitando-se num banco improvisado com tocos de madeira no fundo do galpão. Precisava esfriar um pouco para não fazer bosta antes da hora.

— Agora, vamos todos esperar. — disse Gê.

✠ ✠ ✠ ✠ ✠ ✠

Dez e cinqüenta da noite.

Ele havia desaparecido diante de seus olhos. Não fossem alguns anjos estarem cientes dessa probabilidade, teriam enlouquecido naquela mesma hora.

O responsável pelo quinto batalhão, anjo Mael, tomou conta da situação. Estavam sem o precioso general. O anjo do ponto. Provavelmente, estariam liquidados antes que ele voltasse.

Cardinal comandara o ataque do quarto pelotão, mas deixara de existir para a luz.

A terceira e quarta carga foram extremamente valiosas. Tinham retido as feras por um bom período, prolongando o tempo útil. Por alguma razão desconhecida, o mar de demônios permanecia imóvel na outra margem do extenso pasto. Apesar de não agradar, esse hiato de paz serviria para boas coisas. À esquerda de Mael estavam os 399 anjos restantes, ou seja, a quinta e a sexta carga. À direita, repousavam os anjos feridos. Vários restabelecidos permaneciam agrupados aos anjos convalescentes por determinação de Mael. Eram 98 anjos que ainda poderiam ser úteis. Mais da metade estava apta a retornar à batalha. A cada minuto, a força das orações revelava-se mais potente, tornando os corpos dos anjos enfraquecidos brilhantes e cada vez mais recuperados, viçosos. O campo continuava limpo de guerreiros. Centenas de corpos de anjos de luz jaziam no pasto. O coração de Mael parecia urrar cada vez que seus olhos varriam o gramado. Quantos amigos...

O céu gemeu. Relâmpagos banharam de luz a face dos guerreiros. Gotas d'água começaram a cair na terra. Um vento forte cruzou o campo de batalha. As espadas aguardavam as novas tropas do mal. A chuva desabava cadenciada. Trovejadas e relâmpagos pareciam comemorar a proximidade do fim daquele tormento. Os anjos dos dois pelotões restantes insistiam em manter a face dura e um falso entusiasmo, um tentando motivar o outro. E aquela pausa só fazia drenar-lhes a bravura. Tinham muito tempo para fitar a muralha de olhos satânicos à beira da floresta. O que tramavam as feras? O que aguardavam?

Mael destacou dois anjos: Yahel e Matatees.

— Vão e tentem contá-los, tentem descobrir quantos restam. Podemos vencê-los ainda, mas precisamos conhecer o inimigo. — pediu Mael, tentando encontrar um argumento empolgante.

Os anjos decolaram lentamente, voando rente ao pasto. A chuva aumentara e urrava em seus ouvidos. O mar de olhos vermelhos continuava impressionante. Parecia que os anjos não tinham derrotado um demônio sequer. Estavam todos rindo à beça do arremedo do Exército de Luz. As feras estavam divididas em grandes blocos, o que facilitava a tarefa. Ainda restavam demônios demais.

Dez e cinqüenta e cinco da noite.

Gregório recobrava a clareza dos pensamentos minuto a minuto. Lembrava-se por que estava enfrentando dificuldades para manter-se acordado. Jessup tinha aplicado uma dose generosa de sonífero. Não fazia idéia, no entanto, de como fora parar ali, naquele estranho celeiro, com aquele monte de amalucados em volta mantendo-o de olhos abertos. Os estranhos sons, o tamborilar no telhado e as explosões eram resultado de uma violenta tempestade que castigava a cidade. Lembrou-se do milharal. A chuva. Os olhos rodaram pelo celeiro. Lembrou que poderia erguer um trator se tocasse a água da chuva. Aqueles malditos teriam uma surpresa se conseguisse. Havia uma janela distante por onde gotas de chuva entravam. Como a janela estava no alto, quase toda a água caía no mezanino, e apenas um pouco vinha ao chão para formar uma pocinha. Se conseguisse alcançá-la... Olhou para a direita; o chão estava molhado pertinho dele. Podia alcançar essa outra poça com mais facilidade. Um cheiro de cevada fermentada invadiu-lhe as narinas. Aquilo não era água da chuva, era a cerveja que lavara seu rosto. Já desistia quando notou a poça estremecer. Pequenos círculos concêntricos formaram-se por um breve segundo, abrindo e aumentando de dentro para fora. Sorriu. Uma goteira. Era discreta. Demorou até a água ondular novamente. Eram gotas da chuva. Ergueu o rosto, procurando a resposta. E lá estava. Enquanto sua cara servia de saco de pancadas para Pablo, Genaro disparara para cima, abrindo um buraco no teto. Em intervalos de oito segundos, o chão era bombardeado por generosas gotas dágua vindas do céu, vindas da chuva. Se quisesse escapar vivo, era melhor alcançar a poça. Seria questão de tempo até a água se ajuntar e a ação se tornar possível.

Gregório esticou o corpo, empurrando a cabeça para frente. Se desse certo, talvez as gotas atingissem sua cabeça. Esforçou-se ao extremo, até o pulso gritar de dor. Não dava. Se abaixasse um POUCO, o pé direito alcançaria a poça. Lamentava a bota não possuir um furo na sola. A água jamais atravessaria aquele calçado.

— Que cê tá querendo fazer? — perguntou Ney, que o observava curioso há alguns minutos. — Tá se esfregando que nem bicha-louca aí nesse pau...

— Não enche, Ney. Tô com um problema aqui...

Ney aproximou-se.

— Que problema, bonitão?

— Acho que entrou um prego na minha bota. Um prego dos grandes. Meu pé tá parecendo uma bica de água natural de tanto sangue que está saindo. Argh! Como dói.

— Que se foda, Grégui. — retrucou, dando as costas.

Gregório continuou simulando seus gemidos por mais alguns segundos, tentando se livrar da bota. Esfregava a batata da perna contra a coluna, procurando uma reentrância na madeira onde a boca da bota pudesse se enroscar. Assim, talvez conseguisse se livrar da peça.

Dez e cinqüenta e cinco da noite.

— Eles ainda têm aproximadamente quinze mil soldados.

— E o que esperam? — inquiriu Mael.

— Estão separados em grandes grupos, com mil demônios cada. Não sei o que aguardam... talvez saibam que Thal não está aqui.

— É bem possível.

— Devemos atacar, Mael?

— Não. Vamos dar mais algum tempo. Vamos tentar descobrir se é isso mesmo que retarda as bestas. Aproveitemos para nos fortalecer na fé, na energia das orações. Conseguimos destruir muitos demônios, mas agora que a batalha se afunila, as coisas parecem mais difíceis. Como disse, vamos esperar e aproveitar esta pausa. Thal não deve tardar. Assim espero, pois precisamos de nosso general para prosseguir.

Mael abaixou as asas, fixo ao chão. A pele cor de metal refulgia brilhante. A armadura proveniente das orações cintilava cada vez mais espessa, envolvendo os guerreiros em confiança e força. O anjo gritou ordens às duas tropas. Determinou que permanecessem separadas e prontas para os instantes finais do confronto. Eram quatrocentos homens, fora os anjos feridos e separados, com os quais ainda não poderia efetivamente contar.

— Nosso inimigo aguarda! — gritou. — Preparemos nossas espadas justas para defender nossa integridade. Estejam alerta. Não morram com medo no coração. Morram bravamente. Enterrem fundo a lâmina chamejante em cada fera estúpida que cruzar o caminho. Que a vitória final seja nossa!

Os anjos concentraram-se nas palavras de Mael, o comandante no momento. Sabiam que Thal prontamente voltaria.

Muitos, ao admirar o "revestimento" espiritual sempre mais potente, sentiam-se, de fato, mais poderosos, mais encorajados... Entretanto, toda aquela fortaleza era abalada ao descansarem os olhos no horizonte, observando o oceano escarlate, o inferno, a fogueira viva que permanecia imóvel, como uma muralha, bem ali em frente, ondulando como lanternas vermelhas lançadas a um mar maldito. Restavam ainda quinze mil feras abomináveis. Quinze mil. Eles, os anjos intactos, eram apenas quatrocentos. Eram quase trinta e oito demônios para cada guerreiro de luz. Ao primeiro movimento do inimigo, estaria decretado o último ato daquela aventura.

Onze e dez da noite.

— A caminhonete é aquela mesma? — perguntou o investigador Tatá.

— É ela mesma.

Vera destravou a porta do carro, descendo sob protestos do investigador.

Tatá tirou o revólver do coldre. Estavam no sítio do velho Gê.

— Psssiu! Vera! Volta aqui, garota. — sussurrou o policial, enérgico.

Ela parou. Tinham deixado o carro um pouco afastado do celeiro, encoberto pelo mato à beira da estradinha de terra que, àquela hora, já tinha virado lama. O investigador alcançou a moça com certa dificuldade para equilibrar-se, sentindo o pé dançar no barro. Dois acompanhantes desceram da viatura: o dr. Jessup e outro policial. Jessup quase caiu ao dar o primeiro passo, batendo forte contra o capô do carro. O impacto produziu um barulho alto, provocando uma carrancuda reprimenda. O velho recobrou a pose e juntou-se aos demais.

— E agora?— perguntou Edu, o parceiro de Tatá.

— Eu não tenho nenhum plano, mas não podemos largar o rapaz lá dentro com aqueles caras armados.

— Ele não está em condições de se defender. Eu lhe apliquei drogas fortes para ficar adormecido.

— Você e Vera fiquem aqui. Eu e o Edu vamos tentar recuperar seu cunhado. Por favor, não saiam daqui. Se tivermos algum problema, vamos precisar de vocês vivos para nos ajudar.

O médico e Vera aquiesceram com a cabeça, concordando.

— Tome. — Edu estendeu uma PT para Jessup. — Sabe usar essa pistola?

— Sei exatamente como usar.

— Qualquer problema, não economize balas; eu tenho um estoque em casa.

Jessup sorriu. Vera jogou o cabelo molhado para trás. A chuva caía incessante, dificultando a visão. Tinham perseguido a *pick-up* até a entrada da fazenda do velho Gê. Como estavam desarmados, voltaram para buscar Tatá em casa. Agora, esperavam que o policial voltasse bem, trazendo Gregório com ele, vivo.

Gregório encontrou no poste algo que parecia um prego, onde prendeu a borda do calçado. Aos poucos, foi tirando a bota.

Os homens, sentados, aguardavam instruções do velho Gê, ávidos por mais matança. Pablo acalmara-se temporariamente, mas mantinha a idéia fixa de acabar com Gregório ainda naquela noite. Queria descobrir primeiro onde o filho da mãe tinha enfiado seu dinheiro.

A maioria estava armada. Se o plano de Gregório funcionasse, se ele alcançasse a poça dágua e molhasse os pés, se ele recebesse aquela força extra para se libertar das cordas, era bom que conseguisse velocidade sobrenatural também, pois teria que correr rápido o bastante para se mandar dali sem tomar uma azeitonada na cabeça.

Gregório contou. Só ali, tinha oito caras. Lá dentro, no altar, era impossível saber. No mínimo, três. Sentiu a bota soltar-se completamente. Estava sem meia, descalço. Agora, deveria concentrar-se na segunda parte do plano: alcançar a poça e molhar os pés na água da chuva. Esperou um segundo. Os homens estavam olhando para ele, como se decidissem sobre seu destino. Pelo menos dois perceberam que ele tinha tirado a bota. Temeu que estragassem a tentativa, mas, aparentemente, estavam cagando para o pé descalço.

Distraídos e conversando em roda, o homem aprisionado teve chance de executar a tarefa. Abaixou o corpo, raspando contra a coluna, e aproximou-se alguns centímetros do objetivo. O pé arrastou-se ligeiro, tocando a generosa poça d'água. Sentiu a pele umedecer, molhar. Levou alguns segundos além do normal, mas aconteceu. A pele eriçou; a audição aguçou momentaneamente, ouvindo as gotas da chuva cortarem o céu. Os olhos cintilaram, tornando tudo mais claro. Sentiu a força chegando, tonificando, queimando como eletricidade. Os músculos pareciam rocha. Ele tinha o "poder" novamente.

Os homens conversavam animadamente sem dar bola para o prisioneiro subjugado. Por isso, nem perceberam quando ele arrebentou o cordame que prendia o pulso, como se fosse feito de manteiga.

Apesar de livre, Gregório manteve-se na mesma posição para disfarçar, fingir-se preso até detectar uma boa oportunidade para deixar o lugar. Os homens viraram em sua direção, sem prestar atenção. Apenas um deteve-se, com o queixo caído, tamanho o espanto. Atabalhoado, sem conseguir falar, cutucou um outro, e assim por diante, até que todos estavam virados para Gregório, com surpresa estampada no rosto. Dois trataram de engatilhar a espingarda. Gregório estava imóvel. Os outros correram para suas armas, colocando-as em prontidão. Gregório tentava descobrir o que o havia denunciado, mas não encontrou nenhum indício gritante, exceto a bota fora do pé. Dois apontaram as armas em sua direção. Foi quando percebeu que o problema não era exatamente com ele. Estavam olhando para além dele. Ouviu uma batida de porta. Tentou, mas não conseguiu olhar por cima dos ombros. Se forçasse um pouco mais, eles perceberiam que as cordas estavam completamente soltas. Um vento forte entrava no celeiro.

Os homens esqueceram o prisioneiro. Os dois primeiros viram claramente um braço empurrando e abrindo a porta. O intruso permanecia escondido do lado de fora, sem revelar sua figura. Era um braço normal, com uma blusa comprida. A porta abriu-se por inteiro e depois começou a fechar lentamente, rangendo, empurrada de leve pelo vento. Os outros, despertos pelo movimento da porta, apanharam as armas e agruparam-se. Um vento forte e repentino atirou a folha da porta contra a parede do celeiro.

— É só o vento, seus palermas. — grunhiu Pablo.

— Cala a boca. Eu vi um braço abrindo aquela porra.

— Eu também vi. — disse Arthur.

— Se vocês viram alguma coisa, vocês vão lá e chequem. — resmungou Ney.

Os homens se entreolharam. Todos pareciam apoiar Ney, livrando-se do problema.

— É foda. Eu vou.

Arthur seguiu o amigo. Os dois passaram por Gregório, sem perceber que as cordas estavam frouxas.

Ele aguardava um momento de distração para ter uma boa chance de se mandar dali inteiro.

Os homens se aproximaram da entrada, mas o braço não apareceu, o que só aumentava a tensão. Teria sido um simples curioso, que depois de presenciar um bando de gente armada com um cara amarrado num poste, resolvera fugir? Seria encrenca? O único barulho que ouviam era o da chuva, caindo com estardalhaço. Os trovões retiniam como espadas e depois como tambores gigantes, fazendo a mão tremer.

Arthur foi quem chegou primeiro até a porta. Havia alguém ali, ele tinha certeza. Resolveu verificar com precaução. Se atravessasse de uma só vez, podia ter um cara esperando para acertá-lo. Tinha que chegar de mansinho. Encostou-se na parede, ao lado da porta. O amigo o imitou. Fez um sinal para que ele esperasse. Chegou bem perto da porta e enfiou a cabeça para fora. A chuva o impedia de enxergar direito, ainda mais porque o vento jogava os pingos pra dentro do celeiro, direto em sua cara. Entretanto, a chuva não reduzira seu tato, o que pôde confirmar quando um cano de revólver frio tocou sua cabeça. Recobrando o foco, reconheceu quem o empunhava. Era o investigador de polícia.

— Tatá?

— Arthur, cê tá numa encrenca, meu chapa.

Tatá puxou-o para fora. Tomou a espingarda e jogou-a na lama. Torceu o braço do homem, mantendo-o preso às costas. Arthur seria seu escudo para libertar Gregório daquela confusão.

— Num entra lá, Tatá, os caras são malucos. Vão te matar.

— Cala a boca, Arthur.

Tatá empurrou-o, apertando e torcendo o braço ainda mais. Arthur soltou um grunhido de dor. Entraram pela mesma porta. Tatá e Edu ouviram armas sendo engatilhadas, prontas para disparar. No canto esquerdo de seu campo visual, Tatá localizou Gregório.

— Eu só quero o rapaz de volta! — gritou.

Deu alguns passos para dentro. À esquerda, um homem nervoso empunhava frouxamente a espingarda. Se não estivesse enganado, aquele cara era filho do falecido Boa. Não era perigoso, estava congelado, pronto para mijar nas calças. Estava preocupado com os rostos estranhos que via no meio daqueles caras esquisitos da cidade.

— Que timinho de primeira tá aqui, hein? — disse Edu. — Só tem sangue bom.

Pablo, com a pistola erguida e apontada para Tatá, deu dois passos para frente, chacoalhando o sobretudo.

— Ninguém leva o porra-louca daqui.

— Não sei quem você é, cabeludo, mas acho que não me escutou direito. Sou da polícia. Fica na sua, só quero levar o cara. Vocês deixaram uma porção de gente com medo lá na igreja.

— Quem não escutou foi você. Não tenho medo de policial cuzão nenhum. Se não querem morrer, é melhor você e seu amiguinho caipira largarem as armas...

— Seqüestro é crime sério, amigão... — advertiu Edu.

— Matar cana também é!

Pablo estendeu o braço e disparou, acertando Arthur no abdome. Arremessou-se ao chão, evitando o primeiro disparo da arma de Edu. Rolou para o lado, protegendo-se atrás de um pneu de trator. Tatá caiu com Arthur. O homem começou a sangrar. O desgraçado do cabeludo queria ter acertado os dois, o investigador e o comparsa. Antes de levantar, ouviu uma saraivada. Tatá certificou-se de que não estava ferido. À direita, viu Edu atingido e gemendo. Arrastou-se com ele até um abrigo e levantou, procurando o cabeludo. Arthur estava imóvel, provavelmente morto. Gregório estava abaixado no canto do celeiro, protegido por fardos de feno.

Tatá saiu do esconderijo. Ao entrar, contando com Arthur, havia oito pessoas no celeiro, porém notou mais gente entrando por outra porta. Quantos? Não sabia. O problema é que a maioria era gente de Belo Verde; conhecia quase todos pelo nome. Que faziam, por que estavam armados? Os inimigos escoravam-se contra colunas e montes de madeiras provenientes da loja do velho Gê. Acertou um na perna; era o Romeu; ele o conhecia. Não queria matar ninguém sem saber o que estava acontecendo. Romeu, caído, começou a espernear. Tatá não estava comovido; "antes ele do que eu" era sua filosofia; só não queria matar. Exceção era o cabeludo. Ao lado, Gregório arrastava-se tentando alcançar a porta. Atiravam em sua direção, mas os caras estavam tão desesperados que não acertavam nada.

Gregório arrastou-se para fora e deitou-se de costas, recebendo a água da chuva no rosto, no peito e nas pernas, enchendo-se de energia novamente. Quando o pé tocara a poça, havia sentido o mesmo, mas em escala muito menor, o suficiente para romper as cordas mas não para enfrentar as balas. Agora, sim, estava forte o bastante. Que viessem, que viessem em seu peito. Agora ele era indestrutível.

Quando Tatá viu Gregório, não entendeu nada. Imaginou que o cara já tivesse posto sebo nas canelas. O que viu nos instantes seguintes, porém, foi espetacular, aquelas coisas de contar para os netos, se sobrevivesse. Não teria ficado tão deslumbrado se soubesse o desfecho daquele ato, mas apavorado. Na verdade, teria evitado com a própria vida.

Gregório, com as roupas ensopadas pela chuva, voltou ao celeiro pela mesma porta. Vislumbrou espanto em duas ou três faces. Por um segundo, teve a impressão de que uma camada de luz aparecera e desaparecera sobre o corpo rapidamente. Sentia-se poderoso. O senhor da chuva voltava com mais energia. Uma rajada de balas correu em sua direção. Nenhuma o acertou, e, antes que outra viesse, com uma cambalhota ligeira alcançou a arma de Edu, abandonada no meio do galpão. Engatilhou a pistola. Energia. Conhecia aquela arma. Sentiu-se confortado em tocá-la. Levantou-se rapidamente, fazendo gotículas de chuva desprender da roupa ensopada e do cabelo molhado. Era sua arma, sua espada; iria manejá-la como ninguém. Um passo para frente. Confusão. Mais tiros vindo dos seguidores de Satã. Respirava compassadamente, controlado. Precisava colocar ordem na bagunça; acertar Pablo. Puxou o gatilho. O primeiro disparo acertou um cara abaixado atrás de um latão e arrancou sua orelha esquerda, fazendo-o espernear, como um porco no matadouro. O segundo disparo fez o homem parar de espernear, atravessando-lhe o coração.

Os bandidos procuravam proteção e coragem para disparar novamente. Estavam amedrontados. Tinha gente morrendo, morrendo de verdade,

Uma vez que estavam concentrados em acertar Gregório, Tatá aproveitou e disparou também, acertando Ney no ombro.

Pablo estava escondido atrás do pneu, aguardando um bom momento para acertar a cabeça de Gregório. Precisaria de um só tiro.

O velho Genaro, desesperado, gritava da porta da frente, que dava acesso ao altar, para que não matassem Gregório; essa não era a vontade de Khel. Parecia uma bicha-velha, desnorteado, agarrando o rosto com as mãos, sem coragem de entrar no tiroteio.

Gregório encerrou a agonia de mais dois ratos. Agora eles estavam mais escassos, mais escondidos. Varreu o lugar com a visão. Ainda tinha seis homens entocados. Ney estava no chão, chorando, com o ombro sangrando. Desde que entrara no galpão, Gregório não parara de avançar em passos lentos. Alcançou Ney e terminou com sua agonia.

— Essa é pelo Renan, seu merda.

A pistola explodiu, cuspindo um projétil certeiro. A bala entrou no olho de Ney, encerrando aquilo que ele chamava de vida. Ainda soltou um suspiro prolongado, misturado a um gemido. Estava morto.

Agora, eram cinco.

— Você me paga, miserável! — gritou Pablo, abandonando o esconderijo.

Gregório disparou duas vezes, acertando somente o casaco do traficante.

Pablo passara correndo do pneu para um amontoado de caixas, à direita de Gregório.

— Você só acerta gente caída, não é? — berrou o traficante.

— Acho que sim. Mas vou acertar você também, parado ou correndo.

— Cê tá morto, Gregório.

— Então, por que você é quem tá cagando nas calças?

Os outros quatro estavam quietos, tentando espiar o que acontecia, apavorados demais para ser os heróis da noite. Que o forasteiro se virasse com o "protegido" do Gê.

Gregório não deveria ter dito aquilo. O sangue de Pablo ferveu. Nenhum psicótico gosta de ser pressionado. O ódio tomou conta da cabeça do homem. Que morresse! Que se fodesse, mas levaria Gregório com ele.

Tatá espreitava. Qualquer um que aparecesse para atirar ia levar chumbo. Aquele Gregório era maluco da cabeça; ficar bem ali, no meio, não era o jeito mais esperto de pegar os caras. Mas que diabos! O pior é que aquele plano maluco estava funcionando!

Onze e quarenta da noite.

Os anjos aguardavam o retorno de seu general, o anjo do ponto. Então, um par de olhos descolou-se do oceano vermelho estendido à frente. Veio ligeiro, como raio, direto para o diminuto grupo de anjos. Era um anjo negro.

— Bravos anjos de luz... — rugiu a fera feito trovão. — Sabemos que o anjo do ponto não está entre vocês. Respeitamos a coragem deste grupo insignificante, mas não esperaremos mais. Preparem-se para o ataque. Viremos violentos, destruidores. O anjo do ponto será dado como desertor.

— Você diz que nos respeita, mas agora chama nosso líder de desertor. Como podem nos respeitar dessa forma, nobre guerreiro? — inquiriu Miguel, gritando do meio do grupo de anjos feridos.

O anjo negro virou-se para o reclamante, encarando-o demoradamente.

— Você é o valente Miguel, não é?

— Sou.

— Já lutei inúmeras vezes ao seu lado, valente. — disse o anjo negro, com a voz quase sumida. — Hoje eu luto para matá-lo, e se o encontrar no campo, juro que o farei sem hesitar. Deste lado, vemos vocês como um monte de merda. A inveja nos corrói até esse ponto. Somente a lembrança das antigas batalhas nos chamam para o respeito. Nós os respeitamos ao nosso modo, mas não abuse, anjo fraco. — o anjo decolou, com o rosto fechado e duro, não antes que um arremedo de sorriso brotasse. — Não se ocupem em me entender agora, pois todos vocês me encontrarão no campo de batalha e, em poucos minutos, quando estiverem escravos nas trevas, saberão exatamente o que é e como funciona. — voltou, deixando escapar gargalhadas, abandonando o rastro fétido de enxofre e desgraça para trás.

Mael lançou um olhar para Miguel. O anjo recuperara-se completamente.

— Miguel, quando nós todos cairmos, quero que você junte os anjos deste grupo de feridos e ponha-os no campo.

— Sem dúvidas que o farei, nobre irmão.

— Se vocês ganharem apenas um segundo a mais, este terá sido o segundo mais valioso da nossa batalha — terminou Mael — pois não o teríamos ao final. Mais uma alma terá sido salva das garras da escuridão.

O comandante virou-se para as tropas e ordenou que a primeira se agrupasse. Depois, separou-a da segunda. Os dois pequenos blocos de anjos aguardavam a maré vermelha atacar.

Alguns minutos de silêncio absoluto... então, tudo começou uma vez mais. A onda escarlate decolou no horizonte e, em segundos, transporia aqueles poucos quilômetros.

Mael, comandante do quinto pelotão, desembainhou a espada de luz e ordenou o ataque. Seus olhos perceberam que a onda que se aproximava a toda carga continha mil guerreiros e continuaria usando aquele padrão até que seus homens fossem exterminados.

Um a um, os anjos do quinto pelotão decolaram. As asas tamparam o céu, fazendo a noite e a chuva quase desaparecer, quase mostrando paz para os que ficavam. Foram de encontro aos seus algozes sem medo, sem remorso, sem ódio. Estavam lá para batalhar. E fariam o que sabiam fazer de melhor: derrubar o mal, deter aquele oceano malévolo, interromper a Batalha Negra.

Onze e cinqüenta da noite.

Pablo estava furioso demais para continuar escondido como rato em porão de navio. Puxava o ar com força, tomando coragem para enfrentar a morte mais uma vez.

— Gregório, seu merda!

O rapaz continuava no meio do galpão, aguardando o inimigo.

Pablo abandonou o esconderijo, com o braço estendido, pronto para alvejar Gregório.

Este, por sua vez, esperou um instante até ter certeza de que Pablo estava na mira. Com Pablo bem na sua frente, sem se mover, sem atirar, acalmou-se. Sabia que estava ao seu alcance. É verdade que ele também tinha uma pistola apontada para a cabeça, mas estava certo de que Pablo não escaparia. Terminara; a qualquer instante, estaria acabado. Iria descobrir onde seu irmão estava e o que acontecera aos homens da expedição à floresta. Logo, tudo seria passado a limpo. Só queria exterminar aquele canalha que trouxera tanta morte.

— Seu miserável. — começou Pablo, com passos lentos de encontro a Gregório. — Eu só quero meu dinheiro. Você me roubou e sumiu.

— Seu dinheiro tá comigo, sim. Escuta, eu não fugi coisa nenhuma. Não sei quanto tempo cê tá aqui nesta cidade, mas pelo que eu pude ver hoje, você já percebeu que tem um monte de merda "estranha" acontecendo, não é?

— A única merda estranha que tá me preocupando é o sumiço da minha grana. Não deixo barato quando me enganam.

Tatá, com a visão prejudicada por objetos, não queria deixar o abrigo, nem arriscar um tiro de longe. Se errasse, poderia precipitar as coisas. Se pretendia fazer algo, tinha que fazer logo. Edu estava prestes a entrar em choque, com pouco sangue... Estava perdendo o parceiro.

Gregório e Pablo estavam separados por três metros apenas; nenhum erraria. Gregório decidiu ser o primeiro a atirar. Teria confusão para o resto da vida se deixasse aquele porco vivo, e o que menos queria eram problemas para o povo da fazenda. Puxou o gatilho.

Clic! O som do cano da pistola batendo sem produzir a explosão gelou o sangue de ambos.

A única coisa que Gregório teve tempo de ver foi um enorme sorriso brotando na boca de Pablo.

— Paaaaaauuuu! — a pistola de Pablo não falhou.

Gregório já conhecia a sensação de ter o corpo atingido. O ar fugiu do pulmão perfurado; o corpo inteiro fraquejou. Afinal, não era tão poderoso como imaginava; era vulnerável. Entretanto, percebeu que não ia desfalecer, sequer cair. Continuou de pé, arqueando o corpo para frente. O sangue tingiu as mãos, que foram ao ferimento. Tatá saiu do esconderijo aos berros. Os outros também. De repente, todo mundo ficou corajoso dentro do galpão. Os homens de Pablo, exceto o velho Gê, abriram fogo, obrigando Tatá a jogar-se no chão, evitando os tiros. Gregório, impossibilitado de correr, recebia toda a carga no peito e nas pernas. Eram tiros potentes, de calibre doze. As espingardas não se calaram até o último cartucho vazio bater no chão. O peito de Gregório transformara-se numa espécie de pasta de sangue e de carne picada, pesado demais. Pablo e os três atiradores mantiveram uma expressão de assombro por dois silenciosos minutos, porque, durante esse espaço de tempo, mesmo depois de descarregar as armas à queima-roupa em cima do pobre diabo, Gregório permanecia de pé.

Ele não sentia dor, apenas a sensação de que a bateria interna tinha descarregado rapidamente, por completo. Seguiu-se um silêncio sepulcral. A fumaça escapava das armas. Ninguém disse nada, ninguém fez nada. Estavam estáticos, esperando. Esperando o morto-vivo despencar. Então, para Gregório, o celeiro encheu-se de luz. Estava ficando cego com tamanha intensidade. Finalmente, deixou o corpo despencar e bater violento contra o chão. Seu sangue esvaía com velocidade impressionante. O rosto ficou pálido, branco feito leite. A luz intensificou-se até que ele não conseguia enxergar nada... a não ser... a não ser aquela silhueta que já vira em algum lugar, em algum momento passado... familiar. Aquele rosto cor de bronze, parecido com o de um bom amigo. Um amigo cor de bronze, que de segundos em segundos adquiria uma armadura de luz igual à que Gregório vira nele mesmo, em seu próprio corpo mortal. Aquele amigo, que certamente estivera com ele naqueles dias estranhos... aquele amigo que tinha tão lindas asas. Gregório sorriu para ele. Aquilo... ele, o amigo, Gregório sabia, era um anjo... um anjo celeste, um anjo de luz.

Thal levantou-se livre do corpo de Gregório. Ao vislumbrar o acolhedor mortal ferido, o anjo encheu-se de emoção. Mesmo sabendo que cada segundo no campo de batalha era precioso, botou um joelho no chão, arqueando-se sobre Gregório. Não estranhou. Estavam unidos por tanto tempo, que seria perfeitamente natural que o mortal o enxergasse completamente. Passou a mão no rosto lívido de Gregório, acariciando-o com ternura angelical. Gregório retribuiu com um sorriso. Thal pousou a outra mão no tórax do rapaz, enviando luz, aliviando a dor para que morresse na mais serena paz. O anjo levantou-se. Lembrou-se do campo de batalha, que clamava seu nome. Não transpirava mais ternura. Por culpa daqueles demônios imundos, vidas preciosas estavam sendo ceifadas naqueles dias. Isso tinha de acabar... acabar agora. Sua energia se intensificara e se concentrara a tal ponto que, olhando ao redor, notou que os humanos podiam vê-lo. Havia se revelado. Não sabia como explicar, mas a energia aumentava descontroladamente. Não conseguia condicioná-la em corpo celeste, transbordando, tornando-o visível até a um cão cego.

Ninguém tinha entendido quando Gregório, caído e sangrando, abriu um grande sorriso. Aproximaram-se do corpo do homem, para certificar-se de que havia realmente morrido, já que cessara os movimentos. Pela quantidade de tiros, Tatá calculava que tinham gasto até a última bala no corpo do jovem. Pensava em acudi-lo quando aconteceu uma explosão surpreendente. Instantes depois, quando o ambiente voltava ao normal, notaram uma criatura curvada a cima do corpo de Gregório. Tatá, observando o rosto dos outros homens, concluiu que não era só ele que estava vendo aquilo... não estava louco. Parecia que a cabeça de todos eles estava para cair do pescoço tamanho o espanto. Se estivesse sozinho, acharia que também tinha morrido e agora via coisas. Gregório, resistindo à morte, ergueu a mão tentando alcançar o amigo iluminado, mas não encontrou força suficiente no corpo agonizante.

Pablo sentiu o coração acelerar ao ver aquela criatura iluminada, bem na sua frente, acariciando sua vítima. Parecia um... um anjo! Por Deus! Estava ficando louco?! Quer dizer que os pesadelos eram verdadeiros!

Thal passou a mão por baixo da nuca de Gregório, erguendo a cabeça para que o homem pudesse admirá-lo. Sabia que para os humanos a visão de criaturas celestiais trazia conforto. Logo terminaria. Soltou Gregório; precisava partir. O homem morreria em paz, era o mínimo que poderia lhe proporcionar. Estava livre agora, livre para vingá-lo e vingar seus irmãos. O anjo levantou-se. Havia gente demais ali; poderia eliminá-los para não ter problemas, para vingar o humano, mas estava farto de mortes.

Os homens sabiam que ele era um anjo. Um anjo, bem ali, na frente deles. Talvez, inconscientemente, resolveram se aproximar e viram a cara da criatura de luz se alterar, expressando raiva.

— Saiam de perto dele! Deixem o homem em paz! Afastem-se agora.

A voz do anjo parecia metal retinindo, assustadora, diferente de tudo o que já tinham ouvido. A figura, exceto o par de asas, não se assemelhava a nenhuma gravura ou escultura em que já tivessem botado os olhos. Era um guerreiro.

Sem êxito quanto às ordens, Thal desembainhou a espada de luz e viu o espanto transformar-se em medo. Os homens se afastaram. Assumiu o formato de esfera de luz e subiu em velocidade indescritível, explodindo o telhado do celeiro e abrindo um círculo considerável.

Então, a chuva começou a cair em cima de Gregório. Uma enxurrada desceu logo após a passagem do anjo, acertando-o em cheio. Os olhos de Gregório abriram-se uma vez mais, a tempo de ver o rastro de luz e paz abandonar o lugar. Todos estavam olhando para o telhado, surpresos com a aparição da exótica criatura. Gregório aproveitou para encerrar sua participação naquele ato sombrio. Olhou para o lado e encontrou a ferramenta que precisava.

Pablo não acreditava no que seus olhos acabavam de ver. Nem em seus mais loucos sonhos poderia conceber tal coisa. Acompanhando a cascata de água da chuva, uma nova surpresa o assaltou, arrepiando os pêlos da nuca. Gregório, apoiado no cotovelo, apontava uma doze, caída ao seu lado há um bom tempo, provavelmente carregada. Lançou um sorriso. Foi a última coisa que fez. Uma carga de calibre doze atravessou a cabeça com chumbos grossos, arrancando carne e osso, estampando uma caricatura em sangue na parede de madeira logo atrás. O corpo de Pablo desabou pesadamente.

Gregório deixou a cabeça cair no chão enlameado. A chuva batia no peito mais forte que o coração moribundo, cujo ritmo diminuía lentamente, segundo a segundo. Não sentia dor, não sentia sofrimento. Estava tudo justo agora. Logo estaria morto. E, se seu irmão estivesse morto, certamente viria recebê-lo. Gregório fechou os olhos, relaxando, interrompendo a luta. Deixou que a água da chuva molhasse sua cara, como nos velhos tempos... quando adorava a chuva.

Meia-noite e cinco.

A intenção de Thal era passar através do telhado sem arrastar consigo nenhum pedaço do plano físico. Entretanto, as telhas voaram com ele, subindo e subindo. Estava investido de um poder num nível nunca experimentado. Era hora de aproveitar e acabar com a raça dos demônios... Rezava para que ainda houvesse tempo...

Assim que botou os olhos no céu, descobriu por que não se continha dentro do corpo: transbordava em energia pura. O pastor Elias certamente tinha conseguido executar com perfeição sua tarefa. Milhares de raios de luz jorravam em direção ao céu, voltando aos anjos em forma de energia. Dessa maneira, suportariam severas investidas do inimigo; estariam refeitos em questão de segundos. Restava saber se ainda poderia executar sua tarefa... Quanto tempo estivera aprisionado à carne do mortal?

Voou como raio em direção à igreja. O portentoso facho de luz parecia arder, tamanha sua intensidade! Lá estavam seus homens, pelejando como vitoriosos. A chuva intensificava ainda mais o bem-estar de Thal. Sabia que poderia vencê-los. O oceano vermelho parecia uma represa prestes a ruir, mas, em vez de água furiosa, libertaria demônios enlouquecidos. Quando começou a descer, pronto para entrar na batalha, aconteceu. O mar vermelho desgrudou-se do horizonte, deixando a beira da floresta, todos de uma vez, como um estouro de manada. Eram mais de dez mil. De relance, Thal não tinha certeza se contava com mais de cem homens. Seria dura a batalha, mas levariam tantos quanto pudessem. A cidade não morreria. Ele não iria permitir!

Os generais satânicos tinham se impacientado. Por volta da meia-noite, o céu se iluminou intensamente, e seus homens começaram a levar a pior. A cada mil enviados, as baixas no exército de luz eram insignificantes. Havia um pequeno grupo separado, os anjos feridos. Não eram problema, deveriam estar imprestáveis para a batalha. Em luta, havia aproximadamente cento e vinte, investidos de muito mais força, certamente recebendo orações. Era hora de acabar com a brincadeira antes que o poderoso general Thal voltasse, sem dar chance de se beneficiarem do poder das preces.

— Tropas, preparar para atacar! — gritou um general-demônio. — Todos ao mesmo tempo!

Os milhares de cães impacientaram-se, enfiando as patas no gramado, atirando terra para o ar. Anjos negros desembainharam as espadas, prontas para acertar os anjos de luz. Todos queriam estar na frente; do contrário, não teriam o prazer de destruir nenhum. Eram tão poucos, tão miseráveis!

Um demônio alado desceu das alturas gritando e gargalhando.

— Ele está vindo!

Referia-se ao anjo Thal.

— Atacar! Atacar! Atacar!

Uma colossal onda de demônios, capetas, anjos bestiais e cães vermelhos tomou conta do gramado, avançando como uma parede de destruição.

Thal alcançou o grupo de feridos. Miguel estava à frente, aguardando o momento de entrar em campo, e o momento era aquele.

— Quantos vocês são, Miguel?

— Somos oitenta e dois.

— Estão todos recuperados?

— Ainda não.

Thal lançou um olhar para o campo. A onda chegava, implacável, e em segundos estaria em cima de suas cabeças.

— Quantos vão lutar?

— Todos, general.

Thal balançou a cabeça, agradecido.

— E quantos eles são?

— Onze mil.

Thal desembainhou a espada. Acreditava ser esta a última vez que usaria a inseparável arma amiga. Iria sem medo; cumpriria seu destino com hombridade.

A onda encobriu seus guerreiros, que batalhavam no campo. Atacava com fúria mortal, formando uma redoma escarlate, sufocando os anjos de luz.

O anjo olhou para os feridos, encabeçado pelo legendário Miguel. Juntos, formariam a última carga. Os guerreiros se colocavam de prontidão, erguendo o peito e deixando a água da chuva abençoar o corpo. Um vento forte cruzou o pasto, balançando os cabelos dos anjos. Todos, como o general, sentiam a energia transbordar. Poderiam morrer, mas surpreenderiam as feras, isso era certo.

— Vamos. — ordenou Thal.

Pelo que ele enxergou, contavam com pouco mais que noventa anjos no campo de batalha, e estava entrando com oitenta e dois anjos, nem todos completamente curados. Considerando que as feras ainda eram aproximadamente onze mil, seriam mais de sessenta demônios para cada anjo de luz. Thal abriu um sorriso, revelando paz e perseverança a seus homens. A couraça espectral refulgiu.

Atravessaram a gigantesca redoma escarlate, abrindo caminho à custa de golpes de espada e empurrões, alcançando o núcleo da batalha. Os guerreiros da leva anterior lutavam colados ao chão, para onde foram empurrados. A avalanche de dentes e espadas inimigas era infinita. Thal alcançou-os, cortando caminho com a espada chamejante, e colocou-se no centro, onde a situação era apenas um pouco mais calma. Os generais satânicos berravam ordens inutilmente, a fim de controlar a turba, quando perceberam Thal adentrando o campo de batalha. Do corpo emanava energia: estava poderosíssimo. Precisariam de muita organização para detê-lo, para liquidá-lo. Os que estavam se digladiando com as criaturas de luz permaneceram; os que esperavam um espaço para entrar na batalha foram instruídos a se afastar. Então, a redoma inchou, como um cadáver, prestes a explodir, liberando vermes e podridão pela barriga. A redoma tornou-se muito mais compacta em volta dos anjos, escondendo por completo o céu. Uma parede fechada, viva, girando nas asas dos diabretes que empunhavam tridentes pontudos e presas afiadas. Os cães corriam em círculo, doidos para abocanhar corpos angelicais, mantendo um espaço vazio com raio de cem metros aproximadamente. Os demônios não temiam a melhora da *performance* dos anjos, nem mesmo a jóia preciosa que brilhava no centro daquele inferno. Eram muitos contra aquele mísero grupo celestial. Seria impossível perder. Bastaria uma ordem.

A maioria dos anjos sentia-se sufocada. As feras comprimiam por todos os lados. Estavam destinados à eliminação certeira. Alegraram-se imensamente quando o general Thal irrompeu da nuvem vermelha, trazendo luz e esperança para as tropas. Os anjos mal conseguiam se mover, as espadas dançavam sem destino, tentando afastar os milhares de dentes e lâminas que a cada segundo lhes levavam um pedaço precioso do corpo e da vida.

Thal mantinha um sorriso, mas olhando sobre o campo, notava que em seu coração crescia um rugido feroz. Os irmãos, embora exibissem a armadura cintilante, tinham perdido a cor de bronze brilhante há muito. As peles empalidecidas indicavam o quão enfraquecidos e sofridos estavam.

Os anjos viram quando a grande nuvem vermelha afastou, deixando no campo apenas os que ainda lutavam. Mesmo assim, não se sentiam aliviados, mas uma platéia de colegiais incentivando uma briga na saída da escola, girando em torno da contenda como uma nuvem encantada.

Um anjo negro veio de encontro a Thal, e a espada do demônio atravessou-lhe o peito, arrancando um grito de dor. Saltando como um gato feroz, um cão abocanhou seu pé, puxando-o até o chão. Um terceiro demônio enterrou uma nova espada na altura do tórax, varando-a nas costelas do anjo-general.

Um irmão de luz despedaçou este terceiro anjo negro, enquanto o primeiro evaporava em uma nuvem de enxofre. A espada rápida de Thal alcançou o cão, antes que lhe deferisse outra mordida. O ataque era organizado e decisivo.

Miguel, bastante fortalecido, sentia mais energia explodindo em seu corpo do que na sua primeira incursão ao campo de batalha. Os antigos ferimentos eram coisas passadas. Quase perdera as asas nas bocas violentas dos inimigos imorais e tinha outros ferimentos, mas o coração estava em paz. A espada furava um cão após o outro. Depois de destruir uma dúzia de feras, o peito ardeu. Dali brotava uma ponta de espada, tingindo uma vez mais a túnica de escarlate. Num giro rápido, topou com uma criatura imensa, cara de lagarto e chifres retorcidos escapando da cabeça. Logo, Miguel fez a fera experimentar de sua arma também. Golpes violentos, perda de tempo precioso e uma multidão de feras acumuladas à sua volta. O ferimento já estava fechado; a armadura de luz curou seu corpo. Destruiria uma porção deles antes de partir.

Atazon farfalhou as asas magníficas, afastando os inimigos que temiam aos anjos. Os ferimentos, inúmeros, estranhamente não causavam dor. Coisa esquisita estava acontecendo naquela noite. Devido às regras rigorosas impostas à Batalha Negra, sabia que não deixaria o campo com vida. Na próxima luta, estaria batalhando nas trevas. Não pôde, entretanto, negar ajuda a um anjo honrado e merecedor de tantas vidas. Sabia que a tarefa não seria das mais fáceis. Conhecia Khel; enfrentara-o várias vezes. O cão era ardiloso e desonesto, mas Thal faria o mesmo por ele. Tocou o chão, ajoelhou na grama, respirou. Uma chuva de cães direcionou-se a ele. Abriu as asas, brandiu a espada e alçou vôo, rompendo caminho entre os anjos negros antes que a matilha pusesse os dentes em cima dele. Cães imundos. No céu livre, viu acima dele um teto vermelho formado pelos demônios alados que mantinham a cúpula fechada, como se pretendessem matá-los por asfixia. Atazon alcançou um lugar que nenhum guerreiro parecia pretender, mas antes que pudesse descansar, percebeu centenas de feras aladas despregando-se daquele teto, como gotas envenenadas vindo no seu encalço. A espada chocou-se contra outras tantas; era um lutador hábil, aniquilara três criaturas. Então, a primeira espada penetrou em sua perna. Tentando destruir o agressor, mais outra e mais outra profanaram seu corpo, rompendo músculos e causando dor aguda. Começou a perder altura com velocidade, enquanto cada vez mais feras despregavam do teto, envolvendo-o numa casca viva e gargalhante, com o propósito de o retirar da existência para a luz. Sabia que o fim se avizinhava. Continuou caindo. Perdeu a espada, e o corpo pesado bateu forte contra o gramado. Se possuísse ossos como os humanos, estaria reduzido a pó. Talvez fosse melhor do que aquela dor fenomenal que consumia a consciência. Cães ferozes arrancavam sua pele; a espada há muito se perdera. Levando a mão à cintura, encontrou a trombeta. Em seus últimos instantes de consciência, tentava fazê-la funcionar.

A trombeta soou por todo o campo: um lamento para alguns, um grito de vitória para outros. O canto do instrumento levava a mensagem "um anjo morreu, um anjo morreu" para todos os ouvidos sobrenaturais do planeta.

Vuhtiel estava na Casa Celestial, de onde assistia à terrível batalha que seus irmãos travavam na cidadezinha. Da Casa Celestial, a sete mil metros acima de Belo Verde, podia sentir o calor da batalha queimando-lhe a face. Pelo que observava, logo tudo estaria terminado. Os demônios tinham coberto o reduzido grupo de irmãos de luz. Desde o início, percebera que aquela era uma luta perdida. Ele e seu exército de mil e seiscentos homens chegaram a se emocionar com o excelente desempenho dos anjos de luz, entretanto, quando o mar escarlate deixou seu posto, atacando de uma só vez, as expectativas de um bom desfecho caíram a zero. Restavam mais de sessenta demônios para cada guerreiro de luz.

Aguardavam o fim certo com calma, afinal, o desfecho era previsível. Quando o apelo triste tocou seus corações, suas almas se agitaram. Uma trombeta soava no meio do campo clamando pela ajuda que nunca chegaria. Clamava por socorro, noticiando a morte de um irmão de luz.

Vuhtiel estava amargurado com a decisão. Ouviria a trombeta soar nos ouvidos por toda sua existência quase infinita. Depois de ter recusado a juntar-se ao guerreiro Thal, nunca mais poderia voltar... quebraria as regras da batalha e as conseqüências poderiam ser mais terríveis ainda. Vuhtiel baixou a cabeça em pesar; podia ver lágrimas descendo pelo rosto de alguns de seus guerreiros. Isso emocionava-o ainda mais... eram bravos, por que choravam? Foram construídos para lutar e morrer. Por que choravam?

Meia-noite e quinze.

Dois helicópteros da FAB pousaram no posto-radar dezoito, extremo-oeste do estado de São Paulo. Vários oficiais da Força Aérea desceram e correram para o abrigo mais próximo do precário hangar. A chuva persistia, teimosa. Foram conduzidos para dentro, tornando a sala de radar apertada e desconfortável. O responsável pelo plantão, tenente Celso da Costa, parecia excitadíssimo. Não parava de falar à pequena platéia de oficiais. Com muito custo, voltou ao início, colocando a par da situação os vinte recém-chegados, incluindo o brigadeiro Jair Mendonça.

— Por volta das vinte e duas e trinta, os instrumentos detectaram "alguma" coisa "realmente" fora dos parâmetros habituais. Fiz e refiz toda a checagem de segurança pelo menos cento e vinte vezes, e eu não estou brincando, só para ter certeza da leitura. Acima de nossas cabeças, o chão brasileiro, há uma "massa" de sessenta metros de largura por duzentos metros de comprimento... e, não sei explicar... essa medida não é fixa, tem hora que parece maior.

— Massa? — perguntou o sargento Lacerda.

— Sim. — Celso, agitado como criança, puxou um painel móvel para o centro da pequena convenção. — Vejam estas seis projeções feitas pelo computador. A "coisa" não tem uma forma estável, ela imita os pequenos, veja, mais parece uma nuvem, sei lá.

— Pequenos?

Celso ligou um monitor de teto e, em poucos segundos, a tela de um dos radares foi reproduzida no monitor de 15 polegadas. Centenas de pontinhos dançarinos divertiam-se na abrangência do aparelho.

— Que diabos são essas coisas, tenente?

Celso recostou-se e coçou a cabeça, nervoso.

— Eu não sei. Apareceram por volta da meia-noite, como assombração. Assombrações é o que não faltou aqui esta noite, senhor.

— Onde estão?

— Pelos meus cálculos, a cento e vinte quilômetros daqui. Não estão exatamente no céu, vejam. São minúsculos, comparados à mãe. Movem-se muito rápido, voando. Ora tomam forma de esferas, ora são elípticos, com dois, três metros de altura e um metro de largura, às vezes dois. Estão limitados a este perímetro. Pelas coordenadas, aí fica a cidade de Belo Verde. O computador confirmou.

— São perigosos?

— Não sei; não saíram dali.

— Precisamos de um reconhecimento imediato. — advertiu o brigadeiro.

— Eu sei. Já preparei tudo. Aguardava os senhores apenas para que autorizassem a operação. Temos três aeronaves Tucano prontas para decolar com equipamento de fotografia, infra e tudo o necessário para registrar e provar que esses negócios estão lá de fato. — informou o tenente Celso.

— Quero as naves preparadas para fogo pesado, não só olheiros. Pode ser confusão, tenente.

Celso aquiesceu. O superior, agora no comando, liberava os pilotos para o vôo através do rádio da sala. Em menos de cinco minutos, os Tucanos estariam no ar rumo a Belo Verde.

Celso dirigia-se para o hangar, mas o brigadeiro o deteve.

— Tenente, diga-me. Esses "intrusos" podem ser elementos extraterrenos?

— Não sei se estou temendo ou torcendo, mas acredito que sim, são extra-terrestres.

Meia-noite e dezesseis.

Gaza-el, comandante dos mais valentes do exército oriental, tinha lágrimas nos olhos. Como todos, trajava túnica vermelha com barra cor de ouro. As asas eram prata e a pele, cobre-escuro. Havia se separado do grupo de guerreiros e conferenciava com Vuhtiel.

— Nobre líder, sei que estou agredindo sua vontade, sei que estou rompendo as regras dessa maldita batalha, mas não posso deixar de clamar. Liberte-me, por favor.

Vuhtiel olhava-o profundamente nos olhos. Aquela trombeta tonitruante nunca mais calaria. Sua eternidade seria assombrada por aquele grito metálico. O guerreiro, porém, não sabia o que pedia. Vuhtiel não podia compactuar. Não daria aos demônios a chance de lançar sobre a terra um novo flagelo nas proporções do que presenciavam agora.

Meia noite e dezoito.

— Desliguem os motores! — ordenou o comandante da operação. — Permaneçam na aeronave e aguardem ordens.

Os Tucanos pararam; a velocidade de giro das hélices reduzia-se lentamente. Na pista, ecoava apenas o tamborilar dos pingos de chuva.

Meia-noite e dez.

Ensopada de chuva, uma garotinha entrou na igreja de Belo Verde, que fervia com os fiéis em devotada corrente de orações. Empurrou os adultos ajoelhados até alcançar sua vovó. Puxou-lhe a manga do vestido diversas vezes, interrompendo a oração da compenetrada senhora. A velha ralhou, mas rendeu-se ao rostinho angelical.

— Que que é, baixinha?

— Quero fazer cocô.

— Corre no banheirinho.

— Não quero ir sozinha.

— Ai, minha filha!

A avó levantou-se, perdeu um tempo imenso para transpor a multidão de fiéis ajoelhados e prostrados até alcançar o corredor, milagrosamente livre para os passantes. Mudou de idéia quando viu a gigantesca fila de crianças necessitadas à porta do "banheirinho". Pegou a neta no colo e caminhou, lentamente, vencendo o amontoado de pessoas, para fora do templo. Chovia forte. Tomou emprestado o guarda-chuva de um adolescente e seguiu com a pequena para os fundos da igreja. Se tivesse sorte, o lugar estaria desocupado. O vento, combinado com a chuva, atrapalhava a visão cansada. Levou quase um minuto para concluir que estavam sozinhas. Retirou da bolsa alguns guardanapos de papel para fazer a higiene da menina. As duas acabaram molhadas, mas estava feito. Poderia voltar para a vigília. Ao erguer a menina, percebeu a expressão de surpresa no rostinho.

— Anjinho... — murmurou.

A velha virou o rosto na direção para onde a garotinha apontava e espantou-se com o cenário. Dezenas de pontos luminosos dançavam distantes, um quilômetro, talvez mais. Andou com dificuldade na lama até alcançar uma cerca de arame farpado de uma fazenda pegada à igreja.

— Virgem Santíssima, Mãe de Deus. Cê tá certa, aquilo ali são anjos, meu amor... — balbuciou a vovó, deslumbrada.

Minutos depois, entrou na igreja gritando pelo pastor, gritando para o povo. Tinha anjos lá fora!

Meia-noite e dezenove.

Os Tucanos esperavam na pista. Na sala de radar, um verdadeiro barraco estava armado e dividia as opiniões.

— Pode ser um ataque?

— Não contra a gente. — respondeu o comandante de operações.

— Dou razão ao comandante. — prosseguiu Celso. — Veja, os novos pontos descem da Mãe e "agrupam-se" ao redor destes que estavam imóveis por quase dois minutos. Eles cercam, mas não interagem. — Celso apontou para um grupo pequeno de pontos luminosos. — Esses aqui estavam quase desaparecendo, um a um. Restavam pouco mais de vinte, não é? formando um círculo na altura do chão... provavelmente no chão. Fazem essas evoluções, vôos curtos; parece um balé.

— Balé. Do que você está falando, tenente?

— Quantos são agora? — inquiriu o brigadeiro, cortando o comandante.

— Não sei... parece uma chuva de meteoros, são centenas. Só um minuto, o computador vai dizer. — Com ajuda do *mouse*, Celso selecionou um ponto vermelho; ao clicar, um pequeno triângulo cobriu o ponto luminoso. Enquanto selecionava outro comando, surpreendentemente o ponto escolhido desapareceu. — Calma, preciso de um que dure mais. Aqui, consegui. — ao novo comando, sobre todos os pontos vermelhos e todos os novos que apareciam, surgia um triângulo amarelo. No canto inferior da tela, os números que determinavam a quantidade de pontos vermelhos não parava de aumentar.

— Mande os Tucanos decolarem.

O comandante de operações seguiu o brigadeiro, liberando as aeronaves.

— Inclusive os de artilharia pesada. — concluiu Mendonça.

Thal não tinha um músculo intacto. Sentia a consciência faltar. Lembranças esparsas. Estava na batalha. Ouvia as violentas espadas retinindo, lançando chispas ao seu redor. Estava protegido por seus homens. Cansados. Eles não durariam mais dois minutos. O vespeiro fervia; estava tudo acabado. Logo estaria morto, sabia, mas tinha feito tudo que estava a seu alcance. Sua armadura cintilava, amenizando a dor, melhorando a cabeça. No pasto, uma visão bizarra apertava o coração. Era como pisar num cemitério de anjos. Corpos incontáveis estendidos, com os braços soltos e as asas mortas. Eram tantos! Os anjos de luz perdiam a vida, e seus corpos espectrais ficavam ali, caídos, largados. Apanhou a trombeta; a espada estava perdida. Quisera aqueles anjos mortos estivessem apenas dormindo, tirando um cochilo para acordar em hora melhor! Era um menininho perdido da mamãe e do papai. Sentia a tristeza dos mortais, estava decepcionado.

Chegara a ter fé verdadeira de que sairiam vitoriosos daquele episódio, mas comprovava-se que tudo era finito, até os anjos eram finitos.

Miguel comandava o que restara dos anjos. Quando Thal fora acuado, agruparam-se em uma operação kamikaze, retirando-o do meio das feras, o que custara a existência de dezenas de irmãos, sobrando algo como trinta guerreiros de luz. O general estava quase inconsciente, sangrava por todos os poros, gritava como um bêbado espancado, desconexo, enfraquecido. A tristeza reinava nos olhos do guerreiro-general. Perdera a espada e a capacidade de lutar. Deixariam o guerreiro descansar seus derradeiros minutos. Fecharam-se em círculo, preservando Thal ao centro, um prêmio cobiçado. Teriam que matar todos eles para se apoderar do guerreiro do ponto. Após a captura de Thal, aquela nuvem compacta de demônios voaria por todas as partes de Belo Verde apoderando-se das almas humanas. Nada mais poderiam fazer. As feras sabiam que eles estavam rendidos, derrotados. Tinham cessado o ataque, causando o hiato derradeiro, deleitando-se com a debilidade e o desespero dos anjos restantes.

Drekul, anjo-negro, destruíra inúmeros inimigos. Estava excepcionalmente forte naquela noite, o que aumentava o prazer de combater. Deliciava-se agora com a imagem do grupo inútil protegendo o bezerro de ouro. Ouvira a ordem de cessar o ataque. Provavelmente, os generais assumiriam. Queriam para eles a honra de exterminar o tão cobiçado guerreiro Thal, o general que percorria o solo brasileiro, o mais poderoso entre os mais jovens, o leão. Estava ali, de quatro, vencido. Quando o ataque cessou, Drekul contou dezesseis anjos de luz de pé, mais o guerreiro no chão, enquanto eles eram seis mil. A vitória era certa e não escaparia. Teriam horas infinitas para capturar milhares de almas humanas. Infestariam novamente a Terra com aquelas criaturas, chamadas de vampiros pelos humanos.

Centenas de pessoas se amontoaram no terreno ao fundo da igreja para apreciar o espantoso fenômeno, já chamado de milagre por muitos. Sem dúvida, aquelas criaturas eram os anjos de luz. Moviam-se freneticamente em evoluções incríveis. Brandiam bastões de fogo e pareciam encenar uma coreografia ensaiada exaustivamente, uma dança. Vez por outra, horrendas sombras negras apareciam grudadas junto aos anjos, ofuscando a luz e desaparecendo quando perdiam contato com eles. Depois que vários deles sumiram, inexplicavelmente, dezoito anjos ficaram parados no pasto, imóveis. Alguns meninos já tinham pulado a cerca de arame farpado e corriam em direção às luzes estáticas no chão. Enquanto apreciavam, embasbacados, outro fenômeno acontecia. Várias esferas de luz começaram a despencar do céu escuro, surgindo das nuvens pesadas de chuva. Quando apontavam, eram semelhantes a relâmpagos rompendo as nuvens negras, mas logo via-se que eram globos em forma de luz e fogo. Caíam como cometas, caudas extensas e cintilantes. Eram mais anjos. A certa altitude, tomavam a forma daquelas criaturas, que agora voltavam a se mover. Vinham todas de um mesmo ponto, mas aterrizavam em diversos lugares, formando um imenso círculo de luz. Algumas caíam na floresta lá longe, como a incendiar a mata, mas logo o clarão se apagava, e outro anjo de asas incandescentes surgia.

A multidão estava quase recuperada do susto quando o céu se encheu de um ronco apavorante. Logo depois, identificaram-se pequenos aviões ligeiros que cruzavam o céu, velozmente e em baixíssima altitude, rente ao pasto, como se quisessem atropelar os pobres anjos.

Drekul gargalhava. A redoma escarlate bailava ao redor dos anjos apavorados. Finalmente, seriam eliminados. De súbito, o céu escuro clareou. Uma esfera chamejante acendeu uma nuvem baixa e cruzou o céu, pousando a trezentos metros da redoma. Um anjo de túnica vermelha e bordas douradas, estacado, olhava fixamente para o grupo de demônios.

O anjo de túnica vermelha e ouro pousou atrevido no campo. Desembainhou a espada ardente e cravou-a no solo.

Thal soergueu a cabeça. Os pensamentos embaralhados começavam, aos poucos, a se ajustar. Esperava a morte certa, entretanto, via a silhueta de um amigo através dos olhos feridos.

Vuhtiel teria permitido a ajuda? Quebraria as regras da batalha por ele?

A redoma de demônios interrompeu o gargalhar. Drekul rangeu os dentes, olhando para os generais.

— Vamos acabar logo com isso! — vociferou para os comandantes.

O medo crescia dentro dos demônios à medida que as esferas luminosas despencavam do céu.

Thal sentia o peito doer insuportavelmente. Se os guerreiros de Vuhtiel não interferissem, somente um milagre reverteria aquele quadro. Ao menos, os guerreiros do oriente já estavam servindo para distrair e interromper momentaneamente a batalha.

Miguel olhava atentamente para as criaturas malditas que fechavam o cerco. Bastaria uma ordem dos generais para a batalha chegar ao fim.

Ao que parecia, os generais aguardavam o encerramento da manobra dos anjos do oriente, que desciam do céu, um a um, cercando o campo de batalha.

Uma garotinha arrastou-se por baixo da cerca e aproximou-se dos guerreiros. Gaza-el, que estava entre a batalha e a igreja, observou-a por um instante. Mais pessoas transpuseram a cerca na intenção de resgatar a guria que chegara perto demais dos guerreiros alados. A menina estava próxima a um anjo ferido, que recebia ajuda dos anjos do oriente. Tentou tocá-lo, mas a mãozinha traspassou o rosto etéreo do anjo. A menina ergueu o rosto, ainda agachada, e perguntou para um dos sentinelas:

— Ele tá dodói?

O anjo de luz assentiu.

— Ela pode nos ver? — perguntou Yathal.

— Acho que todos eles nos vêem. — completou Gaza-el.

Yathal estendeu as asas, assustando alguns humanos, que correram de volta para a cerca. Decolou, retornando para a posição de sentinela. Não estavam autorizados pelo general Vuhtiel a interferir. Sua função era cercar os demônios e observá-los.

Assim que terminassem com os anjos no campo de batalha, as feras estariam livres para a captura das almas. Os anjos do oriente estariam ali para tentar confortar os humanos, tentar esconder os seres da terra da gana indescritível das feras da escuridão. Mas, se um milagre não acontecesse, não poderiam detê-las.

O vampiro limpou o sangue que escorria da boca. Afastara-se do grupo de anjos muito tempo atrás. Havia saciado a sede com as feras do inferno. Relâmpagos caíam a todo instante, batendo contra as árvores e assustando os humanos. Cheiro de chuva. O vampiro sentiu uma dor rápida no peito... talvez o coração morto... Samuel trazia a espada flamejante e embrenhava-se na mata vizinha ao pasto da fazenda. Não precisava mais ajudar as criaturas celestiais. A promessa fora cumprida, a dívida para com a compaixão do anjo fora paga. Destroçara um incontável número de demônios. O corpo estava coberto de sangue que vertera do ferimento provocado nas feras, mas, aos poucos, o líquido sobrenatural ia sumindo, desaparecendo de sua pele. O vampiro acreditava que os anjos recém-chegados estavam ali para reforçar o grupo resistente. Não ficaria mais em Belo Verde; era hora de trilhar o próprio caminho, de aprender a viver na Noite Escura, habituar-se a dormir em caixões e a temer o Sol. Era um vampiro e mais nada. Teria de aprender, sem mestres, sem padrinhos, que poderes e que fraquezas tinha. Jamais viveria sua Aventura, jamais cruzaria os portões do Paraíso. Era hora de ir embora, investir-se da escuridão... ser filho eterno da noite... aprender a ser vampiro e esquecer a família.

Thal sorriu. Sentiu o corpo tocado, a fé recompensada. Orava por um milagre, e o milagre estava chegando. Algo em seu ouvido sussurrava, misturado aos trovões, aos relâmpagos; algo pedia que ele se agarrasse à vida. Orava para que o tempo fosse suficiente, pois os generais autorizavam a avalanche final. Os urros das feras foram crescendo assustadoramente.

— Destruir! — gritou o general satânico.

Miguel ergueu os olhos, empunhou a espada de luz e farfalhou as asas. Se os anjos estavam ali para ajudar, era hora de agrupar. A avalanche de demônios vinha varrendo o pasto e tremendo o ar. Corriam e voavam, querendo fechar sobre o resto dos guerreiros. Retesou os músculos e aferrou as mãos no cabo da espada e dobrou as asas, mantendo-as erguidas. Um brilho dourado cruzou seu corpo, e a armadura energética vinda das orações humanas refulgiu. O anjo inspirou longamente e prendeu o ar. Quando expirasse, a espada já estaria batendo contra as armas inimigas.

Meia-noite e cinco.

Os disparos dentro do celeiro tinham acabado há poucos minutos quando a extraordinária explosão libertara uma luminosa esfera para o céu.

Vera e Jessup não agüentavam mais aquela espera angustiante. Abandonaram o abrigo do carro e correram em direção ao galpão do velho Gê.

— Que diabos foi aquilo, doutor? — exclamou, espantada com o clarão.

— Eu é que sei? Pode ter sido um botijão de gás.

— É, pode ser.

— Me espera, Vera. Vamos entrar juntos, pode ter perigo ainda; não sabemos o que aconteceu.

Vera correu mais rápido, esperando pelo velho doutor somente depois de encontrar a porta dos fundos, por onde entraram os policiais.

— Fogo não tem, doutor. Vamos entrar?

— Vamos, eu primeiro. — disse o médico, engatilhando a pistola.

Eduardo estava apagado no canto direito do salão. O peito subia e descia lentamente, acusando vida. Passaram por outros corpos, sem a mesma sorte.

Vera levou a mão à boca. O coração batia acelerado. Onde estava Gregório?

Tatá estava ajoelhado sobre um corpo. Era o cunhado, estendido no chão, envolto por um oceano vermelho!

— Gregório! — gritou a moça.

— Vocês viram o anjo? — perguntou Tatá, com a cara embasbacada.

Jessup correu até o homem estendido.

— Está morto?

— Acho que sim... sim. Vo-vocês viram o anjo? — insistiu o investigador.

Jessup fez cara de estranheza.

— Você está ferido, investigador? Bateu a cabeça?

— Não, não, é que...

Vera abaixou-se, pegando a mão do cunhado.

Gregório moveu os olhos e tentou virar a cabeça para ver a cunhada.

— Eu... fa... — tentava falar, mas engasgava-se com o próprio sangue. — ... ei... fa... eu falhei.

— Não, não falhou — Vera chorava e, passando a mão na cabeça de Gregório, sentia-se ajudando o marido. — Por favor, fique quieto. Não se esforce, vamos buscar uma ambulância para você. — Vera percebeu a mão encher-se de sangue e ficou impressionada.

— Não... adi... gasp. Não adianta. Eu já morri mesmo.

Jessup tentou tomar o pulso, pedindo que Tatá chamasse uma ambulância pelo rádio da viatura.

Tatá correu e aproximou a viatura do celeiro. Com a ajuda do doutor, colocou o parceiro dentro do carro.

— Volto assim que deixá-lo no hospital. Tome, fique com minha arma também. Os caras puseram sebo nas canelas, mas pode pintar algum problema. Tem um cabeludo caído no chão. Gregório o acertou. Dê uma examinada no cara, se ele ainda estiver vivo... descarregue minha arma no peito dele. Eu me viro depois. — deu partida e correu em direção ao Municipal.

Vera apoiou a cabeça do cunhado sob sua blusa. Ele continuava vivo, sem expressar sofrimento ou dor. Lutava para sair daquele galpão com vida. A chuva caía em seu peito ensangüentado, forrando o chão de vermelho, que se misturava com a água. Jessup voltou, tirou o blusão de náilon a fim de aquecer e enxugar Gregório.

— Não! — gritou o homem. — Deixem a chuva... deixem me molhar. Enquanto chover, estarei vi... vivo. — rogou Gregório, apontando para o buraco aberto pelo anjo.

Mais de vinte minutos se passaram até que a ambulância chegasse ao local. Primeiro, ouviram a sirene cortante se aproximando. Depois, os faróis do veículo iluminaram o ambiente, além das cores alternantes do giroflex.

Os paramédicos trouxeram lanternas, uma maleta e também uma maca.

Puseram Gregório na maca e cobriram, afastando-o da chuva. Ele tentava gritar, protestando, mas estava fraco demais para reagir. Não tinha sangue suficiente para sustentar a vida. As imagens já estavam bastante confusas. Via pessoas ausentes, ouvia vozes de bocas que não falavam. Espetaram seu corpo, enfiaram um tubo na boca, passando pela garganta. Recebia oxigênio. Ele sabia que não voltaria mais para a fazenda. Sabia que nunca iria para a Jamaica ou para o Egito. O corpo estava morto. O coração não batia. A boca não emitiria nunca mais nem um pio. Não estaria mais com o irmão. O médico da UTI móvel descobriu o peito. Frio. Muito frio. Secaram a água da chuva. Apesar do tubo enfiado em sua traquéia, o ar faltava. Prendiam coisas no peito. A mão enluvada espalhava uma espécie de gel.

— Afastem-se. — advertiu o médico, esfregando entre as mãos duas placas pretas. — Vou aplicar choque.

Empunhou as placas e encostou-as no peito do rapaz. Um disparo, e a corrente elétrica passou.

Gregório sentiu o corpo pular e a energia percorrer os nervos. Viu a face do anjo bailando em sua mente... se fosse possível, sorriria.

Orou. Orou para que Thal saísse vitorioso da batalha. Naquele instante, um fino facho de luz desprendeu-se do peito e subiu ao céu em sintonia com as orações humanas. O fio solitário desapareceu nas nuvens. Gregório, à beira da morte, desejava ajudar o anjo guerreiro.

— Afastem-se! — tornou o médico, tendo de repetir o choque, uma vez que o coração do homem teimava em parar. — Vou aumentar a carga! — gritou, nervoso.

Novamente os terminais elétricos foram ao peito do mortal, e uma descarga maior de eletricidade foi liberada.

Thal gritou. Raios elétricos surgiam sobre seu corpo, percorrendo fantasmagoricamente braços, pernas e asas. Eletricidade. Um relâmpago potente rasgou o céu e ribombou, acertando em cheio o general. Os demônios malditos que amontoavam-se sobre o guerreiro foram arremessados longe.

Miguel gritou de dor quando dezenas de espadas perpassaram seu corpo. Tentou levantar, mas as forças o abandonaram. Caiu morto ao lado de Thal.

O anjo do ponto olhou em volta. As criaturas amedrontaram-se. Raios elétricos serpenteavam a pele acobreada do anjo guerreiro.

Thal varreu o campo de batalha com os olhos. Miguel perecera; ninguém mais para lutar a seu lado. Nenhuma espada amiga. Somente ele, de pé, reluzindo com tentáculos elétricos desprendendo do peito, indo cravar na terra. Os tentáculos elétricos começaram a serpentear no chão, aproximando e castigando os cães com choques estrondosos.

Os cães começaram a recuar, maldizendo e xingando.

Thal mal pôde entusiasmar-se, pois os olhos ainda estavam fixos nos corpos dos irmãos destruídos por tê-lo apoiado. Ele sozinho jamais daria conta de milhares de demônios. Para que servira aquela batalha? Precisava sair vitorioso. Devia isso aos irmãos mortos.

O médico estava consternado. Tiros múltiplos. Sabia que não resistiria, mas toda vez que aplicava o choque, o coração batia, teimando empurrar vida pelas veias e artérias de seu dono, mas logo perdia o ritmo e parava. Tinha que continuar insistindo. Elevou ao máximo a potência da máquina, pois era a única chance que o homem tinha de chegar vivo ao hospital. A ambulância chacoalhava freneticamente, com a sirene gritando pela noite e os pneus dançando na lama.

O médico esfregou novamente os terminais, esperando a máquina de reanimação cardíaca recarregar. Um alarme disparou.

— Afastar!

Gregório, agarrado a um fio de consciência, ainda orava, fazendo a energia subir para os anjos.

O médico abaixou os terminais de choque para o peito do paciente.

Thal sentiu a armadura de luz refulgir. Lágrimas cor de sangue desciam da face do guerreiro. Maldito Khel! Queria matá-lo mil e duzentas vezes. Uma vez para cada irmão.

Encarou a turba de demônios.

As tiras de eletricidade que desprendiam de seu corpo voltaram a se intensificar. A armadura brilhou, e então aconteceu de novo. Um relâmpago potente desceu do céu, acertando o anjo em cheio.

Thal gritou, não suportando a dor que a descarga provocava.

Os anjos das trevas que teimavam em se aproximar foram queimados pela energia selvagem.

Os anjos do oriente, que assistiam ao desfecho da batalha sem poder intervir, olhavam sobressaltados.

Os tentáculos elétricos ganharam força e agora percorriam a terra freneticamente. Pareciam ter o papel de assustar, de afastar os demônios, mas tomavam outro caminho. As serpentes elétricas envolviam os corpos dos anjos celestiais que estavam mortos, inertes. Giravam em torno deles e faziam chispas ariscas desprender da pele acobreada.

Um novo relâmpago chegou de surpresa, fazendo Thal incandescer.

— Gregório!!! — gritou o anjo, sentindo ainda o elo com o humano.

Os tentáculos elétricos intensificaram-se, cercando um número cada vez maior de anjos mortos. Thal sentiu a respiração ofegante. O que estava acontecendo? Euforia!

Miguel abriu os olhos ardendo em energia elétrica. O ânimo voltava ao corpo. Vira-se caminhando por uma caverna escura e risadas funestas tomarem seu ouvido. Aquilo era passado. Erguia-se, peito estufado, corpo garboso.

Curvou-se uma única vez para apanhar a espada e empunhá-la com firmeza. Era um anjo do Senhor, não tinha mais trevas ao redor. Estava de volta ao pasto verdejante, de volta à batalha.

Um a um, para desespero do exército da escuridão, os guerreiros de Thal colocaram-se de pé. Estavam vivos, estavam fortes. E prontos para retomar a luta.

A túnica de Thal exalava uma névoa de água evaporada. O calor das descargas elétricas fora excessivo. A pele fumegava, os olhos ardiam.

Mas o coração estava repleto de alegria. Seus homens estavam todos de pé. Mil, duzentos e um guerreiros. Eram inferiores em número ao Exército do Mal, mas eram superiores em energia. Estavam recarregados.

— Atacar! — gritou Thal.

Desesperados, os anjos do mal chegaram a ensaiar uma fuga, mas, talvez assustados com o cerco dos anjos do oriente, que nada disseram, apenas se postaram com as espadas desembainhadas, ou talvez obedecendo aos gritos enlouquecidos de seus generais, mantiveram-se no campo.

Os anjos decolaram abrindo asas e erguendo espadas. Chispas elétricas escapavam vez ou outra dos guerreiros ressuscitados. Um espectro de luz divina encobriu o pasto, rumando como uma onda para cima dos demônios. Tinham uma nova chance, e nenhum deles queria desperdiçá-la.

A ambulância encostou na doca do pronto-socorro. A sirene chegou silenciosa. Não havia mais razão para pressa. Somente o giroflex bailava, despejando luz azul e vermelha sobre a fachada do hospital.

O médico desceu vencido. Tinha feito de tudo. O rapaz não resistira. Muitos tiros... pouco sangue. Nada para fazer. Adentrou o pronto-socorro, desanimado. Não se envolvia muito quando perdia um paciente, mas nem sempre era fácil. Pediu os formulários à secretária e instruiu um funcionário a retirar o corpo e levá-lo para o necrotério. Qualquer exame que se fizesse necessário poderia ser realizado lá.

CAPÍTULO 24

THAL DESCEU VELOZ, cheio de vida, e bateu contra o chão. Enterrou a espada vitoriosa no pasto e olhou para seus guerreiros. Estavam todos lá, os mil e duzentos. Abriu um sorriso glorioso. A todos os inimigos tinham derrubado. A chuva lavava o gramado extenso, levando embora os espectros dos demônios vencidos. O vento carregava o que restava das nuvens amareladas e do cheiro de enxofre. Quanto tempo durara o último embate? Trinta minutos? Vinte? Com os mil e duzentos guerreiros junto dele, energizados pelas orações e pela providencial corrente elétrica vinda do céu, a proporção de cinco demônios para cada anjo não foi problema. As feras foram espremidas e caçadas; a temível liberdade para capturar as almas humanas fora banida.

Alguns generais demoníacos, percebendo a derrota iminente, bateram asas e desapareceram no céu. Carregariam a vergonha da derrota para muito longe e tramariam novo ataque quando pudessem reaver suas honras.

Thal encheu o peito de ar. Estava puro. Nada de enxofre.

Aqueles aviões pequeninos voando ao redor do conglomerado de anjos... que queriam? Certa energia negativa chegara a fluir daquelas aeronaves, cortando por um breve instante a concentração do guerreiro-líder durante a batalha ao efetuar disparos contra e gramado, mas agora sentia-se bem em ver-se admirado pelos olhos humanos. Fazia muito tempo, milhares de anos, que aquilo fora possível... uma multidão enxergá-los. Podia ver a emoção estampada nas faces de muitos humanos. Certamente, depois daquela noite, os fiéis redobrariam sua fé em Deus. Que testemunho poderia ser mais contundente do que aquela reunião de anjos e humanos? Cantariam glória e levariam a história daquela batalha para os quatro cantos da Terra. Crianças corriam entre os guerreiros, que, calmos, não evocavam temor algum. O rosto dos anjos de luz resplandecia em bondade e serenidade. Os humanos podiam ver que os anjos estavam felizes. Fosse o que fosse a razão daquela aglomeração, as orações tinham surtido o efeito esperado. Não havia mais agonia pairando no ar nem mal-estar. Os anjos tinham libertado suas almas do jugo maligno dos senhores das trevas.

Thal ergueu a cabeça para o céu. Da igreja ainda escapava o facho de energia das orações. Muita gente estava dentro do templo orando fervorosamente. Seu sorriso sumiu. O humano... Gregório.... Thal estendeu as asas.

Um homem brincando de cavalinho com a filha afastou-se surpreendido. Que criatura magnífica! Que experiência viviam! Quem iria acreditar naquilo?!

O anjo bateu as asas rapidamente e alçou vôo. O rapaz estava morto, mas de alguma maneira mantinha-se sintonizado. Apressou a jornada. Gregório sentia medo.

Minutos atrás, quando os aviões alcançaram Belo Verde, os anjos estavam bastante agitados. Os Tucanos, prioritariamente, estavam em missão de reconhecimento e observação. Os pilotos ativaram os equipamentos, preparando uma bateria de exames e registros, pois o fenômeno deveria ser esclarecido e estudado minuciosamente. Poderiam ter o mais espantoso caso de contato extra-terreno acontecendo ali, bem debaixo de seus narizes.

Ainda estavam a alguns quilômetros quando os pilotos, com auxílio de câmeras especiais, conseguiram visualizar os "invasores". Eram "coisas" de três metros de comprimento. Pequenas aeronaves, possivelmente, pois voavam com agilidade e desenvoltura. Se conseguissem chegar bem perto, certamente eliminariam a dúvida. O radar estava cheio de apontamentos, captando centenas de pontos de luz evoluindo em todas as direções.

O ronco dos motores dos aparelhos Tucanos chegou à igreja, fazendo as paredes estremecer. O piloto olhava ora para a esquerda, ora para a direita. Era incrível. Estavam agora sobre o lugar.

— Piloto do Olho 1 para torre, câmbio. — começou, provocando um ruído de estática no início da mensagem.

— Sim, Olho 1, estamos na escuta, câmbio. — respondeu a voz anasalada pelo rádio.

— Senhor, eles existem mesmo, são milhares, estão por todos os lados lá embaixo.

— Como são?

— Parecem pequenas aeronaves...

— Estão interagindo com a cidade, atacando as pessoas?

— Acredito que não, senhor. Estão um pouco afastados do centro civil, numa espécie de clareira, de pasto, numa fazenda para gado. Fazem evoluções curtas, uma dança, coreografia, sei lá. Vou voltar mais baixo.

— Positivo; quero vocês três o mais próximo possível. Tomem cuidado, rapazes.

— Olho 2 para torre...

— Prossiga.

— Primeira bateria de dados captada, senhor. Entrando na fase 2, partindo agora em direção da Mãe.

— Entendido.

Os pilotos manobraram as naves e afastaram-se alguns quilômetros, voltando num rasante em alta velocidade.

Os civis, fora da igreja, assustaram-se. O ronco dos motores sobrepunha-se aos lamentos da tempestade.

O Olho 3 encontrou um corredor bem no meio do enxame de "criaturas" iluminadas, fazendo sensores e câmeras disparar velozmente enquanto atravessava a nuvem fenomenal. Queriam captar de verdade "alguma" coisa, certificar-se de que não se tratava de mais um fenômeno natural, bastante freqüente no Brasil. Agora tinham alguma coisa na mão. Não eram vaga-lumes, com certeza; vaga-lumes não aparecem no radar e nem medem três metros de altura. O piloto manteve o olho fixo em uma das "naves" que, oportunamente, voava velozmente ao seu lado.

— Olho 3, aqui é Olho 1. Cuidado, tem um bem próximo a você; saia daí, agora.

— ...Eu sei... eu tô vendo ele. — balbuciou o piloto, perplexo.

O piloto do Olho 3 ficou abismado com o que privilegiadamente observou. Aquilo ali não era uma nave. "Aquilo" era um ser vivo. Tinha feições quase humanas. E voava... voava com...

— Olho 3, corrija o curso. Você está indo direto para um...

O piloto parecia desperto de um pacífico transe. Notou que a aeronave descia em direção a um morro baixo. Assustou-se, puxando o manche. A barriga do Tucano chocou-se contra inúmeras árvores, chacoalhando perigosamente o aparelho.

— Estou bem, torre. Estou controlando...

— Torre, Matador 1, 2 e 3 chegando em formação na área, aguardando instruções para procedimento.

— Matador 1, afaste-se do perímetro; prepare-se para ataque em formação marginal.

— Não ataquem! — gritou o piloto do Olho 3.

— Piloto?

— Por favor, comando, suspenda a ordem de ataque. Olho 3 pede permissão para nova incursão de reconhecimento. Aquelas coisas lá não são naves.

— O quê?! Piloto, defina aquelas coisas.

— Impossível, senhor. Preciso de um rasante em baixa velocidade. Permissão para voltar, senhor?

— Olho 1, você captou algo parecido com Olho 3?

— Não, senhor, mas também gostaria de um rasante em baixa velocidade.

— Prossigam, Olho 1 e 3.

Novamente os caças se afastaram.

— Matadores, fiquem de prontidão, *stand-by*.

— Entendido.

Os Tucanos 1 e 2 começaram a voltar após reduzir a velocidade ao máximo. Entraram na nuvem luminosa e, desta vez, os dois conseguiram se colocar em boas posições.

Atravessaram lentamente a nuvem "invasora", e os olhos se encheram. Era espantoso e inacreditável. Não poderiam permitir que os Matadores abrissem fogo contra aquelas magníficas criaturas de luz e paz. Eles... eles tinham asas! Por Deus! Seriam anjos? Pelo menos, pareciam! Pareciam lutar contra um inimigo invisível. Às vezes, de relance, tinham a impressão de ver alguma coisa atracada com aqueles seres, mas logo sumia, como uma sombra. Deus! Como eram lindos! E enormes também!

— Você está vendo, Olho 3?

— Pode apostar que sim, Olho 1.

A torre manteve-se em silêncio, ouvindo os diálogos emocionados dos pilotos via rádio, maravilhados, hipnotizados.

— Olho 1 e Olho 3, descrevam o evento.

— Celso, cê não vai acreditar, cara. — respondeu o piloto do Olho 1, esquecendo as formalidades.

— Prossiga, piloto.

— Não são naves! Não! São criaturas! Seres vivos!...

Silêncio na torre.

— ...têm asas, são altos...

— Como anjos, senhor! Tenho certeza que são anjos. — completou o Olho 3.

— Torre, pode me confirmar a posição da Mãe? — interrompeu o Olho 2, que partira em busca da Casa Celestial.

— Anjos?! Mas que merda é essa? — inquiriu a torre, ignorando o Olho 2.

— Se não são anjos, eu não sei o que são. — arrematou o Olho 1.

— São anjos. — afirmou o Olho 3.

— Anjos... anjos bíblicos? Com asinhas... — interrogou o comando.

— Eles têm pele cor de bronze, vestem túnicas, as asas são lindas e enormes... reluzentes... Santo Deus! Do que nós estamos falando? — espantou-se consigo mesmo o Olho 3, sentindo uma vertigem, batendo com a mão no capacete.

O brigadeiro Mendonça desligou o microfone antes de conversar com os oficiais.

— Pode ser uma nova tecnologia. Trajes. São brilhantes porque emitem calor. Acredito que sejam trajes que fazem voar; não são anjos bosta nenhuma.

— Torre, preciso da confirmação sobre a Mãe, você está copiando?

— Copiando, Olho 2. Um segundo, por favor. — O comandante de operações checou os instrumentos. — Você está a vinte segundos da posição e seus instrumentos estão corretos...

— Então ela ainda está lá?

— Está, Olho 2.

— Bem... pelo tamanho da coisa, se ela estivesse aqui eu já teria visto, concorda?

— Correto, Olho 2. Sua altura é suficiente para visualização sem aparelhos. Se a Mãe emite luz como as naves, você estaria sob ela agora.

— Torre, eu não vejo nada aqui. Nada anormal, exceto... — o piloto calou-se.

— Prossiga, Olho 2.

O piloto continuou calado, mas com o rádio aberto, pois ouviam claramente sua respiração controlada e pausada.

— Torre, Olho 1 e 3 pedindo permissão para nova incursão, senhor.

O brigadeiro balançou a cabeça negativamente.

—...exceto... esta sensação...

— Negado, Olho 1 e 3. Retorno para a base imediatamente; isto é uma ordem, estão ouvindo?

— Positivo, controle. Olho 1 e 3 retornando.

— Matadores, tomem curso, nariz para duas horas, ataque com canhões de repetição, desativar mísseis ar-ar. — instruiu o comando.

— Positivo, torre. Matadores 1, 2 e 3 procedendo. Nariz duas horas, velocidade baixa.

— Padrão de formação inimiga estável. Atirar à vontade. Quero o máximo deles no chão. Vamos estudar essa tecnologia.

— Entendido, torre. Matadores 2 e 3, atirar ao meu comando. Formação estendida, penetração do líder.

— Entendido. — responderam os Matadores 2 e 3.

— Olho 2, repita sua última mensagem. — ordenou o comando.

— Está tudo bem, torre. Só disse que tive uma sensação boa, uma paz imensa.

— Retorne para a base imediatamente, Olho 2. Cheque a mistura de seu oxigênio. Pode me passar a leitura, por favor?

— Está normal, controle, não estou ficando dopado, ainda.

— Retorne para a base, piloto, retorne agora.

— Entendido. Olho 2 abandonando posição, agora. — O piloto soltou a nave num mergulho ligeiro, deixando o céu limpo e estrelado para ganhar as nuvens, sobrevoando a tempestade, com relâmpagos potentes iluminando o chão vaporoso que quase lambia a barriga do avião da FAB.

Com formação estendida, o líder do grupo Matador entrou antecipadamente na área de combate. Ouvira o espanto dos pilotos de reconhecimento. Era possível que estivessem sendo vítimas de alguma ilusão de óptica, por isso resolvera verificar ele próprio. Os parceiros o seguiam afastados. Teria tempo de identificar os alvos e instruí-los para um ataque preciso. O piloto adentrou o campo com um rasante lento e aproximou-se. Estavam parados, muito mais calmos do que minutos atrás, relaxados, como se descansassem na grama, a maioria próxima do chão. Observou um belo grupo voar até sua nave. O piloto não temeu.

— O que está acontecendo aí, major? Eles estão cercando sua aeronave. — advertiu a torre.

— ...

— Abra fogo, Matador 1. É uma ordem.

— ...os reconhecedores estavam certos, torre... — a voz do líder chegava quase sumindo, criando um suspense avassalador na sala de controle.

— Abram fogo, Matadores.

— estas coisas lindas... eles são anjos, torre. Têm espadas que parecem feitas de fogo... estão em paz.

— Abram fogo. Derrubem alguns. Não são anjos coisa nenhuma! Isto é uma ordem!

— Matador 1 para torre. Estou abandonando a missão agora. Estou consciente das implicações, mas não fui instruído para lidar com situações teológicas, senhor. Não vou atirar em criaturas enviadas por Deus; sou católico, senhor, Matadores, não abram fogo. Fechar formação...

— Abram fogo! — gritava Mendonça ao microfone. — Isso pode ser uma nova tecnologia inteiramente à disposição de nossa nação. Não tem nada a ver com Deus! Voltem e comportem-se como homens!

— Desculpe-me, brigadeiro, não posso. — retrucou o Matador 1, abandonando o campo e uma experiência inesquecível.

Os Matadores 2 e 3 o seguiam bem próximos e calados. Em combate, deviam total obediência ao líder de esquadrilha.

— Voltem, rapazes. É uma ordem. — insistia a torre.

Os pilotos verificaram o radar. Os pontos vermelhos estavam saindo completamente da tela. Entretanto, um novo ponto surgiu bem à frente, meio-dia, uma nave ligeira e armada.

— Torre, há um objeto não identificado às doze horas. — informou o Matador 1.

— É um objeto identificado, piloto. Desça seiscentos pés e deixe a área livre para nosso pássaro.

— Guerreiro 1 para torre. Alvos ao alcance das metralhadoras em dezoito segundos.

Uma nave rugiu acima deles, passando a toda velocidade, voltando para o campo.

— Disparar à vontade, Guerreiro.

— Presença de civis às quinze horas, torre.

— Disparar à vontade, Guerreiro.

O piloto levantou a proteção do manche, travou a mira em seu primeiro alvo e disparou centenas de projéteis por segundo.

— Vocês mandaram um outro caça para lá? — perguntou o Matador 1.

Ficou sem resposta.

O Guerreiro 1 pediu uma checagem. Tinha certeza de que acertara na mosca, mas o alvo escolhido permanecia na tela.

— Volte e ataque novamente.

— Entendido.

O Guerreiro 1 abriu fogo. Os projéteis atravessaram o alvo como se o objeto fosse um fantasma, uma alma de outro mundo, um anjo.

— Torre. O alvo... ele permanece intacto... e juro por Deus que não errei.

Matador 1 abriu um sorriso largo. Estavam certos. Aquelas coisas não eram inimigas, eram criaturas de energia pura, eram anjos.

Depois de repetir a operação mais uma vez sem sucesso, Guerreiro 1 recebeu permissão para voltar à base.

O comando decidiu encerrar a operação. Os pontos continuaram nos monitores até uma e vinte e três da manhã, quando desapareceram todos de uma só vez, como mágica, como se nunca tivessem estado ali.

Seria mais um dos "eventos" que as Forças Armadas manteriam vedado a todo custo.

Meia-noite e quarenta e oito.

A única preocupação que os anjos tiveram foi que as aeronaves não atingissem os humanos que se agruparam ao redor. As aeronaves desistiram, por fim. O céu voltara a ficar silencioso e solitário. A chuva tornara-se agora um garoa fina e compacta, irritante aos humanos. Alguns minutos após o término da batalha, muitos anjos começaram a dispersar, retornando para a Casa Celestial.

Thal, após contemplar a vitória, apagou o sorriso e decolou, seguido por alguns companheiros. Rumava ao encontro de Gregório.

Voou lentamente ao celeiro e entrou pelo telhado, através do grande buraco feito antes, mas poderia tê-lo transpassado tranqüilamente, como de costume; afinal, a energia vinda da Casa Celestial já tinha amainado em milhares de vezes após terem cumprido seu papel. Tornaram-se invisíveis novamente. A energia, vinda das orações, era canalizada agora para a Casa Celestial e seria usada para curar anjos que, por ventura, permanecessem enfermos. A energia que pulsava em seu corpo vinha da alegria do contato com a chuva.

Thal olhou ao redor. O homem não estava. Tocou o solo, deixando o dedo absorver um pouco do sangue coagulado do mortal. Atravessou o celeiro apressado.

CAPÍTULO 25

NO NECROTÉRIO DO HOSPITAL, o corpo morto de Gregório não ouvia mais nada. O tilintar de uma goteira no canto da sala, caindo num balde de metal, quebrava o silêncio. Gregório queria virar a cabeça, mas o corpo não obedecia. Queria abrir os olhos e não podia. O corpo estava morto, e a alma, enclausurada naquela casca falida.

Assustou-se. Subitamente, um clarão fabuloso atravessou suas pálpebras, e a luz normalizou-se aos poucos. O silêncio era ainda mais profundo, e uma pressão comprimia-lhe os tímpanos. Como poderia ter aquela sensação? Estava morto! Gregório queria gritar. Era horrível ficar imobilizado dentro do corpo morto. E se as criaturas viessem buscá-lo? A luz atravessava a pálpebra. O medo foi dissolvendo-se, fraco, irresistível. A luz penetrava sua carne e atingia seu espírito. Paz. A luz permitiu-lhe ver. Estava vendo! Estava numa sala de hospital... um necrotério... No canto de seu quadro visual, notou mais uma vez o amigo, aquele com asas. Então isso era morte?... O amigo aproximou-se e estendeu a mão.

— Venha, Gregório. Não há mais nada para você aqui.

Gregório agarrou a mão do anjo, abandonando o corpo morto, e lançou um último olhar para trás. Nenhum som. Um corpo coberto por um lençol.

— Ei, amigo... não se arrependa. — disse o anjo docemente. — Tudo será diferente; enxugue essa lágrima. É hora de alegria, moço.

Gregório percebeu o corpo iluminado como o do anjo e a pele com a mesma cor de cobre.

Thal conduziu Gregório pela mão através da parede e ambos foram se juntar aos anjos que escoltavam o general.

Gregório inspirou fundo. Seria verdade? Vida após a morte... tanta confusão. Enxugou as lágrimas com as costas das mãos. Vera... Renan... Olhou para o céu. As nuvens grossas rolavam ligeiras, empurradas pelo vento. A garoa batia em seu rosto. Gostoso.

— Você me ajudou muito; tenho uma dívida que nunca poderei pagar. — tornou a voz poderosa do anjo garboso.

— Mas vocês não podem tudo? — Gregório percebeu que a voz mudara; tinha agora um quê metálico... uma voz sobrenatural.

— Não é bem assim.

Uma ambulância passou sem ver o grupo de anjos que andavam com Gregório. O silencioso giroflex transmutou temporariamente a cor das criaturas de luz. Seguiu acompanhada por dois carros. Num deles, passou Vera e o doutor Jessup.

Os anjos em volta deram a Gregório as boas-vindas. Riam animados.

Gregório notou que todos emudeceram repentinamente e fitavam o céu.

Uma esfera de luz verde-esmeralda apareceu, iluminando o interior das nuvens, e veio até eles em velocidade fenomenal. Era muito mais linda do que as que Gregório vira na fazenda, mais até do que a dos anjos. Em verdade, poucos anjos haviam contemplado tão linda esfera em sua existência. Para eles, o fato tinha um significado, e, por essa razão, colocaram-se alerta.

Gregório estranhou que, mesmo antes da esfera aterrizar, os anjos se agitaram, desembainhando as armas de luz.

A esfera revelou um anjo alto e magnífico, o mais forte de todos ali, com asas cor de ouro e pele quase humana, sem nenhum tom de metal. Os olhos eram duas brasas azuis cintilantes. Mantinha a espada guardada e as mãos longe da bainha. A figura era impressionante.

— Você? — inquiriu Thal, com rispidez.

O anjo novo falou. A voz parecia trovão, tão possante e carregada que fez Gregório tapar os ouvidos, em vão, pois continuava penetrando os tímpanos como facas afiadas. Arrepiou-se, lembrando a voz dos cães que o ameaçaram no passado. Teve vontade de sair, mas estava perplexo demais.

— Nobres guerreiros, apesar da estranheza de minha visita, venho apenas para falar... por ora, guardem as armas, pois respeito muito sua bravura.

Os anjos mantiveram as espadas chamejantes desembainhadas. Por alguma razão, temiam o lindo anjo.

— Felicito a vitória no campo hoje, mas reclamo quanto ao descumprimento das normas por parte do exército do oriente. Como sabem, depois da apresentação dos números, nenhum homem pode ser incluído nas forças que se enfrentam. Ninguém pode interferir.

Thal permaneceu silencioso. Não convinha conversar com aquele anjo mau. Os guerreiros entreolharam-se. Fitando Gregório, Thal lembrou-se de um ponto importante.

— Você, valente anjo, apesar de não valer a queixa, reclama por uma regra quebrada. Eu reclamo por outra.

O anjo inimigo soergueu uma sobrancelha.

— Qual seria a regra?

— Seu cão, Khel, tomou a alma de um mortal e o transformou num vampiro antes do tempo devido. Nenhuma alma deve ser tomada antes que a Batalha Negra termine. Você, melhor do que eu, conhece a lei.

O anjo das trevas calou-se.

— O que está feito não pode ser desfeito. — disse o anjo de olhos azuis cintilantes.

— Devolvo a mesma resposta, guerreiro. — arrematou Thal.

O anjo negro respirava ofegante, visivelmente enraivecido.

— Sabe que posso invocar nova batalha pela intromissão do exército do oriente...

— Nada fizeram os homens de Vuhtiel, Satanael. Nada fizeram. Desceram ao campo e observaram. Contudo, seu cão sarnento tomou a alma antes de conquistar o anjo do ponto. Se quiser levar adiante, teremos uma nova batalha de luz... Acho que não deseja isso.

O anjo farfalhou as asas compostas por elipses de ouro. Um som agradável escapava a cada movimento do guerreiro. A carranca de contrariedade foi se dissolvendo.

— Está bem, nobre guerreiro. O que está feito está feito.

O anjo virou, abriu as asas pronto para partir, mas hesitou.

— Antes que eu vá, deixe-me dizer. Pensei que hoje você estaria ao meu lado para a próxima batalha, Thal. Tornaria meu exército indestrutível.

Thal olhou para o anjo negro. Em verdade, não estava por um triz.

— Prefiro continuar com a luz. Seu exército fede demais.

O anjo negro começou a gargalhar, partindo em seguida. A cem metros de altura, retomou a forma de esfera de luz.

Os guerreiros guardaram as espadas.

— Meu irmão é um vampiro? — tornou Gregório num murmúrio.

Thal o encarou, pousando as mãos nos ombros do rapaz.

— Sim. Ele é um vampiro.

— Onde ele está?

— Está nas sombras. Agora está destinado a vagar na noite, lamentando sua alma. Ele é um não-vivo... um não-morto, um vampiro.

— Posso ajudá-lo?

— Temo que não, nobre irmão. Só ele pode se ajudar... e pelo que vimos hoje no campo de batalha, ele teve um bom começo, empunhando uma espada de luz.

— E agora... quanto a mim? Meu corpo está morto... minha alma vaga solta... e agora?

— Agora... — disse Thal, sorridente.

Todos os anjos guardaram as espadas, sorrindo para a nova criatura.

— Agora, vem a melhor parte. — finalizou o anjo, ainda sorridente.

Os anjos abriram as asas e zarparam, deixando Gregório junto às árvores em torno do hospital. Tornaram-se esferas luminosas, colorindo as nuvens negras, desaparecendo, engolidos pelo vapor.

Gregório farfalhou as asas, imaginando que seria difícil usá-las. Abriu-as. Desejou. Decolou. Sentia a chuva queimando o peito nu. Num piscar de olhos, uma túnica azul-clara cintilante cobriu seu corpo, surgindo de forma mágica. Antes de chegar às nuvens, tornou-se também uma bola de luz violeta, desaparecendo no céu.

FIM

fale com André Vianco: andrevianco@gmail.com

Conheça outros livros do Autor...

Sete corpos cadavéricos são encontrados dentro de uma caixa de prata a bordo de uma caravela naufragada no litoral brasileiro há mais de 500 anos. Apesar das advertências grafadas no objeto de prata, a equipe do Departamento de História da Universidade Soares de Porto Alegre decide violar a caixa para estudar os cadáveres. Quando os pesquisadores abrem a caixa, acabam despertando Inverno, um dos mais temíveis vampiros que já existiu. O best-seller *Os Sete* encanta o leitor com sua originalidade e ritmo do começo ao fim. Um passeio empolgante e inesquecível pelo mundo dos vampiros do rio D'Ouro.

O vampiro Sétimo surge na continuação do magnífico *Os Sete*, revelando toda a frieza e o poder do mais temido vampiro de todos os tempos. Sétimo assume a forma de um adolescente de dezesseis anos e ergue uma verdadeira legião de vampiros para dominar o Brasil e o mundo de forma sangrenta e apavorante. Elege, então, um vampiro para servir-lhe como guia, general e pupilo. Com sua sede por sangue e conquistas, proclama-se a criatura mais poderosa da terra, atraindo, além dos vampiros, inimigos deste e do outro mundo, que despenderão esforço sobre-humano para combatê-lo, empregando, além de armas carregadas com balas de prata, dentes pontiagudos e poderes paranormais. Um thriller de encher os olhos e acender a imaginação do leitor.

Os protagonistas desse agradável e emocionante romance transitam pelo mundo do sofrimento, do remorso e da solidão. O que está em jogo é a vida de quatro pessoas. Caminham cadenciados para um desfecho sombrio, sem esperança e sem paixão. Contudo, deparam-se com um estranho que lhes traz um misterioso cartão de visitas. Aqueles que seguirem o coração e buscarem "A Casa" encontrarão uma porta aberta para o perdão e para uma segunda chance com aqueles que já partiram desse mundo. Esse é o primeiro livro de Vianco que segue a linha espiritualista, despertando a reflexão em torno do sentido máximo da vida.

Em *Sementes no Gelo* o autor volta a explorar o sobrenatural. Um detetive depara-se com o caso mais estranho de sua vida. Uma cliente surge queixando-se de estranhas aparições em seu apartamento. Quando começa a investigar o fenômeno bizarro, o detetive chama a atenção de espíritos furiosos, impedidos de reencarnar, que lançam sua fúria sobre todos os que lhe chamam a atenção e que interpõem seu caminho. Muitos sustos e situações sombrias conduzirão o leitor até o final mágico desse misterioso romance.

Uma noite começada como outra qualquer entra para a história da humanidade quando metade dos seres humanos adormece de forma inexplicável. O pesadelo parece não ter fim quando os humanos, livres do sono, descobrem que dividem a noite com os demônios da escuridão. Nessa atmosfera de horror e tensão, surgem criaturas que poderão lutar contra o mal e o terror: os Bentos. Seres abençoados que têm a missão de combater os vampiros a qualquer custo. Para tanto, precisarão se unir ao último Bento, que desperta de um sono de trinta anos... E ainda não imagina o que o espera fora daquela cama de hospital, onde tudo parece muito confuso. Vianco desafia o leitor a conhecer esta saga vigorosa, cheia de mistérios, e a apaixonar-se por suas passagens arrebatadoras e seus personagens poderosos.

Lúcio, o escravo de Cantarzo, carrega seu mestre vampiro encerrado numa caixa de madeira. Sua missão é levá-lo até Tereza, uma bruxa que vive ao norte do Brasil, que fará com que Cantarzo desperte e se torne o rei dos vampiros. Com poucas pistas sobre o real paradeiro da tal bruxa, o lacaio do vampiro começa uma jornada que trará resultados nefastos, caso alcance seu objetivo. Do lado dos humanos, bento Lucas faz crescer em seus semelhantes a chama da esperança, empurrando-os pelos trilhos da reconquista do país até então assolado pelos inimigos noturnos. O destino de Lucas e de Cantarzo está a ponto de se cruzar e nas páginas de O Vampiro-Rei vol. 1 o leitor se encontrará com um mundo fantástico e assistirá de camarote a todo o desenrolar dessa saga inigualável, imaginada e conduzida por André Vianco, o talentoso contador de histórias que vem se destacando no campo da literatura fantástica brasileira.

Bento Lucas, o guerreiro de luz, e Cantarzo, o vampiro-rei, finalmente se encontram e protagonizam o grande combate. O Vampiro-Rei vol. 2 é o tomo mais recheado de aventuras, combates e criaturas fantásticas de toda a saga iniciada em Bento. Bravura e determinação, medo e morte, paixões avassaladoras, criaturas assombrosas, personagens destemidos, situações de completo desespero e momentos de quietude e introspecção. Embarque em *O Vampiro-Rei* e conheça essa história. Conheça um mundo novo. Boa viagem!

NOVO SÉCULO EDITORA
Av. Aurora Soares Barbosa, 405
Vila Campesina - Osasco/SP
CEP 06023-010
Tel.: (11) 3699-7107
Fax: (11) 3699-7323

e-mail: atendimento@novoseculo.com.br

Ficha Técnica

Formato	16x23
Mancha	12 x 20cm
Tipologia:	ClassGarmond BT
Corpo	11
Entrelinha	14
Total de páginas:	272